HADÈS
LA SAGA

TOME 2 - GAME of RETRIBUTION

Ce livre est une fiction.
Toute référence à des événements historiques, des personnages ou des lieux réels serait utilisée de façon fictive. Les autres noms, personnages, lieux et événements sont issus de l'imagination de l'auteur, et toute ressemblance avec des personnages vivants ou ayant existé serait totalement fortuite.

Couverture : Emily Witting Designs

Ouvrage dirigé par Bénita Rolland
Traduit par Robyn Stella Bligh

34-36, rue la Pérouse
75116 - Paris
www.hugopublishing.fr

ISBN : 9782755667189
Dépôt légal : juin 2023
Imprimé en France par Corlet
N° d'imprimeur : 22100587 - mai 2023

NEW ROMANCE®

SCARLETT ST. CLAIR

HADÈS
LA SAGA

TOME 2 - GAME of RETRIBUTION

Traduit de l'anglais (États-Unis)
par Robyn Stella Bligh

Hugo Roman

Romantasy

À PROPOS DE CE LIVRE

Veuillez noter que cette œuvre de fiction contient des éléments explicites et sombres ainsi que des passages qui sont susceptibles de heurter la sensibilité d'un public non averti.

PREMIÈRE PARTIE

« Et il allait, semblable à la nuit. »
Homère, *L'Iliade*

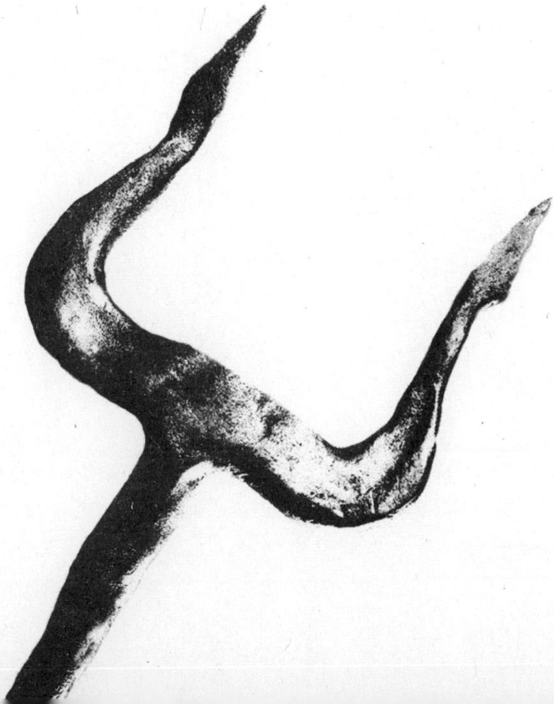

Chapitre I

UN JEU DE CHÂTIMENT

Hadès se manifesta dans l'ombre des tribunes de l'Hippodrome Hellénique. Bientôt, les étalons de lignée divine se départageraient dans la première de trois courses, dont le vainqueur deviendrait l'hippocampe favori de Poséidon, rejoignant ainsi les autres chevaux à queue de poisson qui tiraient son char dans l'océan. Toutefois, ce n'était pas pour assister à ce prétendu honneur qu'Hadès était venu, ni même pour le frisson habituel que lui procurait un pari risqué. Il était venu afin de mettre à l'épreuve la fiabilité d'un supposé oracle qui se fait appeler Acace.

Hadès connaissait bien son nom et son commerce ; derrière le garage qui lui servait de couverture, c'était un revendeur de reliques réputé, et Hadès et son équipe l'avaient à l'œil depuis plusieurs mois. Ils connaissaient bien ses habitudes, ses instructions, ses correspondances, et c'est pour cela que lorsqu'Acace s'était mis à proposer aux mortels de consulter leur avenir, Hadès s'était méfié.

Acace ne proposait pas seulement le futur. Il avait acquis une sorte d'omniscience qui ne pouvait être obtenue que grâce à une bénédiction divine ou à la possession de reliques. Or Hadès savait qu'il ne s'agissait pas du premier cas de figure.

Il avait envoyé Ilias parier à sa place et le satyre se tenait désormais près de la piste, ses cheveux hirsutes coiffés en arrière et noués sur la nuque, rendant ses cornes plus grandes et plus prononcées. Hadès traversa la partie du terrain plantée d'herbe où vingt étalons se disputeraient bientôt la première place. Lorsqu'ils le virent approcher, les mortels s'écartèrent pour le laisser passer. Leur peur ne les empêchait pas de le dévisager, intrigués. Ils étaient encore plus curieux maintenant qu'il avait ouvertement fait preuve d'affection envers une personne qu'ils pensaient mortelle.

Son affection s'adressait à Perséphone, qui n'était pas mortelle mais insistait pour faire semblant de l'être, ce qui l'inquiétait plus qu'il ne voulait l'admettre.

Il avait peu de vices, mais les courses, le whiskey et Perséphone, déesse du Printemps, en faisaient partie. Deux de ces trois choses n'avaient jamais interféré avec sa routine et ne lui avaient jamais permis de s'échapper au point de devenir de véritables distractions.

Perséphone était plus que ça ; elle était une addiction. Elle était un désir insatiable. Même maintenant, Hadès dut lutter contre le besoin viscéral de retourner auprès d'elle alors qu'il avait passé la majeure partie du week-end à ses côtés, à l'explorer, enfoui en elle. C'était pour cette raison qu'il était en retard. Il n'avait pas voulu la quitter ; en partie parce qu'il se demandait si elle resterait, même après lui avoir promis qu'elle attendrait son retour aux Enfers.

Une frustration bouillante le saisit en même temps que ses doutes.

Il n'avait jamais douté de lui-même, mais il doutait de tout lorsqu'il s'agissait de Perséphone… même de leur destin.

– Vous êtes en retard, dit Ilias sans le regarder, les yeux rivés sur les grilles derrière lesquelles les chevaux et leurs jockeys se préparaient.

– Et toi, tu es un satyre, répondit Hadès en suivant son regard.

Ilias haussa les sourcils, confus.

– Je croyais qu'on prononçait des évidences, rétorqua Hadès.

Il n'aimait pas qu'on pointe du doigt ses erreurs, même si ceux qui étaient proches de lui, et en particulier Hécate, se faisaient un malin plaisir de lui rappeler qu'il n'était pas infaillible.

Et de le traiter d'imbécile.

– Qu'est-ce que ça donne ? demanda Hadès en étudiant chaque étalon puissant au moment où ils se plaçaient tous dans leurs box respectifs.

– J'ai parié sur Titan, comme vous me l'avez demandé, dit Ilias.

Hadès hocha la tête avant d'étudier le grand tableau noir où étaient inscrites les cotes. Titan était favori pour la deuxième place.

– Je suis surpris que vous n'ayez pas choisi Kosmos, ajouta Ilias.

Hadès entendit ce que le satyre ne dit pas : *Si vous vouliez gagner, pourquoi miser sur Titan ?* Il connaissait Kosmos et son entraîneur et il savait qu'il était l'un des favoris de Poséidon. À cause de cela, il était peu probable qu'un autre cheval ait une chance de gagner.

Mais c'était une course entre divinités, tout était donc possible.

– Le pari est un test, répondit Hadès.

Ilias posa un regard interrogateur sur le dieu qui n'en dit pas plus.

Les chevaux et leurs jockeys étaient prêts derrière la grille et la course allait commencer d'une minute à l'autre. Son estomac se noua légèrement. Il était impatient, comme le reste du public multicolore. Comme tant de choses en Nouvelle Grèce, les courses de chevaux n'étaient pas, pour la plupart des gens, une question de sport. C'était une question de mode et de statut et, si les tenues n'étaient pas aussi extravagantes que celles portées lors du Gala Olympien, les chapeaux et autres coiffures l'étaient.

– Lord Hadès.

Le dieu des Enfers se retourna sur Kal Stavros qui se tenait à quelques pas de lui. Kal était le P.-D.G. d'Epik Communications, le conglomérat de médias. Il possédait des chaînes de télé, de radio, d'info, et même des parcs d'attractions. Le journal *New Athens News* en faisait partie.

Hadès détestait les médias pour de nombreuses raisons, mais Kal Stavros était en tête du classement ; non seulement parce qu'il encourageait la propagation de fausses informations mais aussi parce qu'il était un Magi, un mortel qui pratiquait la magie noire, ce qui lui avait déjà valu deux mises en garde pour abus d'usage.

Un troisième avertissement et il serait banni, voire puni.

Comme beaucoup de mortels, l'homme d'affaires garda ses distances avec Hadès tout en adoptant une pose décontractée, en mettant les mains dans les poches de son pantalon. Ses yeux bleus semblaient scintiller et Hadès était bien conscient que ce n'était pas d'admiration. Lorsque Kal regardait le dieu des Morts, il voyait son pouvoir, son potentiel.

Deux choses qu'il ne possédait pas.

Kal sortit les mains de ses poches pour s'incliner et Hadès lança un regard assassin – non seulement en direction de Kal, mais des autres mortels près de lui –, les prévenant qu'il était inutile d'envisager d'approcher.

– C'est un plaisir, dit Kal en souriant jusqu'aux oreilles.

– Kal, qu'est-ce qui me vaut cette interruption ? rétorqua Hadès d'un ton lourd de dégoût.

Si le mortel entendit son dédain, il n'en montra rien.

– Pardonnez-moi, répondit Kal d'une voix dénuée de remords. Je vous aurais abordé ailleurs, mais cela fait des semaines que je demande un rendez-vous, et je n'ai pas eu de retour.

La gorge du dieu se réchauffa légèrement, signe que son agacement grandissait.

– En général, le silence signifie « non », Kal, répondit Hadès en se concentrant à nouveau sur les grilles.

N'importe qui aurait compris que le dieu le congédiait, mais Kal avait commis l'erreur de voler trop près du soleil, et il semblait être le seul à ne pas comprendre le risque que cela comportait.

Kal continua et osa même faire un pas vers Hadès. Celui-ci se raidit et serra les poings, non sans noter le regard de mise en garde d'Ilias.

– J'espérais que l'on pourrait discuter d'un partenariat potentiel, poursuivit l'homme d'affaires. Un partenariat qui serait… mutuellement bénéfique.

– Le fait que tu penses pouvoir m'être bénéfique d'une quelconque façon, Kal, illustre une trop grande arrogance doublée d'ignorance.

– Étant donné votre expérience récente avec une certaine journaliste, je ne pense pas, non.

Il y avait une touche d'irritation dans la voix de Kal, mais ce furent ses mots qui saisirent l'attention d'Hadès et transformèrent son agacement en colère noire.

– Attention à ce que tu dis, Kal ! gronda Hadès.

Le dieu des Enfers ne savait pas quelle tournure prendrait cette conversation, mais il n'aimait pas que le prénom de Perséphone puisse ne serait-ce qu'effleurer la bouche du mortel.

Kal esquissa un sourire narquois, insensible au risque qu'il prenait. Ou peut-être souhaitait-il provoquer Hadès pour le forcer à réagir en public, pour le bénéfice de ses journalistes.

– Je pourrais faire en sorte que votre nom n'apparaisse plus jamais dans les médias.

Ses propos crépitèrent en lui comme de l'huile sur un feu, mais Hadès n'en montra rien.

– Que proposes-tu exactement ? demanda-t-il, bien que l'offre de Kal ne l'intéressât pas le moins du monde.

– Votre relation publique avec l'une de mes journalistes…

– Elle n'est pas *ta* journaliste, Kal, cracha Hadès.

Le mortel le dévisagea avant de continuer.

– Quoi qu'il en soit, vous l'avez autorisée à écrire à votre sujet, ce qui encouragera d'autres à faire de même, notamment au sujet de votre couple. C'est ce que vous souhaitez ?

Ce n'était pas du tout ce qu'il voulait, surtout parce que cela mettrait réellement Perséphone en danger.

– Tes propos sonnent comme une menace, Kal, dit Hadès.

– Pas du tout, répondit le mortel. Je ne fais que pointer du doigt les conséquences de vos actes.

Hadès n'était pas sûr de ce qu'il entendait par « actes ». Était-ce le fait qu'il avait laissé Perséphone écrire ces articles ? Ou faisait-il référence à leurs retrouvailles publiques devant le Coffee House, lorsqu'elle avait couru jusque dans ses bras sans se soucier des témoins qui avaient photographié et filmé la scène ?

– Je peux vous aider à garantir votre intimité.

– Pour un prix, tu veux dire ?

– Un petit, dit Kal. Une petite part de L'Iniquité, c'est tout.

La voix de Kal fut étouffée par une cloche qui retentit, suivie par le tintement des grilles qui s'ouvraient et le martèlement des sabots de vingt étalons sur la piste. La voix du commentateur s'éleva au-dessus des cris du public, narrant la course d'un ton théâtral.

– Kosmos est en tête, comme prévu, puis arrive Titan…

Il énonça d'autres noms ; Layland était à l'intérieur, Maximus à l'extérieur. Pendant toute la course, Kosmos resta en tête, avec Titan à peine quelques mètres derrière lui. La poitrine d'Hadès se contracta et il grinça des dents en écoutant le récit du commentateur. Tout le public était à cran. Puis il y eut un revirement et Titan sembla trouver un meilleur appui. Il s'envola, doublant Kosmos pour passer la ligne d'arrivée le premier.

La voix du commentateur s'éleva, tout excitée d'annoncer le vainqueur.

– Titan, l'étalon de l'ombre et la superstar divine, remporte la Coupe Hellénique ! Kosmos est second !

En quelques minutes à peine, la course était terminée. Hadès poussait contre la rambarde pour partir lorsqu'une main atterrit sur son bras.

– Notre contrat, Hadès, dit Kal.

Le dieu fit volte-face et saisit le poignet de Kal avant de le repousser.

– Dégage, Kal !

Il ne dit rien de plus avant de disparaître.

* * *

Hadès se manifesta à Nevernight.

La boîte était immaculée et les étages déserts, même s'il savait que ses employés s'affairaient quelque part dans l'ombre pour préparer l'ouverture du soir, un événement qui n'était jamais sans rebondissements. Il y avait toujours quelqu'un qui supposait que son statut lui autoriserait l'accès à la boîte et, selon qu'il était plus ou moins convaincu que tout lui était dû, cela se terminait en un caprice public que Mekonnen, ou Ilias lorsque cela devenait sérieux, était obligé de gérer.

Les mortels comme les immortels ne manquaient jamais d'illustrer les défauts de l'humanité. Il y avait des jours où Hadès se demandait s'il avait bien fait de créer un tel paradis aux Enfers. Peut-être aurait-ce été mieux que les êtres craignent l'au-delà – le craignent, *lui*. Alors, les gens comme Kal n'auraient pas osé l'approcher avec des requêtes aussi impérieuses.

Une nouvelle vague de frustration saisit le dieu quand il repensa à l'audace du mortel.

Pire encore, la proposition de Kal soulevait une autre inquiétude : la sécurité de Perséphone. Hadès avait un nombre illimité d'ennemis. Il ne souhaitait pas avoir de regrets au sujet de leurs retrouvailles, mais il aurait dû faire plus attention. Il aurait pu les draper de Charme, les téléporter… n'importe quoi pour éviter que le public n'ait accès à leurs vies et que Perséphone soit exposée.

Malheureusement, les dégâts étaient faits et, désormais, le monde les observait.

Perséphone était-elle prête ? C'était une chose d'être favorite, c'en était une autre d'être la maîtresse d'un dieu. Elle ne souhaitait pas être connue pour sa divinité. Se lasserait-elle d'être connue comme sa maîtresse ?

Il prit le whiskey sur l'étagère et but à la bouteille. Il sentit alors qu'il n'était pas seul et découvrit Héra, la déesse du Mariage et, hélas, sa belle-sœur. Elle se tenait au milieu de la pièce, tout de blanc vêtue, le visage fier. Hadès pensa qu'elle avait l'air à peine moins sévère que Déméter.

– C'est un peu tôt pour commencer à boire, dit-elle d'un ton dégoûté alors qu'elle venait lui demander quelque chose.

Elle ne serait pas là, sinon.

– C'est un peu tôt pour entendre tes jugements, répondit Hadès en se concentrant à nouveau sur la bouteille, ignorant Héra, qui resta silencieuse un moment avant de prendre une inspiration et d'avancer vers le bar.

Hadès se prépara à entendre ce qu'elle s'apprêtait à dire.

Il savait déjà que ça ne lui plairait pas.

– Avant de commencer, j'espère que ma visite restera anonyme.

Hadès haussa un sourcil.

– Ça dépend de ce que tu es venue dire.

Il but une autre gorgée, pour être sûr d'être clair, et les traits d'Héra devinrent encore plus froids.

Ce n'était pas qu'Hadès n'aimait pas la déesse – mais il ne pouvait pas dire qu'il l'aimait, non plus. Pour lui, Héra était un terrain neutre. Sa nature vengeresse était souvent réveillée par

Zeus, dont l'infidélité était au cœur de nombre de ses crises. Hadès avait du mal à lui en vouloir d'exploser comme elle le faisait car, après tout, le mariage de Zeus et Héra était fondé sur le mensonge. Sa cruauté était souvent mal placée et était toujours dirigée contre ceux qui étaient eux-mêmes des victimes de Zeus.

Héra haussa le menton, le regard assassin.

– Tu es, bien sûr, au courant des exploits de Zeus, dit-elle. Du chaos qu'il répand sur la race humaine.

Elle n'avait pas tort et si aucun dieu n'était vraiment innocent, Zeus était sans doute le plus dur envers l'humanité.

– Je suis au courant des tiens, aussi, répondit Hadès.

La bouche d'Héra se pinça et sa voix trembla quand elle reprit la parole.

– J'ai mes raisons. Tu le sais parfaitement.

– Appelle ça par son nom, Héra : la vengeance.

Elle serra les poings.

– Comme si tu ne t'étais jamais vengé, gronda-t-elle.

– Je ne te jugeais pas, précisa Hadès avant de marquer une pause. Pourquoi es-tu venue ?

Elle le regarda dans les yeux et Hadès se souvint qu'il n'aimait pas les yeux d'Héra. Il l'oubliait facilement car elle était souvent avec Zeus et, à ses côtés, elle prenait un air désintéressé et distant. Or avoir son attention impliquait de sentir son regard pénétrant.

– Je suis venue pour obtenir ton allégeance, dit-elle. Je souhaite renverser Zeus.

Le dieu des Enfers ne fut pas surpris par sa déclaration. Ce n'était pas la première fois qu'Héra essayait de détrôner Zeus. Elle avait déjà essayé par deux fois et avait réussi à obtenir l'aide d'autres dieux, comme Apollon, Poséidon, et même Athéna. Des trois, un seul avait échappé à la colère de Zeus lorsque ce dernier avait été libéré.

– Non.

Il avait répondu automatiquement, car il n'avait pas besoin de réfléchir. Hadès n'aimait pas plus la tyrannie de Zeus qu'un autre, mais il connaissait les intentions d'Héra et il préférait que le trône soit entre les mains imprévisibles de son frère plutôt que dans celles de sa femme.

– Tu déclines, alors que tu connais ses crimes ?

– Héra…

– Ne le défends pas ! gronda-t-elle.

Ça n'avait pas été son intention, mais la réalité était que Zeus était seulement roi parce qu'ils avaient tiré au sort. Il n'avait pas plus de pouvoir qu'Hadès ou Poséidon.

– Tu as essayé par le passé et tu as échoué. Qu'est-ce qui te fait penser que ce sera différent cette fois ?

Hadès était sincèrement curieux. Est-ce qu'Héra était en possession d'une arme ou d'une alliance qui l'avait convaincue que le cours du destin pouvait être changé ?

– Donc tu as peur, répondit-elle.

Hadès grinça des dents. Zeus était bien le dernier qu'il craignait. Il était simplement curieux, ce n'était pas la même chose.

– Tu veux mon aide ? Alors réponds à ma question, insista Hadès.

Un sourire amer s'étendit sur le visage d'Héra.

– Tu sembles penser que tu as le choix. Je tiens pourtant ton avenir entre mes mains.

Il fronça les sourcils et ne demanda pas ce qu'elle voulait dire. Héra avait le pouvoir de bénir ou maudire les mariages. Si elle le souhaitait, elle pouvait faire en sorte qu'il n'épouse jamais Perséphone.

– Peut-être que je trouverai une raison de me ranger du côté de Déméter. Après tout, je suis la déesse des Femmes.

S'il était de notoriété publique que Déméter avait une fille, elle avait maintenu son identité secrète. Peu de dieux étaient donc au courant de la divinité de Perséphone. L'exception la plus récente était Zeus – et par défaut Héra – lorsque Déméter était allée le voir pour lui prier de lui rendre sa fille. Toutefois, Zeus n'avait pas souhaité s'opposer aux Moires et avait refusé.

– Si tu souhaites réellement occuper ce rôle, tu ferais bien d'écouter Perséphone plutôt que sa mère manipulatrice. Ne déconne pas avec moi, Héra. Ça ne finira pas bien.

Elle éclata de rire avant de baisser légèrement la tête pour le fusiller du regard.

– C'est ta réponse ?

– Je ne t'aiderai pas à renverser Zeus, répéta Hadès.

Hadès ne pouvait pas être forcé de faire ce qu'il ne voulait pas. Renverser Zeus était bien plus complexe qu'une histoire d'alliances. Le dieu de la Foudre était toujours à l'affût de la moindre trace de rébellion. Il consultait constamment les prophéties et déplaçait les pièces de son échiquier pour éviter qu'un être plus puissant que lui ne soit conçu. Peut-être était-ce là la détresse du conquérant : la peur que le cycle se répète, comme cela avait été le cas avec les Titans et les Primordiaux. Zeus craignait de finir comme leur père, Cronos, et leur grand-père, Uranus.

Hadès était certain que le vent changerait tôt ou tard et que les Moires auraient de nouveaux souverains, ce qui faisait des Olympiens une cible. Il soupçonnait déjà Thésée, son neveu demi-dieu, d'échafauder de tels plans, même s'il n'en connaissait pas l'étendue. Thésée était chef de la Triade, une organisation qui rejetait l'influence et l'interférence des dieux. Ironie de la chose, Hadès était certain que Thésée espérait ainsi obtenir une divinité entière, ou du moins un pouvoir équivalent.

– Dans ce cas, cela finira mal pour tous les deux, répondit Héra.

Ils se dévisagèrent et la tension devint palpable.

– Si tu ne m'aides pas à renverser Zeus, alors tu devras remporter le droit d'épouser Perséphone.

Hadès serra les poings.

– Tout ça n'a rien à voir avec Perséphone, siffla-t-il.

– Les jeux sont ainsi faits, Hadès, et tous les dieux y jouent. J'ai demandé ton aide et tu as refusé. Je vais donc chercher à me venger.

La déesse parlait comme s'il s'agissait d'une transaction commerciale, or Hadès savait que les menaces d'Héra n'étaient pas vaines. La déesse était prête à tout pour obtenir ce qu'elle voulait, ce qui impliquait qu'elle ne s'interdirait pas de faire du mal à Perséphone.

– Si tu la touches…

– Je ne l'approcherai pas si tu fais ce que je dis, déclara-t-elle avant de tapoter son menton et de reluquer Hadès de la tête aux pieds. Maintenant… quel serait ton meilleur moyen de remporter le droit d'épouser ta Perséphone bien-aimée ?

Sa réflexion à voix haute fit grimacer Hadès. Elle avait clairement l'intention de faire le mal. Elle savait qu'Hadès souhaitait épouser Perséphone, mais aussi qu'il ne pensait pas mériter un tel privilège. Pour la déesse, il s'agissait autant de punir que de se divertir.

– Ah ! Ça y est, je sais, dit-elle enfin. Je vais t'assigner douze travaux. Ton… accomplissement de chaque tâche me prouvera ta dévotion envers Perséphone.

– Dommage que Zeus n'ait jamais eu à le faire pour toi, grommela Hadès.

C'était la chose à ne pas dire et c'était méchant, il était forcé de l'admettre. Hadès détestait la manière par laquelle Héra avait été mariée à son frère. Tout n'avait été que mensonge et honte, et Héra pâlit de rage car les propos d'Hadès faisaient remonter ces souvenirs à la surface.

– Tuer Briarée, ricana-t-elle. Voilà ta première tâche.

Hadès peina à respirer en entendant ses paroles. Briarée était l'un des Hécatonchires. Il était unique par son apparence car il avait cent bras et cinquante têtes. La dernière fois qu'Héra avait essayé de renverser Zeus, c'est Briarée qui l'avait libéré. Pas étonnant donc qu'elle cherche à se venger de lui. Toutefois, le faire tuer par Hadès était une tout autre histoire.

Hadès appréciait Briarée et ses frères. Ils avaient été alliés durant la Titanomachie et, en fin de compte, c'était grâce à eux que les Olympiens avaient pu renverser les Titans. Ils méritaient la reconnaissance des dieux, pas leurs lames.

– Je ne peux pas ôter une vie si les Moires n'ont pas coupé son fil, répondit Hadès.

– Alors négocie, rétorqua-t-elle, comme si c'était si simple.

– Tu ne sais pas ce que tu demandes.

Une âme pour une âme : voilà l'échange que feraient les Moires. Elles donnaient ou prenaient, selon les dégâts qu'elles souhaitaient provoquer.

Les Moires n'aimaient pas que les dieux jouent avec leurs fils. La demande d'Héra aurait de lourdes conséquences. Hadès le sentit sous sa peau tandis que les fils symbolisant les spectres de chaque âme qu'il avait négociée se resserraient autour de lui.

– Tu as une semaine, dit Héra, ignorant ses propos.

Hadès secoua la tête et, même s'il savait qu'elle s'en fichait, il le dit quand même.

– Tu viendras à le regretter.

– Si c'est le cas, alors toi aussi.

Hadès n'en doutait pas.

Lorsqu'elle disparut, Hadès resta dans la pénombre de Nevernight et rejoua l'échange dans sa tête. La déesse du Mariage avait raison. C'était un jeu auquel s'adonnaient tous les dieux ; mais elle avait choisi les mauvais pions.

Tôt ou tard, Hadès obtiendrait gain de cause, et la déesse en viendrait à regretter de l'avoir mis à l'épreuve.

Il but une autre gorgée de whiskey avant de jeter la bouteille pour l'exploser contre le mur.

– Foutues Moires !

Chapitre II

UN PEU D'APPRÉHENSION

Tuer Briarée.

L'idée était tellement pesante qu'il lui était difficile de respirer ou de réfléchir en se rendant aux Enfers.

Il avait imaginé son retour différemment. Il avait prévu de se divertir en imaginant toutes les façons érotiques qui étaient à sa disposition pour conclure son week-end avec Perséphone. Il avait prévu d'en faire une réalité jusqu'au petit jour, moment où ils devraient affronter les conséquences bien réelles de leur choix de rendre leur relation publique. Or Hadès n'était pas certain qu'ils y soient prêts, ni lui ni elle. Étant donné la tentative de chantage de Kal Stavros, il était évident que les vautours leur tournaient déjà autour.

Il était désormais accaparé par l'ordre d'Héra et il cherchait un moyen d'éviter ses travaux. Elle n'était pas la seule déesse à pouvoir bénir les mariages, même si c'était sa capacité à les maudire qui était particulièrement redoutée. En fin de compte, cependant, la décision revenait à Zeus, et Hadès ne pensait pas que son frère approuverait qu'il soit responsable de la mort de Briarée.

Dieux, il détestait sa famille !

Il apparut dans son bureau, ayant prévu de partir à la recherche de Perséphone, mais il découvrit qu'il n'était pas seul. Thanatos l'attendait déjà. Le dieu de la Mort tenait régulièrement Hadès au courant des activités quotidiennes des âmes ; surtout quand cela allait mal, et c'est ce qui interpella Hadès.

– Quelque chose ne va pas, Thanatos ? demanda Hadès alors que le dieu s'inclinait devant lui, ses longs cheveux blancs tombant sur son visage.

– Non, Milord, répondit Thanatos en se redressant, faisant frémir ses ailes.

Il était comme une silhouette de l'ombre et sa tête était couronnée de deux cornes de gayal noires.

– Je souhaitais simplement t'informer d'un… événement.

– Un… événement ?

– Au Styx, dit-il. Lady Perséphone a accueilli les âmes.

Il n'y avait rien de fondamentalement mal à ce que Perséphone accueille les âmes, mais la façon qu'avait Thanatos de l'annoncer fit accélérer le cœur d'Hadès.

– Viens-en au but, Thanatos, ordonna Hadès. Est-ce qu'elle va bien ?

Le dieu de la Mort cligna des yeux.

– Mais oui, bien sûr, s'empressa-t-il de répondre. Je ne cherchais pas à sous-entendre le contraire. J'ai pensé que tu aimerais le savoir et peut-être la… mettre en garde. Tu sais comme les nouvelles âmes peuvent être imprévisibles.

Hadès fut instantanément soulagé, même si son agacement envers Thanatos grandit brusquement.

– Est-ce que tu… es en train de *cafter*, Thanatos ? demanda-t-il en haussant un sourcil.

Le dieu écarquilla les yeux.

– Je… non, ce n'était pas mon intention. J'ai pensé que tu devais le savoir…

Hadès esquissa un sourire en coin.

– Je parlerai à Perséphone, dit-il. Mais la prochaine fois que tu souhaites m'informer de ses exploits, je suggère que tu commences par la fin.

Le visage pâle de Thanatos vira au rouge.

– Oui, Milord.

Sans plus un mot, Hadès partit à la recherche de Perséphone.

Il ne lui était pas difficile de la localiser. Hadès pouvait sentir sa présence dans son royaume, comme un battement régulier qui pulsait en tandem avec son cœur. Il se laissa attirer par elle et la trouva dans la bibliothèque, blottie dans l'un des fauteuils moelleux près de la cheminée. Même sans percevoir sa trace, il aurait deviné qu'elle viendrait se réfugier ici. La bibliothèque était l'un de ses endroits préférés du palais et il était réconforté de savoir que même après leur séparation, à laquelle il détestait penser, elle avait repris son ancienne routine avec autant de facilité.

Il se posta un instant à la porte, d'où il ne pouvait voir que le dessus de sa tête dorée, puis s'approcha d'elle et la trouva en train de lire. Un mélange chaotique d'émotions surgit en lui : un soulagement chaud et une appréhension glacée.

Elle était là, maintenant.

Elle était présente, maintenant.

Toutefois, le mois qui venait de s'écouler lui avait appris qu'il suffisait d'une seconde pour que cela prenne fin, et l'attitude d'Héra ne faisait rien pour apaiser sa tourmente, même s'il parvint à la réprimer en la rejoignant.

– Je savais que je te trouverais ici, dit-il en se penchant sur elle.

Il glissa deux doigts sous son menton et leva sa tête pour s'emparer de sa bouche. Elle se cambra pour lui répondre et empoigna sa nuque. Cela plaisait à Hadès. Cela l'aidait à s'ancrer, à se rappeler qu'elle était réelle, qu'*ils* étaient bien réels.

Il recula et effleura sa mâchoire avec son pouce pour étudier son visage, s'arrêtant plus longuement sur ses lèvres, qu'il avait très envie de goûter à nouveau. Ses yeux étaient plus lumineux, aujourd'hui, aussi verts que sa clairière luxuriante, et il aimait penser qu'il en était en partie responsable.

– Comment s'est passée ta journée, chérie ?

– Bien, répondit-elle d'une voix essoufflée qui le fit sourire.

– J'espère que je ne te dérange pas. Tu semblais obnubilée par ta lecture, dit-il avant de se redresser.

– Non. Enfin… c'est juste un travail que m'a donné Hécate.

– Je peux ? demanda-t-il.

Elle lui tendit le livre et il en nota le titre, *Sorcellerie et pagaille*. Il se retint de lever les yeux au ciel face au choix d'Hécate. Cela dit, il n'était pas surprenant que la déesse de la Magie choisisse d'enseigner l'art du chaos à sa maîtresse. C'était une magie qui pouvait être à la fois inoffensive et destructrice, et Hadès n'avait pas de doute quant au fait qu'Hécate comptait enseigner les deux extrêmes à Perséphone.

Il lui en toucherait un mot plus tard.

– Quand commences-tu ton entraînement avec Hécate ?

– Cette semaine, dit-elle. Elle m'a donné des devoirs pour me préparer.

– Hmmm, grommela-t-il en feuilletant quelques pages avant de refermer le livre. On me dit que tu as accueilli les nouvelles âmes, aujourd'hui.

Il avait parlé d'un ton neutre, mais quand il leva les yeux vers elle, elle se tint plus droite, prête à défendre son choix.

– Je marchais avec Yuri quand on les a vues sur les berges du Styx.

– Tu as emmené une âme en dehors d'Asphodèle ?

Voilà qui était bien plus inquiétant que le fait qu'elle ait accueilli les âmes.

– C'est Yuri, Hadès. D'ailleurs, je ne sais pas pourquoi tu les isoles comme ça.

Il admirait Perséphone pour sa capacité à faire confiance aux autres, et de toutes les âmes, Yuri était sans doute la moins susceptible de causer des problèmes, mais les laisser libres aux Enfers en créerait à coup sûr. Même Perséphone n'arrivait pas à éviter les ennuis. La dernière fois qu'elle s'était promenée dans les terres sauvages de son royaume, elle s'était retrouvée nez à nez avec Tantale.

Elle avait dû oublier cette rencontre car elle éclata de rire, les yeux brillants de joie, une joie qui mourut en rencontrant le regard insistant d'Hadès. Il regarda ses lèvres désormais entrouvertes et ses pensées prirent une tout autre direction.

Il inspira et essaya de déglutir, mais sa gorge était sèche. Soudain, il n'eut plus qu'une envie, franchir la distance qui les séparait. Peut-être pourrait-il profiter de sa soirée avec Perséphone de la façon qu'il avait imaginée avant qu'Héra ne gâche tout. Mais Perséphone détourna le regard.

– Les âmes d'Asphodèles ne causent jamais de problème, dit-elle.

– Tu penses que j'ai tort ?

Il n'était pas surpris.

– Je crois que tu ne t'accordes pas suffisamment de crédit d'avoir changé, et que tu n'accordes pas aux âmes le crédit d'avoir remarqué ce changement.

Ses propos le prirent par surprise et remuèrent quelque chose en lui.

– Pourquoi as-tu accueilli les âmes ? demanda-t-il, curieux de savoir ce qui l'avait poussée à les approcher.

– Parce qu'elles avaient peur, et ça ne m'a pas plu.

Il avait envie de rire, mais il parvint à se retenir.

– Certaines d'entre elles ont raison d'avoir peur, Perséphone.

– Celles-là auront peur de toute façon, que je les accueille ou pas. Les Enfers sont magnifiques, et tu tiens au bien-être de ton peuple, Hadès. Pourquoi les bonnes âmes devraient-elles avoir peur d'être ici ? Pourquoi devraient-elles te craindre ?

Une fois de plus, il aurait ri si elle n'avait pas été si sérieuse. Quiconque les aurait écoutés n'aurait pas douté qu'elle parlait de lui, le dieu des Enfers, et s'il y avait peut-être une part de vérité dans ce qu'elle disait, c'était seulement une part minuscule, et il craignait qu'elle le découvre un jour.

– Quoi qu'il en soit, elles me craignent toujours. C'est toi qui les as accueillies.

– Tu pourrais m'accompagner.

Elle avait parlé comme si elle redoutait qu'il rejette sa proposition aussi rapidement qu'elle l'avait formulée.

– Tu as beau ne pas aimer le titre de reine, tu n'as aucun mal à te comporter comme telle, remarqua-t-il en souriant.

Son sourire disparut lorsqu'il nota son hésitation.

– Est-ce que… ça te dérange ? demanda-t-elle.

– Pourquoi ça me dérangerait ?

– Parce que je ne suis pas reine.

Hadès n'aimait pas ça car il lui semblait qu'elle prenait des distances avec cette idée. Elle se leva et reprit le livre de ses mains.

– Tu seras ma reine. Les Moires l'ont déclaré.

Il la vit se tenir plus droite et hausser le menton en signe de défiance. Elle n'aimait pas ce qu'il venait de dire mais au lieu de le confronter, elle tourna les talons et marcha dans les rayons, le livre à la main.

Hadès la suivit et apparut devant elle alors qu'elle longeait l'une des rangées d'étagères.

– Ça te dérange ? demanda-t-il.

– Non, répondit-elle en le contournant.

Il la suivit en l'écoutant.

– Mais je préférerais que tu veuilles que je sois ta reine parce que tu m'aimes, pas parce que les Moires l'ont décrété, dit-elle en rangeant le livre à sa place.

Il attendit qu'elle soit face à lui pour lui répondre.

– Tu doutes de mon amour ?

– Non ! Mais… je suppose qu'on ne peut pas ignorer ce que d'autres peuvent penser de notre relation.

Hadès haussa un sourcil et fit un pas vers elle.

– Et que pensent les autres, au juste ?

Elle fuit de nouveau son regard et haussa les épaules en répondant.

– Qu'on n'est ensemble que parce que les Moires l'ont prédit. Que tu m'as choisie seulement parce que je suis une déesse.

Il fronça brusquement les sourcils en entendant ces propos qui sonnaient étrangement, comme ceux que pourrait prononcer sa mère.

– T'ai-je donné des raisons de penser de telles choses ?

Ce n'était pas le cas.

Il connaissait déjà la réponse.

– Qui t'a fait douter ?

– Je commence seulement à réfléchir à…

– Mes arrière-pensées ?

– Non…

Il plissa les yeux en l'observant.

– On dirait, pourtant.

Elle fit un pas en arrière, mais elle n'avait pas assez de place pour mettre de la distance entre eux et elle se cogna aux étagères, ce qui ne fit rien pour apaiser la tension.

– Je suis désolée de t'avoir parlé de ça, cracha-t-elle en croisant les bras, comme pour placer une barrière entre eux.

– C'est un peu tard.

– Tu vas me punir de dire ce que je pense ?

– Te punir ? demanda-t-il en faisant un pas vers elle.

Il enleva les mains de sa poitrine et sa verge durcit quand il colla leurs bassins l'un à l'autre.

– Je suis curieux d'entendre comment tu penses que je devrais te punir.

Elle gonfla ses poumons et sa poitrine et Hadès vit le désir dans son regard, mais elle chercha à le combattre, refusant de céder à la tentation.

– Et je suis curieuse de t'entendre répondre à mes questions.

Il avait oublié tout ce dont ils avaient parlé avant qu'elle ne suggère une punition.

– Rappelle-moi ta question !

Elle l'étudia timidement et ne répondit pas tout de suite. Pendant ce temps, il durcit de plus en plus, toujours niché entre ses cuisses.

– Sans les Moires, est-ce que tu voudrais quand même de moi ?

Choqué par ses propos, il s'efforça de les comprendre et de leur accorder la réflexion nécessaire, mais une part de lui ne saisissait pas qu'elle ressente le besoin de poser une telle question. *Sans les Moires, est-ce que tu voudrais quand même de moi ?* En fin de compte, quelle importance ?

Les Moires existaient.

Et donc, Hadès et Perséphone aussi.

C'était ainsi.

Mais ce n'était pas ce que Perséphone souhaitait entendre, et en vérité, cela ne suffisait pas, parce qu'Hadès savait que ce qui les liait allait bien au-delà du destin.

Or même si leur avenir ensemble se détricotait, il se battrait pour le protéger.

Désespérément.

Elle baissa les yeux et voulut se faufiler pour partir, mais il saisit son menton et la força à le regarder, une fois de plus. Lorsqu'il eut capté son attention, il effleura sa joue du bout des doigts et parla d'une voix basse et rauque.

– Est-ce que tu sais comment j'ai su que les Moires t'avaient destinée à moi ?

Elle secoua la tête, et il se pencha pour caresser sa peau de sa bouche entrouverte.

– Je pouvais le goûter sur ta peau, dit-il alors que ses lèvres suivaient le tracé de ses doigts sur sa mâchoire et sa joue. La seule chose que je regrette, c'est d'avoir vécu aussi longtemps sans toi.

Il mordilla son oreille, puis son cou dans une caresse infiniment légère qui lui fit retenir son souffle. Il recula ensuite et elle vacilla un instant, l'air d'abord confuse, puis elle fronça les sourcils et lui lança un regard assassin.

– C'était quoi, ça ? demanda-t-elle.

Il s'amusa de sa colère avant de répondre.

– Les préliminaires.

C'est alors qu'il la prit sur son épaule et sortit de la bibliothèque.

– Qu'est-ce que tu fais ? cria-t-elle en poussant contre son dos pour se redresser.

– Je te prouve que je te veux.

Puisque, apparemment, son érection flagrante ne suffisait pas.

– Pose-moi, Hadès !

Il sourit en l'entendant à bout de souffle et il remonta sa main sur sa cuisse puis entre ses jambes, la trouvant chaude et mouillée. Son gémissement l'enflamma et, soudain, il se ficha de trouver un endroit privé pour ce qu'il comptait lui faire. Il la plaqua contre le mur alors qu'elle plongeait ses mains dans ses cheveux, et leurs bouches se percutèrent. Il assaillit sa bouche avec sa langue, de son autre main il empoignait ses fesses et frottait sa verge dure et pulsante dans le creux exquis de son bassin.

C'était un besoin, pensa-t-il. Un remontant qui guérissait la frénésie de son esprit.

– Je vais te punir jusqu'à ce que tu cries, promit-il, sentant la véracité de ses mots gonfler son torse. Jusqu'à ce que tu jouisses si fort sur ma queue que tu ne pourras plus douter de mon amour.

Il ne pensait pas qu'il lui était possible d'être plus dur, mais il sentit la magie de Perséphone s'élever et il en perçut le parfum chaud et sucré. Il la sentit sur le bout de ses doigts, comme des éclairs appelant la sienne, ses fils d'ombre qui bougeaient sous sa peau, et cela s'ajouta à son excitation, à l'impatience entêtante de la sentir autour de lui, chaude, pulsante, jouissante.

Il recula pour la regarder dans les yeux et savoir si elle était prête.

– Tiens ta promesse, Lord Hadès, dit-elle.

Son bas-ventre se contracta et le sommet de sa verge se mit à pulser. Soudain, il ne put plus attendre de sentir sa chair. Il glissa sa main entre eux avec l'intention de libérer sa verge et de la prendre contre le mur, mais celui-ci s'effondra brusquement et il tituba en avant, avec Perséphone dans les bras, se rattrapant tout juste avant qu'ils ne s'étalent par terre.

Il se redressa et lui permit de poser ses pieds au sol, mais il la garda contre lui, car ils n'étaient pas seuls. Ils se trouvaient face à un public composé principalement de ses employés, auxquels s'ajoutaient Thanatos, Hécate et Charon.

Thanatos regarda vers eux, puis détourna le regard en rougissant. Les yeux noirs de Charon devinrent ronds comme des billes avant qu'il ne tourne lui aussi la tête en souriant jusqu'aux oreilles. Hécate fut la seule à les dévisager ouvertement en haussant les sourcils, un sourire narquois sur les lèvres.

Quelque part, Hadès dut reconnaître qu'il aurait dû être plus prudent quant à l'endroit où il emmenait Perséphone, mais en fin de compte, le palais était à lui.

Il pouvait baiser là où il voulait.

Il se racla la gorge et Perséphone regarda par-dessus son épaule avant de coller son front à son torse. Il crut sentir un instant la chaleur de sa honte à travers sa chemise.

– Bonsoir, dit-il. Lady Perséphone et moi sommes affamés, et nous souhaitons être seuls.

Les mains de la déesse étaient nichées sur sa taille, sous sa veste, et elle planta ses doigts dans ses côtes lorsqu'il parla. Il poussa un grognement et resserra son étreinte alors que ses employés se dépêchaient de débarrasser la table, sortant de la grande salle chargés de plats remplis de nourriture en les saluant au passage. À chaque « Bonne soirée Milord, Milady », Perséphone se cachait un peu plus contre son torse.

Hécate fut la dernière à partir, jetant un raisin dans sa bouche avant de fermer la porte derrière elle sans les avoir quittés des yeux.

– Maintenant, dit-il en la faisant reculer jusqu'à ce qu'elle rencontre la table. Où en étions-nous ?

– Tu n'es pas sérieux.

– Sérieux comme la mort, répondit-il.

– Dans la… salle à manger ?

Il ne comprenait pas qu'elle hésite maintenant, pas alors qu'ils l'avaient fait avant. Mais peut-être avait-elle imaginé autre chose lorsqu'il avait promis de la punir.

– J'ai très faim, pas toi ?

Il la souleva et la posa sur la table. Il s'empara de sa bouche, effleurant ses lèvres avec sa langue avant de plonger pour rencontrer la sienne. Il remonta ensuite ses mains le long de sa taille, jusqu'à ses seins. Il voulait toucher sa peau douce, mais il se contenta de titiller ses tétons avant de les prendre dans sa bouche à travers sa robe. Elle entoura sa taille avec ses jambes et planta ses talons dans ses fesses pour tirer son bassin vers elle. Il la laissa faire un instant et continua de l'embrasser en l'allongeant sur la table. Une fois qu'elle fut installée, il se redressa pour l'admirer – une véritable déesse, une reine à part entière, offerte à lui, ses cheveux dorés tombant de la table. Sa poitrine se souleva et ses yeux brillèrent d'une faim qu'il sentit jusqu'au plus profond de son estomac.

Perséphone était un rêve, un rêve dont il souhaitait ne jamais se réveiller.

Il lui fit plier les jambes et poser ses talons sur la table, puis il embrassa l'intérieur de ses cuisses. Le jupon de sa robe tomba sur ses hanches et il écarta ses cuisses, exposant sa chair chaude, tout en plaquant sa bouche sur son clitoris.

Elle se cambra et ramena les genoux contre lui et, s'il aimait sentir ses cuisses contre son visage, la position n'offrait pas beaucoup de plaisir à Perséphone ni beaucoup d'accès à Hadès, et il plaqua de nouveau ses cuisses contre la table pour continuer de la lécher. Elle était chaude et mouillée, et il lui sembla s'embraser lorsqu'elle gigota et gémit des encouragements.

Elle tendit une jambe pour caresser sa verge gorgée de sang avec son pied et, s'il avait très envie de libérer son sexe pour se glisser en elle, ce qu'il désirait plus que tout était de la faire jouir.

Or son orgasme n'était pas loin. Elle était déjà tendue des pieds à la tête et Hadès était désespéré de la dévorer, mais son festin fut interrompu par un coup frappé à la porte.

Perséphone se crispa et il grogna de frustration.

– Ignore-les, cracha-t-il en levant les yeux vers elle alors qu'il était encore à genoux à ses pieds.

Il sentit son visage se réchauffer tandis qu'il rapprochait Perséphone du précipice, prêt à arracher à son corps tout le plaisir possible. Après, il déverserait le sien en elle.

Cela faisait partie du cycle de la vie et de la mort et il ne ferait jamais rien pour le mettre en péril.

On frappa de nouveau.

– Lord Hadès ?

– Va-t'en.

Encore un mot provenant de l'autre côté de cette porte et il enverrait le coupable au Tartare.

– C'est important, Hadès.

Merde. Il reconnut la voix ; c'était Ilias.

Il se redressa, Perséphone en fit de même.

– Une minute, ma chérie.

Il s'efforça de contenir sa frustration, mais c'était difficile étant donné la nature de l'interruption. Le regard aguicheur de Perséphone qui s'attardait sur son érection ne fit rien pour arranger la situation.

– Tu ne vas pas lui faire de mal, si ? demanda-t-elle d'une voix grave et suave qui l'intimait de vite revenir.

– Pas trop…

Il prit note de sa peau rougie, la preuve de son orgasme imminent, puis il sortit dans le couloir, où Ilias l'attendait.

– Ça a intérêt à être important, siffla Hadès, ou je t'enverrai au Tartare. Un an pour chaque mot prononcé. Choisis-les avec soin.

Ilias ne sembla pas décontenancé le moins du monde.

– C'est urgent.

Hadès dévisagea le satyre et reconnut qu'il n'avait jamais appelé Hadès à moins que ce ne soit absolument nécessaire, ce qui signifiait qu'il s'était passé quelque chose de grave. Il se demanda si cela avait quelque chose à voir avec Kal ou Héra, et il se crispa en y pensant.

– J'arrive vite, dit-il.

Ilias hocha la tête.

– Je serai dans la salle de surveillance.

Cela suscita la curiosité et l'inquiétude d'Hadès, mais il mit de côté ses interrogations pour retourner dans la salle à manger. Perséphone était descendue de son perchoir et se tenait debout, les yeux rivés sur le plafond. Hadès se demanda ce qu'elle y trouvait d'intéressant, mais il ne lui posa pas la question, restant silencieux alors qu'elle se tournait vers lui.

– Tout va bien ? demanda-t-elle en croisant les bras, comme pour mettre une barrière entre eux.

Toutefois, Hadès refusait qu'une distance s'établisse et il l'attira contre lui en la prenant par la taille.

– Oui. Et non. Ilias m'a informé d'un problème qui doit être réglé rapidement.

– Tu reviens quand ?

– Dans une heure. Peut-être deux, supposa-t-il.

Cela dépendrait de ce dont Ilias avait besoin, mais il ne souhaitait pas inquiéter Perséphone.

– Crois-moi, ma chérie, te laisser est la décision la plus difficile que je prenne, chaque jour.

– Alors ne me laisse pas, répondit-elle en l'enlaçant pour coller leurs corps l'un à l'autre. Je peux venir avec toi.

Il se crispa en entendant sa proposition. Même sans savoir ce qu'Ilias souhaitait lui montrer, il peinait à imaginer qu'il advienne quoi que ce soit de bon de mêler Perséphone à son travail.

– Ce n'est pas prudent.

– Pourquoi ?

– Perséphone…

– C'est une question simple.

– Non, ça ne l'est pas, rétorqua-t-il.

Elle écarquilla les yeux et se pinça la bouche, et il regretta aussitôt d'avoir perdu patience.

Il soupira. Il souhaitait plus que tout régler ce problème afin de revenir à ses côtés. Ne le voyait-elle donc pas ?

– Très bien, dit-elle en faisant un pas en arrière. Je serai là à ton retour.

Est-ce qu'elle disait cela seulement pour l'apaiser ?

– Je me rattraperai, promit-il.

Elle haussa un sourcil et parla d'un ton royal.

– Jure-le.

Il esquissa un léger sourire tandis que sa verge encore dure inspirait sa malice.

– Oh, chérie ! Tu n'as pas besoin de m'arracher une promesse. Rien ne m'empêchera de te prendre.

Toutefois, il ne put se débarrasser de l'impression que partir sans l'avoir fait jouir était un sacrilège.

Chapitre III

LE RETOUR DE LA NYMPHE

Hadès rejoignit Ilias au dernier étage de Nevernight, dédié à la surveillance et la sécurité. C'était une vaste pièce dont les murs inclinés pour former une pointe noire reflétaient la forme extérieure de l'immeuble. La lumière bleue des écrans d'ordinateur inondait la pièce et éclairait les visages sérieux de l'équipe en charge de la sécurité, même si seule une petite portion des troupes était présente. Les autres arpentaient les étages du dessous et les ruelles autour de la boîte, scrutant la nuit pour repérer le moindre signe suspect.

Ilias était posté devant une série d'écrans fixés sur le mur du fond. Il y avait un écran par cellule. Des six, quatre étaient occupées. Elles étaient réservées à quiconque enfreignait le règlement de Nevernight, ce qui arrivait toutes les nuits et pouvait aller d'une simple photo prise à la sauvette au comptage de cartes et, en de rares occasions, à des actes d'espionnage.

C'était à cette dernière infraction qu'Hadès s'attendait ce soir, étant donné ses deux visites de la journée. Quand il scruta les écrans devant le satyre, il repéra un visage familier qui le choqua profondément.

– Est-ce que c'est Leucé ?

Il connaissait déjà la réponse à sa question. Il ne pouvait ignorer les cheveux blancs et la peau pâle de la nymphe marine. Une éternité s'était écoulée depuis qu'il l'avait aimée, depuis qu'elle l'avait trahi, depuis qu'il l'avait transformée en peuplier et l'avait oubliée.

Or elle était là, sortie de sa prison.

Comment ?

Ce n'était pas lui qui l'avait libérée.

– C'est bien elle, dit Ilias. Elle a fait un esclandre en arrivant.

Hadès se demanda combien de gens avaient assisté à sa crise avant qu'elle ne soit contenue.

– On tâche de limiter les dégâts, ajouta Ilias, comme s'il avait lu dans ses pensées.

– Est-ce que quelqu'un l'a interrogée ?

– J'ai pensé que tu aimerais le faire, répondit le satyre en secouant la tête.

Ilias avait vu juste, même si la nymphe avait eu largement le temps de réfléchir, d'inventer des mensonges et de s'en persuader suffisamment pour éviter qu'ils ne soient détectés. C'était une tactique qu'elle connaissait bien et qu'elle n'aurait pas oubliée, puisqu'elle avait passé tout ce temps sous la forme d'un arbre inconscient. Elle avait dû se réveiller aujourd'hui, convaincue qu'Hadès venait tout juste de la confronter au sujet de son infidélité. Quel choc ça avait dû être d'apprendre qu'un millénaire était passé. Il se demanda s'il avait commis un acte de cruauté ou de gentillesse en la punissant ainsi.

Il la regarda de nouveau sur l'écran. Elle avait poussé sa chaise contre le mur du fond, loin de la table. Elle avait ramené ses genoux sous son menton et entourait ses jambes de ses bras. Elle avait l'air petite et innocente, même si ce n'était pas ainsi qu'Hadès se souvenait d'elle.

– Qu'est-ce que tu vas faire d'elle ? demanda Ilias.

Le satyre ne posait pas la question par inquiétude pour elle ; il voulait savoir ce qui serait requis de lui, puisque c'était probablement lui qui serait chargé du sort de la nymphe.

Hadès le regarda. Il n'avait pas été aussi loin dans sa réflexion, en dehors du fait qu'il ne voyait aucune raison pour que Perséphone apprenne le retour de Leucé. Il n'avait aucun mal à imaginer sa réaction en apprenant non seulement que sa maîtresse de l'ancien monde était revenue mais également la manière dont il avait géré son infidélité – or sa réaction ne serait pas jolie.

Leucé était une complication.

– Je ne sais pas, dit Hadès. Mais… tiens-toi prêt.

Ilias hocha la tête et Hadès partit.

Il aurait pu se téléporter dans la cellule, comme il le faisait souvent avec ceux qui lui avaient causé du tort, mais il avait besoin de temps pour réfléchir et se préparer à affronter cette maîtresse qu'il avait oubliée. Il passa donc d'un étage à un autre, invisible aux yeux de la foule, de plus en plus frustré.

Bien évidemment, il fallait que Leucé revienne le lendemain du jour où lui et Perséphone s'étaient réconciliés, pensa-t-il amèrement. Il s'arrêta brusquement car cette pensée l'inquiéta. Peut-être n'était-ce pas une coïncidence. Peut-être était-ce intentionnel.

Peut-être Déméter était-elle derrière tout ça…

Soudain, il eut hâte de la confronter et il n'hésita pas. Un nuage d'air chaud et épais le frappa quand il ouvrit la porte et Leucé le transperça d'un regard glacial et méprisant.

– Toi.

Ce fut l'unique mot qu'elle prononça, mais sa voix était chargée de venin, et elle se jeta sur lui.

Elle était souple et élancée et elle se déplaçait comme si elle avait des ailes, enjambant la table comme si celle-ci n'existait pas. Même si sa colère était justifiée, Hadès n'avait aucune envie de la laisser approcher. Il tendit la main pour libérer ses spectres et l'arrêter en plein vol.

– Tu as le droit d'être en colère, dit-il, mais si tu es venue ici pour me demander de l'aide, comme je le soupçonne, alors tu ferais bien de garder tes mains pour toi.

Elle lui cracha au visage et il la lâcha aussitôt. Elle s'effondra sur le sol en un amas de membres blancs et maigres, un regard assassin rivé sur lui.

– Tu ne m'as pas fait assez de mal comme ça ?

Cela faisait si longtemps qu'il n'avait pas entendu sa voix qu'il en avait oublié le timbre. Malgré sa colère, elle avait parlé d'une voix douce, mais chaque mot avait été prononcé intentionnellement, comme une pierre ajoutée à l'édifice de sa culpabilité. Il faillit grimacer, mais il parvint à rester impassible. Il ne voulait pas que Leucé pense qu'elle était la bienvenue à ses côtés. D'ailleurs, il préférait qu'elle garde ses distances.

Il remarqua alors les larmes dans ses yeux.

– C'est quoi, cet endroit ? chuchota-t-elle avant de se rasseoir en boule sur la chaise.

Ses larmes et sa question perturbèrent Hadès et il dut reconnaître qu'il n'avait pas réfléchi au choc qu'elle avait dû subir. Il avait seulement envisagé ses mauvaises intentions, or cela n'ôtait rien au traumatisme que ce devait être de revenir à un monde qui n'avait plus rien à voir avec celui dont on gardait le souvenir.

Il s'agenouilla devant elle.

– Qu'est-ce que tu veux savoir ? demanda-t-il.

Elle se crispa, prise de court par son changement d'attitude.

– Ça fait combien de temps ? demanda-t-elle enfin.

Sa gorge se noua, il ne souhaitait pas répondre. Il avait l'impression qu'en le disant à voix haute, cela le rendrait plus méchant encore.

– Plus de deux mille ans.

Elle cligna des yeux et, l'espace d'un instant, son regard fut vide.

– Deux mille ans, répéta-t-elle, comme si cela pouvait l'aider à saisir l'étendue du changement qui avait pu se produire depuis tout ce temps.

Elle se concentra de nouveau sur lui et il pensa qu'elle se remémorait comment il était au moment où il l'avait changée en arbre.

Peut-être avait-il eu tort de penser qu'il pouvait l'interroger. Elle était clairement sous le choc.

– Pourquoi ?

Hadès n'était pas préparé à sa façon de parler. Son estomac se noua sous la culpabilité et, puisqu'il n'avait pas d'explication, il resta silencieux.

– Pourquoi ? répéta-t-elle d'un ton plus ferme.

Il grinça des dents. Ses yeux brillants de larmes et bordés de rouge rendaient sa colère encore plus évidente.

– Au début, à cause de ton infidélité.

Elle secoua un peu la tête, comme si elle ne comprenait pas.

– Il t'a fallu deux mille en pour te remettre de ma trahison ?

Hadès contracta sa mâchoire. Il avait envie de nier pour qu'elle ne pense pas qu'il avait continué de l'aimer pendant toutes ces années, mais il ne voulait pas non plus admettre la vérité, qu'il avait oubliée.

– Et Apollon ? Quel a été son châtiment ?

Encore une fois, Hadès ne répondit pas parce que la vérité était honteuse. Il n'avait pas puni Apollon comme Leucé. En effet, il n'avait rien fait au dieu de la Musique et, à l'époque, cela avait semblé normal. Après tout, Apollon avait séduit Leucé pour se venger d'Hadès après que celui-ci avait refusé de le laisser revoir son amant, Hyacinthe. Il avait donc laissé le dieu impuni, seul avec sa misère.

Elle ricana et tourna la tête, de nouvelles larmes striaient ses joues.

– Vous êtes tous les mêmes, chuchota-t-elle.

Hadès fronça les sourcils. Il voulait lui dire qu'il avait autant changé que le nouveau monde dans lequel elle se trouvait, mais à quoi bon ? Elle était victime de sa colère ; peu importait qu'il ait changé depuis.

Il se leva, conscient de s'être trompé sur sa capacité à l'interroger. Or cela signifiait qu'il serait forcé de garder un œil sur elle plus longtemps.

– Tu as beaucoup à apprendre si tu reviens vivre dans ce monde, dit Hadès.

– C'est tout ce que tu as à dire ?

Il la dévisagea, ne comprenant pas ce qu'elle attendait de lui. Il lui semblait qu'aucun mot n'était à la hauteur. Comme il ne disait plus rien, elle reprit d'un ton amer :

– Je vois que tu n'as pas changé.

– Si c'était vrai, je t'aurais répondu que je ne te dois rien au-delà de la vie que je t'ai accordée, et je t'aurais mise dehors.

Il reconnaissait l'ironie de ses propos. S'il lui avait accordé la vie, il lui en avait également ôté une grosse partie.

– Je n'ai pas besoin de ta charité.

– Ah non ? Alors peut-être que la personne qui t'a rendu ta forme physique t'a proposé de l'aide ?

Elle fronça soudain les sourcils.

– Ce n'était pas toi ?

Sa mine sincèrement confuse inquiéta Hadès.

– Comment es-tu arrivée ici ce soir, au juste ?

– Je me suis réveillée, répondit-elle. J'ai crié ton nom jusqu'à ce que quelqu'un m'amène ici.

Il l'étudia longuement et ne perçut aucune trace de mensonge en elle, même si elle pouvait omettre une partie de la vérité. Cependant, il n'était pas impossible qu'elle n'ait pas vu la personne qui lui avait rendu sa forme naturelle.

Il n'en restait pas moins qu'Hadès ne lui faisait pas confiance. Il chargerait Ilias de la garder à l'œil une fois qu'elle serait calmée.

Il se tourna vers la porte.

– Je vais dire à mes employés de t'aider dans ta transition vers ce nouveau monde, dit-il. Mais en dehors de ça, je t'interdis de me contacter de nouveau.

Et sur ces mots, il partit.

* * *

Quelqu'un cherchait à le provoquer, et il n'aimait pas ça.

D'abord Kal, puis Héra, et maintenant Leucé.

Il avait espéré que sa confrontation avec elle serait courte, concise et définitive, mais il savait qu'il lui faudrait lui reparler. Il avait besoin d'informations sur sa transformation soudaine. Il avait beaucoup de mal à croire qu'elle ne savait pas qui en était responsable, et son lien avec Hadès était trop important pour que quelqu'un ne l'exploite pas.

Hadès ordonna à Ilias de trouver à Leucé un endroit où dormir et de la surveiller, puis il rentra aux Enfers. S'il rêvait de retrouver Perséphone, il avait une autre tâche à accomplir d'abord : rendre visite aux Moires.

Il redoutait ce qu'il avait à faire et cela l'accablait presque autant que la culpabilité qu'il ressentait vis-à-vis de Leucé. Il n'aimait pas s'adresser aux Moires, encore moins lorsqu'il s'agissait d'une affaire personnelle. C'étaient des divinités qui comprenaient leur pouvoir et s'en servaient pour moquer, taquiner, titiller et provoquer. Hadès savait qu'elles le ridiculiseraient, ce soir, ce qui rendait sa mission pire encore.

Il se manifesta à l'extérieur de leur palais de miroir. La taille de l'édifice était impossible à discerner car il était presque entièrement recouvert de plantes et de lierre. Lorsqu'Hadès avait créé leur royaume, les sœurs avaient insisté sur de nombreuses choses, dont l'une était que le palais devait être bâti en verre et en miroir.

– Pour refléter la vérité, avait dit Clothô.

– Pour montrer ce qui est, avait expliqué Lachésis.

– Pour illustrer la réalité, avait ajouté Atropos.

Hadès était persuadé que les Moires utilisaient les miroirs pour refléter bien plus que la vérité. Ceux-ci symbolisaient une potentialité et, si celle-ci pouvait être grandiose, elle pouvait également être dévastatrice. Les Moires étaient censées être neutres, mais en vérité, elles avaient un penchant pour la tragédie.

– Le roi des Enfers est troublé.

La voix de Lachésis fut la première à l'atteindre, or elle ne s'était pas encore manifestée.

– Le Riche est désespéré, dit Atropos.

– Le roi des Morts est embêté, ajouta Clothô en se matérialisant.

Les trois Moires se ressemblaient, même en âge, alors que Clothô était la plus jeune. Elles avaient de longs cheveux noirs et étaient vêtues de blanc. Elle n'avait pas de cornes, mais des couronnes qui ressemblaient à un nid de brindilles dorées.

– Qu'y a-t-il, Roi ? s'enquit Atropos en apparaissant à son tour.

– Dis-nous pourquoi tu es venu, Majesté, ajouta Lachésis en se manifestant.

Elles se tenaient en arc de cercle devant Hadès. Elles savaient pourquoi il était venu. Il avait besoin de savoir si elles avaient tissé le destin de Briarée et s'il pouvait s'y opposer.

– Il me faut le fil de Briarée, dit-il.

– On est un peu exigeant, non ? dit Atropos.

– Bourru, même ! répondit Clothô.

– Brutal ! renchérit Lachésis.

– Demande-nous gentiment, dirent-elles à l'unisson.

Il contractait tant la mâchoire qu'elle en devint douloureuse et il leur lança un regard si noir que ses yeux le brûlèrent.

– S'il vous plaît, grommela-t-il.

Elles esquissèrent toutes les trois des sourires machiavéliques.

– Eh bien, c'est demandé si poliment… renifla Lachésis.

– Aimablement, ajouta Clothô.

– Gentiment, dit Atropos. Que souhaites-tu savoir ?

– J'ai besoin de connaître la destinée de Briarée, dit Hadès en détestant voir les yeux des Moires s'illuminer.

– Briarée, tu dis… dit Lachésis.

– L'un des Hécatonchires, observa Clothô.

– Les géants des tempêtes, affirma Atropos.

– Pourquoi ? demandèrent-elles à l'unisson.

– Comme si vous ne le saviez pas déjà ! gronda-t-il.

Elles restèrent silencieuses et Hadès regretta sa mauvaise humeur. Elles ne poursuivraient pas l'échange tant qu'il ne leur aurait pas répondu.

– Qu'est-ce que cela me coûtera de tuer Briarée ?

Il détestait poser la question avant d'avoir cherché une échappatoire, mais il savait comment cela fonctionnait. Il avait vu le cycle se répéter au fil des siècles. Il n'y avait sans doute aucun autre moyen d'apaiser Héra, et la seule chose qu'il n'était pas prêt à sacrifier, c'était Perséphone et leur avenir ensemble.

– Tu souhaites mettre fin à une vie que j'ai tissée ? demanda Clothô.

– Une vie que j'ai mesurée ? poursuivit Lachésis.

– Une vie que je n'ai pas coupée ? s'étonna Atropos.

Pendant qu'elles parlaient, un fil doré apparut et scintilla dans la pénombre, virevoltant et s'enroulant autour de chacune des Moires. Hadès regarda cette fine ligne d'énergie qui constituait la fabrique du monde.

– Je n'ai pas envie de le faire, dit Hadès.

Pourtant, il n'était pas prêt à accepter les conséquences de ne pas le faire, donc il lui fallait connaître le prix de cette action.

– Comme vous le savez, il s'agit du désir de vengeance d'Héra.

– Et c'est toi qu'elle a choisi pour la besogne, dit Clothô.

Le fil se transforma pour dessiner la silhouette d'Héra, de Perséphone et de lui-même. La déesse du Mariage se tenait entre eux et se servit de sa lance pour couper le fil qui les reliait. Toutefois, la colère d'Héra ne s'arrêta pas là. Les fils continuèrent à bouger pour montrer la déesse du Mariage poursuivant Perséphone jusqu'à ce que celle-ci sombre dans la folie.

Hadès ferma les yeux devant cette scène, et lorsqu'il se concentra de nouveau sur les Moires, les fils avaient disparu.

– Et les conséquences qui en découleraient si tu refusais la demande d'Héra sont si grandes que tu es prêt à affronter notre colère, dit Atropos.

Ce n'était pas une question, et Hadès ne dit rien.

– Une vie comme celle de Briarée te coûtera cher, Roi, dit Lachésis.

– Les conséquences sont les mêmes : une âme pour une âme, conclut Clothô.

Il ne s'embêta pas à demander quelle âme remplacerait celle de Briarée. Il s'apprêtait à prendre la vie d'un être immortel, d'un monstre ; elle serait échangée contre celle d'un être aussi puissant.

– Où ce chemin laisse-t-il Perséphone ? demanda Hadès, revenant à ce qui comptait le plus à ses yeux.

Si un chemin menait à la folie, il ne pouvait être sûr que cet autre chemin ne la mènerait pas vers d'autres difficultés.

– Oh, cher Roi, dit Clothô.

– Il n'existe pas de chemin, poursuivit Clothô.

– Qui la laissera intacte, conclut Lachésis.

* * *

« Il n'existe pas de chemin qui la laissera intacte. »

Ces paroles l'obsédaient tandis qu'il regardait Perséphone dormir depuis la cheminée. Elle était allongée sur le côté, couverte par les draps de soie noire. Ses mains étaient nichées sous sa tête et son souffle était paisible et régulier.

Elle était en sécurité.

Si Hadès s'écoutait, il ne la laisserait jamais quitter son royaume. C'était la vie dans le monde des mortels qui lui ferait du mal… ou bien serait-ce lui ?

Il fronça les sourcils en y pensant, puis il avala ce qui restait de whiskey dans son verre avant de se déshabiller pour se mettre au lit. Il tira sur les draps, qui glissèrent sur Perséphone, exposant son corps nu. Elle ouvrit les yeux et posa son regard endormi sur lui.

– Tu es rentré, dit-elle d'une voix ensommeillée.

Elle se dressa sur les coudes et Hadès admira ses seins, ses tétons pointés vers lui, roses, un beau contraste avec sa peau pâle. Hadès se pencha pour les prendre dans ses mains et la couvrir de baisers. Elle gémit lorsqu'il la taquina avec la langue et plongea ses doigts dans ses cheveux pour les empoigner et ramener ses lèvres contre les siennes. Il la laissa faire et s'empara de sa bouche, plaquant son corps au sien avant de lui écarter les cuisses avec le genou pour la titiller, sentant son entrejambe trempé. Une vague de plaisir sauvage déferla en lui et se précipita dans sa queue déjà dure. Il avait beau avoir envie d'être en elle, il souhaitait prolonger ce moment.

Il lâcha sa bouche pour embrasser son corps jusqu'au point de rencontre de ses cuisses, et il se mit à la savourer en soutenant son regard. Elle avait repris sa position initiale, allongée, appuyée sur les coudes, et elle le regardait avec des yeux embués de désir. Elle prit une grande inspiration et Hadès se concentra sur son souffle de plus en plus rapide. Il adorait son goût, adorait sentir sa chair chaude sur sa langue. Pendant tout ce temps, sa queue pulsait et ses testicules se contractaient tandis qu'il s'imaginait plonger en elle.

– Putain, souffla Perséphone, et Hadès leva les yeux, notant qu'elle avait penché sa tête en arrière et qu'elle empoignait les draps autour d'elle.

Elle se mit à onduler contre sa bouche, cherchant la friction qui la ferait jouir, mais Hadès recula la tête. Perséphone l'étudia avant de regarder sa verge dure.

– Laisse-moi te savourer, dit-elle.

Il ne la contredit pas et elle se mit à genoux devant lui pour le prendre dans sa bouche.

Il voulut vider lentement l'air de ses poumons, mais un grognement brusque lui échappa. Depuis qu'ils étaient ensemble, elle avait appris une certaine technique et elle en usait maintenant, soupesant ses testicules tout en taquinant son gland avec sa langue.

– Oui, siffla-t-il alors qu'elle descendait sa bouche sur sa verge tout en continuant de le caresser.

La pression déclencha un tintement dans ses oreilles et il ne put plus se concentrer que sur ses caresses, son odeur, sa présence. Elle remplissait tous ses sens et lorsqu'elle lâcha sa verge, il la fit s'allonger sur le dos. Elle écarta les jambes et il se caressa avant de placer sa queue entre ses lèvres trempées. Hadès resta redressé, une main sur l'épaule de Perséphone. Le souffle de Perséphone se changea en cris au rythme de ses va-et-vient longs et lents et des coups de bassin rapides. Il avait envie de l'embrasser, mais il voulait également voir son expression changer quand il la faisait grimper aux rideaux.

– C'est tellement bon, chuchota-t-elle, la tête penchée en arrière, la gorge offerte.

Hadès se pencha pour l'embrasser dans le cou.

– J'y ai pensé toute la journée, dit-il. À la façon dont je m'y prendrais pour te faire jouir.

À ces mots, elle le regarda dans les yeux et il recula pour s'agenouiller sur le lit, amenant Perséphone à s'asseoir contre ses cuisses, lui offrant l'appui dont elle avait besoin pour bouger avec lui. Il aimait cette position. Il sentait ses seins et son clitoris enflé frotter contre lui et quand elle fut trop fatiguée pour bouger, il roula sur le côté. Il remonta la cuisse de Perséphone et continua ses allers-retours. La pression dans son sexe augmentait peu à peu et s'il voulait accélérer, il avait également envie que cela dure toujours.

Perséphone cria plus fort et il sentit ses muscles se contracter autour de lui.

– Putain, souffla-t-elle en glissant sa main sur son ventre puis sur son clitoris pour le frotter vigoureusement.

– Jouis, ordonna-t-il.

Et alors que son orgasme déferlait en elle, il la suivit en se contractant et en se déversant en elle. Hadès passa son bras autour de la taille de Perséphone et la serra contre lui. Leurs souffles ralentissaient et leurs corps se détendaient.

– Est-ce que tout allait bien ? demanda Perséphone d'une voix ensommeillée.

– Très bien, répondit-il, même si c'était un mensonge.

Chapitre IV

LE FAUX ORACLE

– Tu es sûre que tu ne veux pas que je t'emmène ? demanda Hadès.

Ils étaient devant Nevernight et il empoigna les fesses de Perséphone. Son sexe durcit, il n'avait pas envie de la lâcher, même si Antoni attendait de la conduire à son bureau.

– Je suis sûre que tu as plus important à faire que de m'accompagner au bureau, dit-elle.

– Rien n'est aussi important que toi, répondit-il.

– Ma vie ne sera plus jamais la même, maintenant que toute la Nouvelle Grèce est au courant pour nous, dit-elle. J'aimerais conserver un peu de ma routine, même si ça semble… peu pratique.

Il avait anticipé sa réponse et il ne la contredit pas, il regarda Antoni du coin de l'œil. Il lui avait ordonné de l'escorter au travail et de l'informer de tout élément suspect.

– Tu viens ce soir ? demanda-t-il.

– Je crois que je vais rester à l'appartement. Je manque à Lexa.

Il s'empressa de cacher sa déception en l'embrassant sur le front. Il savait que c'était ce qu'elle voulait. Un équilibre entre la vie qu'elle partageait avec lui aux Enfers et celle qu'elle menait ici avec ses amis et sa colocataire.

– Bien sûr, acquiesça-t-il.

– Tu… tu ne m'en veux pas, si? demanda-t-elle en levant les yeux vers lui.

Elle sembla néanmoins rétrécir, comme si elle était gênée par sa question ou qu'elle s'attendait à ce qu'il soit en colère. Hadès fronça les sourcils et scruta son regard.

– Pourquoi je t'en voudrais?

– C'est juste que… je ne veux pas te décevoir.

Sa réponse le perturba, mais il comprenait d'où elle venait; et elle avait tout à voir avec sa mère.

Il prit son menton entre ses doigts et leva sa tête pour soutenir son regard.

– Est-ce que tu vas me manquer? demanda-t-il. Oui, mais je ne suis pas déçu.

Perséphone le dévisagea un moment, puis elle se mit sur la pointe des pieds pour l'embrasser sur la bouche. Elle recula avant qu'il puisse l'étreindre ou approfondir le baiser. Il était l'heure pour elle de partir. Une nouvelle appréhension s'empara de lui en pensant à ce qu'elle allait affronter aujourd'hui. Comme leur union était maintenant officielle, il était très probable qu'elle ait à subir non seulement les questions de ses collègues mais surtout une véritable attaque médiatique.

Perséphone s'installa à l'arrière de la Lexus noire et Hadès porta son regard sur Antoni. Le cyclope hocha la tête avant de fermer la portière et de contourner la voiture pour s'installer au volant. Hadès regarda la voiture disparaître au bout de la rue.

Il respira pour tenter de dénouer son estomac et se débarrasser de la peur étrange qui le saisissait chaque fois qu'il quittait Perséphone. C'était ridicule. Il savait qu'elle avait besoin de liberté et il n'avait aucune envie d'être comme sa mère et de la garder séquestrée et coupée du reste du monde.

Cela l'aurait fait dépérir. Il aurait pourtant aimé qu'elle admette que le monde était différent, maintenant que les gens connaissaient son nom, il craignait qu'elle le comprenne trop tard.

Hadès retourna aux Enfers, en se téléportant dans son bureau. Il s'approcha du bar pour se servir un whiskey, mais le placard était vide.

Bizarre, pensa-t-il. Il balaya la pièce des yeux et remarqua que la porte du balcon était entrouverte. Il sortit sur la terrasse et regarda de nouveau autour de lui, confus. Toutes ses bouteilles d'alcool semblaient être passées par-dessus la rambarde.

Au cours de sa longue existence, ce n'était jamais arrivé.

L'air changea soudain, se remplissant d'une odeur de fumée et de terre.

Hadès se retourna et vit Hécate apparaître, drapée de velours noir. La déesse de la Magie arpentait souvent le monde la nuit, occupée par diverses missions qu'elle s'assignait elle-même. Hadès ne l'interrogeait jamais sur ses allées et venues, présumant que, quoi qu'elle fît, c'était justifié.

Mais aujourd'hui, il la soupçonnait d'être mêlée au bazar à ses pieds.

– Que faisais-tu ? demanda Hadès.

La déesse se tourna vers lui et retira sa capuche, révélant une longue tresse noire.

– Un peu d'ingérence, répondit-elle d'un ton gêné.

Hadès n'en doutait pas.

– Il s'est passé quoi, ici ? demanda-t-il en désignant les éclats de verre.

Hécate baissa les yeux, même si elle n'avait sans doute pas besoin de le faire pour savoir de quoi il parlait.

– Perséphone et moi nous sommes un peu amusées après ton départ hier soir, répondit Hécate.

– Amusées ?

La déesse ne cligna pas des yeux, impassible comme toujours.

– Elle devait trouver un moyen de se dépenser, puisque tu n'as pas pu le faire.

– Ce n'est pas que je n'ai pas pu, gronda Hadès.

– Alors tu n'as pas voulu ? C'est encore pire.

– Hécate… grommela Hadès.

– Ne t'en prends pas à moi quand c'est toi qui n'as pas su la satisfaire.

Hadès claqua des doigts et les morceaux de verre s'assemblèrent en une bouteille pleine d'un liquide ambré. Il but une gorgée.

– Si tu remets en question ma capacité à procurer du plaisir à ma partenaire, je serai ravi de te prouver que ce n'est pas un problème en t'offrant le récit détaillé de ma nuit.

– Hmmm, marmonna Hécate d'un ton presque sensuel. Ça ira, merci.

– Maintenant, si tu as fini de critiquer ma vie sexuelle, j'aimerais que tu m'accompagnes en voyage d'affaires.

En plus de la tâche qu'Héra lui avait assignée, du retour de Leucé et de la folie médiatique que Perséphone allait affronter aujourd'hui et dont Hadès tenait Kal pour responsable, le dieu des Enfers devait encore s'occuper d'Acace, le faux oracle qui proposait des prophéties sans jamais se soucier des conséquences.

– C'est ainsi que tu appelles tes interrogatoires ? demanda Hécate.

– Ne fais pas mine de ne pas approuver, dit-il.

– Oh, mais j'approuve pleinement la persécution quand elle est méritée, acquiesça la déesse.

– Elle est méritée, dit Hadès. J'ai des raisons de croire que ce mortel s'est procuré une sorte de relique qui lui permet de voir les fils du présent et du futur.

– Et qu'a-t-il fait pour provoquer ta colère ? Informer les gens de la date de leur mort ?

– Non, répondit Hadès. Il fournit des résultats de sport, de cartes, de courses.

Hadès devait admettre que c'était inhabituel. Par le passé, lorsqu'il s'était occupé d'un mortel qui avait mis les mains sur une relique permettant les prédictions, celui-ci en avait, en général, déjà été traumatisé et en avait traumatisé d'autres en donnant des indications sur les dates de décès, les prénoms d'amants ou encore la possibilité d'avoir des enfants.

Tout le monde voulait connaître l'avenir… jusqu'à un certain point.

– Quel gâchis ! dit Hécate, et Hadès se demanda si elle était déçue que l'affaire n'ait pas de potentiel dramatique. Mais tu sais que je ne sors pas dans la journée, ajouta-t-elle en bâillant.

– Tu veux dire que tu vas rater l'occasion de punir un faux oracle qui sacrifie des chats pour obtenir une faveur divine ?

Hécate grimaça.

– Quelle horreur ! Je serai prête dans dix minutes.

* * *

Hadès ne changeait pas souvent de forme et il avait rarement de raison de le faire, même lorsqu'il confrontait ceux qui enfreignaient les règles du monde des ténèbres. Toutefois, cette affaire était particulière. Il avait utilisé son ancienne forme mortelle lors de sa première visite à Acace, quelques jours avant la course, approchant à contrecœur le mécanicien graisseux aux cheveux noirs afin d'évaluer ses prétendus talents. Lorsqu'il était entré dans le garage poussiéreux, Acace était derrière un comptoir, stylo à la main, en train de remplir des papiers. Il n'avait même pas levé la tête pour lui demander d'un ton ennuyé ce qu'il pouvait faire pour lui.

L'homme n'aurait sans doute pas été aussi peu poli si Hadès avait pris sa forme habituelle, mais il était venu pour parier. Il prit une grande inspiration pour libérer sa frustration, puis posa une pièce sur le comptoir et la fit glisser vers le mécanicien.

Acace étudia la pièce plusieurs secondes, assez longtemps pour qu'Hadès sache qu'il était intéressé. Les oboles ne servaient pas de monnaie en Nouvelle Grèce et si Charon ne les exigeait plus pour l'entrée aux Enfers, elles étaient toujours prisées sur le marché noir et permettaient l'accès au club d'Hadès, l'Iniquité.

– Vous voulez quoi ? demanda Acace.

– Connaître le vainqueur de la Coupe Hellénique, répondit Hadès.

Acace mit un moment à répondre et, durant ce bref silence, Hadès tenta de déceler des signes qui lui auraient prouvé que celui-ci utilisait une relique. Souvent, l'utilisateur devait toucher l'objet pour en canaliser le pouvoir. Or Acace ne cessa jamais de rédiger ses notes et Hadès ne sentit pas non plus d'éclat d'énergie qui aurait pu signaler l'usage de la magie.

– Une deuxième obole, dit Acace.

Hadès ferma le poing, mais ne dit rien, invoquant plutôt une autre pièce qu'il posa sur le comptoir.

Il les reprendrait plus tard.

– Titan, déclara Acace.

– Titan n'est pas favori, répondit Hadès.

– Vous m'avez demandé le vainqueur de la Coupe Hellénique. C'est ce que je vous donne.

Acace récupéra les pièces pour lui en les raclant bruyamment sur le comptoir.

– Maintenant, partez.

Se faire congédier de la sorte avait éveillé la magie d'Hadès, qui se réveillait maintenant et vibrait contre sa peau. Il aurait pu laisser tomber son Charme et se révéler au mortel, mais il pensait que cela lui serait plus utile plus tard.

Les menaces de mort et de torture éternelle ne fonctionnaient pas toujours avec les êtres qui évoluaient dans les bas-fonds de la société. Ils avaient tendance à ne pas les craindre autant que ceux qui obéissaient aux lois, et c'est pour cela que la présence d'Hécate était nécessaire. Tous les mortels la craignaient, même ceux qui ne le savaient pas encore.

La ville de Nouvelle Athènes était composée de différents quartiers. Certains étaient connus de tous et leur fonction était évidente, comme le Quartier de la Mode ou du Plaisir. Il y avait les quartiers inconnus, des petites poches de Nouvelle Athènes qui pouvaient avoir l'air agréables en plein jour, mais qui se transformaient en paysages terrifiants et violents à la tombée de la nuit.

Le pire d'entre eux s'appelait Hybris, du nom du daemon qui régnait sur la violence, la témérité et l'hubris. La proximité d'une autoroute, d'un chemin de fer et du port en faisait l'endroit parfait pour transporter toutes sortes de matériaux illégaux à travers toute la Nouvelle Grèce. Malgré cela, le quartier s'était avéré utile à Hadès et il lui arrivait même d'utiliser la capacité de ses habitants pour obtenir des armes, des reliques et même des personnes.

C'était l'une des raisons pour lesquelles il permettait au quartier de perdurer – mais pas sans surveillance.

Hadès et Hécate apparurent à côté d'un grand bâtiment métallique entouré d'une clôture en tôle, si haute qu'il était impossible de deviner la taille réelle du bâtiment. Hadès savait qu'il était très grand. Derrière sa façade de garage se tenait un commerce d'objets volés revendus et envoyés aux quatre coins du pays – et tout cela appartenait à Acace.

– C'est charmant, dit Hécate d'un ton lugubre.

Elle se tenait à côté d'Hadès, cachée dans ses robes noires.

– Tu ressembles à Thanatos, dit Hadès en la regardant.

– Mieux vaut Thanatos qu'un mortel graisseux, répondit-elle. Pourquoi tu te caches, de toute façon ? Tu n'aimes pas faire dans le mélodrame, normalement, en dehors de ton couple.

Hadès la fusilla du regard.

– Je préférerais qu'Acace ne réalise qu'il a affaire à moi qu'au dernier moment.

Ils passèrent par la grille ouverte. Il y avait six portes de garage et chacun était ouvert et occupé par des voitures. Quelques-uns des hommes qui déambulaient les regardèrent ostensiblement ; sans doute parce qu'Hécate ressemblait à Thanatos.

Hadès bougonna dans sa tête.

– Je peux vous aider ? demanda un homme en venant vers eux, tout en essuyant ses mains sur un chiffon taché de cambouis.

Il était en bleu de travail et le prénom Giorgos était brodé sur sa poche gauche.

– Est-ce qu'Acace est là ? demanda Hadès.

– Qui le demande ?

Hadès se raidit, agacé, oubliant momentanément qu'il avait pris la forme d'un mortel lambda. En même temps, Hadès sentit l'énergie changer autour d'eux. Hécate lu jetait un sort. L'odeur de sa magie embauma l'air, mais l'homme ne la sentait sans doute pas. Hadès sut que le sort l'avait frappé quand il afficha une mine confuse et souriante.

– Pardon. Je vous emmène le voir.

Hadès regarda la déesse du coin de l'œil, mais il ne pouvait pas voir son visage sous sa capuche.

– Qu'est-ce que tu ferais sans moi ? demanda-t-elle.

– Je me ferais bien moins remarquer.

L'air dans le garage était humide et sentait l'huile et le gasoil. Si l'entrepôt était éclairé par des néons blafards, il y subsistait des coins d'ombre. Hadès supposa qu'ils servaient à dissimuler divers objets illégaux. De temps en temps, le bruit d'un moteur vrombissant ou des crissements de pneus interrompaient les conversations des mécaniciens.

Acace travaillait sous le capot d'une voiture rouge. Hadès le reconnut avant-même que Giorgos ne l'interpelle.

– T'as de la visite.

L'homme continua de travailler. Il prit son temps pour les saluer – c'était le comportement d'un homme qui pensait disposer de temps et de pouvoir, Hadès supposa que, pour l'instant, c'était le cas. À ses côtés, Hécate perdit patience et quand il sentit qu'elle allait jeter un autre sort, il la fixa avec insistance pour lui demander d'arrêter. Il avait besoin que tout se déroule le plus naturellement possible.

Acace se releva enfin et se tourna vers eux, il retira sa cigarette de sa bouche et souffla la fumée dans leur direction. C'était un homme rondouillet avec une masse de boucles brunes sur la tête. Il avait de fines lèvres et quand il prit la parole, il révéla une dentition étrange et clairsemée.

– Je ne fais pas les remboursements, dit-il avant de regarder Hécate. Donc vous et votre amie, vous pouvez retourner d'où vous venez.

Son âme était presque aussi désagréable que son apparence et le seul point lumineux était sa dévotion envers sa famille.

– Je ne suis pas venu pour demander un remboursement, dit Hadès. Votre prédiction était bonne.

– Alors, quoi ? Vous voulez conclure une autre transaction ?

– Si on veut, répondit Hadès.

Acace le dévisagea et Hadès eut du mal à savoir s'il souriait ou s'il grimaçait. Il remit sa cigarette dans sa bouche et continua en fermant le capot du véhicule.

– Laissez-moi deviner. Encore une course de chevaux ?

– Pas tout à fait.

L'homme se retourna et plissa les yeux en scrutant Hadès. Il fit un pas vers lui et retira sa cigarette pour, cette fois, souffler sa fumée directement dans le visage d'Hadès.

– Votre addiction aux paris est tout en bas de la liste de mes priorités, pigé ? Donc à moins que vous ayez une monnaie d'échange plus intéressante à me proposer, je vous suggère de partir.

Hadès avait déjà senti qu'ils étaient cernés, les mécaniciens de l'entrepôt s'étaient postés en cercle autour d'Hécate et de lui.

– Comme c'est mignon, dit-elle en tournant sa tête encapuchonnée de gauche à droite. Ils essaient de nous menacer.

– Fais taire ton amie, dit Acace en pointant son index sur le visage d'Hadès.

Ce qui était bien avec ce déguisement, et qui justifiait qu'Hadès le porte, c'était qu'Acace et son gang allaient le sous-estimer, ce qui rendrait les secondes qui allaient suivre encore plus satisfaisantes.

Le dieu saisit les doigts d'Acace et les plia en arrière. Un craquement clair et audible précéda les cris de douleur du garagiste.

Ses hommes passèrent aussitôt à l'action, mais Hécate fit volte-face, retira sa capuche en propulsant une vague de magie qui figea tout le monde sur place.

Hadès fit un pas vers Acace, qui était agenouillé par terre et tenait sa main. Il écrasa la cigarette du mortel avec sa botte et s'accroupit face à lui. Sans son expression revêche, le mortel semblait plus jeune, comme un garçon qui jouait à être un homme. Hadès s'apprêtait à lui montrer à quel point il était mal préparé.

– Maintenant, revenons à cette transaction.

– Qui êtes-vous ?

Hadès laissa tomber son Charme. Acace écarquilla les yeux, mais il ne trembla pas et Hadès ne sut s'il devait s'en inquiéter ou au contraire le respecter pour ça.

– Hadès… siffla Acace.

Le mortel resta au sol, levant le coude de telle façon que ses doigts bleuis et cassés étaient visibles.

– Qu'est-ce que vous voulez ?

– Rien de méchant, dit Hadès. Juste ta coopération.

Acace parvint à se lever tant bien que mal.

– En échange de quoi ?

Il faisait une tête de moins qu'Hadès, mais parvenait tout de même à paraître solide et serein face à la mort.

– Ne perdons pas de temps en faisant comme si tu avais quoi que ce soit à m'offrir, répondit Hadès. On sait tous les deux que je peux détruire ton empire d'un simple claquement de doigts. Alors, tu en dis quoi ?

– Ça dépend de ce sur quoi tu veux que je coopère.

Hadès le dévisagea, amusé.

– Quelle audace ! dit-il, même s'il s'était attendu à ce comportement. Je sais que tu possèdes une sorte de relique. Quelque chose qui te permet de voir l'avenir. Je la veux.

– Le prix est élevé.

– Donne-la-moi, ou je la prends de force. Peut-on survivre à un ego meurtri dans cette partie de la ville ?

La réponse était non, et Acace le savait.

– Suivez-moi, dit-il en se retournant pour sortir.

Hadès lui emboîta le pas, mais s'arrêta parce qu'Hécate ne bougeait pas.

– Tu viens ?

– Non, dit-elle en souriant. Je crois que je vais rester ici.

Acace l'emmena dans un bureau éclairé par une lampe qui dégageait une lumière faible et ambrée. En entrant, Hadès remarqua des meubles de grande valeur, dont un bureau de direction délicatement gravé et un fauteuil en cuir qui était dos à la porte et à un mur de fenêtres, ce qu'Hadès trouva étrange. En général, les gens du calibre d'Acace ne tournaient pas le dos aux portes ou aux fenêtres, de peur d'être assassinés. Mais peut-être se sentait-il en sécurité dans l'espace qui lui appartenait.

Hubris, pensa Hadès.

Acace passa derrière le bureau ; de sa main intacte, il sortit un trousseau de clés de sa poche et ouvrit l'un des tiroirs. Hadès l'étudia de près car il le pensait tout à fait capable de faire quelque chose d'idiot, comme lui tirer dessus avec un pistolet. Si tout le monde savait que cela ne servait à rien contre un dieu, certains essayaient quand même ; le dernier, Sisyphe, avait fini, l'arme fondue dans la main.

Au lieu de ça, le garagiste posa une petite boîte sur le bureau. Elle ressemblait à l'écrin d'une bague, mais ce qui se trouvait à l'intérieur surprit Hadès.

C'était un œil.

– Est-ce que c'est ce que je pense ? demanda Hadès.

– Ça dépend de ce à quoi vous pensez.

– Je perds patience, Acace.

– C'est l'œil des Grées.

C'était bien ce que pensait Hadès. Les Grées étaient trois sœurs qui se présentaient comme de vieilles sorcières, même si leur véritable forme était plutôt monstrueuse. Elles avaient toutes les trois le corps d'un cygne, mais leurs têtes et leurs bras étaient humains et, à elles trois, elles partageaient une dent et un œil.

– Comment l'as-tu obtenu ? demanda Hadès.

– Je le leur ai pris, répondit Acace. Aux Grées.

– Tu leur as pris ? Quand ?

Les Grées n'avaient pas été vues depuis plusieurs siècles, préférant s'isoler car elles craignaient l'évolution de l'homme – et Acace prouvait qu'elles avaient eu raison de le faire.

– Elles ont été capturées par des chasseurs et on me les a amenées, dit-il. Les monstres valent une fortune sur le marché noir.

– Alors tu les as vendues.

Hadès saisit la chemise d'Acace et le plaqua sur le bureau.

– À qui tu les as vendues ? demanda-t-il.

Malgré ses doigts cassés, le mortel s'agrippa aux bras d'Hadès qui l'écrasaient contre le bureau.

– À D… Dionysos !

Hadès le lâcha.

– Il y a combien de temps ?

– Elles ont été transportées hier.

Le dieu du Vin était aussi fin collectionneur de monstres qu'Hadès. Mais si Dionysos pensait sans doute que les Grées seraient un bel ajout à sa collection, il était probable qu'il ait surtout désiré leur œil, et Hadès voulait savoir pourquoi. Quelle information espérait-il obtenir ?

Hadès saisit la boîte et la mit dans la poche de sa veste avant de se diriger vers la porte.

– Vous ne pouvez pas prendre ce qui m'appartient, dit Acace. J'ai payé pour avoir cet œil !

– Peut-être que ma générosité t'a poussé à croire que tu étais en position de formuler des requêtes, répondit Hadès. Ce n'est pas le cas. Dionysos viendra pour toi, ajouta-t-il en s'arrêtant près de la porte. Il le fait toujours. Tu devrais rester sur tes gardes, non pas que ça puisse beaucoup t'aider.

– Vous ne pouvez pas me laisser entre ses mains ! rétorqua Acace.

– Redis-moi encore une fois ce que je peux et ne peux pas faire, pour voir… gronda Hadès.

En sortant, il découvrit qu'Hécate avait transformé nombre des hommes d'Acace en topiaires.

– Je les trouve mieux comme ça, dit-elle. Je les ai taillés, après.

Hadès haussa un sourcil.

– Je présume qu'ils ont fait quelque chose pour le mériter ?

Elle haussa les épaules.

– Ils n'aimaient pas les chats.

Chapitre V

COUP DE FORCE

Hécate retourna aux Enfers. Hadès, quant à lui, se rendit à Nevernight pour informer Ilias de la situation concernant Acace et lui conseiller de continuer à surveiller le garage du mortel. Le but n'étant pas de le protéger, mais de savoir qui lui rendait visite.

– Je ne suis pas certain que cet homme vive longtemps, dit Ilias.

– On est d'accord, répondit Hadès. Il a voulu berner un dieu…

Ilias secoua la tête.

– Acace s'est établi comme quelqu'un qui détient des réponses, et maintenant, ce n'est plus le cas. Tôt ou tard, il va se retrouver avec un pistolet sur la tempe.

Hadès n'en doutait pas. C'était ce qui arrivait toujours quand on utilisait des reliques.

– Je me demande ce que Dionysos cherche à obtenir des Grées, s'interrogea Ilias.

Hadès ne le savait pas, mais il comptait bien le découvrir.

En attendant, il devait aussi s'occuper des fichus travaux d'Héra, ce qu'il redoutait autant que cela l'énervait. Il se crispa en s'imaginant exécuter quelqu'un à qui il tenait. Et que se passerait-il ensuite ? Et si elle lui demandait à nouveau d'assassiner quelqu'un ? Il pouvait seulement espérer que d'ici-là, il aurait trouvé un moyen de refuser ses travaux afin de préserver son avenir avec Perséphone – pas seulement leur avenir à deux, mais celui de Perséphone seule.

Héra n'était pas contre torturer les dieux, et Hadès savait que si elle n'obtenait pas ce qu'elle voulait, elle s'en prendrait à Perséphone.

Elle le regretterait jusqu'à la fin de ses jours.

Hadès arriva en haut de l'escalier qui menait à son bureau et s'arrêta juste devant les portes dorées. Quelque chose n'allait pas. La sensation hérissa les poils de sa nuque et dégoulina dans son dos. Il en prit note et entra, trouvant son bureau vide. Il traversait la pièce pour aller au bar lorsque quelqu'un jaillit derrière lui.

– Bouh !

Hadès se retourna et mit un coup de poing dans la tête d'Hermès. Le dieu de la Ruse tituba, les mains sur le nez.

– Putain de merde ! Pourquoi t'as fait ça ?

– Tu m'as fait peur, répondit simplement Hadès en souriant devant la douleur du dieu.

– C'est faux, grommela Hermès en baissant les mains.

Les marques du coup porté à son visage avaient déjà disparu.

– Tu avais envie de me frapper.

– Ne me donne pas de raison de le faire, alors, dit Hadès en allant se servir un verre. Que me vaut cette visite et que puis-je faire à l'avenir pour l'éviter, Hermès ?

– Quelle impolitesse ! rétorqua Hermès en le rejoignant. Tu parles à un héros, tu sais.

Hadès haussa un sourcil.

– Tu devrais me remercier, poursuivit-il. J'ai distrait toute une horde de fans enragés pour que Sephy puisse aller au travail.

Hadès fronça les sourcils.

– Antoni ne l'a pas escortée jusqu'à la porte ?

À la mine déconfite d'Hermès, Hadès comprit qu'il n'avait pas voulu révéler ce détail.

– Eh bien, je me trompe peut-être, mais elle n'a fait que répéter qu'elle voulait mener une vie normale et mortelle, ce qui est difficile à faire quand on arrive à son travail dans la voiture privée du dieu des Enfers et qu'on se fait escorter à la porte par son chauffeur.

– C'est une *déesse*, rétorqua Hadès.

– Oui, mais une déesse nouvelle, à nos yeux comme aux siens, contra Hermès. Tu dois lui laisser le temps de faire sa transition. Ça fait quatre ans qu'elle joue à la mortelle, et ça lui a plu. Elle t'en voudra si tu l'empêches d'avoir une vie normale.

– J'ai l'impression d'entendre Hécate, gronda Hadès.

– Tu abuses, râla Hermès. Je sais être sage, moi aussi.

Hadès soupira, contrarié. Le problème, c'était que Perséphone n'était plus normale. Les gens la voyaient différemment à présent, à cause de son lien avec lui.

– Nous avons été connus toute notre vie, dit Hermès. Pas Perséphone, et elle n'apprendra pas à vivre de cette façon sans commettre d'erreurs, tu ferais mieux d'accepter qu'elle en fasse.

– Mais il n'y a aucune marge d'erreur lorsqu'il s'agit de sa sécurité.

– Tout le monde n'est pas une menace pour son bien-être.

Or tous ceux qui étaient une menace pour lui en étaient une pour elle, ce qui incluait quasiment tout le monde.

Hadès n'était pas convaincu. Hermès se pencha alors sur le bar, tant et si bien que son torse était presque collé à la surface.

– Quelqu'un t'a déjà dit que… tu avais besoin d'une thérapie ? chuchota-t-il.

Hermès le lui avait souvent dit, en fait.

– C'est l'hôpital qui se fout de la charité, tu ne crois pas ?

Hermès se redressa et plissa les yeux.

– Depuis quand tu t'es mis à employer les expressions des mortels ?

– J'ai pensé que ça te plairait.

– Eh bien, ce n'est pas le cas, répondit-il en croisant les bras quelques secondes avant de les laisser tomber. Ça veut dire quoi ?

– Ça veut dire que tu es un hypocrite, dit Hadès.

– Quelle impolitesse ! Ça fait deux fois dans la même conversation, Hadès.

– Peut-être que tu devrais t'en tenir à ce que tu fais de mieux, dans ce cas.

– C'est-à-dire ?

– La baise, répondit Hadès avant de vider son verre.

– Tu insinues que je ne suis bon qu'à ça ?

C'était une question piège et Hadès ne mordit pas à l'hameçon.

– Ça fait combien de temps que tu n'as pas été à Bakkheia ?

Bakkheia était l'une des boîtes de nuit de Dionysos. De toutes celles qu'il possédait, celle-là était considérée comme étant la plus sage, mais il était aussi difficile d'y entrer qu'à Nevernight.

– La boîte de Dionysos ? demanda Hermès. Pourquoi j'irais là-bas ?

– Pour les orgies, répondit Hadès en haussant un sourcil.

Hermès ouvrit et referma la bouche avant de croiser les bras.

– J'y étais la semaine dernière. Pourquoi ?

– J'aimerais que tu y retournes, dit Hadès.

– Tu… me demandes de participer à une orgie ?

– Non. Je te demande d'apporter un message à Dionysos.

Hermès inspira brusquement.

– Tu ne peux pas faire ça par mail ?

– Je préfère que mes propos soient transmis par quelqu'un en chair et en os.

– Hadès ! se plaignit Hermès. Tu vas me faire mettre à la porte.

– Je suis sûr que tu ne manqueras pas d'orgies, répondit Hadès. Dis à Dionysos que je serais ravi de discuter de sa récente acquisition, à sa convenance.

– Personne ne parle plus comme ça, Hadès.

– Moi, si.

– Et regarde combien de temps tu as mis à avoir une meuf.

Hadès le fusilla du regard.

– Tu sais ce que tu devrais faire, selon moi ?

Hadès ne répondit pas, mais Hermès poursuivit tout de même.

– Tu devrais le castrer.

– Le castrer ?

– Penses-y, Hadès. Tu crois qu'on t'emmerderait si tu te mettais à castrer les gens ?

– Il n'advient rien de bon de castrer les dieux, répondit Hadès.

Des êtres divins pouvaient quand même naître de la chair de dieux qui avaient été castrés, comme son grand-père Uranus l'avait démontré avec la naissance des Furies, des géants, des nymphes et d'Aphrodite, même après que ses testicules avaient été jetés dans l'océan.

– C'était juste une suggestion, dit Hermès en se dirigeant vers la porte. Tu ferais mieux de la garder à l'esprit, une fois que j'aurai transmis ce message à Dionysos.

Hadès était parfaitement conscient de la personnalité difficile de Dionysos, et même si le dieu du Vin détenait les Grées, Hadès conservait l'avantage.

Hermès s'arrêta un instant, comme s'il venait de penser à quelque chose, et il se tourna vers Hadès.

– Sois patient avec Sephy. Elle a tellement envie d'être indépendante que, pour elle, compter sur une autre personne est une preuve de faiblesse.

Il passa la porte et disparut.

Hadès grinça des dents en entendant le conseil d'Hermès. Il n'aimait pas que le dieu de la Ruse se comporte comme s'il connaissait mieux Perséphone que lui. Hadès comprenait son besoin d'être indépendante et il savait que c'était parce que Déméter avait été surprotectrice, mais cette situation était différente. Les mortels étaient imprévisibles, obsessionnels et cruels. Il ne leur faisait pas confiance, peut-être parce qu'il avait vu l'impact que pouvait avoir une mauvaise graine. Il suffisait qu'un seul homme ou une seule femme tourne le dos à une culture et, avec quelques mots bien choisis, une nation tout entière était soudain en guerre.

Perséphone découvrait à peine le monde qu'elle allait affronter. Il n'avait rien à voir avec celui auquel elle était habituée. Il n'y avait rien dans la vie d'Hadès qui ne finisse par s'assombrir.

Hadès soupira et finit son verre avant de sortir l'écrin de sa poche. Il le posa sur le bar et le regarda sans l'ouvrir. Il était tenté d'utiliser la magie de l'œil. Il lui suffirait de le tenir dans sa main pour voir son avenir, même si Hadès savait que celui-ci changeait constamment d'après les fils que les Moires tissaient et détricotaient.

Si elles découvraient qu'il avait utilisé l'œil, elles se vengeraient, mais il n'y avait qu'une chose qu'elles pouvaient lui prendre et qui le blesserait au-delà de tout : Perséphone. Si les Moires aimaient la vengeance, elles réfléchissaient. Si elles envisageaient de lui prendre Perséphone, elles compareraient tous les avenirs possibles et une fois qu'elles auraient vu comment tous finissaient – par la mort, le feu et les ténèbres –, elles laisseraient leurs fils emmêlés.

Il ouvrit la boîte.

L'œil qui le scrutait avait une grosse pupille noire et était déformé et gélatineux. Il aplatit sa main sur la table avant de serrer le poing. Même les dieux avaient du mal à lutter contre la curiosité. Zeus était obsédé par le futur et les prophéties et il utilisait constamment son oracle pour savoir qui était une menace pour son trône.

Tout ce qu'Hadès voulait savoir, c'est si Perséphone avait une place dans son avenir.

Mais le savoir avait un coût et Hadès n'était pas prêt à en payer le prix. Il ne le pouvait pas.

Il y avait trop en jeu.

Il referma la boîte, la mit dans sa poche et quitta Nevernight pour rejoindre Perséphone.

Il voulait savoir comment s'était passée sa journée.

* * *

Hadès trouva Perséphone dans sa chambre, debout, les yeux fermés. Elle avait la tête légèrement levée vers le haut, comme si elle l'invitait à embrasser sa bouche pulpeuse. Tandis qu'il l'observait, elle inspira en frissonnant et ses épaules se soulevèrent en même temps. Elle avait l'air… adorable, et il se surprit à sourire en réalisant à quel point il l'aimait.

En dépit de tout ce qui s'était passé aujourd'hui, ce moment en valait la peine.

Il prit son menton entre deux doigts et pressa sa bouche contre la sienne. Il oublia tout, envahi par son odeur, son goût et son contact. Elle posa délicatement les mains à plat sur son torse, et son bas-ventre s'embrasa. Il se rapprocha d'elle et plongea sa main dans ses cheveux pour l'embrasser plus fort. Il ne voulait rien de plus que l'emmener chez lui aux Enfers et continuer de la vénérer, surtout si cela lui permettait d'oublier le reste du monde.

Cependant, il ne voulait pas utiliser Perséphone de cette façon, donc il recula. Il posa sa main sur sa joue et scruta son visage. Elle semblait un peu anxieuse et même s'il sentait son angoisse s'emmêler autour d'eux, il ne savait pas d'où elle venait.

– Tu es inquiète, chérie ?

Son regard devint méfiant.

– Tu m'as suivie aujourd'hui, n'est-ce pas ?

– Qu'est-ce qui te fait penser ça ? demanda-t-il.

Il ne l'avait pas suivie, mais il était curieux de savoir pourquoi elle le pensait.

– Tu as insisté pour qu'Antoni me conduise au bureau ce matin, sans doute parce que tu savais déjà ce que disaient les médias.

– Je ne voulais pas t'inquiéter.

Or s'il avait supposé que les médias et le public seraient curieux à son sujet, il devait avouer qu'il ne s'était pas attendu à un tel rassemblement. Apparemment, le public n'avait pas encore fait le lien entre la peur qu'il inspirait et ce qu'ils pensaient de Perséphone.

– Alors tu m'as laissée traverser une foule enragée ?

– Parce que tu *as* traversé la foule ? demanda-t-il, connaissant déjà la réponse.

– Donc tu étais bien là ! Je croyais qu'on était d'accord ? Pas d'invisibilité.

– Je n'y étais pas, répondit-il. Mais Hermès, si.

Elle écarquilla les yeux d'un air choqué, puis inquiet. Hadès reprit la parole.

– Tu pourrais te téléporter, ou je pourrais te prendre une Aeg...

– Je ne veux pas d'une Aegis. Et je préfère ne pas utiliser de pouvoirs. Pas... dans le monde des vivants.

– Tu veux dire, à moins de vouloir te venger ?

Il haussa un sourcil, parfaitement conscient que ça ne l'avait pas dérangée de changer les membres d'Adonis en lianes et Menthé en plante aromatique.

– Tu es injuste. Tu sais bien que ma magie est de plus en plus imprévisible. Et je n'ai pas super envie qu'on sache que je suis une déesse.

– Déesse ou pas, tu es ma maîtresse.

Il avait dit cela pour insister sur le fait que les choses avaient changé. Même l'attention qu'elle avait reçue en écrivant à son sujet était différente, mais il remarqua qu'elle se crispait et le fusillait du regard.

– Ce n'est qu'une question de temps avant que quelqu'un cherche à te faire du mal par désir de vengeance contre moi. Et je compte te protéger, Perséphone.

La jeune déesse croisa les bras – au moins quelque chose avait fini par l'atteindre.

– Tu penses vraiment que quelqu'un essaierait de me faire du mal ?

– Chérie, ça fait des siècles que je juge la nature humaine. Donc oui.

– Tu ne peux pas… je ne sais pas, effacer la mémoire des gens ? Faire qu'ils oublient tout… ça ?

Il fronça les sourcils en entendant sa question. *Tout ça*, pensa-t-il. Elle voulait dire *eux*.

– C'est trop tard pour ça. C'est si terrible d'être connue comme ma maîtresse ?

– Non, dit-elle aussitôt. Mais je n'aime pas ce mot.

– Maîtresse ? Pourquoi ?

– Parce que ça semble passager. Comme si je n'étais rien d'autre que ton esclave sexuelle.

– Alors, comment dois-je t'appeler ? Tu m'as interdit de t'appeler ma reine ou Milady, dit-il en esquissant un sourire.

– Les titres me mettent mal à l'aise, dit-elle en hésitant un peu. Ce n'est pas que je n'aie pas envie d'être connue comme ta maîtresse… mais il doit y avoir un meilleur terme.

– Petite amie ? proposa Hadès.

Il devait avouer que cela sonnait bizarre, étant donné les circonstances et leur destin, mais c'était plutôt moderne.

Elle éclata de rire et il grimaça.

– Pourquoi pas petite amie ?

– Je ne sais pas… peut-être trop insignifiant, expliqua-t-elle, toute gênée.

Hadès se sentit moins sur la défensive en la voyant rougir. Il effleura de nouveau son menton et soutint son regard en faisant un pas vers elle. Leurs visages étaient à quelques centimètres l'un de l'autre et il survolait sa bouche, prêt à s'en emparer encore une fois.

– Rien n'est insignifiant quand il s'agit de toi, chuchota-t-il.

Ils se dévisagèrent et une tension exquise grandit entre eux quand il effleura ses lèvres.

Quelqu'un frappa à la porte, c'était Lexa.

– Perséphone ! Je commande des pizzas ! Tu as des envies particulières ?

L'interruption fit accélérer le cœur de Perséphone. Il entendit ses battements contre sa peau et une part de lui eut envie de maintenir ce rythme alors qu'ils succombaient à une passion effrénée.

Ni elle ni lui ne bougèrent, et Hadès n'avait pas envie que le moment prenne fin. Il l'embrassa dans le cou, et elle se racla la gorge pour répondre.

– N… non. Commande ce que tu veux.

– Alors ananas-anchois. Ça roule.

La réponse de Perséphone fut inintelligible car Hadès empoigna sa nuque pour sucer sa peau et la mordiller délicatement, la faisant frissonner des pieds à la tête.

– Est-ce que ça va ? demanda Lexa.

À l'évidence, elle n'était pas satisfaite par le manque d'attention de son amie. Il rit et lâcha sa nuque pour continuer son exploration. Perséphone s'accrochait à lui, les doigts plantés dans ses bras. Il aimait savoir que plus elle s'agrippait à lui, plus la tension s'accumulait en elle.

– Oui, souffla-t-elle.

Lexa marqua une pause.

– Tu as entendu ce que je vais commander ?

– Bon sang, prends une quatre-fromages, Lexa !

– Ok, ok, ça marche!

Lexa partit, clairement amusée, mais son interruption semblait avoir réussi à distraire Perséphone car elle le repoussa.

– Ne ris pas.

Sa remarque le laissa perplexe; est-ce que sa façon de réagir avec lui la dérangeait? Si ça pouvait la consoler, Hadès était à peine capable de réfléchir quand ils étaient ensemble.

– Pourquoi? J'entends ton cœur battre à toute vitesse. Tu as peur d'être surprise avec ton petit ami?

Perséphone leva les yeux au ciel.

– Je crois que je préférais le mot *maîtresse*.

Il éclata de rire et sa façon de le regarder lui plut beaucoup… comme si elle avait envie de le faire rire pour toujours.

– Tu n'es pas facile à satisfaire.

– Je te laisserais bien essayer, mais je crains qu'on n'ait pas le temps.

– Je n'ai pas besoin de beaucoup de temps, dit-il en saisissant le bas de sa robe. Je pourrais te faire jouir en quelques secondes à peine. Tu n'aurais même pas à te déshabiller.

Le regard qu'elle lui lança le fit aussitôt bander. C'était un regard sensuel, presque un défi, mais elle refusa néanmoins.

– Je crains que quelques secondes ne suffisent pas. Tu me dois des heures de plaisir.

C'était vrai, mais rien ne l'empêchait de négocier.

– Permets-moi de t'en offrir un avant-goût, alors.

Il l'attira brusquement contre lui et son érection se nicha contre son ventre, mais elle le repoussa.

– Peut-être plus tard, dit-elle.

Hadès ne fut pas surpris. Elle avait insisté pour passer du temps avec Lexa, et il savait que ça comptait pour elle.

Il serait patient.

– Je prends ça pour une promesse, dit-il.

Il se téléporta avant de changer d'avis.

Chapitre VI

LE PASSÉ EST UNE OMBRE

Quand Hadès retrouva sa chambre aux Enfers, il était épuisé, mais excité, et tout son corps était animé d'un besoin de jouir. Il se servit un whiskey et le but d'un trait. Le liquide glissa dans sa gorge comme une coulée de lave et il contracta la mâchoire, mais cela ne suffit pas à assouvir son manque.

Il se passa la main dans les cheveux et les détacha avant de se servir un second verre. Comme ça ne fonctionnait pas non plus, il se déshabilla, s'allongea sur son lit et prit sa verge dans sa main.

– *Putain*, grogna-t-il.

Il était enflé et bouillant, et les premiers va-et-vient de sa main lui donnèrent le vertige. Ce n'était rien, comparé à la sensation d'être dans Perséphone, mais au moins ainsi, il arriverait à dormir.

Il sentit les remous d'un orgasme se propager depuis son bas-ventre et contracter ses cuisses et ses fesses. Il jouit dans un cri guttural et continua de se branler jusqu'à la dernière goutte de sperme.

Il resta allongé un moment, comme en apesanteur, puis il se leva et se servit un autre whiskey. Il le sirota et quand il eut fini, il se remit au lit.

Hadès n'avait dormi profondément qu'une poignée de fois au cours de sa vie, et la plupart des occasions étaient récentes, depuis que Perséphone était à ses côtés. En général, il oscillait entre veille et sommeil, trop à cran pour s'autoriser à vraiment se reposer. C'est pour ça que lorsqu'il sentit quelque chose effleurer son visage, il réagit au quart de tour, saisissant la main de l'intrus avant même d'ouvrir les yeux, et de découvrir que c'était Perséphone.

– Merde !

Il s'assit brusquement dans son lit et l'attira contre lui pour embrasser son poignet.

– Je t'ai fait mal ?

Elle ne répondit pas. Il chercha son regard et vit qu'elle le dévisageait avec de grands yeux, la bouche légèrement ouverte. Elle semblait émoustillée et ensommeillée et ses boucles tombaient de façon sauvage sur son visage.

– Perséphone ? insista-t-il pour attirer son attention.

Elle sembla revenir à elle et sourit en coiffant en arrière une mèche qui tombait sur son front.

– Je vais bien, Hadès. Tu m'as surprise, c'est tout.

Il fut soulagé d'entendre sa réponse et il embrassa la paume de sa main avant de la serrer contre lui et de se rallonger. Son poids était une présence apaisante et il savoura de la sentir sur lui.

– Je ne pensais pas que tu viendrais me voir ce soir.

– Je n'arrive pas à dormir sans toi, chuchota-t-elle contre sa peau.

Hadès sentit sa poitrine se contracter en entendant son aveu.

Il aurait dû lui avouer la même chose, mais il promena ses mains jusqu'à ses fesses et frotta son érection naissante à son entrejambe.

– Ça, c'est parce que je te fais veiller trop tard.

Perséphone leva les yeux au ciel en s'asseyant à cheval sur lui, entrelaçant ses doigts dans les siens.

– Tout n'est pas une question de sexe, Hadès.

– Personne n'a parlé de sexe, Perséphone.

Elle posa ses mains sur son torse et ondula sur sa queue, Hadès sentit la chaleur de son sexe à travers le drap qui les séparait.

– Je n'ai pas besoin de mots pour savoir que tu penses au sexe.

C'était vrai, et puisque ce n'était pas un secret, il remonta lentement ses mains sur sa taille pour s'emparer de ses seins. Il les adorait – leur forme, leur poids, la couleur de ses tétons. Il les voulait dans sa bouche mais, si Perséphone retint brusquement son souffle lorsqu'il les titilla, elle prit ses mains pour l'arrêter.

– J'avais envie de parler, Hadès.

– Parle. Je peux faire plusieurs choses à la fois… tu as oublié ?

Il s'assit et Perséphone passa ses bras autour de son cou alors qu'il baissait la tête pour titiller son téton à travers sa nuisette, pendant que ses mains remontaient sur ses cuisses nues.

– Je ne crois pas que tu réussiras à faire plusieurs choses en même temps, cette fois, dit-elle en passant ses mains dans ses cheveux. Je connais ce regard.

– Quel regard ?

Il recula la tête avec l'intention d'accorder la même attention brûlante à son autre sein, mais Perséphone prit son visage entre ses mains.

Cependant, si elle pouvait arrêter sa bouche, ce n'était pas le cas de ses mains qu'il glissa sous sa nuisette pour effleurer sa taille.

– Ce regard. Celui que tu as maintenant. Tes yeux sont sombres, mais ils ont quelque chose de… vivant. Parfois, je crois que c'est de la passion, parfois de la violence. D'autres fois, je pense que c'est le reflet de toutes tes vies passées.

Il ne dit rien, mais il sentait chacun de ses mots et savait qu'ils étaient tous vrais. Il empoigna sa taille et alla pour l'embrasser. Elle chuchota son nom, mais ne put en dire plus car il s'empara de sa bouche. Il roula pour l'allonger sous lui et l'embrassa profondément avant de déposer des baisers dans son cou et sur ses seins, mais il fut arrêté par Perséphone qui serra sa taille avec ses cuisses.

– Hadès. J'ai dit que je voulais te parler.

– Parle !

Après tout, ce n'était pas comme s'ils n'avaient jamais tenu toute une conversation pendant le sexe.

Pourtant, la suite de ses propos lui glaça le sang.

– À propos d'Apollon.

Ce putain d'Apollon, pensa-t-il en se mettant à genoux. Pourquoi hantait-il ses journées et ses nuits tout à coup ? D'abord Leucé, et maintenant Perséphone ?

– Explique-moi pourquoi tu as le nom de mon neveu sur les lèvres ?

– C'est mon prochain projet, répondit-elle, comme si ça expliquait tout.

Profondément agacé, Hadès contracta tellement la mâchoire qu'il en eut mal. Apollon n'était pas le genre de dieu qu'on transformait en *projet*, et si ce qu'elle entendait par *projet*, c'était d'écrire un article sur le dieu de la Musique, la réponse était non.

Elle sembla percevoir sa frustration, mais continua, cherchant à le convaincre.

– Il a viré Sybil, Hadès. Parce qu'elle a refusé d'être sa maîtresse.

Hadès n'était pas surpris. La réponse d'Apollon, quand il était rejeté, était la vengeance.

On pouvait dire non à Apollon une fois, mais pas deux.

C'était justement pour cela que Perséphone ne pouvait pas écrire à son sujet. Il lui suffit de regarder la jeune déesse pour savoir que la conversation allait virer à la dispute. Sa détermination était évidente dans ses yeux. Elle voulait changer Apollon, or ce dernier incarnait le pouvoir, et le pouvoir ne tolérait pas de changement.

Hadès se leva. Une fois encore, il eut besoin d'un verre.

– Où tu vas ?

– Je ne peux pas rester dans notre lit quand tu parles d'Apollon.

Il était sincèrement surpris d'avoir une réaction aussi vive en entendant Perséphone prononcer ce nom. Peut-être était-ce lié au retour de Leucé ? Elle lui rappelait sa colère contre le dieu de la Musique et Hadès devait supposer que s'il en avait l'occasion, il continuerait de se venger.

Perséphone se leva à son tour pour le rejoindre pendant qu'il se servait un verre.

– Je parle de lui seulement parce que je veux aider Sybil ! Ce qu'il fait est mal, Hadès. Apollon ne peut pas punir Sybil simplement parce qu'elle l'a rejeté.

– Apparemment si, dit Hadès en la regardant par-dessus son verre tout en buvant une gorgée.

Il vit ses traits se durcir et le vert de ses yeux devint intense. Son Charme s'estompait, Hadès comprit qu'elle était vraiment en colère.

– Il lui a ôté ses pouvoirs ! Elle n'a plus rien et elle n'aura pas d'avenir tant qu'Apollon ne sera pas dénoncé.

Cependant, l'énervement d'Hadès croissait également, et il vida son verre pour s'en servir un autre. Il commença à boire, mais marqua une pause, les yeux rivés sur le liquide ambré, une main sur le bar, conscient que ce qu'il s'apprêtait à dire allait envenimer la situation.

– Tu ne peux pas écrire sur Apollon, Perséphone.

– Je t'ai déjà dit que tu ne peux pas me dire ce que je peux écrire ou non, Hadès.

Il posa son verre et se retourna. Il se sentait géant tellement il la dominait de sa haute taille, mais elle sembla s'enhardir quand même.

– Dans ce cas, tu n'aurais pas dû me parler de ton projet.

Il regretta immédiatement ses propos. Il était soulagé qu'elle lui ait fait part de ses intentions, mais le referait-elle, étant donné la tournure que prenait cette conversation ? Il en doutait.

– Il ne s'en tirera pas comme ça, Hadès !

Ses poings étaient fermés et il sentait sa magie s'éveiller sous sa peau. Une part de lui voulait tendre la main pour la toucher, encouragé par sa propre magie, qui semblait toujours si désireuse de se mêler à celle de Perséphone.

– Je ne dis pas que je ne suis pas d'accord avec toi, mais ce n'est pas à toi de rendre la justice.

– Alors qui, si ce n'est pas moi ? Personne n'est prêt à le remettre en cause. Le public l'adore.

Et ça avait toujours été le cas.

Apollon était le dieu doré, le porteur de lumière, l'incarnation de la jeunesse et de la beauté masculine durant la Grèce antique. De nombreux temples avaient été construits en son honneur, et il en avait encore plus aujourd'hui. Son rôle principal était de repousser la pénombre, que les mortels craignaient plus que tout. Il était leur héros et représentait tout ce qu'il y avait de bon dans leur société. S'ils s'autorisaient à voir le mal en lui, ils seraient forcés de reconnaître les fissures de leur propre monde.

Or personne ne désirait ça.

– Raison de plus pour être stratégique, répondit-il. Il y a d'autres façons d'obtenir justice.

Elle le fusilla du regard.

– De quoi tu as peur ? J'ai écrit sur toi, et regarde tout le bien qui en a résulté.

Si elle faisait référence à leur relation, leur rapprochement aurait eu lieu grâce à leur contrat, même sans ses articles critiques. Il devait toutefois admettre que ceux-ci l'avaient incité à lui prouver qu'elle avait tort et à s'améliorer, et du positif en avait découlé comme par exemple le Projet Alcyon. Néanmoins, tout le reste n'était pour lui qu'une épine dans le pied, surtout l'obsession du public pour leur couple.

– Mais je suis un dieu raisonnable. Sans parler du fait que tu m'attirais. Je ne veux pas qu'Apollon soit attiré par toi.

Les traits de son visage s'adoucirent pour la première fois depuis le début de la dispute.

– Tu sais que je ferai attention. Et puis, est-ce qu'Apollon s'attaquerait vraiment à ce qui t'appartient ?

Elle n'avait pas idée de ce dont il était capable.

Il fronça les sourcils et lui tendit la main.

– Viens, dit-il en s'asseyant dans le fauteuil, devant la cheminée.

Il la prit sur ses genoux, suffisamment collée à lui pour qu'il sente la douceur de ses seins contre son torse, tout en soutenant son regard.

– Tu ne comprends pas le Divin. Je ne peux pas te protéger d'un autre dieu. C'est un combat que tu auras à gagner toute seule.

Hadès ne pouvait pas empêcher les représailles entre un dieu et sa cible, même s'il s'agissait de Perséphone. La seule solution était de conclure un contrat, et aucun dieu n'avait envie d'être redevable à un autre.

Surtout Hadès.

Toutefois, pour elle – pour cette déesse qu'il aimait plus que tout –, il accepterait un contrat. Et c'est ce qui rendit sa question plus douloureuse encore.

– Tu es en train de me dire que tu ne te battrais pas pour moi ?

Hadès ne se contenterait pas de se battre.

Il détruirait le monde, et il n'aurait de remords que vis-à-vis de Perséphone qui devrait faire le deuil de l'humanité. Il regardait cette déesse innocente et sublime, et crut déceler une touche de peur suite à ce qu'elle avait vu dans les yeux d'Hadès. Il détestait cela, mais il ne pouvait nier sa noirceur, comme il ne pouvait nier que le destin de Perséphone était lié au sien. Sa noirceur faisait autant partie de lui que sa magie.

Il coiffa une mèche en arrière et caressa délicatement sa joue.

– Chérie, je mettrais le feu à l'Univers pour toi.

Il l'embrassa et prit son visage dans ses mains avant de les plonger dans ses cheveux. Elle ouvrit la bouche et il y glissa sa langue. Lorsqu'elle se colla à lui, il eut l'impression de flotter. Le reste du monde avait disparu et il ne restait plus qu'eux et les sensations qu'ils se procuraient. C'était pour cela qu'il savait qu'il réduirait le monde en cendres pour elle.

À bout de souffle, il rompit le baiser pour appuyer son front au sien. Puis il recula la tête juste assez pour la regarder dans les yeux :

– Je te supplie de ne pas écrire sur le dieu de la Musique.

Elle hocha la tête.

– Mais... Sybil ? Si je ne dénonce pas Apollon, qui va l'aider ?

Il comprenait qu'elle se fasse du souci pour Sybil. Être l'oracle d'Apollon n'était pas une chose facile. C'était en partie grâce à ses oracles qu'il s'en tirait malgré ses facéties et qu'il maintenait un tel statut parmi le public. Sybil connaissait les comportements d'Apollon et elle était restée fidèle à ses valeurs en rejetant le dieu. C'était ce qui poussait Hadès à penser qu'elle s'en sortirait.

Perséphone ne pouvait pas le voir, et il était probable que Sybil non plus. Comme tout le monde, elles étaient prisonnières de la tendance très humaine de se préoccuper de ce que les autres pensaient.

– Tu ne peux pas sauver tout le monde, ma chérie.

– Je n'essaie pas de sauver tout le monde, seulement les gens qui ont été blessés par les dieux.

Il dégagea une autre mèche de son visage afin de l'étudier dans le détail, ses yeux vifs, les taches de rousseur sur son nez, ses lèvres roses, enflées par leur baiser.

– Ce monde ne te mérite pas.

– Bien sûr que si. Tout le monde mérite un peu de compassion, Hadès. Même dans la mort.

– Mais tu ne parles pas de compassion. Tu espères sauver les mortels et empêcher les dieux de les punir. C'est aussi vain que de promettre de ramener les morts à la vie.

– Seulement parce que c'est ce que tu as décidé.

Sa colère fut si soudaine qu'il dut lâcher Perséphone pour agripper les accoudoirs du fauteuil. Il détourna le regard vers la cheminée. Il avait envie de la contredire, de lui faire remarquer qu'il avait vécu des milliers d'années avec ces dieux et qu'ils n'avaient jamais changé. Qu'est-ce qui lui faisait croire qu'ils écouteraient une nouvelle déesse dont la vie avait été façonnée par une mère trop effrayée de lui apprendre la dure vérité sur le monde, en dehors de quelques mensonges au sujet des dieux qu'elle détestait le plus.

Elle posa ses mains sur ses joues et l'obligea à la regarder dans les yeux.

– Je n'écrirai pas à propos d'Apollon, chuchota-t-elle d'un ton de défaite.

Sa culpabilité lui noua le ventre, mais la promesse de Perséphone le soulagea.

– Je sais que tu veux que justice soit faite, mais tu dois me faire confiance sur ce point, Perséphone.

Elle pensait connaître les dieux, mais leurs récits de vie étaient longs et lugubres. Cela les rendait imprévisibles.

Cela les rendait dangereux.

– Je te fais confiance, ajouta-t-elle.

C'est faux, pensa-t-il, même s'il désirait ardemment que ce soit le cas. Il ne pouvait pas lui en vouloir, surtout après ce qu'il venait de penser.

L'instant d'après, il empoigna ses fesses et se leva pour l'emmener au lit.

Ils avaient assez discuté.

Il la déposa sur le matelas et passa sa nuisette par-dessus sa tête avant de s'agenouiller devant elle. Elle soutint son regard avec une sensualité qui fit pulser sa verge. Il embrassa le creux de ses genoux, puis il se releva suffisamment pour déposer un baiser sur ses lèvres.

– Allonge-toi, chuchota-t-il.

Elle lui obéit et il écarta ses jambes, embrassant ses cuisses puis son sexe. Son sang s'embrasait, il continua de la taquiner et elle se mit à gigoter, puis elle planta ses talons dans le matelas et empoigna les draps en se cambrant. Hadès plaqua une main sur son ventre pour l'immobiliser et quand elle cessa de bouger, il lécha son sexe, lentement, puis il se servit de ses doigts pour écarter ses lèvres et avoir accès à son cœur doux et soyeux.

Elle était trempée, brûlante, et elle prononça son nom dans un gémissement de plaisir, ce qui ne fit que l'encourager à continuer – un mélange lent et régulier de baisers, de succions et de coups de langue sur chaque partie sensible de son sexe. Elle semblait perdue, la tête en arrière, les yeux fermés, les mains sur ses seins.

Ça. Voilà ce que je peux faire pour elle. Je peux lui procurer du plaisir, pensa-t-il.

– Jouis, ma chérie, dit-il. Je veux te goûter sur ma langue.

Il continua jusqu'à ce que ses muscles se contractent et qu'une sensation chaude recouvre ses doigts. Il recula pour les lécher en la regardant.

– Tu es mon repas préféré. Je pourrais te savourer toute la journée.

Perséphone avait roulé sur le côté, essoufflée et fatiguée, mais Hadès ne faisait que commencer. Il saisit ses hanches et l'attira à lui. L'angle était étrange parce qu'il était grand, mais quand il s'enfouit en elle, Perséphone poussa un cri guttural. Elle ne semblait pas savoir quoi faire de ses mains. Elle les plongea dans ses cheveux, puis sur ses seins, puis sur le lit, où elle prit appui pour se redresser, juste assez pour regarder le point de rencontre de leurs corps où Hadès s'enfonçait en elle.

– Dieux, souffla-t-elle en réprimant un gémissement.

– Dis mon nom, ordonna Hadès. Dis-le, insista-t-il.

– Hadès !

– Encore, dit-il en s'enfonçant en elle et en posant ses mains de part et d'autre de sa tête.

Ils étaient plus près, maintenant, et s'embrasaient à chaque nouvel aller-retour.

– *Hadès !*

– Supplie-moi, insista-t-il. Supplie-moi de te faire jouir.

– Hadès, s'il te plaît.

Elle arrivait à peine à parler, et Hadès arrivait à peine à réfléchir. Il la sentait partout.

– S'il te plaît quoi ? siffla-t-il.

– Fais-moi jouir, gronda-t-elle d'un ton désespéré. Fais-le !

Il poursuivit ses coups de bassin jusqu'à ce que la tension devienne insupportable et il explosa en criant. Il resta en elle, jouissant par vagues, appuyé sur des bras tremblants, puis il s'écroula sur elle. Il l'embrassa et la serra contre lui pour se téléporter aux bains. Alors qu'ils se douchaient, il la prit contre le mur dans un acte désespéré et brusque, et ce n'est que lorsqu'ils furent allongés dans le lit, plus tard, qu'il comprit pourquoi.

Leur conversation au sujet d'Apollon n'était pas terminée et, étendu à côté de Perséphone, son corps blotti contre lui, il se rendit compte qu'il n'allait pas bien. Et si l'histoire se répétait ? Contrairement à Leucé, Hadès ne pensait pas que Perséphone coucherait volontairement avec Apollon, mais le dieu de la Musique était capable de la piéger.

– Perséphone ?

– Hmmm ?

Elle était presque endormie et il ne lui restait qu'une heure avant de se lever pour le travail, ce n'était pas le moment de reparler d'Apollon. Il s'autorisa donc à être jaloux et vulnérable et proféra une menace.

– Prononce à nouveau le prénom d'un autre dans ce lit, et tu auras condamné son âme au Tartare.

Il ne sut pourquoi, mais cela l'apaisa énormément.

Chapitre VII

DES PRÉSENTATIONS NON SOLLICITÉES

Le réveil de Perséphone sonna trop tôt.

Hadès ouvrit les yeux et la regarda se lever et s'étirer. Sa silhouette se découpait tel un halo dans la lumière chaude du feu, et la poitrine d'Hadès se resserra en la voyant. Elle ne sembla pas remarquer qu'il était réveillé et elle disparut dans la salle de bains. Quand il entendit la douche, il se leva et s'habilla. Il se servit un whiskey et invoqua un café pour Perséphone.

Elle revint dans la chambre enveloppée d'une serviette et il la regarda s'habiller en sentant son sexe durcir. Elle posa les yeux sur lui et finit de boutonner son chemisier en notant son érection.

Elle esquissa un sourire, lissa son chemisier et lui prit la tasse des mains.

– Merci pour le café.

– C'est le moins que je puisse faire, répondit-il en culpabilisant de la voir si fatiguée.

Elle but une gorgée et posa la tasse avant de s'agenouiller devant lui.

Excité de la voir ainsi, il lui souleva le menton.

– Tu vas bien ?

– Oui, dit-elle d'une voix suave.

Elle pressa ses paumes contre ses cuisses et s'approcha lentement de sa verge. Quand elle le toucha, la gorge d'Hadès se noua.

– Souhaites-tu que je te soulage ?

– Tu vas être en retard, répondit-il en déglutissant.

– Peut-être que la foule se sera un peu dispersée, répondit-elle en haussant les épaules.

Il ne répondit rien, se contentant de la regarder. Elle descendit sa braguette et libéra son sexe pour le caresser avant de le lécher. Il la regarda en oubliant tout le reste pour se concentrer seulement sur sa bouche chaude et humide. Sa tête lui parut légère et des fourmillements se précipitèrent dans tout son corps. Il se demanda un instant s'il pouvait éjaculer dans sa bouche ou pas, mais Perséphone était si déterminée à accroître le rythme et la pression que son envie de jouir devint viscérale et qu'il ne put plus se contenir. Son orgasme fut brutal et rapide, une explosion électrique qui le laissa parfaitement euphorique.

Perséphone se releva pour terminer son café. Hadès se rhabilla, effleurant sa mâchoire du bout des doigts.

– Tu es bien trop généreuse, ma chérie.

Elle sourit en rougissant.

– Je ne doute pas que tu me rendras la pareille.

– Avec plaisir, dit-il.

Malgré l'intimité qu'ils venaient de partager, Perséphone ne voulut pas qu'Hadès l'emmène au travail. Il la laissa partir en donnant des instructions strictes à Antoni pour qu'il l'accompagne jusqu'à la porte.

Il commença sa journée par une visite à L'Iniquité. Hadès possédait de nombreuses boîtes, mais celle-ci était… unique, elle était divisée en deux parties. La première proposait au public des danses burlesques, de la musique et de l'alcool.

C'était également par là qu'entraient ceux qui cherchaient l'aide des Mages. De tous les criminels avec lesquels Hadès travaillait, c'étaient les Mages qu'il détestait le plus et, bien qu'il eût préféré interdire leurs prétendus dons, il aimait les garder à l'œil, afin d'envoyer Hécate réparer leurs bêtises.

L'autre partie de la boîte servait de lounge aux criminels les plus puissants de la Nouvelle Grèce. Des criminels qui avaient prospéré grâce à l'influence d'Hadès et qui pouvaient aussi bien être des patrons de bordels que des mafiosos, des commerçants de reliques ou des assassins. Son empire était vaste et c'était lui qui en tenait les rênes. Une faute, et ils s'effondraient.

Aujourd'hui, il était venu s'entretenir avec Ptolémée Drakos, qui dirigeait l'un des plus gros cercles de contrebande de toute la Nouvelle Grèce. C'était un homme dur, au visage très ridé et au crâne rasé. Ses yeux étaient noirs, un peu bridés, et les coins de sa bouche étaient constamment tirés vers le bas, mais il était toujours sur son trente-et-un, en costume, avec une cravate colorée. Quand il entra dans le bureau d'Hadès, il ne fit pas mine de vouloir s'asseoir, ce que le dieu apprécia. La tâche qu'il souhaitait lui confier était simple.

– Milord, dit-il d'une voix grave, presque inaudible.

– Monsieur Drakos, dit Hadès, j'aimerais que vous gardiez un œil ouvert et me signaliez tout nouveau monstre qui arriverait sur le marché. Notez où ils vont et tenez-m'en informé immédiatement.

Hadès voulait savoir si Dionysos allait se mettre sérieusement à collectionner les monstres. Ce ne serait pas inhabituel, étant donné que de nombreux dieux donnaient naissance à des monstres, mais Hadès aimait savoir ce que possédait chaque dieu, puisque les monstres pouvaient être employés comme des armes.

– Ce sera tout, Milord ?

– Pour l'instant.

– Très bien, répondit Ptolémée Drakos avant de s'incliner et de partir.

Hadès ne resta seul qu'une poignée de minutes avant que quelqu'un n'ouvre la porte. Il leva la tête et trouva une femme plantée devant son bureau. Longs cheveux noirs, yeux sombres, elle était fine et vêtue d'un pantalon de tailleur et d'un chemisier. Il remarqua l'insigne sur sa hanche.

– Qui êtes-vous ? demanda Hadès, agacé par sa présence.

– Je m'appelle Ariadne Alexiou, dit-elle. Détective Alexiou.

– Je ne réponds pas des lois mortelles, dit Hadès.

La police n'interférait jamais avec les dieux, ni dans leurs exploits ni dans leur quête de châtiments divins.

– Je ne vois pas ce que vous êtes venue faire ici.

Il s'attendait à ce que la femme réagisse, d'une façon ou d'une autre – à ce qu'elle soit frustrée ou peut-être sur la défensive. Si leur appui n'avait jamais été public, Hadès savait que la Police Hellénique soutenait la Triade pour ses idées d'équité, de libre arbitre et de liberté. Elle n'aimait pas l'idée que les dieux interviennent pour rendre justice ni le fait que personne en face d'eux ne puisse rien y faire. La justice divine était au-dessus de tout.

– J'ai besoin de votre aide, dit la femme.

Hadès haussa un sourcil.

– Vous ne voulez pas de mon aide.

– Vous avez l'habitude de dire aux femmes ce qu'elles pensent ?

– Eh bien, on peut dire que vous n'avez pas froid aux yeux, répondit Hadès en la dévisageant.

Il vit alors son assurance vaciller, c'était d'ailleurs la racine de son âme : une femme qui fut un jour pleine de confiance et qui s'effritait de l'intérieur. Mais pourquoi ?

– Je ne serais pas venue si je n'étais pas sérieuse, dit Ariadne en traversant la pièce. Des femmes disparaissent partout en Nouvelle Grèce. Il y en a eu trois, rien que la semaine dernière, expliqua-t-elle en ouvrant la chemise qu'elle tenait sous son bras.

Elle posa trois photos sur son bureau, face à lui.

– Niovi Kostopoulos, Amara Georgiou, Lydia Lykaios. Je dois savoir… Est-ce qu'elles sont mortes ?

– Si je réponds, ça ne pourra pas aller plus loin. Vous ne pouvez pas interroger les morts, expliqua Hadès. (Elle hocha la tête.) Elles ne le sont pas.

– Dans ce cas, je crois que leurs disparitions sont liées, mais je ne trouve rien de concret sur elles. Elles n'ont rien en commun, ni dans leurs origines ni dans leur apparence, rien. C'est comme si elles s'étaient volatilisées. Sauf celle-ci…

Elle sortit une autre photo et la posa sur les autres. Cette femme-ci avait d'épais cheveux auburn et souriait.

– Megara Alkaios. Ses amies m'ont dit que la dernière fois qu'elle a été vue, c'était à Bakkheia. Elles jurent qu'elle y est entrée et n'en est jamais ressortie.

Hadès n'ignora pas combien il était ironique que cette femme lui parle de Dionysos alors qu'il venait de découvrir qu'il aurait acheté les Grées.

– Vous ne m'avez toujours pas dit pourquoi vous avez besoin de mon aide, répondit Hadès.

– Je vous demande de m'aider à entrer à Bakkheia.

– Pourquoi ?

– Vous n'avez pas entendu ce que je viens de dire ?

– J'ai tout entendu, Détective. L'une des femmes qui a disparu a été vue à Bakkheia, et maintenant vous accusez Dionysos de quoi ? De trafic ?

Elle haussa un sourcil.

– C'est vous qui l'avez dit, pas moi.

– Ce sont de graves accusations.

– Vous n'allez pas me dire que vous n'êtes pas curieux… pas même un peu ? dit Ariadne.

Hadès l'était, surtout depuis l'incident avec les Grées.

– Je le suis, admit-il. Mais pourquoi aurais-je besoin de vous ?

– C'est mon enquête !

– Oui, et je présume que votre chef n'approuverait pas, je me trompe ? Je vais vous reposer la question : pourquoi ai-je besoin de vous ?

– Je suis prête à prendre tous les risques pour cette affaire. Elle couronnera ou détruira ma carrière. Vous comprenez ?

Elle prenait peut-être beaucoup de risques en lui demandant de l'aide, mais ça n'expliquait toujours pas pourquoi elle était aussi impliquée dans cette affaire.

Hadès s'apprêtait à répondre quand son téléphone sonna. Il l'aurait ignoré, mais il vit que c'était Ivy, la manager de la tour Alexandria, où se trouvait le siège de la Fondation Cyprès. Or Ivy n'appelait jamais.

– Oui ?

– Lord Hadès, vous ne m'aviez pas dit que Lady Perséphone venait pour une visite. Je n'étais absolument pas prête à la recevoir.

Hadès haussa les sourcils, surpris. En même temps, il ne l'était pas tant que ça. Il avait embauché Lexa, après tout. En revanche, il s'en voulait de ne pas être là pour lui expliquer les tenants et aboutissants de la Tour Alexandria. Il n'osait imaginer combien elle devait être chamboulée.

– Je n'étais pas au courant, répondit Hadès en jetant un œil à Ariadne.

Elle le fusilla du regard, clairement agacée d'être ignorée. Hadès n'aimait pas être interrompu par des invités surprises.

– Toutes mes excuses, Ivy. J'arrive bientôt.

Il raccrocha et prit le dossier qu'Ariadne avait posé sur son bureau. Il le transmettrait à Ilias.

– Qu'est-ce que vous faites ? demanda-t-elle.

– Vous ne m'en voudrez pas de mener ma propre enquête à ce sujet, n'est-ce pas ? Et à *votre* sujet, également.

– J'ai mené une enquête *minutieuse*.

– Pour une mortelle, je n'en doute pas, dit-il en se dirigeant vers la porte. Mes hommes vous contacteront. Je vous laisse trouver la sortie toute seule.

Sur ce, il partit.

* * *

Le dossier d'Ariadne lui sembla peser lourd. S'il était curieux d'apprendre ce que Dionysos manigançait, il tenait également à prendre ses précautions. Le dieu du Vin n'était ni un ennemi ni un allié, même s'il symbolisait une partie du passé d'Hadès que ce dernier préférait oublier. Néanmoins, c'était la seconde fois que le nom de Dionysos était mentionné cette semaine.

Il trafiquait quelque chose.

Hadès déposa le dossier à Nevernight en attendant d'en discuter avec Ilias, puis il se téléporta à la Tour Alexandria. Il se servit de son Charme pour rester invisible aux yeux de ses employés, car il voulait retrouver Perséphone sans croiser personne. C'était facile, puisqu'elle était sur son territoire. Il sentait sa présence comme aux Enfers et il trouva réconfortant de l'avoir près de lui. La tension qui s'était insinuée dans ses muscles pendant sa conversation avec Ariadne se dissipa.

– Le voilà ! dit Lexa, qui emboîtait le pas à Perséphone en entrant dans le bureau d'Hadès.

Perséphone s'arrêta dans l'embrasure de la porte, balayant la pièce du regard. Il se demanda ce qu'elle pensait – sans doute un commentaire sarcastique sur le fait qu'il n'utilisait jamais son bureau. Cela dit, il serait ravi de s'en servir, maintenant qu'elle était là.

– Lexa, dit une femme depuis son box. Tu as fini les posters pour le gala ?

Hadès apprécia l'interruption, puisque cela occupait Lexa et laissait Perséphone seule.

Il entra dans son bureau, toujours invisible. Perséphone était maintenant derrière son bureau, sur lequel il ne laissait rien excepté un vase de narcisses blancs qu'Ivy insistait pour rafraîchir quotidiennement… et une photo d'elle. Il l'avait prise sans qu'elle le voie, quand elle marchait dans les jardins de son palais. Il se rappelait précisément pourquoi il avait voulu capturer l'instant… Perséphone semblait tellement parfaite parmi les fleurs, et il se rappela s'être demandé comment il avait vécu si longtemps sans elle.

La photo lui rappelait l'émerveillement qu'il éprouvait à l'idée qu'elle soit à lui.

Perséphone tendit la main pour la prendre et Hadès apparut derrière elle.

– Curieuse ?

Elle sursauta et le cadre lui échappa. Hadès le rattrapa et le remit à sa place, elle se tourna vers lui. Ils étaient presque collés l'un à l'autre, au point qu'Hadès sentait la caresse de ses seins quand elle respirait.

– Ça fait combien de temps que tu es là ?

Hadès haussa les sourcils.

– Tu es tellement méfiante.

Elle se souciait de son pouvoir d'invisibilité, et s'il ne pouvait pas lui en vouloir, il lui avait promis de ne pas s'en servir pour l'espionner, promesse qu'il avait tenue. Sauf aujourd'hui, même s'il n'avait pas eu l'intention de l'épier.

– Hadès…

– Ça ne fait pas longtemps. J'ai reçu un coup de fil paniqué d'Ivy qui me grondait de ne pas l'avoir prévenue que tu allais passer.

Elle commençait à sourire, mais soudain fronça les sourcils.

– Tu as un téléphone ?

– Pour le travail, oui.

– Pourquoi je ne le savais pas ? demanda-t-elle d'un ton plus frustré que méfiant.

– Si je te veux, je te trouverai.

Il n'avait pas besoin de technologie moderne pour la localiser, seulement de magie.

– Et si je te veux, moi ?

Sa question était innocente et il aurait dû y être insensible, mais l'idée qu'elle pourrait lui demander de l'aide, et qu'elle accepterait qu'il la lui offre, lui procura un étrange frisson.

– Tu n'as qu'à dire mon nom.

L'espoir qui venait de gonfler son torse disparut rapidement quand il la vit froncer les sourcils, et il en fit de même.

– Tu es contrariée ?

– Tu m'as humiliée, murmura-t-elle, les yeux rivés sur son torse.

Hadès souleva son menton pour étudier son visage. Il ne comprenait pas.

– Explique-moi.

Elle soupira, comme si elle était en contradiction avec elle-même, mais sa colère l'emporta.

– Je n'aurais pas dû découvrir tes œuvres de charité de la bouche de ton employée. J'ai l'impression que tout le monde en sait plus que moi à ton sujet.

Personne ne le connaissait mieux qu'elle, sauf peut-être Hécate qui obtenait parfois des informations par le biais de sortilèges, ce qu'Hadès trouvait très pénible.

– Tu ne m'as jamais posé la question.

Il n'avait jamais eu le loisir d'aborder le sujet de ses entreprises commerciales ? Il aurait sans doute dû anticiper le fait que d'autres seraient pressés de lui dévoiler certains aspects de sa vie. Aphrodite avait fait la même chose quand elle avait révélé à Perséphone le contrat qu'elle avait avec lui.

– Il y a des choses que l'on peut dire sans être interrogé, Hadès. Lors d'un dîner, par exemple : Salut chérie, comment s'est passée ta journée ? La mienne était top, les associations caritatives que je possède et qui valent des milliards de dollars aident les enfants, les chiens et toute l'humanité!

Chérie? Voilà qui lui plaisait.

Ses propos l'amusaient et il s'apprêtait à sourire quand elle plaqua son index sur sa bouche. Il résista au besoin viscéral de le prendre dans sa bouche.

– Je t'interdis de rire. Je suis très sérieuse. Si tu souhaites qu'on me voie comme davantage que ta maîtresse, j'ai besoin que tu me donnes plus. Je veux un… historique. Un inventaire de ta vie. N'importe quoi.

Elle demandait à le connaître, à mieux le comprendre. Il était forcé d'avouer que cela l'angoissait. Si elle n'aimait pas tout de lui? Il savait déjà que ce serait le cas.

Il prit sa main et embrassa ses doigts.

– Je suis navré. Je n'ai pas pensé à te le dire. Je suis seul depuis si longtemps, j'ai toujours tout décidé seul. Je ne suis pas habitué à partager quoi que ce soit avec quelqu'un.

C'était la vérité, surtout en ce qui concernait son passé. Et il n'avait jamais vu d'intérêt à le revivre.

– Hadès, chuchota-t-elle en posant sa paume sur sa joue. Tu n'as jamais été seul et tu ne l'es absolument plus maintenant.

Il aimait ses mots, même s'ils n'étaient vrais qu'à moitié. Sa chaleur disparut quand elle retira sa main et il mourait d'envie de la reprendre. Mais elle avait mis de la distance entre eux en faisant un pas de côté pour contourner le bureau.

– Maintenant, dis-moi, commença-t-elle en se retournant et en posant ses mains sur le bureau. Qu'est-ce que tu possèdes d'autre?

– Beaucoup de morgues.

Perséphone le dévisagea un moment. Elle ouvrit la bouche pour parler, puis elle la referma.

– Tu es sérieux? demanda-t-elle enfin.

– Je suis le dieu des Morts.

Son regard étincela et un sourire sublime illumina son visage.

– Dis-moi, dit-il en faisant le tour du bureau pour se rapprocher d'elle. Que puis-je encore partager avec toi ?

Une tension agréable naquit entre eux. Perséphone hésita un instant avant de toucher le cadre sur son bureau.

– Comment tu l'as eue ?

Il ne sut pourquoi il resta silencieux aussi longtemps. Peut-être parce qu'il n'arrivait pas à savoir ce qu'elle pensait de la photo, mais aussi parce que cela impliquait de révéler une part de lui qu'il ne partageait jamais avec personne.

– C'est moi qui l'ai prise.

– Quand ? demanda-t-elle d'un ton surpris.

Il ricana.

– Quand tu ne regardais pas, à l'évidence.

Elle leva les yeux au ciel et il l'attira contre lui. Il voulait s'emparer de sa bouche pour la punir d'un baiser et la vénérer sur ce bureau. Mais il savait que les pensées de Perséphone étaient bien plus chastes.

– Pourquoi tu as des photos de moi alors que je n'en ai pas de toi ?

– Je ne savais pas que tu voulais des photos de moi.

– Bien sûr que si.

– Eh bien, je peux sans doute t'aider. Quel genre de photo souhaites-tu ?

– Tu n'arrêtes jamais, dit-elle en frappant son épaule.

Hadès joignit ses mains dans le creux de ses reins et la ramena contre lui.

– Et c'est de ta faute, ma reine, dit-il en l'embrassant dans le cou, puis sur l'épaule. Je suis content que tu sois là.

– Je n'en étais pas certaine, chuchota-t-elle.

Un frisson parcourut son corps qui frémit sous les mains d'Hadès.

Il la fit reculer, juste assez pour soutenir son regard.

– J'ai eu envie de te prendre dans cette pièce, sur ce bureau, depuis que je t'ai rencontrée. Ce serait la chose la plus productive qui pourrait s'y passer.

– Tu as des murs en verre, Hadès.

– Tu essaies de me dissuader ?

Elle pencha la tête sur le côté et posa ses mains sur son torse, non pas pour le repousser mais parce qu'il l'étreignait plus fort.

– Tu es exhibitionniste ?

– Loin de là.

Hadès n'avait pas la moindre envie de la partager, il le lui avait déjà dit. Il se rapprocha et leurs lèvres s'effleurèrent.

– Tu crois vraiment que je les laisserais te voir ? Je suis trop égoïste pour ça. Tu oublies mes pouvoirs, Perséphone.

Il aimait la façon qu'elle avait de le regarder. Une flamme brillait dans ses yeux et il sut qu'elle était excitée. Il le sentit à sa façon de se cambrer contre lui, à sa magie qui se mit à embaumer l'air. Elle le dévisagea et riva son regard sur sa bouche.

– Alors prends-moi.

Il ne comptait pas le lui refuser. Il la serra plus fort pour la soulever sur son bureau. Il était sur le point d'invoquer son Charme lorsque quelqu'un se racla la gorge.

Ils tournèrent tous les deux la tête. Lexa se tenait dans l'embrasure de la porte, un sourire aux lèvres.

– Salut Hadès, dit-elle. J'espère que ça ne te dérange pas que j'aie proposé une visite à Perséphone.

Perséphone le poussa pour le faire reculer et il s'efforça de réprimer sa déception.

– Je dois retourner au travail, dit-elle en marchant vers la porte.

Avant de partir, elle se retourna pour le regarder.

Hadès se rendit compte qu'il avait beau la voir tous les jours, qu'il avait beau avoir mémorisé chaque courbe et chaque détail de son corps, il continuait d'être émerveillé.

– On se voit ce soir ?

Il ne dirait jamais non, malgré tous les incendies qui faisaient rage autour de lui. Il hocha la tête et sut qu'il avait pris la bonne décision car elle sourit jusqu'aux oreilles, un sourire si étincelant que son cœur accéléra.

Une fois Perséphone partie, Hadès resta debout quelques minutes avant de se laisser aller sur son fauteuil. Son regard se posa sur la photo de Perséphone, qu'il remit à sa place avant de reculer et de fermer les yeux pour calmer son désir.

– Vous voilà !

– Allez-vous-en, grogna Hadès.

– Excusez-moi de vous interrompre, Milord, mais vous êtes très rarement ici, dit Katerina.

Hadès ouvrit les yeux et dévisagea la directrice de la Fondation. Ses yeux pétillaient et elle semblait avoir encore plus d'énergie que d'habitude, ce qui n'était pas rien parce que cette femme était toujours enthousiaste. Cela faisait d'elle une bonne dirigeante, car elle parvenait à motiver ses équipes pour quasiment tout et n'importe quoi.

Même Hadès.

– C'est pour ça que je vous ai embauchée, répondit-il. Cela dit, j'ai peut-être quelque chose pour vous.

Il invoqua le dossier d'Ariadne et Katerina s'approcha.

– J'ai besoin de savoir si l'une de ces femmes a cherché à se réfugier à Hemlock Grove, dit Hadès.

Hemlock Grove était un refuge pour femmes dirigé par Hécate. Comme beaucoup de ses employés, Katerina y était bénévole.

La directrice fronça les sourcils en feuilletant le dossier.

– Il y en a tellement… dit-elle.

– Une tragédie, admit Hadès en toute sincérité.

Katerina tint la chemise contre sa poitrine.

– Je m'en occupe aujourd'hui, dit-elle. Pendant que vous êtes là, j'ai besoin de votre accord pour quelques trucs.

– Très bien. Tant que ce n'est pas trop long.

Chapitre VIII

SECRETS DÉMASQUÉS

Il fallut deux heures à Hadès pour approuver des croquis et donner son accord à de nouvelles levées de fonds pour le Projet Alcyon. Avant de partir, il passa par le bureau de Katerina pour lui transmettre tous les documents et la trouva concentrée sur le dossier d'Ariadne.

– Ce n'était pas « quelques » trucs… grommela-t-il.

– Tout est relatif. Et puis, c'est vous qui avez stipulé que vous vouliez être impliqué dans ce projet. Je ne fais que suivre vos instructions.

Hadès ne cherchait pas toujours à tout contrôler, surtout lorsqu'il trouvait des gens à qui il faisait confiance pour mettre en œuvre ses projets. Mais s'il faisait confiance à Katerina, le Projet Alcyon était personnel. Il souhaitait capturer l'essence de Perséphone et il lui semblait qu'il était le seul qualifié pour le faire.

Il hocha la tête en direction des documents.

– Prévenez Ilias dès que vous trouvez quelque chose. Il est dessus, lui aussi.

Katerina hocha la tête d'un air lugubre, une part de lui détestait lui avoir confié une mission aussi lourde. Katerina était une féroce défenseuse des femmes et elle avait elle-même été victime de violence conjugale.

– Ça va aller ?

– Oui, promit-elle. J'aimerais les retrouver, c'est tout.

Hadès acquiesça et partit pour les Enfers. Perséphone rentrerait bientôt du travail et il ne voulait pas rompre la promesse qu'il lui avait faite de la voir ce soir. L'idée qu'il pouvait être appelé à tout moment pour régler une menace ou une autre ne le quittait pas. Si ce n'était une menace déjà existante, comme Héra, Leucé ou Dionysos, ce serait une nouvelle.

C'est ce qui l'incita à se détendre et à se promener dans les champs, invoquant Cerbère, Typhon et Orthos. Quand ils arrivèrent, Hadès découvrit qu'ils avaient pris leur forme singulière : un seul corps partagé par trois têtes similaires. Malgré cela, ils conservaient toujours leurs personnalités respectives qui étaient flagrantes, même maintenant. Au milieu, Cerbère avait une expression stoïque. À droite, Typhon était calme, même si ses oreilles étaient dressées, en alerte. À gauche, Orthos avait la langue pendante.

– Vous avez participé aux châtiments d'Hécate, aujourd'hui ? demanda Hadès en haussant un sourcil.

Les trois dobermans prenaient la forme qui leur plaisait, mais Hécate utilisait souvent celle-ci, leur forme monstrueuse, pour chasser les âmes qui le méritaient au Tartare. Dans certains cas, elle les autorisait à dévorer leur proie.

Les trois chiens aboyèrent en guise de réponse.

– Je vois. Alors vous êtes trop fatigués pour jouer à la balle, je présume ?

Les trois se redressèrent et Hadès sourit en faisant apparaître leur balle préférée.

– C'est ce qui me semblait, dit-il en jetant la balle en l'air pour la rattraper dans sa main.

Leurs six yeux suivirent la balle rouge.

– Reste à savoir, maintenant, si vous allez travailler ensemble ou pas.

Hadès arma son bras.

– Pas encore, ordonna-t-il avant de lancer la balle à travers les Enfers.

Les trois paires d'yeux l'étudièrent, le corps gigotant d'excitation.

Hadès ricana.

– Go !

Ils grognèrent tous ensemble et déguerpirent en laissant derrière eux un nuage de poussière. Hadès les regarda traverser les champs en bondissant, disparaissant derrière les collines en fendant l'herbe verte. Ils se divisèrent bientôt pour incarner leurs corps distincts.

La compétition allait être belle.

La force surhumaine d'Hadès lui permettait de jeter la balle très loin, mais les chiens étaient des monstres et possédaient leur propre pouvoir, leur force et leur vitesse. Un animal normal aurait mis des heures à rapporter la balle, il ne fallut que quelques secondes aux chiens d'Hadès pour revenir. Il fixa l'horizon et vit Orthos en tête, la balle rouge dans la gueule. Ni Typhon ni Cerbère ne voulaient perdre et ils talonnaient Orthos, lui mordillant les pattes pour le faire trébucher.

Orthos parvint à revenir le premier, et il s'assit bien sagement aux pieds d'Hadès pour y déposer la balle. Typhon et Cerbère s'assirent à côté de lui, attendant patiemment le second round.

Hadès continua de jouer jusqu'à ce que son corps soit luisant de sueur et que la lumière des Enfers s'estompe. Il retourna au palais en passant par le jardin et se surprit à choisir des fleurs qui lui rappelaient Perséphone pour leur couleur ou leur beauté, des iris, des lys, des asters et des campanules, jusqu'à en faire un bouquet de taille correcte.

Il devait admettre qu'avant Perséphone, il n'avait jamais accordé beaucoup d'attention aux fleurs, surtout à celles-ci, celles qu'il créait par illusion. Elles étaient là pour le plaisir des âmes et de ses employés et lui rappelaient comment il était né dans ce monde, de la guerre qui avait suivi et des jours lugubres d'après. Il avait bâti de maigres murs autour de la pénombre et du pourrissement et, même si cela était plutôt joli, Hadès n'oubliait jamais ce qui se cachait sous la verdure et les fleurs. Il en vint à se demander comment il pourrait dévoiler tout cela à Perséphone. Comment pouvait-on transmettre des vies entières de tourmentes et de conflits, d'erreurs et de regrets ?

– Qu'est-ce que tu fais ? demanda Hécate.

Il était tellement perdu dans ses pensées qu'il ne l'avait pas sentie approcher. Il se concentra de nouveau et continua de cueillir des fleurs.

– À ton avis, j'ai l'air de faire quoi ?

– D'être sur le point d'ajouter du datura à ton bouquet, dit-elle alors que la main d'Hadès frôlait la fleur blanche en forme de trompette. C'est une vilaine belladone, je la laisserais, si j'étais toi.

Hadès se redressa et se tourna vers la déesse sorcière.

– Je suis ridicule, dit-il.

– Tu l'es souvent, acquiesça Hécate. Mais tu n'es pas ridicule de cueillir des fleurs pour ta bien-aimée, si c'est ce que tu insinues.

Hadès n'en était pas si sûr. Il ne savait pas pourquoi il avait décidé de faire ça. Pourquoi la déesse du Printemps voudrait-elle un bouquet de fleurs qui allaient bientôt mourir ?

– Je vais tout faire foirer, dit-il.

Il confiait souvent ses doutes à Hécate et, s'il savait qu'il pouvait lui faire confiance, les réponses qu'elle lui apportait n'étaient pas toujours réconfortantes.

– Sans doute, admit-elle. Mais Perséphone sait pardonner. Tu tâcheras de t'en souvenir quand il s'agira de lui pardonner en retour, n'est-ce pas ?

Hadès haussa les sourcils.

– Tu sais quelque chose que je ne sais pas ?

– Je sais toujours des choses que tu ne sais pas, répondit-elle. Et ça ne te pousse pas pour autant à m'écouter. Il faut toujours savoir pardonner, Hadès, mais surtout avec Perséphone, qui doit encore apprendre la cruauté de ce monde.

Hadès fronça les sourcils.

– Je l'en protégerais si elle me laissait faire.

– Tu ne le peux pas, dit Hécate. Et tu ne le dois pas. Sinon, comment est-elle censée devenir une déesse ?

C'est ça qui nous fait accepter notre divinité ? se demanda Hadès. *Les conflits ?* Il supposa que c'était vrai de tous les dieux qu'il connaissait. Malgré les différences entre les Olympiens, une chose les unissait : leur traumatisme après la guerre.

– Mets plus de verdure et ajoute les lys qui vont bientôt éclore, dit Hécate en s'approchant.

Il s'arrêta un bref instant avant de suivre ses instructions, remarquant qu'Hécate cueillait le datura.

– Je croyais que c'était toxique, dit-il.

– Ça l'est, répondit-elle en déterrant la plante, tout en prenant soin de ne pas abîmer la racine.

* * *

Ils passèrent encore quelques minutes dans le jardin avant d'entrer dans le palais, où résonnait la voix de Perséphone.

– C'est de bons toutous, ça ! disait-elle.

Ils la trouvèrent à genoux, frottant tantôt le ventre d'Orthos, le cou de Typhon ou l'oreille de Cerbère.

– Vous êtes gâtés, grommela Hécate.

– Mais non, ils ne sont pas gâtés. Vous n'êtes pas gâtés, hein ? demanda Perséphone.

Ils faisaient le beau devant elle et Hadès ne pouvait pas leur en vouloir. Il aimait qu'elle le dorlote, lui aussi.

– Vous êtes tous de très bons chiens.

Elle leva enfin la tête et sembla soudain réaliser qu'Hadès était là aussi. Son sourire vacilla, mais seulement un instant. Elle se leva et le salua timidement.

– Salut…

Hadès trouva cela amusant, mais il se sentait tout chose, lui aussi. Il aimait la voir aussi à l'aise dans son royaume. Cela lui donnait l'impression que cela pouvait durer une éternité. Elle baissa les yeux sur les fleurs – il avait déjà oublié le bouquet.

Il se racla la gorge et le lui tendit.

Perséphone sourit timidement et l'accepta.

– Elles sont sublimes, Hadès.

Il y eut un silence gênant, et Hécate se racla la gorge à son tour.

– Allez, les monstres, on y va. Les amoureux ont envie d'être seuls. Pas dans la salle à manger, s'il vous plaît.

La déesse de la Magie tourna les talons et disparut dans le couloir, suivie de près par les trois chiens. Perséphone soutint le regard d'Hadès.

– C'est en quel honneur ?

Hadès se massa la nuque, gêné.

– J'ai juste pensé qu'elles te plairaient.

– Je les adore, dit-elle. Merci.

Il y eut un court silence et Hadès se demanda pourquoi il semblait y avoir un malaise entre eux. Était-ce à cause des fleurs ? Ou à cause de leur dernière conversation ? Est-ce que Perséphone s'attendait à ce qu'il plonge dans un récit de son passé et de son présent ?

– Comment s'est passée ta journée de travail ? demanda-t-il.

Perséphone hésita.

– Très bien, répondit-elle.

– Tu as l'air frustrée.

– Je n'ai pas envie de parler du travail, dit-elle en étudiant un lys et en effleurant un pétale.

Hadès fronça les sourcils. Ça commençait mal…

– Alors n'en parlons pas, dit-il simplement.

Elle le regarda par-dessus le bouquet de fleurs.

– Tu as dit que tu m'avais prise en photo… Tu as un appareil ?

– Oui, admit-il.

Il eut du mal à comprendre ce qu'il ressentit à l'idée de dévoiler ce qu'il contenait. Sans doute était-ce de la honte ? Il aurait dû avoir envie de partager ça avec Perséphone. Comme toujours, il était angoissé en se demandant ce qu'elle penserait.

– Tu prends souvent des photos ?

– De temps en temps, quand je trouve quelque chose qui vaut la peine d'être immortalisé.

– Mais tu es immortel, dit-elle en souriant.

– Oui, mais les instants ne le sont pas.

– Je peux voir ?

– Bien sûr, se surprit-il à répondre malgré ses doutes.

Il l'emmena dans son bureau.

– Quand as-tu commencé ce passe-temps ? demanda Perséphone.

– Ça fait des années. La technologie des mortels ne cesse jamais de m'émerveiller.

Et, pour être honnête, de le terrifier.

Il sortit l'appareil photo d'un tiroir, l'alluma et le tendit à Perséphone. L'appareil datait un peu, mais Hadès aimait les résultats qu'il produisait.

Elle parcourut les photos et Hadès en profita pour se servir un verre, espérant qu'il apaiserait la nervosité qui l'envahissait. Elle resta silencieuse un moment avant de dire à voix basse :

– Elles sont sublimes.

Il esquissa un minuscule sourire et entendit un *clic*. Lorsqu'il leva la tête, Perséphone abaissait l'appareil.

– Voilà un instant que je veux conserver.

Il la dévisagea quelques secondes, puis posa son verre sur le bureau. Il prit son menton entre son pouce et son index et lui releva la tête pour l'embrasser, ne reculant que lorsqu'il entendit le cliquetis de l'appareil photo.

– Celui-là aussi, chuchota-t-elle.

Hadès ne savait pas quoi penser, mais cela ne lui déplaisait pas.

– Est-ce que tu me laisserais te prendre en photo ?

– C'est déjà fait, répondit-elle.

Il déglutit avant de préciser son intention.

– Nue.

Elle marqua une pause.

– Si tu me laisses en faire de même.

Hadès soutint son regard de braise et lui prit l'appareil.

– Enlève ta jupe, dit-il.

Il recula, appareil photo en main, et prit quelques clichés pendant qu'elle se déshabillait. Lorsque la jupe tomba par terre, il approcha et la souleva sur le bureau avant de passer son chemisier par-dessus sa tête. Il prit le temps de l'embrasser sur la bouche et sur les seins, là où ils débordaient de son soutien-gorge, puis il lui tendit l'appareil photo.

– Prends les photos toi-même, dit-il.

Elle le dévisagea un moment et parut douter.

– Qu'est-ce que tu m'enverrais si on était séparés ? demanda-t-il pour l'encourager.

– Et toi, tu vas faire quoi ? demanda-t-elle alors que son regard s'assombrissait.

– Te regarder faire…

Il prit son verre et fit quelques pas en arrière pour s'asseoir dans un des fauteuils placés devant le bureau.

Il lui fallut quelques minutes pour se mettre à l'aise, mais elle prit bientôt des photos aguichantes et de plus en plus osées, et plus Hadès la regardait, plus sa verge durcissait. Quand elle eut fini, elle s'assit au bord du bureau, les jambes croisées, et prit une dernière photo de lui. Il préférait ne pas imaginer de quoi il devait avoir l'air, brûlant de désir, accablé par son envie de la prendre. Il s'apprêtait à la rejoindre, mais elle s'avança vers lui pour le chevaucher. Elle posa l'appareil photo et déboutonna sa chemise. Ses mains lui parurent chaudes contre sa peau quand elle libéra son sexe qui étouffait dans son pantalon. Elle s'empara à nouveau de l'appareil photo.

Avant de capturer l'instant, elle l'étudia.

– Qu'est-ce que tu vas faire avec ces photos ?

– À ton avis ?

– Montre-moi, chuchota-t-elle d'une voix rauque.

Il faisait tellement chaud dans cette pièce, tout à coup…

Il baissa la main pour se caresser, synchronisant son geste avec le cliquetis de l'appareil.

Que se passait-il, bon sang ? Il n'avait jamais laissé quelqu'un le prendre en photo, et surtout pas pendant un acte aussi personnel et intime, or il laissait faire Perséphone. Puis vint le moment où l'appareil fut mis de côté et où leurs bouches fusionnèrent. Perséphone se dressa sur ses genoux pour guider la verge d'Hadès en elle et ils ondulèrent l'un contre l'autre. Leurs corps se couvrirent de sueur, leurs souffles se firent rauques, et Hadès se dit qu'il n'avait jamais été aussi désespéré, comme si tout ce qu'ils venaient de faire rendait la poursuite de l'orgasme plus douce encore. Lorsqu'ils jouirent en même temps et restèrent haletants l'un contre l'autre, Perséphone tendit le bras pour attraper l'appareil et prit leurs visages en photo.

– Je veux me souvenir de ça, dit-elle avant d'embrasser ses lèvres enflées.

Hadès savait déjà qu'il ne l'oublierait jamais.

* * *

Hadès n'avait jamais systématiquement accordé de temps aux mortels qui voulaient conclure des marchés avec lui, et depuis l'arrivée de Perséphone, il était de moins en moins disponible. Mais c'était le week-end, la foule rassemblée dans sa boîte de nuit était à la fois agacée et désespérée, et Hadès pensa qu'il valait mieux qu'il y remédie.

Alors il négocia.

Il avait eu raison à propos du désespoir qu'il avait perçu. Chaque mortel qui vint à lui proposait bien plus qu'il n'était autorisé à donner.

– S'il vous plaît, l'implora une femme après avoir perdu contre Hadès. Je ferai n'importe quoi… P… prenez mon premier-né !

Il frissonna, ébahi.

– De l'argent en échange d'une âme est un bien vilain marché, répondit Hadès en fronçant les sourcils. Je plains l'enfant que vous mettrez au monde.

Son visage s'illumina.

– C'est oui ?

– Dehors ! gronda Hadès.

Le ton de sa voix dut l'effrayer car elle courut à la porte. Le mortel suivant était un homme avec un besoin désespéré d'argent. Il proposa à Hadès de choisir toutes les hétaïres employées dans son bordel.

– Ça ne m'intéresse pas, répondit Hadès en haussant un sourcil.

Le visage de l'homme s'effondra.

– Mais, Milord, aucune femme ne peut assouvir les désirs d'un homme à elle seule.

Hadès envisagea de dresser la liste des défauts de l'âme de cet homme, espérant que chacun lui ferait l'effet d'une balle en pleine poitrine : le manque de confiance, la solitude, la malhonnêteté, la cruauté… mais cela ne mènerait à rien, à part prolonger sa présence. Hadès préféra donc une menace.

– Si tu veux partir d'ici sans être plus mal en point que lorsque tu es arrivé, je te conseille de filer. *Maintenant.*

L'homme déguerpit aussitôt et Hadès se retrouva encore plus énervé que lorsqu'il avait commencé. Chaque jour servait à lui rappeler comment le public le percevait… et parfois, ce n'était guère différent de leur façon de voir Poséidon ou Zeus. Aucun de ses frères n'était un dieu particulièrement fidèle et sans doute auraient-ils sauté sur toutes les occasions proposées ce soir, mais Hadès n'était pas comme eux et il ne le serait jamais.

Les autres propositions ne furent guère meilleures – ce n'était qu'un défilé de mendiants en quête d'argent, sincèrement persuadés qu'un marché avec le dieu des Morts rendrait leur vie meilleure.

Le dernier client de la nuit était un jeune homme d'une vingtaine d'années qui, s'il était rasé de près et bien habillé, ne pouvait cacher au dieu les ténèbres une addiction qui lui avait fait perdre le contrôle de sa vie. Il était accro à la drogue et Hadès supposa que ce devait être l'évangéline, sans doute la drogue la plus destructrice et la plus répandue du marché. Elle avait été créée en même temps qu'Eris, la déesse de la Discorde.

– Quel marché souhaites-tu conclure ? demanda Hadès.

– J'ai… euh… besoin d'argent.

– Pour la drogue ?

L'homme écarquilla les yeux.

– Non… je dois remplacer l'argent que j'ai dépensé sur…

Il ne termina pas sa phrase et Hadès devina qu'il avait trop honte.

Le garçon prit une grande inspiration.

– Je suis censé être à la fac, mais je n'y suis pas allé du semestre. Je mens à mes parents… mais si je peux récupérer l'argent, je pourrai y retourner. Et ils ne sauront rien.

Hadès haussa un sourcil.

– Tu penses pouvoir retourner à la fac avec une addiction aussi sévère ?

L'homme était sur le point d'ouvrir la bouche lorsque Hadès perçut les vrilles familières de la magie de Perséphone qui appelait la sienne. Cela signifiait deux choses : elle était ici et elle était en colère. Une appréhension particulièrement féroce enserra son cœur. Qu'avait-elle découvert ?

La porte s'ouvrit sur Perséphone, encadrée par la faible lumière du couloir. Son Charme était fissuré, révélant la déesse qu'elle cachait, ses yeux éclatants et sa peau lumineuse. Elle était furieuse, au point que ses pommettes étaient rouge cramoisi, et elle contractait fermement la bouche et la mâchoire.

Le mortel se tourna vers elle, tellement désespéré d'obtenir son marché qu'il ne remarqua pas que son Charme disparaissait.

– Si c'est lui que tu veux, va falloir attendre ton tour. Ça fait trois ans que j'attends ce rendez-vous.

Elle ne lui accorda pas même un regard. Toute sa colère était dirigée contre Hadès, qui se redressa.

– Va-t'en, mortel, ordonna-t-elle.

Il était déstabilisant de l'entendre parler ainsi alors qu'elle avait tendance à se comporter davantage en mortelle qu'en déesse. L'homme dut capter le ton menaçant de sa voix, car il se leva en trébuchant et déguerpit, juste avant que Perséphone ne claque la porte.

– Je vais devoir effacer sa mémoire, tes yeux rayonnent, dit Hadès en se surprenant à sourire malgré lui.

Il aimait la voir ainsi, quand elle ne craignait pas son propre pouvoir.

– Qui t'a mise en colère ?

– Tu ne devines pas ? demanda-t-elle d'une voix légèrement tremblante.

Hadès haussa les sourcils et attendit.

– Je viens d'avoir le plaisir de rencontrer ta maîtresse.

Hadès n'eut pas besoin de réfléchir pour savoir de qui elle parlait : Leucé.

Merde.

– Je vois.

Elle pencha légèrement la tête sur le côté.

– Tu as dix secondes pour t'expliquer avant que je ne la transforme en mauvaise herbe.

À ce rythme, il ne serait pas surpris de finir lui-même sous forme de plante avant la fin de la soirée, et il se dépêcha de s'expliquer.

– Elle s'appelle Leucé. Elle était ma maîtresse il y a longtemps.

– C'est quoi, longtemps ?

– Des millénaires, Perséphone.

– Alors pourquoi s'est-elle présentée comme ta maîtresse aujourd'hui ?

Parce que c'est une imbécile, pensa-t-il.

– Parce que pour elle, j'étais son amant jusqu'à dimanche dernier.

La magie de Perséphone jaillit et elle serra les poings alors que des lianes feuillues s'élevaient du sol pour recouvrir les murs bleus de la suite.

– Et pourquoi ça ?

– Parce que ça fait plus de deux mille ans qu'elle est un peuplier.

Hadès prit une longue inspiration. On lui avait trop rappelé cet épisode, au cours de cette semaine, alors que sa seule envie était de le laisser dans le passé.

– Pourquoi était-elle un peuplier ?

– Elle m'a trahi.

– C'est *toi* qui l'as changée en peuplier ? s'étonna-t-elle.

Hadès se demanda ce qui la choquait le plus : le fait qu'il ait voulu se venger ou la forme que sa vengeance avait prise.

– Pourquoi ?

– Je l'ai surprise en train de baiser avec un autre. J'étais aveuglé par ma colère. Je l'ai transformée en peuplier.

Les traits de Perséphone étaient figés sous la colère.

– Elle ne doit pas s'en souvenir, sinon elle ne se serait pas présentée comme ta maîtresse.

Elle s'en souvenait, même si Hadès la soupçonnait d'accuser Apollon pour sa trahison plus qu'elle-même. Mais il préférait ne pas entrer dans les détails concernant les raisons pour lesquelles Leucé se présentait encore comme son amante. Sans doute avait-elle dit cela dans l'espoir d'obtenir ce qu'elle voulait, et ça s'était retourné contre elle.

– Il est possible qu'elle ait occulté ce souvenir, répondit-il simplement.

Perséphone soupira et leva la tête vers le plafond, puis elle fit les cent pas dans la pièce. Hadès pensa que c'était à cause de la magie qui s'accumulait en elle.

– Tu as eu combien de maîtresses ?

– Perséphone…

Il avait répondu d'une voix calme. Elle ne pouvait pas comprendre combien cette question le mettait mal à l'aise. C'était une question impossible, et injuste, et en toute sincérité, il n'avait pas envie d'y répondre.

– J'ai juste envie d'être préparée, au cas où elles sortiraient toutes de l'ombre, cracha Perséphone.

Hadès leva les yeux vers elle depuis son fauteuil.

– Je ne vais pas m'excuser d'avoir vécu avant que tu existes.

– Je ne te demande pas de le faire, mais j'aimerais savoir, au cas où je rencontre une femme que tu as baisée.

Il comprenait sa colère, de ce point de vue. Il n'aurait pas aimé que les rôles soient inversés.

– J'espérais que tu ne rencontrerais jamais Leucé, dit-il, tout en réalisant que c'était la mauvaise chose à dire. Elle n'était pas censée rester aussi longtemps dans les parages. J'ai accepté de l'aider à se remettre sur pied dans le monde moderne. En temps normal, j'aurais donné cette responsabilité à Menthé, mais étant donné qu'elle est indisponible… expliqua-t-il en lorgnant les murs couverts de lierre, il m'a fallu plus de temps pour lui trouver un mentor convenable.

Perséphone s'arrêta et le regarda dans les yeux. Elle semblait encore plus choquée qu'avant.

– Tu ne comptais pas me parler d'elle ?

– Je n'en voyais pas l'utilité.

– Pas l'utilité ?

La magie de Perséphone jaillit et Hadès entendit le bruissement des lianes et des feuilles qui se multipliaient et s'épaississaient. Des fleurs blanches s'ouvrirent, si parfumées qu'Hadès se mit à tousser.

– Tu as trouvé un appartement à cette femme, un boulot, tu baisais avec elle…

– Arrête de dire ça ! gronda Hadès.

Il était évident qu'il ne pensait pas autant à ça qu'elle.

– Je méritais d'être au courant, Hadès !

– Tu doutes de ma fidélité ?

– Tu es censé dire que tu es désolé.

– Tu es censée me faire confiance.

– Et tu es censé communiquer avec moi.

Hadès ne savait pas quoi répondre, mais il se demanda s'il aurait pu éviter tout ça en étant honnête au sujet du retour de la nymphe. Au lieu de ça, il avait obtenu précisément ce qu'il craignait : le dédain de Perséphone.

Son estomac se noua sous la culpabilité et la peur.

Elle prit une grande inspiration avant de l'interroger d'une voix triste et faible.

– Tu l'aimes encore ?

– Non, Perséphone.

Il détestait le simple fait qu'elle pose cette question. Comment pouvait-elle penser qu'il aimait encore Leucé ? Après qu'il lui avait dit, après qu'il lui avait *montré* combien il l'aimait ?

Il se leva et fit le tour de la table pour prendre son visage dans ses mains. Au moins, elle acceptait qu'il la touche.

– J'espérais que tu ne l'apprendrais pas, murmura-t-il. Pas pour protéger Leucé, mais pour te protéger de mon passé.

– Je ne veux pas qu'on me protège de toi, dit-elle. Je veux te connaître, Hadès : par cœur.

Il ricana et effleura sa lèvre de son pouce.

– Commençons par le cœur, dit-il avant de l'embrasser.

Il espérait que le baiser apaiserait son inquiétude et sa colère. Peut-être rappellerait-elle sa magie avant de l'avoir asphyxié avec cette odeur de fleur doucereuse. Cela fonctionna un instant. Elle saisit sa chemise et l'attira contre elle, mais quand il l'étreignit plus fort, elle plaqua ses mains sur son torse et le repoussa en rompant le baiser.

– Hadès, je suis sérieuse. Je veux connaître tes plus grandes faiblesses, tes plus grosses peurs, tes biens les plus précieux.

Comment pouvait-elle ne pas connaître la réponse ?

– Toi, déclara-t-il d'une voix rauque.

– Moi ? répéta-t-elle en secouant la tête. Je ne peux pas être toutes ces choses.

– Tu es ma faiblesse, te perdre est ma plus grande peur et notre amour est mon bien le plus précieux.

– Hadès, dit-elle en détournant le regard, comme si elle cherchait ses mots. Je ne suis qu'une seconde dans ta vaste vie. Comment je peux être toutes ces choses ?

– Tu doutes de moi ?

Elle posa une main sur sa joue ; la chaleur de ses doigts le réconforta, malgré l'angoisse que provoquait cette conversation.

– Non, mais je crois que tu as d'autres faiblesses, d'autres peurs et d'autres trésors. Ton peuple, par exemple. Ou ton royaume.

– Tu vois, dit-il en se retenant de sourire. Tu me connais déjà par cœur.

Il se pencha pour l'embrasser de nouveau, mais elle l'arrêta. Hadès la tenait si fort qu'il la sentit se cambrer en reculant.

– J'ai une autre question, dit-elle, alors que sa gorge se nouait. Quand tu es parti, dimanche dernier, où es-tu allé ?

– Perséphone…

Cette fois, il la lâcha.

– C'est ce jour-là qu'elle est revenue, n'est-ce pas ?

Aussi furieuse qu'elle ait pu paraître, elle ne pouvait cacher la peine qui illuminait son regard. Cela rendait Hadès malade et il voulut la guérir, d'une façon ou d'une autre. Mais comment guérissait-on ce genre de douleur ?

– Tu l'as choisie, elle, plutôt que moi.

Il marcha vers elle.

– Ce n'est pas ça du tout, Perséphone…

– Ne me touche pas !

Il détestait ces mots. Il détestait être la raison pour laquelle ils étaient prononcés, et il détestait qu'ils le blessent, lui aussi.

– Tu as eu ta chance, dit-elle. Et tu as merdé. Les actions comptent plus que les mots, Hadès.

Elle disparut avant de le voir grimacer.

C'étaient *ses* mots ; ceux qu'il lui avait dits il n'y a pas si longtemps.

Les actions, Lady Perséphone. Les actions ont une importance pour moi.

Elle avait raison.

Il avait merdé.

Chapitre IX

SURPROTECTEUR

Ilias entra dès que Perséphone fut partie.

– Dis-moi que Leucé est détenue quelque part, gronda Hadès.

Le satyre hocha la tête et le dieu se téléporta immédiatement dans la pièce où elle était enfermée. Cette fois, il n'eut pas besoin de réfléchir à comment l'aborder, sa colère le décida.

La nymphe se tourna vers lui quand il apparut et son visage se décomposa. Elle recula contre le mur.

Sans doute avait-il l'air monstrueux, car c'était ainsi qu'il se sentait.

– Ne t'avais-je pas dit de ne plus *jamais* me contacter ? siffla-t-il.

Malgré sa peur, Leucé haussa le menton et le fusilla du regard.

– Je n'aurais pas eu à le faire si tes sous-fifres avaient écouté mes demandes !

– Tes demandes ? Que penses-tu être en mesure d'exiger, au juste ?

– Un appartement décent, pour commencer.

– Tu insinues que je n'ai pas été charitable ? demanda Hadès, contenant à peine sa colère.

– Charitable ? J'ai passé des années sous la forme d'un arbre et tout ce que tu fais, c'est de me trouver un appartement merdique et un job de serveuse ?

Il n'avait pas la moindre idée du type de logement qu'Ilias lui avait obtenu, mais il doutait que celui-ci soit pourri. Sans doute n'était-il pas comparable au luxe de son palais, tout simplement.

– Si ton logement ne te convient pas, peut-être n'en as-tu pas besoin, tout simplement ?

– Tu me mettrais à la rue ?

– J'ai fait bien pire, tu n'es pas d'accord ?

Il savait que ses propos étaient blessants, mais sa colère et sa peur s'unissaient pour lui nouer la gorge et il lui semblait qu'il avait du mal à respirer.

Leucé voulut le gifler, mais il saisit sa main.

– On dirait que je ne suis pas le seul à ne pas avoir changé, rétorqua-t-il.

Elle retira brusquement sa main.

– C'est à cause d'elle, c'est ça ? De cette femme que tu fréquentes ?

Qu'il fréquentait ? C'était une façon si simple de décrire l'amour de sa vie, un amour qu'elle venait de chambouler avec ses propos maladroits. À présent, Hadès n'avait plus qu'à espérer qu'il arriverait à restaurer la confiance entre Perséphone et lui.

– C'est pour ça que tu as prétendu être ma maîtresse ? Par jalousie ?

– Tu parles ! ricana-t-elle. Je t'avais oublié bien avant de coucher avec Apollon.

Si elle avait cru le blesser, elle avait tort. En revanche, cela réveilla la soif de vengeance d'Hadès.

– Ton aveu arrive à temps, répondit-il. Cela rend la suite tellement plus facile…

Leucé écarquilla les yeux, Hadès rassembla sa magie.

– Je me contrefiche de ta vie et de ce que tu en fais, mais sans cette femme, comme tu dis, tu serais de nouveau un arbre. C'est elle qui t'a sauvée.

Sur ce, Hadès la déposa dans un parc, loin de Nevernight, et la maudit de sorte qu'elle ne mette plus jamais un pied sur son territoire.

* * *

Plusieurs jours passèrent sans que Perséphone ne retourne aux Enfers.

C'était étrange de se sentir aussi mal à l'aise dans son propre royaume, mais Hadès était obnubilé par son absence. Il avait l'impression que sa magie cherchait la sienne et que, ne la trouvant pas, elle pulsait sous sa peau pour lui rappeler la distance qui les séparait.

Hadès était responsable de cette distance, autant que Perséphone. Hécate le lui avait d'ailleurs rappelé la veille quand elle l'avait trouvé arpentant les couloirs du palais.

– Qu'as-tu fait ? demanda-t-elle, l'air dépitée.

– C'est un peu présomptueux, répondit-il.

Elle haussa un sourcil.

– Tu n'es capable d'être énervé qu'envers toi-même, remarqua-t-elle.

Il se frotta le visage, fatigué.

– J'ai merdé. Perséphone a appris le retour de Leucé. Bien sûr, la nymphe s'est présentée comme ma maîtresse, au présent, pas au passé.

– Tu dis ça comme si l'un était mieux que l'autre.

– Ça aurait pu l'être aux yeux de Perséphone.

– Aucune des options n'est meilleure lorsqu'elles sont toutes les deux secrètes, Hadès.

Il la fusilla du regard.

– Oui, j'en ai conscience, maintenant.

– Tu devrais te demander pourquoi tu n'as pas voulu le lui dire, et si la réponse est que tu avais peur… alors peut-être n'as-tu pas autant confiance en elle que tu le crois.

Ses propos ne quittaient plus ses pensées, depuis.

Faisait-il confiance à Perséphone ?

Sans doute croyait-il que son amour pour lui n'était pas assez fort pour qu'elle fasse abstraction de son passé, et l'admettre était à la fois douloureux et embarrassant. En fin de compte, il ne lui avait pas laissé l'occasion de lui prouver le contraire.

Il n'aurait jamais dû lui cacher le retour de Leucé, et c'est ce qu'il voulait lui dire. Il avait envisagé d'aller la voir, mais il n'était pas certain qu'elle soit prête à écouter ses explications. Quand il se décida enfin à y aller, il fut interrompu par Ilias, qui l'informa que le garage d'Acace avait explosé et que le trafiquant et ses hommes étaient à l'intérieur.

Il n'avait pas encore encaissé l'information quand Hermès arriva à Nevernight avec un message de Dionysos.

– Alors ? insista Hadès.

– J'ai vraiment besoin que tu comprennes que je ne suis que le messager.

Hadès attendit et, après plusieurs secondes, Hermès ferma les yeux et lui fit un doigt d'honneur.

– C'est tout ? demanda Hadès. C'est tout ce qu'il a à dire ?

– Il n'a même pas ouvert la bouche. Il m'a juste fait un doigt d'honneur.

Hadès prit une longue inspiration et, tout en expirant lentement, il saisit un vase de fleurs rouges et le projeta contre le mur. La réaction de Dionysos ne le surprenait pas, il n'aimait pas qu'on lui dise quoi faire et, sans doute, aimait-il encore moins qu'Hadès soit au courant de ses exploits.

– Tu vas faire quoi, maintenant ? demanda Hermès.

– Je ne vais rien faire… pour l'instant.

Si Dionysos voulait jouer, Hadès le pouvait aussi.

– Mais je ne peux pas en dire autant pour toi, ajouta Hadès.

– Quoi ? Ah non ! grogna Hermès. Pas cette fois. Je t'aide toujours, et qu'est-ce que j'ai en retour ? Rien. Tu ne m'as même pas remercié, pour aujourd'hui.

– Très bien, grommela Hadès. Alors je vais devoir trouver quelqu'un d'autre pour hanter Dionysos avec des rêves de castration sanglante.

Hermès se pinça la bouche comme s'il réfléchissait.

– Je suppose que je peux demander à Morphée ou à Epialès, dit Hadès. Après tout c'est lui, la personnification des cauchemars. Il ferait du bon travail.

– Du bon travail ? ricana Hermès. Laisse-moi faire. Je vais te montrer ce que c'est, moi, une castration sanglante.

– Mais tu as déjà refusé.

– Oublie ce que j'ai dit, rectifia Hermès. Et tu sais quoi ? Merci, Hadès.

– Pour quoi ?

– D'être toi. Je peux foutre le feu à la queue de Dionysos, maintenant ?

– Je n'aurais confié cette mission à personne d'autre, répondit Hadès.

– Super ! cria Hermès, le poing en l'air. Je vais réfléchir à mon plan d'attaque.

– La castration demande tant de préparatifs que ça ?

– C'est tout un art, répondit Hermès avant de disparaître.

Hadès éprouva d'abord une certaine satisfaction en pensant à la mission qu'il venait de confier à Hermès, mais il se sentit bientôt épuisé. Il se retrouva dans la salle vide de Nevernight, au petit matin, un verre de whiskey à la main.

– Vous avez dormi ? demanda le satyre en faisant le tour du bar pour se retrouver face à Hadès.

– Non, répondit-il en buvant une gorgée.

– Vous êtes sûr que vous ne voulez pas autre chose ? Un café, peut-être ?

– Non.

– Eh bien, j'aimerais vous demander si vous allez bien, mais je pense connaître la réponse.

Hadès regarda le satyre dans les yeux.

– Tu es venu pour me juger ou tu as quelque chose à me dire ?

– Je ne suis pas du genre à juger. J'ai quelque chose pour vous. J'ai parlé à Katerina, ce matin, à propos des femmes disparues.

Le satyre posa le dossier d'Ariadne sur la table.

– Elles cherchent toutes à fuir quelque chose : un partenaire, des parents, toutes sortes de traumatismes. La détective a dû passer à côté de quelque chose, parce que leurs familles ont déclaré qu'elles étaient heureuses et qu'elles avaient des projets d'avenir. En revanche, elle ne se trompe pas au sujet de la façon dont elles ont disparu. Aucune n'a pu être repérée à un emplacement spécifique, sauf Megara qui, comme vous le savez, semble ne jamais être ressortie du club de Dionysos, ce qu'on ne peut pas confirmer.

– Et aucune n'a été à Hemlock Grove ? demanda Hadès.

– Aucune femme citée dans ce dossier, répondit Ilias en secouant la tête.

Apparemment, Hadès allait devoir commencer par la seule piste qu'il avait : Dionysos.

– Maintenant, la mauvaise nouvelle, dit Ilias.

Hadès haussa les sourcils. Ça ne suffisait pas ?

– Voilà ce qu'on a trouvé devant la porte, ce matin.

Hadès n'était clairement pas préparé à ce que le satyre lui montra. Ce dernier posa un journal sur le comptoir du bar, de sorte qu'il ne pouvait pas ignorer le titre de la une.

APOLLON PROJETTE SON OMBRE
SUR SES AMANTS PASSÉS ET PRÉSENTS

Son cœur se mit à battre la chamade, il prit le journal pour lire l'article.

Apollon, connu pour son charme et sa beauté, a un secret : il ne supporte pas qu'on le rejette.

Les preuves en sont accablantes. J'aurais bien demandé à ses nombreux ex de valider mes propos, mais soit ils ont été changés en arbre après avoir supplié le dieu de cesser de les courtiser, soit ils ont connu une mort affreuse lorsqu'il les a punis.

Vous connaissez certains de ces amants. Il y a Daphné, la nymphe des rivières qu'Apollon a poursuivie sans relâche jusqu'à ce qu'elle supplie son père de la transformer en arbre, ou encore Cassandre, princesse de Troie, qui a clamé que des Grecs étaient cachés dans le Cheval de Troie, mais qu'on a ignorée. Ce qui nous pousse à nous demander si Apollon a tant de mérite que ça de s'être battu au côté des Troyens quand on sait qu'il a directement compromis leur victoire, simplement parce qu'il s'était pris un vent ?

Peut-être le problème, de façon plus large, est que le public est parfaitement au courant des transgressions d'Apollon, mais qu'il continue à célébrer le dieu au lieu de le tenir pour responsable de ses actes. Apollon est un manipulateur abusif : il a besoin de contrôler et de dominer les autres. Ce n'est pas une question de communication et d'écoute : ce qui compte pour lui, c'est de gagner. Est-ce vraiment de cette façon que nous voulons que la Nouvelle Grèce soit représentée ?

Hadès relut l'article, fermant peu à peu les poings sur le journal en pensant au fait qu'elle avait promis de ne pas écrire à propos d'Apollon. Sauf qu'elle ne l'avait pas promis, et il le savait.

« *Fais-moi confiance sur ce point, Perséphone.*

– *Je te fais confiance.* »

Or elle ne lui faisait pas confiance. En tout cas, elle avait choisi d'ignorer sa mise en garde. Avait-elle voulu se venger à cause de Leucé ? Le comble, c'est qu'elle ne savait même pas pourquoi il avait changé la nymphe en arbre, que c'était à cause d'Apollon.

– Si ça vous met en colère, mieux vaut que vous ne voyiez pas le reste des infos.

Ilias avait sans doute raison, mais Hadès tenait à le savoir quand même. Il avait le sentiment que c'était en rapport avec Perséphone.

Ilias sortit son téléphone et montra une vidéo à Hadès. C'était un flash info dont le bandeau rouge, en bas de l'écran, attira son attention.

LA MAÎTRESSE D'HADÈS S'EN PREND À UN DIEU BIEN-AIMÉ

Il grimaça et sa colère enfla au fur et à mesure qu'il écoutait le journaliste parler de Perséphone, comme s'il ne craignait pas la vengeance d'Hadès.

« Faut croire qu'elle n'a pas suffisamment gagné en célébrité en couchant avec Hadès. Il faut qu'elle s'en prenne à Apollon aussi, maintenant ? », disait le reporter.

Ses propos le transpercèrent et il repoussa le téléphone.

– Elle est en sécurité ? demanda-t-il après un court silence.

– Elle est arrivée au travail, répondit Ilias.

Il n'aimait pas avoir à poser cette question ; il n'aimait pas qu'Ilias doive préciser sa réponse, conscient qu'elle aurait également à rentrer chez elle plus tard.

– Si elle avait su qu'elle provoquerait cette réaction, je doute qu'elle aurait écrit cet article, dit Ilias.

– Elle le savait, gronda sèchement Hadès. Je l'avais prévenue.

Ilias ne répondit rien et Hadès devina qu'il se retenait de parler.

– Quoi ? aboya-t-il.

– Je ne sais pas… dit Ilias en haussant les épaules. Elle a sans doute cru que vous vous montriez surprotecteur, c'est tout.

Hadès frissonna.

Surprotecteur.

Ça donnait l'impression qu'il voulait tout régir, et il détestait ça.

« *Tu ne peux pas me dire à propos de quoi ou sur qui j'ai le droit d'écrire, Hadès* », avait-elle dit.

Même si Hadès aurait aimé qu'elle puisse écrire à propos de tout ce qu'elle voulait, la réalité était que c'était impossible de le faire sans subir de conséquences. Et Perséphone était sur le point de l'apprendre à ses dépens.

– Quand il s'agit d'Apollon, il est impossible d'être trop protecteur, répondit Hadès.

Ilias ne le contredit pas.

– Il va la pourchasser, confirma le satyre.

Hadès n'avait pas besoin qu'on le lui dise. Il savait ce dont le dieu était capable. Il poursuivrait Perséphone jusqu'à ce qu'elle ait payé pour sa diffamation. Mais Hadès n'avait pas l'intention de perdre un autre amour à cause du dieu de la Musique.

– Ce n'est pas tout, dit Ilias. C'était agrafé au journal.

Le satyre lui tendit un morceau de parchemin blanc en haut duquel un paon doré était gravé. Sous l'icône se trouvait la signature : *Du bureau d'Héra, déesse du Mariage,* suivie d'un message manuscrit :

Je vois que ta maîtresse sème la pagaille. Maintenant que tes alliés se font plus rares parmi les Olympiens, il ne sera pas aisé de convaincre Zeus d'accepter vos noces tant espérées.

C'était autant une menace qu'un rappel des travaux qu'Héra l'avait condamné à accomplir. Il savait qu'il perdait du temps et qu'il allait devoir tuer Briarée bientôt.

Hadès fit une boule avec le papier et y mit le feu. Le parchemin s'enroula et se changea en cendres avant de disparaître en une fumée blanche à l'odeur âcre et puissante.

– Il y a autre chose ? demanda Hadès.

– Je crois que ça suffit pour aujourd'hui, pas vous ?

Hadès se leva de son tabouret, vida son verre et partit.

* * *

Hadès attendit Perséphone dans la pénombre de sa chambre. Il se demanda si elle redoutait cette conversation. Est-ce que l'idée de lui parler l'avait obsédée toute la journée ? Il aurait préféré occuper ses pensées d'une tout autre façon, mais elle devait se douter qu'il viendrait la trouver. Elle n'hésita pas en entrant dans sa chambre et ne s'arrêta pas pour chercher des traces de sa présence. Elle marcha droit vers sa table de chevet, alluma la lampe et alla dans la salle de bains. Elle ouvrit l'eau et revint dans sa chambre, les mains dans le dos, essayant de descendre la fermeture Éclair de sa robe.

Ça ne faisait pas longtemps qu'ils s'étaient vus, mais la colère et le sentiment de trahison qu'il ressentait lui donnaient l'impression que plusieurs mois s'étaient écoulés. Il mourait d'envie de la toucher, de l'aider à enlever sa robe, de mettre de côté sa colère et sa frustration des derniers jours pour les remplacer par quelque chose de beaucoup plus agréable. Pourtant, il savait que c'était ridicule, car tous ces sentiments demeureraient, aussi exquise que soit l'expérience.

Sa robe atterrit par terre et sa peau sembla luire légèrement à la lumière de la lampe. Elle se redressa dans ses sous-vêtements en dentelle noire et elle s'apprêtait à les enlever quand elle sursauta en le voyant.

– Je t'en prie, continue, l'implora-t-il en s'appuyant contre le mur en face d'elle.

En dépit de son énervement, il aurait été ravi de la regarder se déshabiller, surtout en sachant qu'il serait bientôt la cible de sa colère, étant donné ce qu'il était venu faire.

Elle le dévisagea et le reluqua de la tête aux pieds, muette. Il se demanda ce qu'elle pensait. Elle finit par le regarder dans les yeux et elle plissa les siens, la bouche pincée, puis elle se baissa pour ramasser sa robe et la tenir contre elle, comme s'ils étaient des inconnus.

Ce simple geste lui procura de nombreux sentiments, mais principalement du désespoir.

Il rit sèchement.

– Voyons, chérie. On est au-delà de ça, non ? J'ai vu et touché chaque millimètre de ton corps.

Elle frissonna, mais au moins elle ne grimaça pas.

– Ça n'implique pas que ça arrive ce soir, gronda-t-elle. Qu'est-ce que tu fais ici ?

Hadès perdait patience et son corps se mit à vibrer. Comment pouvait-elle penser que sa colère était justifiée ? C'était elle qui l'avait défié.

– Tu m'évites.

Il se demanda combien de temps il lui aurait fallu pour revenir aux Enfers s'il n'était pas venu la chercher ce soir.

– C'est moi qui t'évite ? Ça marche dans les deux sens, Hadès. Tu as été tout aussi absent.

– Je t'ai donné de l'espace, répondit-il.

Il pensait que c'était la meilleure chose à faire, mais Perséphone leva les yeux au ciel.

– À l'évidence, c'était une mauvaise idée.

– Tu sais ce que t'aurais dû me donner ? Des excuses.

Elle jeta sa robe sur le lit et tourna les talons pour aller dans la salle de bains, où elle enleva ses sous-vêtements. Hadès la suivit alors qu'elle entrait dans la baignoire et s'allongeait dans l'eau fumante. La chaleur ne semblait pas la déranger, même si sa peau pâle avait déjà viré au rouge. Elle entoura ses genoux de ses bras.

– Je t'ai dit que je t'aimais, dit-il.

Il n'avait pas voulu lui cacher l'existence de Leucé. Aussi égoïste qu'il ait pu être, il n'avait pas voulu lui avouer qu'il l'avait changée en arbre. C'était un comportement atroce, qu'elle avait justement critiqué chez Apollon.

– Ce ne sont pas des excuses.

– Tu es en train de me dire que ces mots ne sont rien pour toi ?

Elle pencha la tête sur le côté, le regard noir.

– Les actes, Hadès. Tu ne comptais pas me parler de Leucé.

– Si tu veux qu'on parle des actes, parlons des tiens. Tu ne m'avais pas promis que tu n'écrirais pas sur Apollon ?

Il savait qu'il se montrait un peu injuste, mais des deux sujets dont ils parlaient, Apollon était le plus grave. C'était un dieu puissant, assoiffé de vengeance.

– Je devais le faire…

– Tu devais le faire ? On t'a donné un ultimatum ?

Il n'arrivait pas à calmer le ton de sa voix et il s'en voulait, car il s'inquiétait vraiment qu'on ait pu la forcer à écrire cet article. Le *New Athens News* était entre les mains de Kal Stavros. Perséphone détourna les yeux et sa mâchoire se crispa.

– On t'a menacée ?

Elle ne répondit pas. Face à sa colère, elle restait campée sur sa position.

– Est-ce que quoi que ce soit, dans tout ça, avait quelque chose à voir avec toi ?

Elle se leva d'un bond, éclaboussant partout autour d'elle, et saisit une serviette pour la serrer contre sa poitrine.

– Sybil est mon amie et sa vie a été gâchée par Apollon, gronda-t-elle en se tenant si près qu'il sentait la chaleur émaner de son corps. Il fallait que son comportement soit dénoncé !

Hadès se rapprocha encore un peu.

– Tu sais ce que je pense ? chuchota-t-il d'un ton furieux, les bras le long du corps, les poings serrés pour éviter de la toucher.

Je crois que tout ça est un jeu pour toi. Je t'ai agacée, donc tu as voulu m'agacer, c'est ça ? Un point partout, maintenant on est à égalité ?

Elle fronça les sourcils.

– Tout ce que je fais n'est pas pour ou contre toi, Hadès.

Il la saisit par la taille et l'attira contre lui.

– Tu m'avais promis de ne pas écrire sur Apollon. Est-ce que ta parole ne vaut rien ?

Elle recula brusquement la tête et Hadès comprit que Perséphone avait besoin de mettre de la distance entre eux.

– Va te faire foutre ! cracha-t-elle alors que des larmes remplissaient ses yeux.

Il détestait la situation, mais il ne put s'empêcher de sourire.

– Je préférerais qu'on aille se faire foutre ensemble, chérie.

Il claqua des doigts et les téléporta dans la suite de la reine. C'était là qu'elle se préparait pour les événements organisés aux Enfers, et ce serait son lieu de vie jusqu'à ce qu'Apollon cesse de la chasser.

Elle le repoussa dès qu'ils apparurent.

– Tu viens de me kidnapper ?

– Oui. Apollon va vouloir s'en prendre à toi, et je ne le laisserai pas te voir sans être présent.

– Je peux m'en occuper toute seule, Hadès.

– Tu ne peux pas, et tu ne le feras pas.

Il détestait avoir à le dire, mais en l'occurrence, c'était vrai. Elle ne pouvait s'opposer à un dieu, surtout un dieu avec autant d'expérience qu'Apollon.

Son regard scintilla et elle haussa le menton en essayant de se téléporter. Ça ne fonctionna pas, alors elle tapa du pied, et des lianes surgirent du sol pour se précipiter sur lui.

– Tu ne peux pas me garder ici.

Hadès répondit par un ricanement qui sembla l'agacer encore plus.

– Chérie, tu es dans mon royaume. Tu resteras ici jusqu'à ce que j'en décide autrement.

Il se tourna et se dirigea vers la porte.

– Je dois travailler, Hadès. J'ai une vie là-haut. Hadès !

Il continua d'avancer, la magie de Perséphone enfla et, l'instant d'après, les lianes se transformèrent en ronces épaisses, surgissant du sol pour l'attaquer.

Hadès se tourna vers elle et effaça sa magie d'un simple geste de la main.

Elle le dévisagea, bouche bée. Elle finit par déglutir et ses yeux brillèrent d'une douleur qui noua la gorge d'Hadès, une douleur qu'il ne comprenait pas, mais qu'il avait vue chez de nombreux mortels. C'était le choc de comprendre, tout à coup, combien elle était impuissante.

Il laissa retomber sa main et, alors qu'il mourait d'envie d'aller la réconforter, il lui tourna à nouveau le dos.

Elle hurla et il entendit sa voix se briser, une cassure qu'il ressentit jusque dans son cœur.

– Tu vas le regretter !

Arrivé à la porte, il tourna à peine la tête vers elle pour lui répondre.

– C'est déjà le cas.

Quand il sortit de la suite, Hécate l'attendait. Les yeux de la déesse brillaient de colère. Hadès ne savait pas ce qui l'avait amenée ici, ça avait sans doute quelque chose à voir avec la magie de Perséphone.

– Non, gronda-t-il pour lui intimer de se taire.

Si sa voix ne trembla pas, il fulminait à l'intérieur.

Il ne voulait pas entendre ce qu'Hécate avait à dire, il savait déjà qu'il avait merdé. Il le savait du fond du cœur, mais s'il n'avait pas sorti Perséphone du royaume des mortels pour l'amener ici, la liste de ce qu'Apollon pouvait lui faire était sans fin.

Au moins, ici, elle était en sécurité. Il n'avait pas eu d'autre choix, car la seule chose sans laquelle il ne pouvait pas vivre, c'était elle. Même si elle le détestait.

Pour sa défense, Hécate ne dit rien, et Hadès la contourna pour sortir du palais.

Chapitre X

BAKKHEIA

Hadès était distrait. Il ne cessait de repenser aux derniers instants avant de quitter Perséphone, la veille. Sa voix brisée le torturait et oppressait sa poitrine. Le soir, il l'avait observée depuis son balcon alors qu'elle marchait dans son jardin. Elle semblait en parfaite harmonie avec les fleurs, comme si son âme avait su qu'il devait créer ce jardin avant même qu'elle n'existe.

Même là, même en sachant que leurs destins étaient entremêlés, il n'avait pas su lui parler pour arranger la situation. Bizarrement, il craignait que s'il la réconfortait, ça lui donne l'impression qu'il approuvait de ce qu'elle avait fait, alors qu'il voulait qu'elle comprenne les conséquences de s'en prendre à un dieu.

– Milord ? demanda Antoni.

Hadès leva les yeux et croisa le regard du cyclope dans le rétroviseur central.

– Pardon, mais nous sommes arrivés. Est-ce que vous voulez que je vous attende ?

Hadès avait demandé à Antoni de l'emmener à Bakkheia. Il avait décidé de profiter de sa colère pour confronter Dionysos au sujet de ses manigances avec Acace, et il préférait arriver au club comme les mortels pour annoncer sa présence. Se téléporter dans le territoire d'un autre dieu était mal vu, même si Hadès aurait pu le faire puisque ses frères et lui se partageaient le royaume des mortels.

– Ce ne sera pas nécessaire, répondit Hadès.

Il choisirait un départ bien plus rapide quand il serait prêt à quitter le territoire du dieu du Vin.

Antoni l'étudia dans le rétroviseur.

– Pardon, Milord, mais vous semblez… à côté de la plaque, ce soir.

C'était une très bonne façon de décrire ce qu'il ressentait.

Il était à côté de la plaque depuis le soir où Perséphone l'avait confronté à propos de Leucé et où les choses avaient commencé à déraper. Il agonisait, à présent, passant en revue toutes les décisions qu'il avait prises avant et depuis, et il se sentait ridicule.

Un klaxon retentit car un conducteur s'impatientait derrière eux.

– Mes excuses, Antoni, dit Hadès en sortant de la limousine.

Il se tint bien droit, resserra sa cravate et tourna la tête vers le véhicule. Le chauffeur écarquilla les yeux et fit marche arrière, percutant la voiture derrière la sienne en tentant de s'enfuir.

La punition suffit à Hadès et il marcha lentement vers les portes noires de Bakkheia, illuminées de chaque côté par des guirlandes de lumière rouge. Les videurs, deux satyres immenses, laissèrent Hadès entrer en hochant la tête, même si le dieu savait qu'ils avaient informé Dionysos de son arrivée dès qu'il était sorti de sa voiture. Et s'il avait espéré que ça lui éviterait d'avoir à chercher le dieu du Vin, il pressentait que Dionysos ne lui faciliterait pas la tâche.

Hadès passa la porte et fut accueilli par une foule bruyante et dense. La musique était tellement forte qu'elle vibra jusque dans ses os. Des lasers rouges fendaient la pénombre et des volutes de fumée blanche brouillaient sa vue. C'était censé être hypnotique, mais Hadès trouva ça étouffant. Il frôla les murs de la piste de danse pour atteindre un escalier. Le premier étage était plus calme et bien plus intime. Quelques personnes étaient penchées sur de petites tables, parlant à voix basse, d'autres se bécotaient sur de gros fauteuils moelleux. Et puis, il y avait ceux qui baisaient ouvertement et dont les cris de plaisir ne pouvaient être cachés par l'obscurité.

L'exhibitionnisme et le voyeurisme ne semblaient déranger personne, mais Hadès ne comptait pas s'attarder. Être là lui rappelait combien il avait voulu réconforter Perséphone lorsqu'il l'avait emmenée aux Enfers. Il avait voulu la toucher, l'embrasser, la caresser. Il avait voulu qu'elle prenne du plaisir dans ses bras, mais il était parti, et maintenant, la distance qui les séparait lui paraissait s'apparenter à une faille horriblement profonde.

Il longea un couloir bordé de chaises. Un mur de baies vitrées donnait sur le centre-ville de Nouvelle Athènes, offrant une toile de fond étincelante aux agapes qui avaient lieu ici.

L'éventail des pouvoirs de Dionysos était unique, comme sa capacité à déclencher la folie et l'extase dans une panoplie de situations différentes, assassines comme érotiques. Ce n'était pas surprenant, puisqu'il avait été le premier à créer le vin, une boisson responsable de la désinhibition des mortels. Dionysos était à l'origine de toutes sortes de chaos, et il s'en réjouissait.

C'était l'une des raisons pour lesquelles Hadès préférait garder ses distances avec lui, or voilà qu'il était là, à chercher le dieu pour lui parler de la discorde que ce dernier avait causée.

Il arriva au deuxième étage où se trouvaient les suites privées. Le couloir était sombre et bordé de portes sur lesquelles étaient inscrits des chiffres en rouge. L'énergie qui régnait mit Hadès sur ses gardes. Il savait que c'était en partie parce qu'il se trouvait sur le territoire d'un autre dieu, mais il y décela quelque chose de plus sombre : un désespoir qui appelait la mort. Il avait beau régir ce royaume-là, il trouvait déstabilisant de sentir la mort s'attarder entre ces murs.

Hadès s'arrêta devant la septième porte, et entra.

La suite était sombre, mais Hadès n'avait pas besoin de plus de lumière pour savoir ce qui se passait devant lui. Dionysos assis dans un gros fauteuil, les bras allongés sur le dossier, pendant qu'une femme le suçait, agenouillée entre ses jambes. Il y avait d'autres personnes dans la pièce, toutes occupées à divers actes sexuels, et l'air était rempli de la magie de Dionysos, une magie qui avait mis ces mortels dans un état frénétique, de sorte qu'ils ne pouvaient plus penser à autre chose qu'à leur besoin charnel de baiser.

– Hadès, dit Dionysos en hochant la tête, faisant scintiller les fils d'or tressés dans ses cheveux.

– Dionysos.

– Excuse-moi de te recevoir ainsi, je vérifie simplement que tout est en état de marche, puisque je suis hanté par des rêves de castration.

– Quelle malchance, commenta Hadès.

– J'aime bien la douleur, répondit le dieu en haussant les épaules.

Évidemment, pensa Hadès.

– Je t'attendais, dit Dionysos d'une voix étonnamment ferme malgré ce que lui faisait la femme.

– Tu es très occupé, à ce que j'entends.

– Et qu'est-ce que tu entends ?

– Beaucoup de choses.

– Et tu t'es basé sur ces rumeurs pour faire de nombreuses suppositions.

– Je ne suppose rien, rétorqua Hadès en haussant un sourcil.

Toutefois, une touche de culpabilité jaillit quand il se rappela toutes les suppositions qu'il faisait à propos de Perséphone.

– Alors tu n'es pas là pour ça ?

– Regarde qui fait des suppositions, maintenant, répondit Hadès. Moi qui pensais te laisser l'occasion de t'expliquer.

C'était le premier commentaire qui brisa enfin la façade détendue de Dionysos. Il plissa légèrement les yeux, serra les poings et s'assit brusquement en regardant la fille qui restait vaillamment occupée à sa tâche.

– Va-t'en, ordonna-t-il.

Elle leva la tête et obéit, laissant sa queue glisser de sa bouche. Elle se leva en prenant appui sur ses genoux, puis elle partit.

– Je m'excuserais bien, dit Hadès, mais elle n'avait pas l'air d'avoir ta… concentration.

Dionysos ferma la bouche et se leva pour ajuster son costume gris aux touches violettes. Il était aussi grand et massif qu'Hadès et avait de longs cheveux tressés.

– L'exhibitionnisme ne me dérange pas, en temps normal, mais tu es un peu perturbant.

– Je prends ça pour un compliment.

– Ça ne l'est pas, dit Dionysos d'un ton sec.

Il se faufila parmi les corps entremêlés pour se diriger vers un bar, où un verre de vin et un verre de whiskey les attendaient déjà.

Dionysos lui tendit le whiskey.

– Puisque tu me rends visite, j'espère que tu as apporté mon œil.

– Tu as acheté les Grées de façon illégale. L'œil n'est pas plus à toi qu'elles ne le sont.

– Tu es passé à côté d'une information importante. J'ai acheté et *payé*.

– Tu es passé à côté de l'aspect illégal de la transaction, remarqua Hadès.

– Qu'est-ce qui te fait penser que c'était illégal ?

– Qui fait quoi que ce soit de légal sur le marché noir ? contra Hadès.

Dionysos but une gorgée de vin et reposa son verre sans quitter Hadès des yeux.

– Je n'ai pas acheté les Grées. J'ai acheté leurs services. Je te laisse imaginer ma… *surprise* quand elles sont arrivées sans leur œil et sans la capacité à faire ce dont j'ai besoin.

– Et de quoi as-tu besoin ? demanda Hadès, sceptique.

C'est alors que la femme à qui Dionysos avait donné l'ordre de partir déboula dans la suite.

– Elle est en train de mourir ! Une fille est en train de mourir dans les toilettes !

Hadès et Dionysos se regardèrent avant de courir jusqu'aux toilettes, dans le couloir. Le dieu du Vin fut le premier à entrer, ouvrant la porte avec tant de force qu'elle se fracassa contre le mur. Une femme était étendue sur le carrelage et, en effet, sa force de vie s'estompait. La seule raison pour laquelle elle n'était pas encore morte était qu'une autre femme lui faisait un massage cardiaque. Hadès la reconnut aussitôt.

Ariadne.

– Poussez-vous de là, ordonna Dionysos en s'agenouillant à côté de la détective.

– Allez vous faire foutre ! rétorqua-t-elle.

– Bougez, j'ai dit ! rugit le dieu.

Ariadne recula et se nicha entre le mur et le lavabo.

Dionysos sortit une seringue de la poche intérieure de sa veste et planta l'aiguille directement dans le biceps de la jeune femme, puis il saisit Ariadne par le poignet et la ramena auprès de la jeune fille inconsciente.

– Continuez vos massages jusqu'à ce qu'elle respire de nouveau.

Elle cligna des yeux, hébétée, et il lui fallut une seconde pour réagir, avant de reprendre ses soins sans un mot.

Choquant, se dit Hadès.

– Elle respire, dit Ariadne au bout de quelques secondes.

Soudain, les portes s'ouvrirent et deux hommes entrèrent. Ils prirent chacun un bras de la jeune femme et la soulevèrent.

– Où l'emmènent-ils ? demanda Ariadne en se levant. Elle a urgemment besoin de soins.

– Dites donc, vous êtes bien présomptueuse ! dit Dionysos.

– Vous vous attendez à ce que je croie que vous allez la soigner ?

– Je lui ai sauvé la vie !

– Pardon ? C'est à cause de vous qu'elle est dans cet état !

– Je n'ai pas le souvenir d'avoir ordonné à qui que ce soit de subir une overdose.

– Ah non ? Alors pourquoi vous avez du Narcan sur vous ?

– Vous allez vous taire, tous les deux ? aboya Hadès, qui ne supportait plus leurs chamailleries.

Il avait du travail et pas de temps à perdre. Dionysos et Ariadne le regardèrent tous deux.

– Qu'est-ce vous faites ici, Détective ?

Dionysos plissa les yeux et Ariadne répondit.

– À votre avis ? Et vous ? Je ne vous ai pas vu vous précipiter pour sauver la vie de cette fille, *dieu des Morts*.

– Je doute fort que vous ayez apprécié que j'intervienne. Après tout, mon titre en dit long sur ce que je fais.

Un silence suivit et Ariadne croisa les bras.

– J'en déduis que vous vous connaissez ? demanda Dionysos d'un ton agacé.

– Nous nous sommes brièvement rencontrés quand la détective Alexiou t'a accusé de trafic de femmes. Tu veux nous expliquer ?

Hadès s'était dit qu'il valait mieux aller droit au but. Il ne voyait pas de raison de garder les soupçons d'Ariadne secrets, surtout qu'elle semblait avoir décidé de continuer son enquête.

– Au fait, je vois que vous n'avez eu aucun mal à entrer à Bakkheia seule, Détective.

Elle le fusilla du regard.

– Un trafic de femmes ? demanda Dionysos.

Hadès releva une note d'inquiétude dans sa voix, qu'Ariadne ne sembla pas repérer. Peut-être était-ce à cause de son travail, elle devait être habituée à ce qu'on lui mente, tout comme Hadès.

– Ça fait deux semaines que Megara Alkaios a disparu, dit Ariadne. Ses amies disent qu'elle est venue ici et n'est jamais ressortie.

– Donc ça fait *une* femme, remarqua Dionysos.

– J'ai des raisons de croire que vous êtes responsable d'autres disparitions. Beaucoup d'autres.

– Et ces raisons valent-elles autant que des preuves, ou est-ce que ça tient à votre opinion de moi, Détective Alexiou ?

Hadès savait très bien qu'elle n'avait aucune preuve, mais il trouva sa réponse particulièrement amusante.

– Si vous étiez innocent, vous l'auriez dit. Or je ne vous ai pas entendu nier quoi que ce soit.

– Avoir votre Faveur ne m'intéresse pas, répondit Dionysos.

– Eh bien ça devrait ! gronda Ariadne.

Sa réponse fit rire Dionysos et il avança vers la détective. Elle le défia du regard et la tension s'épaissit entre eux.

– Vous insinuez que vous avez quelque chose à offrir, Détective ?

– J'ai quelque chose à offrir, moi, gronda Hadès, les interrompant encore une fois. Notamment un séjour au Tartare si je dois continuer à vous écouter.

– Personne ne vous a demandé de rester, rétorqua Ariadne en foudroyant Hadès du regard, se tournant de nouveau vers Dionysos quand elle l'entendit ricaner. Il y a quelque chose d'amusant ?

– Oh oui, il y a clairement quelque chose d'amusant.

Une femme entra dans les toilettes et marqua un temps d'arrêt en les trouvant tous les trois là, mais son visage révéla bientôt sa curiosité, et elle avança en se déhanchant.

– Vous voulez une quatrième personne ? demanda-t-elle.

Ariadne souleva sa robe et retira son pistolet de la fixation sur sa cheville.

– Sors d'ici !

La femme écarquilla les yeux et s'enfuit aussi vite que possible alors que Dionysos empoignait le pistolet de la détective et le lui arrachait des mains.

– Tss, tss, Détective. Vous ne connaissez pas les règles ? Pas d'armes dans le club.

– Je vois que vous choisissez les principes moraux qui vous arrangent.

– Comme tous les dieux, dit-il en la reluquant de haut en bas. Vous cachez autre chose, sous cette robe ?

– Vous aimeriez le savoir, hein ?

– Mes dieux, je crois que je vais vomir, dit Hadès.

– Eh bien, tu comprends, maintenant, ce qu'on pense tous de toi et de ta maîtresse, dit Dionysos en regardant enfin Hadès.

La remarque agaça le dieu des Morts, elle lui rappelait toutes les erreurs qu'il avait commises au cours des quinze derniers jours.

Il y eut un bref silence, Dionysos rangea l'arme de la détective dans sa veste.

– Suivez-moi.

Dionysos sortit des toilettes le premier et Hadès fit signe à Ariadne de le précéder.

– Les dames d'abord, dit-il.

– Quel gentleman ! répondit-elle sèchement.

Ils suivirent Dionysos le long du couloir jusqu'à un ascenseur qui était caché dans une alcôve, près des escaliers. Une fois à l'intérieur, il sortit une clé qui lui permettait de choisir un niveau en dessous du rez-de-chaussée, qui n'était pas indiqué. Hadès ne fut pas surpris de découvrir que la boîte avait un sous-sol. Il possédait sans doute un tunnel également, qui le reliait à d'autres lieux possédés par Dionysos.

Comme prévu, les portes s'ouvrirent sur un large tunnel en béton. Une ligne de néons, au plafond, les éclairaient de leur lumière blafarde.

– C'est comme ça que vous faites entrer votre contrebande dans le club ? demanda Ariadne.

– Non, répondit Dionysos en la contournant. Pour ça, on passe par la porte d'entrée.

Ils le suivirent jusqu'à un balcon qui surplombait un grand entrepôt, auquel on accédait par un escalier métallique. Plusieurs longues tables occupaient l'espace, ainsi que des canapés plus douillets dont certains étaient occupés par des femmes en train de lire ou d'astiquer des armes. L'un des murs était entièrement rempli de livres aux reliures de cuir, et sur un autre, un grand écran diffusait des fils d'infos de partout en Nouvelle Grèce. Il y avait plusieurs arches sombres dans la salle et Hadès était curieux de savoir où elles menaient.

– Ce bordel est horrible, dit Ariadne.

– Je ne savais pas que vous étiez experte, dit Dionysos.

– Ce n'est pas un bordel, déclara Hadès.

– Alors, c'est vous l'expert, maintenant ? demande Ariadne.

– Megara ! appela Dionysos, ignorant la détective.

Une femme leva la tête depuis un canapé. C'était la même fille qu'Ariadne avait montrée à Hadès en photo : les mêmes cheveux auburn, les mêmes yeux ronds, la même silhouette mince. Elle lisait un livre, mais elle le posa en entendant son nom et se leva pour esquisser une petite révérence.

– Milord, dit-elle.

– Cette détective pense que tu as des ennuis, dit-il. Est-ce le cas ?

Elle secoua la tête.

– Pas du tout, non.

Hadès ne perçut aucune trace de mensonge, mais Ariadne avança, laissant les dieux derrière elle.

– Ne mens pas pour lui, dit-elle. S'il t'a kidnappée, tu dois me le dire.

– Ce n'est pas le cas, répondit-elle. Je suis venue ici de mon plein gré.

Ariadne fronça les sourcils et Hadès vit son dos se voûter.

– Je ne… comprends pas.

La femme eut l'air confuse et interrogea Dionysos du regard.

– Tu n'as pas besoin de lui dire si tu ne le veux pas, lui dit le dieu du Vin.

– Écoute, reprit Ariadne d'un ton frustré. Je suis détective à la Police Hellénique.

C'était clairement la chose à ne pas dire car toutes les femmes présentes dans la pièce levèrent la tête et Hadès sentit leur appréhension et leur peur. Ariadne le sentit également, car elle hésita.

– Pourquoi vous me regardez toutes comme ça ?

– Parce qu'elles ne veulent pas qu'on les retrouve, dit Hadès en avançant vers elle. Est-ce si difficile à comprendre, étant donné ce que vous avez vu ? Ces femmes se cachent.

– Est-ce que quelqu'un vous a dit, par hasard, où j'étais avant de disparaître ? demanda Megara d'une voix tremblante. J'étais à l'hôpital. C'était mon troisième séjour. J'ai décidé que ce serait mon dernier.

Pour la première fois de la soirée, Ariadne n'avait rien à ajouter. C'était loin d'être le cas d'Hadès.

– Pardonne-moi de ne pas croire que tu fais ça de bonté de cœur, dit-il à Dionysos.

– Qu'est-ce que tu insinues ?

Hadès disparut et apparut derrière l'une des femmes qui était occupée à nettoyer un poignard. Elle se leva d'un bond et, dès qu'Hadès apparut, elle plaqua la lame contre sa gorge.

Il la dévisagea et nota l'absence de peur dans son regard.

– Ok, dit Hadès en reculant. Alors tu les as entraînées.

Dionysos haussa les épaules.

– Pourquoi ne pas leur donner la capacité de se défendre elles-mêmes ?

– Et d'assassiner tes ennemis. Tu fais d'une pierre deux coups, n'est-ce pas ?

Le dieu ne répondit pas.

– Vous voulez dire que vous avez une armée de femmes assassins ? demanda Ariadne.

– Eh bien, tout ceci a été extrêmement distrayant, dit Dionysos, mais vous avez abusé de mon accueil.

– Seulement maintenant ? dit Ariadne.

– Bon sang, cette grande bouche, c'est vraiment quelque chose ! répondit Dionysos.

Cela fit sourire Ariadne, d'un air qui révéla combien le dieu la dégoûtait.

– J'adorerais partir et ne plus jamais revenir, commença Hadès, mais tu n'as toujours pas répondu à ma question.

Dionysos se crispa et Hadès sentit tout le monde en faire de même. Il avait la nette impression que l'armée de Dionysos était prête à attaquer.

– J'y réfléchirais à deux fois si j'étais toi, dit Hadès. Même tes guerrières n'ont aucune chance contre la mort.

– Très bien, grommela Dionysos. Tu veux savoir ? Je vais te le dire.

– Enfin, putain ! grinça Hadès, soulagé.

Il avait fallu qu'il découvre l'une des faiblesses de Dionysos, et il était certain qu'il en avait peu, pour qu'il cède. Le dieu du Vin n'aimait pas qu'on sache à qui il tenait, parce que cela faisait de cette personne une cible. Il avait appris la leçon longtemps auparavant car lui, le fils de Zeus, avait été la cible de la colère d'Héra presque toute sa vie.

– J'ai besoin de savoir où se trouve une gorgone du nom de Méduse, dit Dionysos. Une rumeur circule sur le marché selon laquelle elle a le pouvoir de changer les hommes en pierre. Comme tu peux l'imaginer, c'est un talent utile entre les mains d'un mortel.

– Un talent que vous voulez pour vous-même ? demanda Ariadne.

– Si je voulais changer quelqu'un en pierre, je pourrais le faire sans le regard d'une gorgone. Vous voulez que je vous montre ?

– Sinon tu peux poursuivre tes explications, intervint Hadès, à court de patience.

– Quelques chasseurs de prime ont mis un prix sur sa tête, donc j'ai embauché les Grées pour m'aider à être le premier à la trouver.

– Pour qu'elle rejoigne ton équipe d'assassins ?

– Ce sont des Ménades, répondit Dionysos. Et, oui, ajouta-t-il fièrement.

– Pour te servir d'arme, donc, dit Hadès.

Dionysos haussa les épaules.

– Son pouvoir la rend dangereuse. Tout le monde va chercher à la tuer. Ici, au moins, elle sera en sécurité.

– Et si ce n'est pas ce qu'elle souhaite ? demanda Ariadne.

– Tout le monde n'a pas le privilège d'avoir le choix, rétorqua le dieu en la dévisageant.

Hadès réfléchit à ce que Dionysos lui avait dit. Si c'était vrai et qu'il y avait une prime sur la tête de Méduse, alors ce n'était qu'une question de temps avant qu'elle ne soit trouvée. Mais Hadès avait des questions. Il connaissait les gorgones. Il en embauchait d'ailleurs une, Euryale, pour monter la garde à la porte de son lounge, à Nevernight. Connaissait-elle Méduse ?

– Pourquoi les Grées ? demanda Hadès, et Dionysos le dévisagea. Tu as toutes ces tueuses. Une salle pleine de femmes capables d'enquêter et d'espionner, mais tu as acheté les Grées. Pourquoi ?

– J'ai acheté leurs talents, précisa Dionysos, comme s'il pensait que c'était mieux. Et parce qu'elles sont des sœurs des gorgones. Si quelqu'un sait où se trouve Méduse, ce sera les Grées.

– Et tu penses qu'elles te le diront ?

– Si elles veulent la protéger, oui.

– Elle semble n'avoir aucun mal à se protéger elle-même, remarqua Ariadne, ce qui était vrai.

Personne n'avait réussi à la localiser, a priori, et si quelqu'un avait réussi, personne ne le savait, car elle l'avait pétrifié.

Pourtant Dionysos avait raison, un tel pouvoir était dangereux. Les mortels, comme les Impies ou même la Triade, voudraient s'en emparer, alors que les immortels voudraient le détruire. Ce n'était qu'une question de temps avant que quelqu'un comprenne comment la capturer.

Hadès regarda Dionysos.

– Qu'est-ce que tu feras si elle ne veut pas venir avec toi ?

C'était une question importante et Hadès voulait connaître sa réponse avant de décider comment procéder.

– Je ne la forcerai pas, dit Dionysos. Mais j'ai espoir que ses sœurs m'aideront à la convaincre.

– Emmène-nous les voir, dit Hadès sans laisser le temps à Dionysos de protester. On découvrira ensemble le secret.

– Tu n'as pas l'autorité de demander ça dans mon royaume, répondit-il.

– Aux dernières nouvelles, les Grées n'étaient pas à tes ordres. Et je te rappelle que c'est moi qui ai l'œil, elles ne peuvent rien voir sans.

Hadès pensait que Dionysos protesterait et lui rappellerait qu'il avait acheté et payé pour avoir les services des Grées mais, s'il contracta la mâchoire et fronça les sourcils, il hocha la tête.

– Très bien.

Dionysos descendit du balcon et traversa la salle où attendaient les Ménades, puis il passa par une des arches.

Il s'avéra que celle-ci donnait sur des dortoirs.

– Je m'attendais à un donjon, dit Ariadne alors qu'ils passaient devant de nombreuses portes.

– J'en ai un, dit Dionysos, mais ce n'est pas ce que vous imaginez.

Ariadne ricana et Hadès leva les yeux au ciel.

Dionysos finit par s'arrêter devant l'une des portes et y frappa.

– On attend quoi ? demanda Ariadne.

– Qu'elles répondent, expliqua Dionysos. Elles ne sont pas prisonnières.

Au bout d'une minute, personne n'avait répondu, Dionysos frappa de nouveau.

– Dino, Ényo, Pemphrédo, appela-t-il.

Toujours pas de réponse. Quand il ouvrit la porte, ils découvrirent que la chambre était vide.

– C'est quoi ce bordel ?

Le dieu du Vin entra dans la suite, qui ressemblait à une chambre d'hôtel de luxe avec de grands lits, des draps soyeux et de belles œuvres d'art. Hadès et Ariadne entrèrent à leur tour. Il était évident que les trois sœurs avaient occupé la pièce, puisque trois des lits étaient défaits et que des plateaux de petit déjeuner y étaient posés avec leurs assiettes vides, leurs verres et leurs couverts. Mais les Grées n'étaient nulle part.

– Vous avez un sous-sol rempli de guerrières, et les Grées ont quand même réussi à s'échapper, dit Ariadne.

– Elles ne se sont pas échappées, répondit Dionysos.

Ariadne haussa les sourcils d'un air suspicieux.

– Elles ont été prises, ajouta-t-il.

– Vous voulez dire que quelqu'un a réussi à vous voler ? demanda-t-elle avant de regarder Hadès. Deux fois ?

Dionysos se crispa.

– On dirait que vos Ménades ne font pas leur travail.

– Il est impossible pour un mortel, quel que soit son talent, de s'opposer à un dieu, dit Hadès.

– Alors vous pensez que c'est un dieu le responsable ?

Il n'y avait pas d'autre explication. Trois monstres s'étaient volatilisés sans laisser de trace.

– Si ce n'est pas un dieu, c'est certainement quelqu'un avec du sang divin, dit Hadès, conscient que les demi-dieux prenaient souvent les pouvoirs de leur mère ou de leur père, ce qui rendait le nombre de coupables éventuels encore plus grand.

– La question est, qui ? ajouta Hadès en regardant Dionysos dans les yeux, mais celui-ci secoua la tête.

– Je n'en ai pas la moindre idée.

Chapitre XI

DES VOLONTÉS OPPOSÉES

Ce soir, Hadès avait espéré qu'il ne serait que légèrement frustré en rentrant aux Enfers après avoir traité avec Dionysos, mais c'était compter sans la liste de ses soucis qui s'allongeait sans cesse, notamment avec la disparition des Grées.

La seule chose qui jouait en faveur de Dionysos et d'Hadès, c'était qu'il possédait encore l'œil. De son point de vue, deux possibilités les attendaient : soit Dionysos et lui trouvaient les coupables, soit les coupables venaient à eux. Pour l'instant, au moins, Méduse était en sécurité.

Quant à savoir pour combien de temps… Hadès ne le savait pas, et il n'aimait pas ça. D'ailleurs, tout dans cette histoire lui déplaisait. Il se tramait quelque chose, et il avait l'impression que ça se passait à peine en dehors de son champ de vision, comme une ombre qui augurait des jours sombres.

Celui qui cherchait Méduse cherchait une arme.

Une lourde crainte se nicha dans sa poitrine et il eut du mal à respirer, car il était difficile de ne pas penser à… une guerre.

Il secoua la tête et fronça les sourcils face à la tournure lugubre qu'avaient prise ses pensées, et ce fut aggravé par son désir soudain de voir Perséphone. Quand il se sentait comme ça, dans le chaos et le tourment, il se tournait vers elle pour s'apaiser. Elle était tout ce qu'il n'avait jamais eu en entrant dans ce monde ravagé et sanglant. Elle était chaude, aimante et sécurisante, et quand cette violence glissait sous sa peau, lorsqu'il repensait au passé, elle parvenait toujours à le détendre.

En arrivant aux Enfers, son besoin de la voir s'intensifia. Qui ne provenait pas seulement de ces sentiments lugubres mais de pensées bien moins rationnelles, comme le fait qu'Apollon aurait pu parvenir à entrer aux Enfers. Il savait que ce n'était pas possible, mais il ne serait rassuré qu'en posant les yeux sur elle.

Il hésita, tout de même, à sa porte. Et si elle ne voulait pas le voir ? Il fronça les sourcils en imaginant ce qu'elle pourrait lui dire.

Tu veux être sûr que je reste dans ta prison ?

Il respira un bon coup et frappa.

Pas de réponse.

Il se dit qu'elle l'ignorait peut-être. Il chercha à capter sa présence et réalisa soudain qu'il ne la sentait pas.

Il ouvrit la porte.

La pièce était sombre, pourtant il vit que le lit n'était pas défait.

– Perséphone ? appela-t-il en avançant dans la suite tout en invoquant des lumières pour ne laisser aucun recoin dans l'ombre.

Elle n'était pas là. Alors il fouilla les bains, la bibliothèque, puis le palais entier, et comme il ne la trouvait pas, il la chercha dans le jardin.

Il longea le sentier qui lui sembla interminable puisqu'il ne trouvait aucune trace d'elle. Ni sous les branches des saules ni cachée parmi les fleurs. Arrivé au bout du jardin, l'hystérie lui brûlait la gorge. Cerbère, Typhon et Orthos l'attendaient, comme s'ils avaient senti sa peur.

– Trouvez Perséphone, ordonna-t-il.

Les chiens partirent aussitôt, truffe contre terre, mais Hadès devina à leur façon d'avancer qu'ils ne sentaient pas la trace de la déesse, ce qui ne fit qu'accroître sa détresse. Il suivit leurs mouvements à travers le Pré de l'Asphodèle, puis il ferma les yeux pour fouiller son royaume, mais toujours rien.

En temps normal, à toute heure et n'importe où, Hadès sentait Perséphone, comme une douce caresse ou une braise rougeoyante. Il pouvait également sentir son absence, comme une grande déchirure dans la fabrique de son monde. C'était ainsi qu'il la percevait maintenant : partie. Son malaise se changea en panique qui lui noua le ventre. Perséphone avait déjà été en danger par le passé, quand elle s'était promenée au Tartare et était tombée nez à nez avec Tantale, un homme qui souhaitait du mal à Hadès, comme beaucoup des résidents de son royaume.

Mais à l'époque, Hadès avait pu la traquer jusqu'au Tartare.

Maintenant, il ne sentait pas sa trace.

– Hécate, Hermès !

Ni l'un ni l'autre ne dit quoi que ce soit, pour une fois, en répondant à son invocation, ils apparurent devant lui. Ils savaient qu'il ne les aurait pas appelés si ce n'était pas sérieux. S'il n'avait pas besoin d'eux.

– Je ne la trouve pas, dit-il d'une voix tremblante, et son cœur battait la chamade. Je ne la sens pas.

Ils pâlirent, l'air aussi inquiets qu'Hadès.

– On va la trouver, dit Hermès d'un ton confiant.

Et si c'était trop tard ?

Ils disparurent tous les deux et Hadès traversa le pré d'un pas rapide. Le vent se leva, tourbillonnant autour de lui, et les tiges des asphodèles s'asséchèrent alors qu'il vidait l'espace qui l'entourait de sa magie. Soudain, l'air se réchauffa sous l'énergie des dieux car Hadès invoquait toutes les divinités des Enfers. Elles vinrent à lui sans forme, comme des ombres ou des éclairs qui tournaient autour de lui. Il les percevait très nettement :

le deuil et la tristesse, la maladie et la panique, la famine et le désir. Elles chuchotèrent dans son oreille en l'encerclant, susurrant le genre de paroles monstrueuses qu'elles utilisaient pour infecter l'esprit des mortels et les rendre fous.

Justement, Hadès se sentait fou.

De temps en temps, les divinités laissaient apparaître leurs yeux rouges ou leurs longues dents pointues. Elles étaient plus des monstres que des humains et Hadès avait besoin d'elles.

– Trouvez. Ma. Reine ! ordonna-t-il.

Les divinités tournèrent plus vite autour de lui et leurs chuchotements accélérèrent jusqu'à ce qu'elles déguerpissent et traversent le ciel comme des éclairs. Hadès les suivit en drainant son royaume de sa magie, entièrement concentré sur un seul but, trouver Perséphone.

Son esprit n'avait pas de limites quand il s'agissait d'imaginer le pire. Il repensa à la guerre, et se persuada qu'elle devait être blessée et qu'il allait la trouver ensanglantée. Les images lui vinrent facilement car il avait vu de nombreux corps dans cet état. Il ne s'était jamais autorisé à penser longtemps à l'idée de perdre Perséphone, même s'il avait toujours juré de mettre fin au monde s'il lui arrivait quoi que ce soit.

Il en était certain, maintenant, mais il ne se contenterait pas d'y mettre le feu.

Il le réduirait en cendres.

Ce fut Cerbère qui le trouva le premier, puis Typhon, et ils l'emmenèrent à un bosquet de peupliers où Orthos était assis, bien droit, protégeant une Perséphone endormie sous la lueur argentée de sa lune étrange. Alors qu'il se tenait devant elle, Hadès n'arrivait toujours pas à la sentir. C'était comme si, dans son sommeil, elle avait réussi à s'entourer d'un bouclier protecteur.

Il lui fallut quelques secondes pour bouger et apaiser le chaos que l'absence de la jeune femme avait provoqué et, quand il y parvint, le vent cessa de rugir et les divinités qu'il avait appelées à l'aide hurlèrent, forcées de retourner dans les terres sauvages en dehors des grilles de son royaume. Cependant, s'il parvint à retrouver une façade plus calme, à l'intérieur, il ressentait encore les secousses de sa peur. Le choc finit par s'estomper quand il s'agenouilla pour la prendre dans ses bras.

Il la serra contre lui et se releva, savourant sa chaleur, son poids ainsi que le parfum de terre sucré de ses cheveux. Hécate et Hermès arrivèrent bientôt et aucun ne dit le moindre mot, même si leur soulagement était flagrant. Hadès passa devant eux pour rejoindre le palais. Il aurait pu se téléporter, mais il voulait faire durer ce moment, quand tout allait bien et était paisible, quand elle avait oublié qu'elle le détestait.

Cerbère, Typhon et Orthos ouvraient la voie et, à chaque pas, son monde se remettait en place et redevenait luxuriant.

* * *

Hadès emmena Perséphone dans sa chambre et la coucha dans son lit. Elle remua lorsqu'il la déposa et elle roula sur le côté en glissant ses mains sous sa joue, mais elle ne se réveilla pas. Il se pencha pour l'embrasser sur le front, rassuré qu'elle soit en sécurité, puis il sortit dans la nuit, réalisant qu'il était bien plus perturbé qu'il n'aurait cru.

Il détestait ne pas avoir le contrôle et quand il était revenu aux Enfers et n'avait pas trouvé Perséphone, il avait perdu la tête de plus d'une manière. Il retourna à l'endroit où il l'avait trouvée. Cette fois, elle avait été loin des dangers du Tartare ; elle était plus près de la clairière d'Hécate et du palais.

– Elle a dû aller se promener, dit Hécate en apparaissant à côté de lui. Peut-être qu'elle était fatiguée et qu'elle a voulu se reposer.

– Je me surprends à vouloir détruire tout ce qui représente une menace pour elle, avoua-t-il.

– Si tu ne fais que l'isoler, elle en viendra à t'en vouloir.

Il connaissait suffisamment Perséphone pour savoir qu'Hécate avait raison. Elle lui en voudrait si elle se sentait enfermée ; or n'était-ce pas l'inverse de ce qu'il souhaitait pour elle ?

Il détourna le regard.

– J'ai peur pour elle.

Même si ça ne faisait que peu de temps qu'ils étaient ensemble, Perséphone était devenue une monnaie d'échange dans les lubies d'Héra et elle serait bientôt la cible de la colère d'Apollon. C'était sans parler de sa mère, Déméter, qui manigançait sans doute quelque chose pour les séparer. Hadès soupçonnait d'ailleurs Leucé de faire partie du plan.

Le pire dans tout ça, c'était qu'il savait que ce n'était que le début.

Perséphone était une déesse relativement nouvelle dont les pouvoirs n'avaient pas été testés. Et en fin de compte, elle avait un code moral qui faisait qu'elle ne tolérerait jamais l'injustice.

– Alors apprends-lui, dit Hécate.

Hadès regarda la déesse dans les yeux.

– Tu veux une reine, dit-elle. Apprends-lui à vivre dans ton royaume. Apprends-lui à utiliser sa magie. Apprends-lui à être une déesse, et arrête de mener ses batailles à sa place.

Hécate avait raison. Il laisserait Perséphone se battre. Mais pas contre Apollon.

* * *

Hadès ne ferma pas l'œil de la nuit.

Il resta dans son bureau et occupa son esprit en pensant aux Grées. Il se demanda s'il y avait un lien entre leur enlèvement et l'explosion du garage d'Acace. Il attendrait de voir ce qu'Ilias allait découvrir. En dehors de ça, il y avait l'affrontement inévitable avec Apollon, et son plus grand souci était encore la mission d'Héra, auquel il ne s'était même pas attelé : le meurtre de Briarée.

Le dernier contact qu'il avait eu avec la déesse était le mot qu'elle avait attaché à l'article de Perséphone sur Apollon, lui rappelant qu'elle contrôlait leur avenir en tant que mari et femme. Pourtant, une chose qu'elle avait dite l'intriguait : le fait que des alliés parmi les Olympiens pourraient influencer la décision de Zeus. Hadès connaissait bien son frère et savait que c'était possible. Alors, comment les rallier à sa cause ?

On frappa à sa porte et il leva la tête quand Hermès déboula dans son bureau.

– Il arrive, dit-il. Il est en colère.

Le dieu de la Ruse n'avait pas besoin de préciser de qui il parlait : Apollon.

– Je veux que tu surveilles Perséphone, ordonna Hadès. Occupe-la pendant que je parle à Apollon.

Hermès haussa un sourcil, sceptique.

– Parce que tu es si doué que ça en matière de rhétorique ?

– Voilà un grand mot, Hermès. Tu as mangé un dictionnaire ?

Hermès plissa les yeux.

– Tu peux changer de sujet autant que tu veux, mais je te connais, dieu des Cadavres, et tu es loin d'être diplomate. Qu'est-ce que tu as prévu ?

– Je te parle bien, à toi, non ? remarqua Hadès.

– À peine, et je suis ton meilleur ami.

Ce fut au tour d'Hadès de hausser les sourcils.

– Ne le nie pas. C'est à Hécate que tu demandes des conseils de mode, peut-être ?

– Ne me fais pas regretter ma décision, Hermès.

– Regretter ? Pardon, mais est-ce que tu as baisé le jour où tu as mis ce jogging gris, comme je te l'ai conseillé ?

Il leva les yeux au ciel.

– Alors tu ne peux pas le regretter !

– Comment tu sais que c'était un oui ?

– Hadès… grommela Hermès comme s'il s'apprêtait à prononcer une évidence. Parce que je t'ai habillé pour le sexe !

– Va chercher Apollon, Hermès, et une fois qu'il est là, reste avec Perséphone.

– Ça roule, meilleur ami, dit-il en sortant du bureau.

Hadès sortit à son tour. Il allait se rendre dans la salle du trône, mais il changea d'avis et se dirigea d'abord vers sa chambre où Perséphone dormait encore, nichée sous les draps de soie. Elle n'avait toujours pas bougé et était toujours sur le côté, jambes repliées, les mains sous sa joue. Il coiffa une mèche qui tombait sur son front et effleura sa pommette avant de se téléporter dans la salle du trône, où Apollon l'attendait. Il ressemblait à Léto, sa mère, avec des boucles brunes et des yeux sombres qui paraissaient violets quand il était agacé, mais c'était là que s'arrêtait leur ressemblance. Contrairement à elle, sa personnalité n'avait rien de doux.

– Je savais que tu ne laisserais pas ta petite maîtresse mener la guerre qu'elle a déclarée, dit Apollon.

– Qu'est-ce qui se passe, Neveu ? Quelques mots dans un journal, et te voilà prêt à en découdre ?

– Ses mots étaient diffamatoires !

– Parce que la vérité est diffamatoire ?

Hadès le vit fermer les poings. D'un côté, il aurait aimé qu'Apollon s'en prenne à lui dans son royaume. Un tel affront l'obligerait à mettre fin à son souhait de poursuivre Perséphone. Toutefois, si Apollon était impétueux, il ne défiait pas souvent d'autres dieux, et il était peu probable qu'il défie Hadès, sachant qu'il avait plus à gagner en gardant son calme.

– La vérité n'a rien à voir avec cet affront, rétorqua Apollon. Son blasphème doit être puni, Hadès. Même toi, tu ne peux arrêter les représailles divines.

Hadès prit le temps de réfléchir avant de répondre. Quand il prit la parole, ses mots semblèrent lourds dans sa bouche.

– Et si je te proposais un contrat ?

Apollon écarquilla brièvement les yeux, puis il haussa le menton, intrigué.

– Vas-y… dit-il avec un sourire narquois qu'Hadès détesta.

– Oublie cet *affront*, et en échange, je t'accorde une Faveur.

– Une Faveur, répéta Apollon. C'est très généreux.

– L'offre n'est pas pour ton bien, même si tu vas en récolter les fruits.

– Tu dois vraiment tenir à cette mortelle.

Hadès ne répondit pas, ce n'était pas nécessaire, l'offre parlait d'elle-même.

– Très bien, acquiesça Apollon. Mais elle ne parlera jamais…

Les portes de la salle du trône s'ouvrirent en claquant et Hadès leva les yeux vers Perséphone, qui se tenait là, à peine habillée dans son peignoir noir. Hadès aurait préféré qu'Apollon ne la voie pas du tout, et certainement pas aussi dénudée. Tout son corps se crispa quand le dieu de la Musique se tourna vers elle.

– Ah, alors la mortelle nous a rejoints, ronronna-t-il.

Hadès vibrait de colère et il regarda Hermès, qui venait de débouler et de freiner brusquement derrière Perséphone. Il avait un air un peu trop espiègle pour être vraiment innocent. Hadès lui lança un regard assassin.

– Quoi ? Elle a deviné ! dit-il sur la défensive.

– Le marché est conclu. Tu ne la toucheras pas, déclara Hadès en guise de rappel et de mise en garde.

– Quel marché ? demanda Perséphone en avançant dans la salle.

Il ne lui avait pas parlé de ses intentions et maintenant qu'ils étaient tous là, il le regrettait, même s'il n'avait pas eu le temps de le faire et même si elle n'aurait probablement pas été d'accord. Mais au moins, elle ne l'aurait pas appris comme ça. Il savait de quoi ça avait l'air.

– Ton amant a conclu un marché, dit Apollon d'un ton dédaigneux.

S'adresser ainsi à sa maîtresse était une insulte et Hadès envisagea de le défier, mais c'était trop dangereux, maintenant qu'il lui devait une Faveur.

– J'ai accepté de ne pas te punir pour ton… article diffamatoire… en échange, Hadès m'a proposé une Faveur, que j'exigerai plus tard.

Perséphone écarquilla les yeux. Elle comprenait parfaitement les implications de ce marché.

– Eh ben, siffla Hermès, il t'aime vraiment, Sephy.

Hadès le fusilla du regard.

– Je ne suis pas d'accord, dit Perséphone.

Hadès l'admirait pour ses propos, qui témoignaient de son inquiétude pour lui.

– Tu n'as pas le choix, mortelle, déclara Apollon.

– C'est moi qui ai écrit l'article. Ton contrat devrait être avec moi.

– Perséphone… gronda Hadès.

Même s'il avait déjà accepté l'offre d'Hadès, rien n'empêchait Apollon d'accepter également celle de Perséphone.

Apollon éclata de rire ; telle était son arrogance.

– Et que pourrais-tu donc m'offrir ?

Perséphone lui lança un regard assassin et ferma les poings. Hadès laissa sa propre magie remonter à la surface, espérant qu'elle masquerait celle de Perséphone.

– Tu as fait du mal à mon amie, gronda-t-elle.

– Quoi qu'ait fait ton amie, elle a dû mériter sa punition, sinon elle ne serait pas dans cette situation.

La réponse d'Apollon ne fit rien pour calmer la colère de Perséphone, mais au moins cela illustrait qui il était – un enfoiré.

– Tu veux dire que le fait qu'elle ait refusé d'être ta maîtresse mérite d'être puni ?

Hadès nota qu'Apollon s'était crispé des pieds à la tête.

– Tu lui as ôté ses pouvoirs parce qu'elle a refusé de coucher avec toi. C'est stupéfiant et pathétique.

S'il aimait l'entendre insulter Apollon, il valait mieux que ça reste entre eux. Si Apollon le souhaitait, il pouvait considérer que chaque mot était un affront et exiger davantage en échange.

– Perséphone! gronda Hadès.

– Toi, ça suffit! Même si tu as choisi de ne pas m'inclure dans cette conversation, je compte dire ce que je pense.

S'il méritait son mépris, il aurait préféré l'encaisser en privé. Hermès éclata de rire et Hadès fut navré que Perséphone continue.

– Je n'ai écrit que sur tes amants passés. Je n'ai même pas mentionné ce que tu as fait à Sybil. Si tu ne reprends pas ta punition, je te détruirai.

Hadès supposa qu'elle entendait le faire avec ses mots et, s'il la croyait capable d'écrire un article blessant, elle avait clairement oublié que le public avait mal pris son premier article.

Il s'attendait à ce qu'Apollon réagisse de façon agressive, mais il se contenta de glousser, ce qui mit Hadès encore plus sur ses gardes car cela signifiait qu'il était intrigué.

– Tu as de la fougue, pour une mortelle. J'aurais bien besoin de quelqu'un comme toi.

– Continue comme ça, Neveu, et tu n'auras plus de raison de craindre sa menace car je t'aurai réduit en poussière.

Apollon plissa les yeux et le scruta, comme s'il le défiait d'essayer.

– Eh bien? insista Perséphone pour attirer l'attention d'Apollon sur elle.

Le dieu l'étudia longuement et Hadès détesta le voir sourire.

– Très bien, dit-il enfin, et Hadès expira lentement. Je veux bien rendre ses pouvoirs à ton amie, et je garde la Faveur d'Hadès, mais tu n'écriras plus un seul mot sur moi, quoi qu'il arrive. C'est compris ?

– Les paroles sont un contrat, et je ne te fais pas assez confiance pour accepter, répondit Perséphone.

Hadès était fier d'elle, même Apollon sourit.

– Tu l'as bien éduquée, Hadès.

Apollon fit alors un pas vers elle et Hadès réprima l'envie de le jeter à l'autre bout des Enfers. Il l'aurait sans doute fait s'il n'avait pas pensé que le dieu de la Musique était sur le point de céder.

– Disons les choses ainsi : si tu écris un mot de plus sur moi, je détruirai tout ce que tu aimes. Et avant que tu te rassures en te disant que tu aimes un autre dieu, rappelle-toi que j'ai sa Faveur. Si j'ai envie de vous garder séparés pour toujours, je peux le faire.

Tu peux essayer, pensa Hadès. *Mais ce sera la dernière chose que tu feras.*

Apollon le savait, et Hadès se demanda si c'était ce que le dieu voulait, justement.

Le visage de Perséphone était rouge et sa mâchoire crispée.

– C'est noté, dit-elle.

– Je te préviens tout de suite, Apollon, dit Hadès. S'il arrive quoi que ce soit à Perséphone, Faveur ou pas, je te réduirai toi, et tout ce que tu aimes, en cendres.

Aussi inutile que fût la menace, Hadès tenait quand même à la formuler, même s'il savait que ça n'avait que peu d'effet sur un dieu qui pensait avoir déjà tout perdu. Peut-être était-ce d'ailleurs ce qui rendait Apollon si terrible.

– Tu n'auras que moi à enterrer, Hadès. Plus rien de ce que j'aime n'existe encore.

Le dieu de la Musique disparut et ce fut Hermès qui rompit le silence qui suivit son départ.

– Eh bien, ça aurait pu mieux se passer, remarqua-t-il d'un ton enjoué.

– Pourquoi tu es encore là, toi ? aboya Hadès.

– C'était mon baby-sitter, rétorqua Perséphone en se tournant vers lui. Tu as oublié ?

Hadès la regarda avec tout autant de colère.

– Comment peux-tu dire que tu veux que je sois ta reine alors que quand tu as l'occasion de me traiter comme ton égale, tu merdes de cette façon ? Est-ce que ta parole ne vaut rien ?

Elle lui renvoyait les mots qu'il avait employés avec elle, et c'était une sacrée gifle. Toutefois, il la méritait. Il voulut parler, mais Perséphone lui tourna le dos, prit le bras d'Hermès et sortit de la salle du trône.

Chapitre XII

UNE DEMANDE DE CONFIANCE

Après sa rencontre avec Apollon, Hadès avait besoin d'évacuer sa frustration. Il se téléporta dans la Caverne, le lieu le plus ancien du Tartare, qui était vaste et dont les parois résonnaient. Des formations rocheuses formaient des labyrinthes et offraient à Hadès l'occasion de créer des espaces destinés à divers types de torture et de sport.

La salle qu'il avait choisie était plus longue que large. Il était face à un mur de bois scarifié, au centre duquel un homme était suspendu, mort, une hache plantée dans le torse.

Hadès enleva sa veste et sa chemise et les accrocha à un clou au-dessus d'une table en bois où reposaient toutes sortes d'outils ainsi qu'une pierre à aiguiser. Il enleva également ses chaussures et ses chaussettes car il voulait sentir le sable sous ses pieds. Il marcha ensuite vers l'homme et retira la hache de son corps en le ravivant.

Le mortel prit une énorme inspiration et mit quelques secondes à poser son regard sur Hadès. Quand il le vit, il se mit à sangloter.

– Je n'en peux plus, supplia-t-il. S'il vous plaît.

Hadès lui tourna le dos et s'adressa à lui en s'éloignant.

– Étaient-ce les mots de tes victimes quand tu les violais et avant que tu les assassines ?

Il fit tourner la hache dans sa main avant de la mettre de côté pour l'aiguiser. C'était un rituel sacré et il était convaincu que ça créait un lien plus fort entre son arme et lui. Cela permettait à l'outil d'être plus efficace pendant une bataille, par exemple. Il prit donc son temps, trempant les pierres et augmentant leur grain, sa hache était de plus en plus affûtée. Quand il eut fini, il se tourna vers l'homme, qui s'appelait Felix.

– S'il vous plaît, s'il vous plaît… chuchotait-il encore et encore en bavant.

Cependant, il manquait une chose à ses supplications : de véritables larmes.

Hadès arma son bras et projeta la hache au moment où le manche était à la verticale. Elle se planta dans le bois dans un craquement d'échardes, pile dans le creux du cou de Felix, et le prisonnier pleurnicha.

– Pourquoi vous faites ça ? geignit-il.

Hadès retourna à la table pour prendre une autre hache. Il visa de nouveau et cette fois, elle atterrit entre les cuisses, à un cheveu de ses testicules.

– Espèce d'enfoiré ! rugit Felix.

Les veines de sa gorge enflèrent et il écarquilla les yeux alors que la véritable nature de son âme remontait à la surface, colérique et terrifiante.

– Mais tue-moi, putain !

– Te tuer ne répondrait pas au but recherché, répondit Hadès.

La torture éternelle du violeur était de subir un stress permanent. Chaque fois qu'Hadès visait, il se demandait si le coup serait le dernier. C'était la même agonie qu'il avait infligée à ses victimes.

Hadès ignora Felix et attrapa une autre hache.

– Je te tuerai ! siffla le mortel. Je te tuerai, toi et ta maîtresse !

Ça, ce n'était pas normal, ni pour Felix ni pour une autre âme. Elles ne sortaient pas du Tartare et n'étaient jamais au courant de quoi que ce soit en dehors de leur châtiment.

– Oui, poursuivit Felix avec un regard lubrique. Je suis au courant pour ta maîtresse. La blonde. Elle occupe la plupart de ton temps maintenant… et de tes pensées.

Hadès ne voulait pas lui demander comment il était au courant ; il ne voulait pas révéler quoi que ce soit qu'il pourrait répéter quand il serait ravivé.

– Je la trouverai et je m'amuserai. Je la goûterai comme tu l'as goûtée, puis je la déchiquetterai.

Il lui était impossible de le faire, bien sûr. Même s'il parvenait à se détacher, il ne pourrait pas sortir de cette grotte.

La question cruciale était de savoir comment il connaissait l'existence de Perséphone.

Hadès baissa le bras, agrippant le manche de la hache.

L'étincelle dans le regard de Felix s'estompa, remplacée par une note de panique. Sans doute avait-il cru que ses propos lui offriraient une mort rapide, et c'était le cas, mais pas de la façon qu'il imaginait.

– Tu crois avoir du pouvoir ici, mortel ? demanda Hadès en rassemblant sa magie dans sa main.

L'énergie réchauffa sa paume et, même si elle était invisible aux yeux des mortels, Hadès savait qu'il pouvait la sentir.

Tout le monde pouvait sentir la mort.

– Tu te trompes méchamment.

Hadès se téléporta et réapparut devant l'homme à peine une seconde plus tard. La magie rassemblée dans sa main se manifesta sous la forme d'une grosse épine noire qu'il enfonça dans le menton du mortel et jusqu'à son crâne. Son sang éclaboussa le visage d'Hadès et coula de sa bouche et de ses yeux. Cette mort n'était pas celle qu'il méritait. Hadès voulait détruire son âme, mais le faire impliquait de ne pas découvrir comment il avait appris sa relation avec Perséphone, ce qui l'inquiétait énormément. Il lui faudrait le ramener à la vie plus tard, pour en savoir plus. Les informations la concernant auraient dû s'arrêter aux frontières du Tartare. Comment ce vulgaire prisonnier connaissait-il l'existence de sa maîtresse ?

– Thanatos !

Hadès retira sa main et dissipa sa magie. Il se tourna et se retrouva face au dieu de la Mort, un spectre pâle drapé dans l'ombre. Ses yeux d'un bleu intense, habituellement aussi brillants que des saphirs, durcirent et s'assombrirent quand il posa les yeux sur le prisonnier ensanglanté d'Hadès.

– Est-ce que ça va, Milord ?

– Non, répondit Hadès. Explique-moi comment un prisonnier du Tartare peut en savoir assez sur Perséphone pour la menacer ?

Thanatos écarquilla les yeux.

– Je… je ne sais pas, bégaya-t-il. Mais je vais tâcher de le découvrir.

– Fais donc ça, oui.

Hadès quitta le Tartare et prit un bain au palais. Une fois rhabillé, il partit à la recherche de Perséphone. Les propos de Felix lui intimaient de la trouver, ceux d'Hécate l'encourageaient à lui apprendre et à être honnête. À ce stade, sa seule envie était d'être près d'elle. De savoir qu'elle était en sécurité.

Cette fois, quand il partit à sa recherche, il sentit la caresse de sa magie. Même si elle était faible, elle le guida jusqu'au bois qu'il lui avait offert. Il la trouva assise devant un parterre de pervenches et de phlox blanc, les mains tendues devant un petit rond de verdure qui avait commencé à sécher. L'énergie qui l'entourait était chaotique, et si, par moments, il sentait sa magie surgir et se concentrer sur sa tâche, elle était trop vite dominée par ses pensées tourmentées.

Au bout de quelques secondes, elle s'affaissa et son corps trahit son sentiment d'échec.

Hadès avança et s'installa derrière elle, les jambes de part et d'autre de son corps, et il l'attira contre lui. Il aimait ça, il aimait son parfum, il aimait la façon dont son corps se nichait contre le sien, confortable, malgré la colère qui précédait l'instant.

– Tu t'entraînes ? demanda-t-il d'une voix douce.

– J'échoue, plutôt.

– Tu n'échoues pas, dit-il tout contre son oreille, en riant tendrement d'entendre sa voix désespérée, mais seulement parce qu'elle se trompait. Tu es si puissante…

– Alors, pourquoi je n'arrive pas à utiliser ma magie ?

– Tu y arrives.

– Pas comme il faut, répondit-elle.

– Est-ce qu'il y a une bonne façon d'utiliser sa magie ?

Il sentait sa frustration. À l'évidence, elle ne comprenait pas qu'il puisse voir du progrès dans sa maîtrise de la magie. Il prit ses poignets dans ses mains, comme des menottes, et vit ses bras se couvrir de chair de poule.

– Tu te sers constamment de ta magie, quand tu es en colère, quand tu es excitée…

Elle n'avait aucun mal à invoquer des lianes pour le ligoter dans le but de leur offrir du plaisir. En y pensant, il promena sa bouche sur son épaule, l'effleurant juste assez pour la faire frissonner.

– Ce n'est pas de la magie, chuchota-t-elle.

– Alors, qu'est-ce qu'est, la magie ?

– La magie, c'est…

Elle marqua une pause pour réfléchir à sa réponse.

– … le contrôle.

Sa réponse le fit rire, car la magie, dans sa forme la plus primitive, était sauvage.

– La magie ne se contrôle pas. Elle est passionnée, expressive. Elle réagit aux émotions, quel que soit son niveau d'expertise.

Comme Perséphone, pensa-t-il en prenant ses mains.

– Ferme les yeux, dit-il près de son oreille.

Elle obéit sans hésiter et il se demanda si elle ne le faisait pas pour échapper à la tension délicieuse qui montait entre eux.

– Dis-moi comment tu te sens.

– J'ai… chaud.

Il le savait déjà.

– Concentre-toi là-dessus, chuchota-t-il. D'où part cette chaleur ?

Elle augmenta quand elle répondit.

– D'en bas. De mon ventre.

Il avait envie d'y poser les mains, de la taquiner jusqu'à ce qu'elle replie les jambes pour le laisser toucher cette chaleur. Mais, au lieu de ça, il serra plus fort ses mains.

– Nourris-la, susurra-t-il.

Il sentit sa magie surgir et crépiter entre eux comme un courant électrique. Sa magie l'appelait ; une lumière parfaite pour les ténèbres d'Hadès. Elle cherchait un équilibre, tout comme lui.

– Maintenant, où sens-tu la chaleur ?

– Partout.

– Imagine cette chaleur dans tes mains. Imagine qu'elle luit, qu'elle est si éblouissante que tu peux à peine la regarder.

C'était ainsi qu'il voyait Perséphone, comme une lune, une étoile, un soleil, comme le ciel au centre de son univers.

– Maintenant, imagine que la lumière a diminué et que, dans l'ombre, tu vois la vie que tu as créée.

Sa bouche effleura le lobe de son oreille tout en scrutant l'énergie qu'elle avait invoquée et qu'elle utilisait pour peindre des pervenches et du phlox scintillants, semblables à ceux qu'elle voulait faire pousser.

– Ouvre les yeux, Perséphone.

Elle lui obéit et retint son souffle quand Hadès posa ses mains sur le sol, où sa magie devint solide, de sorte que les fleurs devinrent réelles et vivantes. Il lâcha ses mains, mais ne s'éloigna pas pour autant, observant Perséphone qui caressait un pétale et le lissait entre son pouce et son index.

– La magie est un équilibre : un peu de contrôle, un peu de passion. C'est ainsi que fonctionne le monde.

Elle tourna la tête, juste un peu, pour poser sa joue contre la sienne. Les mains d'Hadès étaient à plat sur le sol, mais il garda les genoux relevés pour l'entourer. Il se demanda ce qu'elle allait faire. Allait-elle partir et mettre de la distance entre eux, encore une fois ?

Au lieu de ça, elle se retourna entièrement et s'agenouilla face à lui. Elle posa ses mains sur ses épaules et le regarda, les yeux brillants. Il parla avant qu'elle ne le fasse, car il avait des choses à dire.

– Je t'aime. J'aurais dû te le rappeler en t'amenant ici, et chaque jour depuis. Pardonne-moi, s'il te plaît.

– Je te pardonne, mais seulement si tu me pardonnes en retour. J'étais en colère à propos de Leucé, mais encore plus énervée que tu m'aies laissée, ce soir-là, pour la retrouver, et je me suis sentie si… ridicule. Je comprends tes raisons et je sais que tu n'avais pas envie de me quitter, mais je ne peux rien contre mes sentiments. Quand j'y repense… j'ai mal.

Son aveu lui noua la gorge.

– Je ne supporte pas de savoir que je t'ai fait du mal. Qu'est-ce que je peux faire ?

– Je… je ne sais pas. Je suppose que ce que j'ai fait doit compenser. Je t'ai dit que je n'écrirais pas sur Apollon, je te l'ai promis, et j'ai rompu ma promesse.

Hadès ne pouvait que secouer la tête.

– On ne guérit pas une blessure par une autre blessure, Perséphone. Ça, c'est un jeu de dieux. Or nous, nous sommes amants.

– Alors comment guérit-on une blessure ?

– Avec du temps. Si l'on peut accepter d'être en colère l'un contre l'autre, pendant quelque temps.

Des larmes se mirent à couler sur ses joues.

– Je ne veux pas être en colère contre toi, chuchota-t-elle.

– Je ne veux pas l'être non plus, dit-il en essuyant ses larmes. Mais ça ne change rien à nos sentiments, et ça ne veut pas dire qu'on ne peut pas se faire du bien pendant que l'on guérit.

Elle déglutit et secoua la tête.

– Comment est-ce que je peux être faite pour toi ?

– On en a déjà parlé, répondit Hadès en fronçant les sourcils.

– Je me sens tellement… inexpérimentée. Je suis jeune et impulsive. Comment peux-tu vouloir de moi ?

Elle ne savait pas combien ses propos le faisaient souffrir.

– Perséphone… susurra-t-il en prenant ses mains dans les siennes. Premièrement, sache que je te voudrai toujours. Éternellement. Je t'ai laissée tomber, moi aussi. J'étais en colère, je n'ai pas pris soin de toi, je ne t'ai pas incluse dans ma vie et dans mes pensées. Ne me mets pas sur un piédestal parce que tu te sens coupable pour tes décisions. Simplement… pardonne-toi, afin de pouvoir me pardonner. S'il te plaît.

Elle expira un souffle tremblant et il baissa les yeux sur sa bouche. Il avait envie de l'embrasser, de la prendre dans ses bras et de trouver le réconfort dont ils avaient besoin tous les deux.

Elle dut deviner ses pensées, car elle s'avança pour le chevaucher et passer ses bras autour de son cou.

– Je suis désolée. Je t'aime. Tu peux avoir confiance en moi, en ma parole. Je…

– Chuuut, ma chérie, murmura-t-il en posant ses mains sur ses cuisses. Je regretterai à jamais ma colère. Comment ai-je pu douter de ton amour ? De ta confiance ? De ta parole ? Alors que mon cœur est à toi.

Il glissa ses mains sous sa robe, elle l'embrassa, et il accueillit son baiser en plongeant sa langue dans sa bouche. Il l'avait déjà goûtée, mais c'était différent cette fois ; c'était plus désespéré et bien plus euphorique. Il planta ses ongles dans ses fesses en la frottant à son érection et, s'il voulait se soulager, son désir de la satisfaire était encore plus grand.

Il rompit le baiser et lécha sa mâchoire, puis son cou.

– Où brûles-tu ?

– Partout, répondit-elle en retenant son souffle.

Elle glissa ses mains sous sa veste et la lui enleva. Impatient, Hadès l'aida en déboutonnant sa chemise pour la retirer. Une fois torse nu, elle promena ses mains sur sa peau. Il voulut l'attirer contre lui, mais elle saisit ses poignets et Hadès la regarda dans les yeux en haussant les sourcils.

– Laisse-moi te donner du plaisir.

Elle l'avait pratiquement imploré, et il n'avait pas l'énergie de lui dire non. Il la laissa le pousser en arrière sur le dos et elle le survola pour l'embrasser, se frottant à son érection en glissant le long de son corps pour libérer son sexe et le prendre dans ses douces mains.

Hadès inspira, puis expira en grognant.

– Continue de me regarder comme ça, chérie. Je ne vais pas te laisser garder le contrôle très longtemps.

Elle esquissa un sourire et se pencha pour goûter à sa chair, et il perdit ses repères. Il avait espéré conserver une petite part de contrôle, mais il plongeait bientôt ses mains dans ses cheveux, l'incitant à le prendre plus loin dans sa gorge. Ça ne sembla pas la déranger et elle accepta d'assouvir son envie.

– Putain ! grogna-t-il en touchant le fond de sa gorge.

Elle le libéra pour passer le relais à ses mains et sa langue. Il ne tint pas longtemps, après ça, éjaculant brusquement dans sa bouche. Après quelques secondes, elle escalada son corps pour l'embrasser et il les fit rouler pour qu'elle se retrouve sous lui.

– Un si beau cadeau, murmura-t-il en caressant son visage. Comment vais-je te rembourser ?

– Les cadeaux ne se remboursent pas, Hadès.

– Un échange de cadeaux, alors, dit-il en l'embrassant.

Elle plia les jambes et mit ses mains entre eux pour le guider en elle.

– Voilà ce que je veux, dit-elle en resserrant ses cuisses sur sa taille.

– Qui suis-je pour dire non à une reine ? répondit-il avant de se perdre dans les sensations qu'il partageait avec elle.

Chapitre XIII

À L'ÎLE D'EUBÉE

Hadès était presque endormi. Il ne concentrait ses pensées que sur les cercles qu'il dessinait en continu sur la peau de Perséphone, qui était allongée sur lui. Ils avaient arrêté de parler quand leurs réponses étaient devenues courtes et indolentes et, maintenant, ils se reposaient dans un silence heureux.

– Je serai le mentor de Leucé.

Hadès ouvrit les yeux pour l'observer. Elle le scruta en retour, presque timidement, doutant sans doute de sa réaction. Il devait admettre qu'il ne savait pas trop quoi penser. Depuis quand envisageait-elle cela, et qu'est-ce qui l'avait menée à cette décision ?

– Je ne sais pas trop ce que j'en pense…

– Moi non plus, dit-elle avant de marquer une pause. Et j'ai besoin que tu lui trouves un appartement et que tu lui rendes son travail. S'il te plaît.

Bien sûr, il accepterait. Néanmoins, il tenait à savoir pourquoi elle proposait d'aider sa précédente maîtresse.

– Pourquoi veux-tu être son mentor ?

Elle mit un peu de temps à répondre, elle réfléchit en fuyant son regard, le menton posé sur ses mains.

– Parce que je pense savoir ce qu'elle ressent, dit-elle enfin.

L'humeur d'Hadès s'assombrit un peu.

– Explique-toi.

Elle haussa les épaules et une mèche de cheveu tomba sur son visage.

– Ça fait trois mille ans qu'elle est un arbre. Tout à coup, elle est à nouveau normale, et le monde entier a changé. C'est… effrayant… et je sais ce que ça fait.

Il comprit qu'elle pensait avoir ça en commun avec Leucé. La mère de Perséphone l'avait gardée à l'écart du monde jusqu'à ses dix-huit ans, ne la laissant explorer les environs de son orangerie qu'au bout d'une courte laisse. Elle n'apprenait que maintenant ce en quoi elle voulait croire, et qui elle voulait être en tant que femme et que déesse.

Mais si elles avaient ça en commun, Hadès ne pouvait imaginer deux personnes plus différentes que Perséphone et Leucé.

– Tu veux être le mentor de mon ancienne maîtresse ?

Elle poussa un grognement.

– Ne m'oblige pas à le regretter, Hadès.

– Ce n'est pas ce que je veux, mais tu en es sûre ?

Hadès aimait la voir faire la moue en fronçant les sourcils. Mais elle ne le regarda pas en répondant.

– C'est bizarre, je veux bien l'admettre, mais… c'est une victime. Je veux l'aider.

Il grimaça, car elle avait raison. Quand Leucé était revenue, il ne l'avait pas aidée comme elle le méritait. Or voilà que Perséphone voulait s'en charger.

– Tu m'épates.

Elle sourit et secoua la tête.

– Je n'ai rien d'épatant. J'ai d'abord voulu la punir, tu sais.

– Mais tu ne l'as pas fait, dit-il en posant une main sur sa mâchoire. Il n'y a pas d'autre dieu comme toi.

– Je n'ai pas vécu assez longtemps pour être désabusée comme vous, répondit-elle en riant. Peut-être que je le serai bientôt.

– Ou peut-être que tu vas tous nous changer.

Ils restèrent immobiles quelques secondes, puis Perséphone s'assit à cheval sur lui, les mains sur son torse, faisant rebondir sa poitrine. Hadès serra les dents pour se retenir de grogner et d'empoigner ses hanches pour l'aider à bouger.

– Tu en veux plus, Milady ? demanda-t-il.

Elle sourit, il l'imita.

– En fait, je crains d'avoir des demandes à formuler, répondit-elle en se dressant sur les genoux afin de guider sa verge en elle avec un soupir heureux.

Hadès ne supportait plus de ne pas la toucher et il planta ses ongles dans la chair de ses cuisses. Il accéderait à toutes ses demandes du moment qu'elle continuait de bouger.

– Oui ?

– Je ne veux plus être exilée dans une suite, de l'autre côté du palais. Jamais.

Jamais, pensa Hadès alors qu'elle s'empalait sur lui.

– Ni pour me préparer pour un bal, ni quand tu es en colère contre moi. Jamais.

Il ferma les yeux quelques secondes, essayant de se concentrer, car il arrivait à peine à formuler la moindre phrase.

– Je pensais que tu avais besoin d'intimité, parvint-il à dire.

Elle s'arrêta et lorsqu'Hadès ouvrit les yeux, il découvrit sa bouche à quelques centimètres de la sienne. Il en profita pour plier les jambes et s'enfoncer un peu plus en elle.

– Je me fous de l'intimité. J'avais besoin de toi, de savoir que tu me veux encore, malgré… tout.

Il l'attira contre lui et lorsque leurs bouches fusionnèrent, il roula sur le côté pour l'emprisonner sous lui. Il s'enfouit en elle et ne bougea plus, et il rit quand Perséphone gigota, essayant de l'y forcer.

Elle lui lança un regard assassin, mais son visage s'adoucit lorsqu'il lui dit :

– Je te voudrai toujours et je t'aurais accueillie dans mon lit toutes les nuits.

– Je ne le savais pas, chuchota-t-elle.

Il toucha sa bouche et entrouvrit ses lèvres.

– Tu le sais, maintenant.

Leurs bouches se trouvèrent. Les gémissements de Perséphone l'encouragèrent et le poussèrent à aller plus loin en elle. Elle s'agrippa à lui comme il s'accrocha à elle, ils chutèrent ensemble dans ce précipice exquis et jouirent en même temps.

* * *

Hadès se réveilla durant la soirée. Une journée s'était écoulée depuis qu'Apollon était venu pour les représailles ; une journée depuis que Perséphone et lui s'étaient rabibochés sur le sol de sa clairière argentée, et ce qui accaparait ses pensées alors qu'elle dormait paisiblement à ses côtés, c'était sa peur de la perdre.

Il n'avait jamais eu grand-chose à perdre. Mais Perséphone représentait tout pour lui, et depuis qu'ils s'étaient trouvés, il lui semblait que chaque dieu avait essayé – ou essaierait – de les séparer. Il était hors de question que quelqu'un y parvienne.

Il se leva et s'habilla, puis il but quelques verres de whiskey. La boisson ne l'enivrait pas vraiment, mais elle l'apaisait un peu.

Avant de partir des Enfers, il regarda Perséphone qui dormait, suivant les contours de son corps sous les draps et observant la façon dont sa poitrine se soulevait quand elle respirait. Il posa sa main sur sa tête et se baissa pour embrasser son front, puis il disparut pour apparaître sur l'île d'Eubée.

C'était une île au large de la côte de l'Attique. Il fut un temps où elle avait été liée à la terre ferme, mais des tremblements de terre l'en avaient détachée et elle se dressait désormais seule dans la mer Méditerranée. L'île elle-même n'était pas la destination d'Hadès ; il se rendait sur l'une des trois îles volcaniques au large d'Eubée. Chacune était plutôt petite et faite de couches de roches volcaniques qui étaient visibles de tous les côtés. En dépit de ses fondations rocheuses, une couche d'herbe teintait l'île d'un vert émeraude, la faisant ressortir dans la mer saphir. Dans le crépuscule, c'était merveilleux.

Les îles étaient liées à la terre ferme et les unes aux autres par des passerelles de bois et de cordes. Hadès se dirigea vers celle du milieu, Léa, baptisée d'après la femme de Briarée, Cymopolée, qui était la fille de Poséidon et la nièce d'Hadès.

Chaque pas lui semblait plus difficile que le précédent, pourtant il continua de marcher. Lorsqu'il arriva enfin, il emprunta un sentier de pierres rondes jusqu'à une chaumière nichée entre deux collines. Les fenêtres brillaient d'une lumière chaleureuse et accueillante et un panache de fumée blanche s'élevait de la cheminée.

Hadès hésita et son estomac se noua.

Cela faisait longtemps qu'il n'avait pas fauché une âme, et encore moins une âme innocente. Ce n'était jamais facile, et c'était encore pire, cette fois, parce qu'Hadès savait que Briarée était simplement victime d'une guerre entre dieux.

Il alla néanmoins jusqu'à la porte et frappa.

Il offrirait la dignité à Briarée, surtout dans sa propre maison.

Hadès fut surpris qu'il lui ouvre, drapé de son Charme. Il avait pris l'apparence d'un quinquagénaire aux cheveux grisonnants, le visage strié de rides du bonheur, la preuve qu'il avait mené une vie heureuse depuis les temps anciens. Néanmoins, Hadès pouvait voir, sous son Charme, le géant qui le surplombait de ses nombreuses têtes et mains.

– Lord Hadès, dit Briarée en souriant jusqu'aux oreilles, accentuant les rides autour de ses yeux et de sa bouche.

– Briarée, dit Hadès en hochant brièvement la tête.

Il ne pouvait exprimer plus d'enthousiasme étant donné les raisons de sa visite.

Il y eut un silence, puis la mine joviale de Briarée disparut.

– C'est l'heure, n'est-ce pas ?

C'étaient des paroles cruelles étant donné la raison pour laquelle Hadès était là.

– C'est l'heure.

Le géant hocha la tête et regarda ses pieds. Hadès détestait voir la mine paisible de Briarée disparaître, acceptant sa mort prochaine.

– Je le sentais, tu sais ? Dans mes os.

Hadès ne dit rien, mais une part de lui aurait aimé que Briarée arrête de parler, parce que chaque mot était un coup de poignard supplémentaire dans son cœur.

Au bout d'un moment, Briarée se ressaisit et prit une inspiration en retrouvant un peu de sa joie de vivre.

– Je finissais juste de cuisiner, dit-il. Tu te joins à moi ?

Hadès ne s'attendait à rien de particulier en se présentant à la porte du géant. Il ne savait pas si Briarée serait angoissé ou en colère, s'il le supplierait de l'épargner ou au contraire de l'achever rapidement.

Il n'avait pas prévu qu'il l'invite à dîner.

– Avec plaisir, Briarée, dit enfin Hadès.

Accepter l'hospitalité du géant avait quelque chose de morbide, mais Hadès ne voulait pas le priver de ses dernières volontés.

Le géant sourit à nouveau et fit un pas de côté pour inviter Hadès à entrer. Il se retrouva dans la cuisine, qui sentait le sel, le poisson et les épices, ce qui n'était pas désagréable. Il y avait une table en bois ronde au milieu de la pièce, sur laquelle se trouvait un petit vase transparent avec des fleurs des champs.

Briarée retourna à ses fourneaux en nouant un tablier blanc dans son dos.

– Quelque chose à boire, Milord ?

– Ce serait un honneur de boire avec toi. La même chose que toi.

– C'est toi qui me fais honneur, Milord, gloussa le géant.

– Pas du tout, répondit Hadès. Je suis là pour te prendre la vie.

– Mais c'est toi qui es là. Pas Lord Thanatos ni un autre être mal intentionné. Ça me fait plaisir.

Hadès dévisagea le géant qui lui versait un verre de vin.

– C'est du xérès. Je te servirai autre chose avec l'agneau.

– Merci, Briarée.

Hadès accepta le verre et s'approcha de la fenêtre. La vue depuis la chaumière était superbe, donnant sur des collines verdoyantes. On pouvait apercevoir la cité ancienne d'Eubée, encore éclairée par la lumière dorée du soleil couchant.

– Tu vis ici depuis longtemps ? demanda Hadès.

– Oui. Mais ça fait longtemps que je ne suis pas allé au-delà du pont. Je suppose que je ne reconnaîtrais plus le monde, à présent.

– Il est très différent, dit Hadès.

– D'une certaine façon, c'est bien que tu sois là, dit Briarée. Je ne peux imaginer continuer à exister éternellement, comme les dieux.

Il y eut une longue pause et quand Hadès tourna la tête vers Briarée, il découvrit que ce dernier le dévisageait.

– N'es-tu pas fatigué, Milord ?

– Si, je le suis, admit Hadès.

Le géant lui servit un plat d'agneau et de carottes rôties. Il tint sa promesse et lui versa un vin rouge très frais pour accompagner le repas, mais le dieu ne toucha pas à son assiette.

– Est-ce que mes frères sont les suivants ? demanda Briarée.

– Non.

– Alors je suis le premier.

Hadès ne répondit rien. Sa culpabilité l'écrasait. Il aurait aimé avoir quelque chose à dire, pouvoir contribuer à la conversation, mais il avait rarement quoi que ce soit à dire, et encore moins lorsqu'il était face à la personne qu'il devait tuer.

Il finit néanmoins par se racler la gorge.

– Ta femme…

Briarée l'interrompit.

– Cymopolée passe la plupart de son temps dans l'océan avec ses sœurs. Elle vient de temps en temps, dit-il avant d'hésiter. Il est probable… que ce sera elle qui me trouvera.

– Je ferai en sorte que ça n'arrive pas, promit Hadès.

– Il n'y a personne d'autre, répondit Briarée.

Une fois de plus, Hadès ne dit rien. Il but une gorgée de vin et essaya de ne pas grimacer. Ils ne dirent plus rien, jusqu'à ce que Briarée ait fini de manger. Hadès aurait aimé être de meilleure compagnie, mais sa gorge se nouait lentement et ses yeux le démangeaient.

Il n'avait pas envie de faire ça.

Briarée recula sur sa chaise et posa ses mains sur ses cuisses.

– Je ne suis pas triste, tu sais ? Je comprends.

Mais ce n'est pas le cas, justement, se dit Hadès en contractant la mâchoire. Il voulait lui expliquer qu'il avait cherché des moyens d'éviter ça, et qu'il l'avait repoussé aussi longtemps que possible.

Il y eut un nouveau silence.

– Comment allons-nous procéder ? demanda Briarée. Tu veux un couteau ?

Hadès garda un visage impassible.

– Non.

Il tendit la main, et Briarée la prit. Quelques secondes plus tard, des ombres se mirent à bouger sous la peau du géant, puis elles la traversèrent pour s'enrouler sur le bras d'Hadès. C'étaient les fils de son âme qui quittaient son corps.

Il regarda Hadès dans les yeux.

– Tu es un homme bon, Hadès. Un grand dieu.

Les ombres disparurent sous la peau d'Hadès. S'il avait retiré son Charme, le géant aurait vu les centaines de lignes noires qui recouvraient le corps du dieu, une pour chacun des contrats qu'il avait conclus avec les Moires, parmi lesquels la vie de Briarée lui-même.

Briarée recula contre le dossier de sa chaise et inspira.

Il était mort.

Hadès resta silencieux un moment avant de se lever, de se tourner et de mettre un coup de poing dans le mur. Son agressivité libérée, il vida ce qui restait de vin et sortit de la chaumière, où il tomba nez à nez avec Héra.

La déesse avait l'air triomphante, un sourire narquois sur son visage froid.

– Bravo, Hadès, dit-elle. Tu n'auras pas le luxe du temps pour ta prochaine tâche.

La colère d'Hadès était comme une tempête en lui.

– Alors cesse de me faire perdre le mien, répondit-il.

Elle sourit de plus belle.

– Attends que je te convoque, Lord Hadès, et n'oublie pas ce qui est en jeu.

DEUXIÈME PARTIE

« Sont-ce les dieux qui soufflent
à nos cœurs cette ardeur
ou chacun de nous prend-il pour la voix
d'un dieu son instinct impétueux ? »
Virgile, *L'Énéide*

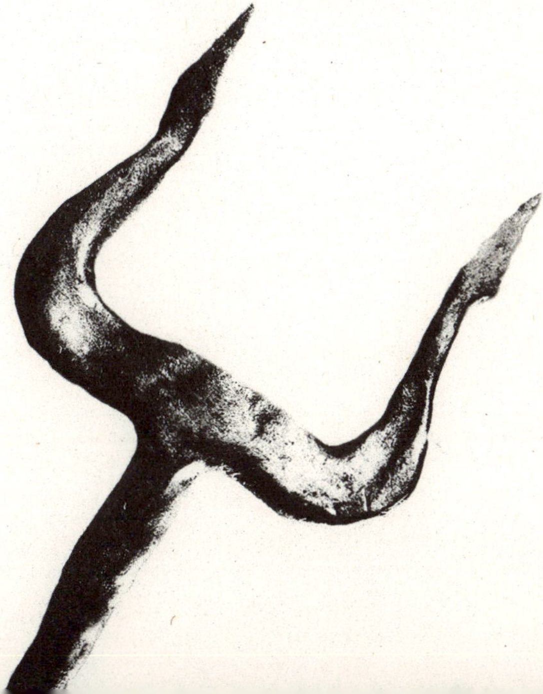

Chapitre XIV

UN AVENIR INCERTAIN

Dans les minutes qui suivirent la mort de Briarée, un mal de crâne saisit Hadès. Ce n'était qu'une question de temps avant que la migraine n'empire, mais il savait qu'il ne parviendrait pas à dormir ni à se reposer.

Il se rendit donc à L'Iniquité.

Il n'avait accompli qu'un des travaux d'Héra et maintenant que le premier était réglé, le second arriverait vite. En attendant, il devait découvrir qui avait kidnappé les Grées. Il restait la possibilité que Dionysos mente et qu'il soit encore en possession des sœurs, mais Hadès en doutait. Le dieu du Vin avait été trop choqué.

Hadès se demanda si le coupable voulait l'œil, ou juste Méduse. Qui était la cible ? L'inconnu était synonyme d'appréhension, et Hadès détestait ça.

Une fois dans son bureau, il se surprit à sortir la petite boîte noire de la poche intérieure de sa veste. Il la posa devant lui et la scruta longuement, hésitant à l'utiliser. Quand il ouvrit l'écrin, il se sentit encore moins confiant.

L'œil le dévisageait, comme s'il connaissait ses intentions.

Il ne savait pas vraiment comment il fonctionnait. Était-il comme une boule de cristal ? Hadès pouvait-il lui demander de lui montrer quelque chose ? L'œil était-il conscient ?

Hadès pencha l'écrin et fit rouler l'œil sur le bureau. Il était visqueux et il s'arrêta avec la pupille tournée vers le haut. Elle semblait le regarder.

Il est clairement conscient, pensa Hadès. Merde.

– Je cherche tes… propriétaires, dit Hadès. Tu peux me montrer où elles sont ?

Hadès se sentit soudain très ridicule.

Il entendit la voix d'Hécate le traiter d'imbécile.

Il prit l'œil dans sa main et se retrouva brusquement au milieu d'une rue bondée du Quartier du Plaisir. Il y avait de la musique et des rires mauvais tandis que des gens dansaient autour de lui, vêtus de costumes colorés. Il reconnut l'endroit, en particulier les colonnes qui décoraient la place. Elles étaient dorées et, même de loin, il pouvait voir les scènes érotiques qui étaient gravées dessus.

Dionysos était ici.

Hadès ne l'avait pas encore vu à cause de la foule, mais il sentait sa magie s'élever. Son odeur était légèrement florale tout en étant acide, elle véhiculait un poids qu'Hadès n'avait jamais rencontré auparavant. Il imagina que d'autres devaient l'apprécier, mais Hadès la trouvait écœurante. Tout de suite après le pic de magie, les gens qui dansaient autour de lui se mirent à baiser.

L'air était lourd de sensualité et les mortels s'y plièrent, s'entremêlant dans une fête passionnée. Lorsqu'ils tombèrent au sol, Hadès vit Dionysos, assis sur son trône d'or, devant les piliers dorés. Toutefois, ce ne fut pas la vue du dieu qui lui glaça le sang, mais plutôt de découvrir Perséphone confortablement installée sur ses genoux, vêtue de blanc comme le dieu du Vin et sans son Charme, alors qu'elle y tenait tant en présence d'Hadès.

Assise là, avec ces belles cornes blanches, les yeux aussi brillants que le ciel de printemps, elle semblait confiante et royale, et Hadès enragea en voyant son regard brûler d'une passion qui devrait n'être réservée qu'à lui.

Qu'est-ce qui se passait, bon sang ?

La vision disparut et il se retrouva dans son bureau à L'Iniquité, l'œil des Grées serré dans son poing. Il ouvrit la main, un doigt à la fois, et l'œil tomba sur la table, rougi.

– Qu'est-ce que tu viens de me montrer, putain ? demanda-t-il.

L'œil ne répondit pas, bien évidemment, même s'il semblait l'étudier d'un air assassin.

– S'il y a la moindre part de vérité dans cette vision, je te réduirai en bouillie, menaça-t-il.

D'ailleurs, il l'avait presque fait pendant qu'il vivait la vision. Il sentait encore la viscosité de l'œil dans sa paume. Il le fit rouler dans sa boîte.

– Inutile, grommela-t-il avant de reculer sur sa chaise.

À l'évidence, l'œil ne l'aiderait pas à retrouver les Grées. Et s'il n'allait pas l'aider, sans doute ne coopérerait-il pas avec Hécate non plus, à moins qu'elle tente un sortilège de localisation. Étant donné le pouvoir de l'œil, il était possible qu'il manipule le sortilège et les envoie sur une quête bidon.

Le fait était que l'œil ne leur faisait pas confiance.

En temps normal, il se serait désigné comme cible en faisant circuler sur le marché l'information selon laquelle il était en possession de l'œil, afin d'attirer celui qui avait kidnappé les Grées. Mais il était certain qu'un imbécile trop téméraire chercherait à kidnapper Perséphone, et il ne voulait pas prendre ce risque.

Il avait une seule autre option, et il avait envie de vomir rien que d'y penser. Sans parler du fait que ce serait sans doute encore moins utile que l'œil, et qu'elle requerrait bien trop de manières et de révérences pour un Titan.

Hadès soupira, agacé, et s'affaissa sur sa chaise.

– Putain d'Hélios !

Approcher le dieu du Soleil impliquerait un plan méticuleux, car leur dernière rencontre avait mal fini. Hadès avait volé jusqu'à la dernière de ses vaches chéries et avait refusé de les lui rendre. Cela dit, il avait un levier, au moins.

Hadès pensait peu probable qu'Hélios refuse de récupérer l'une de ses vaches, néanmoins, il ne pouvait en être sûr. Le dieu était difficile, encore plus qu'Apollon. Il devait trouver un autre moyen de faire pression sur lui.

Sa réflexion fut interrompue par un appel d'Ilias.

– Oui ? répondit Hadès, déjà inquiet.

– J'ai des nouvelles, mais ça ne va pas vous plaire.

– Parce que tes nouvelles me plaisent, parfois ?

– Vous voulez que je réponde à cette question ?

– La réponse est non, dit Hadès. Si tu veux que ça change, peut-être devrais-tu m'apporter de meilleures nouvelles.

– Alors proposez-moi un autre boulot.

– Comme quoi ? Cueilleur de fleurs pour Hécate ?

– C'est sans doute encore plus dangereux que le travail que je fais pour vous, plaisanta Ilias.

Hadès parvint à sourire.

– On a suivi les mouvements de Dionysos, comme vous le souhaitiez. Il a quelques connexions sur le marché noir, mais il n'essaie pas de dresser une liste de contacts, comme on le pensait. En fait, c'est *lui* le contact.

– Vous savez quel genre de travail il fait ?

Hadès présumait qu'il envoyait ses Ménades sur des assassinats, mais elles seraient aussi de bonnes espionnes.

– Il semble désireux d'obtenir des informations sur tout le monde, répondit Ilias.

Ce n'était pas étonnant. Il n'y avait pas de pouvoir plus grand que le savoir.

– Est-ce qu'il a essayé de trouver les Grées ou Méduse ?

Hadès se demanda si le dieu ferait une croix sur l'utilisation des Grées, puisque la Gorgone était sa cible.

– Il a envoyé les Ménades enquêter sur plusieurs filières du marché, mais il n'a rien obtenu pour l'instant. Cela dit, beaucoup de gens avaient l'air de savoir qu'il détenait les sœurs. La prime pour Méduse a encore augmenté. Elle sème une sacrée pagaille parmi les chasseurs de prime. Ils sont désespérés de la trouver.

Hadès trouvait inquiétant qu'aucun acteur du marché noir n'ait vendu la mèche. En général, cela arrivait vite, car les gens y évoluaient parce qu'ils aimaient conclure des marchés qui les avantageaient. La loyauté n'existait pas, seule l'attractivité d'un marché comptait.

Cela fit donc penser à Hadès que les Grées avaient peut-être voyagé au-delà du marché.

– J'ai interrogé Euryale, comme vous le vouliez. Elle ne connaît pas Méduse.

Bizarre, pensa Hadès. Il s'attendait au contraire, étant donné qu'elles étaient toutes les deux des Gorgones. Peut-être que Méduse n'avait pas toujours été Gorgone et qu'elle était victime du sort d'un dieu.

– Va voir ce que fait mon frère, ordonna Hadès.

– Lequel ?

– Le mouillé.

Poséidon manigançait toujours quelque chose, et il était probable qu'il travaille avec Héra pour renverser Zeus. Hadès ne serait pas surpris qu'il essaie d'obtenir ses propres alliés et ses propres armes.

– Très bien, dit Ilias. Vous êtes prêt pour la mauvaise nouvelle ?

– Celle-là ne l'était pas déjà ?

– On détient un homme. On a supposé que vous aimeriez… l'interroger.

– Et pourquoi j'aurais envie de faire ça, Ilias ? demanda Hadès d'un ton prudent.

– Il a jeté une bouteille en verre sur Perséphone.

Hadès attendait que le satyre poursuive, mais ce ne fut pas le cas.

– Est-ce qu'il l'a touchée ?

– Non, bien sûr que non. Je vous l'aurais dit avant, sinon.

La colère qui avait jailli en lui s'estompa, remplacée par un sentiment d'horreur. Il se demanda ce qui avait provoqué l'attaque. Est-ce que c'était l'article de Perséphone sur Apollon, ou sa relation avec lui ? Peut-être les deux. Quoi qu'il en soit, il allait s'assurer que l'homme paie pour son geste.

– Où est-il détenu ?

– Dans votre bureau, dit Ilias.

Hadès n'avait pas besoin d'en savoir plus. Il se téléporta à Nevernight, où il trouva l'homme ligoté et bâillonné.

C'était un homme quelconque, pâle, avec des cheveux bruns sales et des yeux mornes qu'il écarquilla en voyant Hadès. Il eut le mérite de ne pas le supplier tout de suite, même s'il se mit à trembler et qu'une tache s'étendit sur son pantalon kaki.

– On me dit que tu as menacé l'amour de ma vie, dit Hadès en retirant sa veste. (Il la plia et la posa sur le dossier du canapé, puis il commença à défaire ses boutons de manchette.) Je suis ici pour découvrir pourquoi. Cela dit, tu devrais savoir que tu n'as aucune excuse. Tu ne peux me donner aucune raison qui t'évitera de souffrir.

Alors qu'Hadès retroussait ses manches, l'homme se mit à le supplier ; un cri étouffé qu'Hadès comprit comme un « s'il vous plaît ». Il continua d'ajuster sa manche et quand il eut fini, il enleva le bâillon de la bouche du mortel.

– S'il vous plaît, s'il vous plaît, répéta-t-il d'une voix tremblante.

– S'il vous plaît *quoi* ? dit Hadès.

– Ne faites pas ça, implora le mortel d'une voix étranglée par la peur.

Hadès se pencha pour le regarder dans les yeux.

– Ne t'en fais pas, dit-il. Ce n'est pas comme ça que tu mourras.

Il remit le bâillon dans sa bouche et invoqua sa magie. Des échardes de verre noir jaillirent du sol pour transpercer les pieds du mortel, le clouant sur place. Son sang coula et ses cris de douleur offrirent à Hadès une libération différente, un moyen qui lui permettait de contenir sa colère et sa peine.

La torture ayant commencé, Hadès attrapa une bouteille de whiskey et un verre vide, puis il traîna un tabouret depuis le bar et le plaça devant sa victime. Il s'assit face à lui et se servit un verre, qu'il but cul sec avant d'en prendre un second et de retirer le chiffon de la bouche du mortel.

Celui-ci gémit et se pencha en avant.

– Ça ne fera sans doute aucun bien, mais je vais t'écouter parler, dit Hadès. Dis-moi pourquoi tu as menacé ma maîtresse.

L'homme prit plusieurs grandes inspirations.

– C'était bête. Je suis désolé.

– C'était bête, en effet, acquiesça Hadès. C'est juste dommage que tu ne t'en sois pas rendu compte plus tôt.

Il vida de nouveau son verre et le brisa sur le bord de sa chaise. Il en conserva un bout tranchant et le planta dans la cuisse du mortel. Celui-ci se cambra, mais le mouvement accrut la tension sur ses pieds empalés et provoqua une souffrance encore plus grande.

– Je suis sûr que tu es plein de remords.

La poitrine de l'homme se gonfla et sa tête roula sur le côté. Un sifflement surnaturel s'échappait de sa bouche.

La torture se poursuivit ainsi. Hadès buvait un verre, posait une question et plantait un bout de verre dans le corps de l'homme. Lorsqu'il n'eut plus de gros morceaux, il invoqua ses propres épines de verre.

– Je… en plus, j'aime même pas Apollon, gémit-il d'une voix rauque.

– Alors tu es un mouton, dit Hadès. Un suiveur qui a cru s'élever au rang de meneur.

L'homme poussa un grognement, mais Hadès ne sut s'il acquiesçait ou non.

– Que cela t'apprenne à réfléchir par toi-même.

Hadès se leva et utilisa sa magie pour retirer les bouts de verre du corps du mortel. C'était une torture en soi et il les fit disparaître. La seconde d'après, il envoya sa magie sur l'homme et ses blessures furent guéries.

– M… merci, dit celui-ci.

– Oh, mais je ne le fais pas pour ton bien, répondit Hadès. Peut-être que j'ai seulement envie de recommencer depuis le début.

L'homme se mit à sangloter, ce qui irrita les tympans d'Hadès. Pour le faire cesser, il remit le chiffon dans la bouche de l'homme et se rassit pour finir ce qui lui restait de whiskey.

Un certain temps s'était écoulé quand Hadès se leva, faisant sursauter le mortel. Le dieu n'avait pourtant pas l'intention de continuer sa torture. En revanche, il était déterminé à menacer son existence dans l'au-delà s'il osait dire du mal de Perséphone ou de lui-même. Lorsqu'il fut certain que l'homme avait compris, il se prépara à demander à Ilias de le ramener chez lui.

Hadès déroula ses manches et remit ses boutons de manchette ainsi que sa veste, mais il était en train d'ajuster le col de sa chemise quand il sentit le rugissement distinct de la magie de Perséphone. Il perçut sa crainte et sa détresse, à la fois écœurantes et amères, en conflit avec sa magie.

Il se tourna vers les portes qui s'ouvrirent brusquement.

– Perséphone…

Sa façon de le regarder était presque dévastatrice, ses yeux communiquaient une souffrance indicible. L'âme d'Hadès la reconnut et voulut aller à elle, connaissant déjà la douleur qu'elle allait inspirer dans sa poitrine.

– Hadès ! Tu dois m'aider ! S'il te plaît…

Un sanglot étouffa ses mots et Hadès n'eut plus qu'une idée, la prendre dans ses bras. Elle tremblait. Il se sentait inutile et il détestait ça.

Perséphone se ressaisit aussi rapidement qu'elle s'était effondrée, et elle leva la tête vers lui.

– Hadès… commença-t-elle.

Cependant, elle découvrit son prisonnier, qu'elle ne semblait pas avoir vu avant, malgré ses cris étouffés.

– Ignore-le, répondit-il en se préparant à le téléporter dans une cellule.

Perséphone saisit sa main pour l'arrêter.

– Est-ce que c'est… le mortel qui a jeté la bouteille sur moi ?

Comme Hadès ne disait rien, elle se concentra sur l'homme et obtint sa réponse. Il s'attendait à ce qu'elle lui demande de le libérer, mais elle lui posa une question.

– Pourquoi tu le tortures dans ton bureau et pas au Tartare ?

Le mortel avait dû s'attendre à plus de compassion car il se mit à crier plus fort.

– Parce qu'il n'est pas mort, répondit Hadès.

Il ne pouvait emmener au Tartare que des âmes dont le fil avait été coupé. Il riva son regard sur l'homme avant d'ajouter :

– Pas encore.

– Hadès, tu ne peux pas le tuer.

– Je ne vais pas le tuer.

Son heure n'était pas venue, et il n'était pas prêt à sacrifier une autre âme pour cet homme. Et puis, il était bien plus gratifiant de savoir qu'il allait pouvoir raconter à d'autres la torture que le dieu de la Mort lui avait infligée.

– Mais je peux lui faire regretter de ne pas être mort.

– Hadès, libère-le.

Il pensait qu'elle le lui demanderait plus tôt, mais peut-être devait-il prendre pour une victoire le fait qu'elle ait attendu aussi longtemps.

– Très bien, dit-il.

Il envoya l'homme dans une des cellules à l'étage du dessous et, par miracle, elle ne l'interrogea pas. Il posa une main sur le creux de ses reins et la guida vers le canapé pour la prendre sur ses genoux.

– Qu'est-ce qui s'est passé ?

Sa respiration devint plus lourde, sa bouche trembla si fort qu'elle ne put parler. Hadès invoqua un verre de vin, qu'il porta à sa bouche, l'invitant à boire. Lorsqu'elle l'eut fini, il hocha la tête.

– Recommence, dit-il. Qu'est-ce qui s'est passé ?

– Lexa a été renversée par une voiture, souffla-t-elle d'une voix étouffée.

Hadès ne s'y attendait pas. Malgré ce que pensaient les humains, le dieu de la Mort n'avait pas la capacité de provoquer des blessures mortelles. Celles-ci étaient prévues par les Moires, et si toutes étaient tragiques, elles avaient souvent une utilité plus grande, si ce n'était pour la victime, pour ses proches.

– Elle est dans un état critique, à l'hôpital Asclépios. Elle est branchée à un respirateur. Elle est… brisée.

Elle parlait à travers ses larmes et les mots tombaient de sa bouche, chargés de souffrance et d'incrédulité et, s'il était triste pour Lexa, il détestait surtout voir Perséphone souffrir. Toutefois, une part sombre s'éleva en lui, effleurant son esprit, apportant la peur avec elle. Il se mit à redouter la direction que la conversation allait prendre.

– Elle ne ressemble plus à Lexa, Hadès.

Elle pleura de plus belle et se couvrit la bouche pour contenir ses sanglots.

– Je suis vraiment navré, ma chérie.

C'était la seule chose qu'il pouvait lui dire, car il ne pouvait rien faire. Même maintenant, il pouvait suivre le fil de Lexa qui n'était pas coupé ; il était plutôt tordu. Elle était dans les limbes.

En d'autres termes, son âme était indécise.

Perséphone se tourna vers lui.

– Hadès, s'il te plaît.

Elle n'avait pas besoin de s'expliquer, il savait ce qu'elle lui demandait. Son regard était désespéré et, ne pouvant pas la voir comme ça, il préféra détourner les yeux. Il contracta sa mâchoire pour contenir sa frustration.

– Perséphone, je ne peux pas.

Il avait eu cette conversation de nombreuses fois avec des mortels avec qui il n'avait pas de lien personnel, et avec des dieux qu'il méprisait. Il ne l'avait jamais eue avec une maîtresse. Même si Hadès pouvait sauver Lexa, les conséquences seraient graves, surtout lorsque la décision de vivre ou de mourir relevait de l'âme elle-même.

Perséphone se leva et s'éloigna. Il n'essaya pas de la rattraper.

– Je refuse de la perdre.

– Tu ne l'as pas perdue. Lexa vit encore.

Elle avait tellement peur qu'elle semblait déjà la considérer comme morte.

– Tu dois laisser du temps à son âme pour décider.

– Décider ? Comment ça ?

Il soupira, redoutant la conversation qui se dessinait.

Il pinça le haut de son nez, sentant une migraine arriver pour la deuxième fois de la journée.

– Lexa est dans les limbes.

– Alors tu peux la ramener, déclara-t-elle.

Ce n'était pas ainsi que fonctionnaient les limbes.

– Je ne peux pas.

– Tu l'as déjà fait. Tu as dit que quand une âme est dans les limbes, tu peux négocier avec les Moires pour l'en sortir.

– En échange d'une autre vie. Une âme contre une âme, Perséphone.

– Tu ne peux pas me dire que tu ne vas pas la sauver, Hadès.

C'était bien ce qu'il disait, même si c'était difficile à admettre. L'issue de la situation relevait du choix de Lexa. Interférer, la ramener au royaume des mortels – alors qu'elle n'y était pas prête, ou pire, alors qu'elle n'en avait pas envie – serait un retour harassant. Les conséquences étaient sans fin.

– Je ne dis pas que je n'en ai pas envie, Perséphone. Il vaut mieux que tu n'interfères pas. Crois-moi. Si tu tiens ne serait-ce qu'un peu à Lexa, si tu tiens à moi, tu lâcheras l'affaire.

– Mais je fais ça parce que je tiens à elle !

– C'est ce que pensent tous les mortels. Mais qui essaies-tu vraiment de sauver ? Lexa ou toi ?

– Je n'ai pas besoin d'une leçon de philosophie, Hadès, siffla-t-elle.

– Non, mais apparemment, tu as besoin d'affronter la réalité en face.

Il se leva et enleva sa veste, et quand il commença à déboutonner sa chemise, Perséphone craqua.

– Je ne vais pas coucher avec toi maintenant.

Crispé, il fronça les sourcils. Il se débarrassa de sa chemise et se tint torse nu devant elle, retirant le Charme qu'il utilisait pour cacher les fils noirs qui striaient son corps. Le plus récent était un épais bandeau enroulé autour de son bras, puis sur son dos. C'était le fil de Briarée, qui avait brûlé sa peau quand il avait pris l'âme du géant. Ils étaient tous douloureux au moment de leur apparition, mais certains l'étaient plus que d'autres, et celui-ci le faisait encore souffrir.

– Qu'est-ce que c'est ?

Elle tendit la main pour le toucher, mais l'idée qu'elle puisse retracer une partie aussi noire de sa vie le dérangeait et il saisit sa main pour l'arrêter. Elle leva soudain les yeux vers les siens.

– C'est le prix que je paye pour chaque vie que j'ai prise en négociant avec les Moires. Je les porte avec moi. Ce sont leurs lignes de vie, gravées sur ma peau. Tu veux avoir ça sur la conscience, Perséphone ?

Elle retira sa main et la posa sur sa poitrine, suivant des yeux les lignes fines sur sa peau.

– À quoi ça sert d'être le dieu des Morts si tu ne peux rien faire ? demanda-t-elle d'un ton abattu, détournant les yeux. Je suis désolée. Je ne pensais pas ce que j'ai dit.

Hadès rit sèchement.

– Si, tu le penses, répondit-il en posant une main sur sa joue afin qu'elle le regarde de nouveau. Je sais que tu ne veux pas comprendre pourquoi je ne peux pas t'aider, mais ce n'est pas grave.

– C'est juste que… je ne sais pas quoi faire, chuchota-t-elle.

– Lexa n'est pas encore partie, or tu es déjà en deuil. Il se peut qu'elle guérisse.

– Est-ce que tu en es certain ? Qu'elle va guérir ?

– Non.

Mentir ne servirait à rien, car en vérité, même Lexa ne le savait pas encore. Il regrettait de ne pas pouvoir la réconforter davantage. Il savait que c'était ce qu'elle voulait, mais face à la mort, aucune parole ne pouvait effacer sa douleur.

Elle finit par appuyer sa tête contre son torse, et son corps lui sembla lourd contre le sien, comme si elle lui confiait enfin ce fardeau ; du moins, pour l'instant. Il la prit dans ses bras et se téléporta aux Enfers, dans sa chambre, où il l'allongea sur son lit.

– Ne sature pas tes pensées des possibilités de demain, dit-il avant de l'embrasser sur le front, laissant sa magie la plonger dans un sommeil profond.

Il espérait qu'elle arriverait à se reposer, afin qu'il puisse s'échapper au palais des Moires.

Il y apparut dans un tourbillon d'ombres et de fumée qui le précédèrent pour l'emmener à la Bibliothèque des Âmes, où il trouva les Moires au travail. Clothô tissait des fils dorés qui scintillaient et s'entrecroisaient dans les airs. Pendant qu'elle travaillait, Lachésis se tenait debout, au milieu, un grand livre ouvert dans les mains, dans lequel les fils s'enfonçaient, alors qu'Atropos attendait avec ses ciseaux.

Elle s'apprêtait à couper lorsque Lachésis l'interrompit.

– Non, non, non, tu ne dois pas la terminer là !

– Tu es la donneuse de vie, et moi la cause de la mort, dit Atropos. Je mettrai fin à cette vie où je le veux !

– Tu as bien trop de compassion, dit Lachésis. Cet homme a mené une vie hostile. Il devrait mourir de la même façon.

– Un traumatisme n'est guère plaisant.

– C'est miséricordieux. Mourir d'une maladie serait mieux.

– Et pourquoi le faire mourir ? demanda Hadès. Peut-être que la meilleure torture serait de continuer de mener une vie affreuse ?

Elles tournèrent toutes les trois la tête vers lui mais, Lachésis étant distraite, Atropos en profita pour couper le fil. Celui-ci se recroquevilla et disparut dans le livre, que Lachésis referma brusquement avant de le jeter à sa sœur. La Moire l'attrapa et le lui renvoya, mais Hadès l'intercepta. Les trois Moires le fusillèrent du regard.

– Que veux-tu, le Riche ? cracha Lachésis.

– Pourquoi es-tu…

– Lexa Sideris, gronda Hadès, coupant la parole à Atropos. Est-elle l'âme que vous avez choisie pour notre marché ?

Les Moires avaient dit que la vie de Briarée lui coûterait cher. La mort de Lexa aurait des conséquences qui iraient bien au-delà de la relation que Perséphone entretenait avec la mortelle. Après ce soir, il était évident qu'elle aurait aussi un impact sur sa relation avec lui.

– Une mortelle en échange d'un immortel ? demanda Atropos.

– C'est loin d'être équitable, dieu des Morts, dit Clothô.

– Parfaitement déraisonnable, acquiesça Lachésis.

– Non, cher roi, la fin de la vie de Briarée doit coûter la vie à un autre immortel. Voilà le marché que nous avons conclu.

Une part de lui était soulagée d'entendre qu'il n'était pas responsable de l'accident de Lexa et du fait qu'elle était dans les limbes, mais une angoisse nouvelle le saisit à l'idée qu'une vie immortelle disparaîtrait à cause de la mort de Briarée, même s'il avait su que c'était une possibilité.

Il avait envie de leur demander quelle vie immortelle elles avaient choisie, mais il savait qu'il était inutile de leur poser la question.

– N'aie crainte, cher roi, dit Clothô.

– Ton marché pour Briarée, dit Lachésis.

– Ne ruinera que ta propre vie, dit Atropos.

Chapitre XV

SOIR DE COMBAT

Hadès revint dans sa chambre et s'allongea à côté de Perséphone, tout en sachant qu'il n'arriverait pas à dormir. Son esprit était trop agité par les événements de la journée. Il n'osait même pas imaginer ce que vivait Perséphone. Il avait beau avoir perdu des êtres auxquels il tenait, un deuil ne pouvait être comparé à un autre.

Les cœurs ne se brisaient pas de la même façon.

Ils ne guérissaient pas de la même façon.

Ils ne battaient pas de la même façon.

Perséphone remua et ouvrit les yeux, non sans mal.

– Tu as dormi ? chuchota-t-elle.

– Pas encore.

Elle ne répondit rien, mais le dévisagea et parut se réveiller.

– Est-ce que tu peux… me remontrer les fils ?

Il n'en avait pas envie, mais il avait partagé cette part de lui et il n'était pas surpris qu'elle ait des questions.

Il enleva son Charme et elle s'appuya sur un coude, tendant la main pour la poser à plat sur son torse. Son contact était délicat et froid, mais cela le réchauffa quand même et les fils lui brûlèrent la peau.

– Pourquoi les caches-tu ? demanda-t-elle d'une voix calme.

– Il y en a très peu dont je sois fier.

– Si tu as honte, pourquoi conclure autant de marchés ?

– Parce que je suis égoïste. Il fut un temps où je me fichais des conséquences qui en découlaient.

Perséphone ferma le poing.

– Elles ne peuvent pas toutes être mauvaises.

Hadès ne savait pas si elle disait ça dans l'espoir qu'il trouve un moyen de sauver Lexa, si le pire venait à arriver, ou parce qu'elle souhaitait voir le meilleur en lui.

– Il y a seulement celles que je regrette plus que les autres, dit-il, et ce sont les âmes des enfants.

Il rappela son Charme et ils se turent.

* * *

Une heure plus tard, Perséphone dormait à nouveau profondément. Hadès était réveillé, les yeux rivés au plafond, repensant à la vision que l'œil lui avait montrée. Il s'en rappelait les moindres détails : la place bondée, les cris de sexe gutturaux, l'odeur acide de la magie de Dionysos et le dieu lui-même, assis avec sa maîtresse. Le pire était peut-être de voir combien elle avait paru à l'aise en tant que déesse et reine. L'œil essayait-il de lui dire quelque chose ? Ou cherchait-il simplement à le berner parce qu'il ne lui faisait pas confiance ?

Il tourna la tête et caressa le visage de Perséphone en se demandant si elle serait mieux sans lui.

Une onde de magie attira son attention et Hermès apparut au pied de son lit. Hadès haussa un sourcil.

– Tu pourrais frapper, dit-il.

– La politesse est pour les mortels, répondit Hermès.

– Et les dieux qui tiennent à leurs dents.

Cela n'amusa pas Hermès, et leurs plaisanteries prirent fin lorsqu'Hadès nota la mine bien trop sérieuse du dieu de la Ruse.

– Tu es convoqué, Hadès, dit-il.

Le dieu de la Mort n'eut pas besoin de demander qui voulait le voir.

Héra.

– Où ? demanda-t-il.

– Je ne peux pas te le dire, dit Hermès. Je peux seulement t'y emmener.

Hadès plissa les yeux alors qu'Hermès se mettait à tracer une ligne dans les airs pour dessiner un portail.

– Pas de téléportation ? demanda Hadès.

– Héra n'autorise pas la téléportation dans son… royaume… sans autorisation. Comme toi, répondit Hermès.

Le portail qu'il avait dessiné s'ouvrit ; il était assez grand pour qu'Hermès y passe sans problème, mais Hadès devrait se baisser.

Le dieu des Enfers soupira, son angoisse enfla dans sa poitrine. Il se pencha pour embrasser Perséphone avant de se lever en invoquant ses vêtements. Il passa le portail et se trouva dans une pièce, un bureau plus précisément. Il reconnut le lieu grâce au mur de baies vitrées devant lui qui donnaient sur un coin de Nouvelle Athènes qu'il connaissait.

Il était à l'hôtel Diadème, dont Héra était propriétaire. La déesse elle-même se tenait derrière un bureau noir et or qui ressemblait davantage à une œuvre d'art qu'à un meuble fonctionnel. Il y avait une statue de paon dorée de chaque côté et, sur le mur de derrière, une tapisserie montrant une panthère noire aux yeux émeraude en train de chasser.

– Hadès, dit Héra en hochant la tête.

Ses cheveux bruns étaient attachés en chignon serré sur la nuque et elle portait une combinaison blanche ainsi qu'une veste de tailleur. Comme d'habitude, la déesse avait mis des accessoires dorés : une épaisse chaîne en or autour du cou ainsi qu'une dizaine de bracelets dorés à son poignet gauche.

Hadès avait toujours pensé que son choix de s'habiller en blanc était symbolique. C'était son moyen de communiquer son innocence, contrastant avec son mari qui n'était ni chaste ni fidèle.

– Héra, répondit Hadès.

– J'espère que je ne t'ai pas dérangé, dit-elle.

Hadès regarda autour de lui, il n'y avait que lui et Hermès.

– Peut-être devrait-on arrêter la comédie, Héra, rétorqua Hadès. Il n'y a personne pour témoigner de ta fausse politesse.

La déesse sourit.

– Ta prochaine tâche commence dans une heure, dit-elle. Hermès, tu veux bien préparer notre… invité ?

Hadès riva les yeux sur le dieu de la Ruse, qui était bien trop nerveux pour ne pas être coupable de quelque chose.

– Bien sûr, dit-il en baissant la tête. Par ici, Hadès.

Hadès n'avait jamais vu Hermès aussi tendu. C'était le genre de tension qui naissait du manque de sincérité et se changeait en colère. Il sut que le dieu de la Ruse le sentait aussi, car il marcha d'un pas crispé vers l'ascenseur.

Les portes dorées s'ouvrirent sur une cabine bien trop extravagante : moquette moelleuse et épaisse au sol, murs couverts de miroirs encadrés d'or, il y avait même un chandelier au-dessus de leurs têtes, dont les cristaux touchaient celle d'Hadès. Une fois à l'intérieur, il se tourna et ne quitta pas Héra des yeux quand les portes se refermèrent.

Maintenant qu'ils étaient seuls, Hadès pouvait parler.

– Tu comptes me dire ce qui se passe ? demanda-t-il.

– Je…

Hermès se racla la gorge.

– Je ne peux pas, dit-il.

– Ce n'était pas toi qui disais qu'on était meilleurs amis ?

Hermès écarquilla les yeux et ouvrit la bouche, et Hadès ne sut s'il était choqué par ses propos ou s'il craignait vraiment de perdre son amitié. Il finit par plisser les yeux et se pincer la bouche. Hermès paraissait nerveux, et il avait raison de l'être, car la seconde d'après, Hadès l'avait pris par le cou pour le plaquer contre le mur.

Le dieu empoigna le bras d'Hadès et rit nerveusement

– C'était bien moins effrayant dans mes rêves.

– Tu me prépares à quoi, au juste ? gronda Hadès.

– Au combat, dit Hermès. Tu entres dans l'arène, Hadès.

Hadès le lâcha et il tomba par terre. Il se releva en pressant ses doigts sur son cou.

– Je pensais vraiment que la strangulation m'exciterait davantage, dit Hermès. Merci d'avoir gâché mon fantasme !

Hadès l'ignora. Il n'était pas étonné qu'Héra organise un tel événement, c'était sans doute comme ça qu'elle choisissait ses héros et ses mortels favoris.

– Je me bats contre qui ?

– Je ne sais pas.

Hadès dévisagea Hermès qui baissa les yeux.

– Tu es un peu théâtral, tu ne crois pas ? grinça Hadès.

Hermès se tint plus droit et le fusilla du regard.

– Tu viens de me plaquer contre le mur, et pas de façon sexy !

Hadès continua de le fixer, attendant une réponse à sa question.

– Les compétiteurs changent chaque semaine, dit Hermès. C'est le but. L'élu, c'est-à-dire toi, au cas où tu ne l'aurais pas compris, entre dans l'arène sans savoir qui il affronte. C'est pour tester ta capacité à improviser et à t'adapter.

Cela impliquait sans doute que la magie était interdite.

Ils ne dirent plus un mot et l'ascenseur s'arrêta. Les portes s'ouvrirent sur un tunnel bétonné, bondé, éclairé d'une lumière bleue. C'était l'un des nombreux souterrains de la ville qu'apparemment de nombreux mortels empruntaient pour se rendre au combat d'Héra.

Les deux dieux se joignirent à la foule, qui poursuivit son chemin et descendit quelques marches jusqu'à un grand bar rétroéclairé de néons bleus. Une piste ovale, en contrebas, était entourée de gradins, comme dans une arène.

Hermès et Hadès prirent à droite et empruntèrent un passage tout aussi bondé. Certains étaient appuyés contre la rambarde qui surplombait le bar, d'autres s'appuyaient sur le mur d'en face, préférant la tranquillité et l'anonymat qu'offrait la pénombre.

C'est là qu'Hadès avait envie d'être, englouti par l'ombre. Au lieu de ça, il avançait sans son Charme parmi mortels et immortels. Il sentait leur appréhension autant qu'il la voyait, dans les regards fuyants et les corps qui reculaient sur son passage.

Comme si cela pouvait éloigner la mort.

Il ne pouvait s'empêcher de penser à Perséphone, qui aimait se presser contre lui, qui cherchait sa chaleur et même ses ténèbres, qui retraçait les fils sur sa peau par curiosité, jamais avec dégoût. Il se rappela que c'était pour elle qu'il était là. En fin de compte, toute cette histoire était pour elle, pour eux. C'était pour sauver un avenir qui avait tout juste commencé et qui était déjà menacé par la déesse du Mariage.

Hadès ferma les poings.

Si Héra voulait un combat, il allait le lui donner. Il le rendrait même inoubliable.

Le passage suivit une courbe et s'élargit en se divisant. Un chemin continuait en arrondi, l'autre menait tout droit à une double porte noire sur laquelle étaient gravées des images qu'Hadès reconnut : le lion de Némée, le sanglier d'Érymanthe et le taureau crétois. C'étaient des animaux qui avaient été vaincus pendant les travaux d'Héraclès, et ils ornaient désormais les portes de l'arène servant aux combats clandestins d'Héra.

Hermès ouvrit les portes, qui donnaient sur une pièce étonnamment simple. Le sol était en béton et il y avait un petit bassin sur la gauche. Des têtes de lion en pierre étaient fixées au mur, déversant de l'eau chaude par leur gueule. Sur le mur directement en face d'Hadès se trouvait un autel dédié à la déesse des Femmes. Une statue dorée à son effigie était couverte d'offrandes, sans doute des prières formulées par les autres… *élus*, comme l'avait dit Hermès.

Hadès ne comptait pas laisser d'offrande.

Il n'y avait rien d'autre dans la pièce, à part un paravent. Hadès se tourna vers Hermès.

– Eh bien ? demanda-t-il. Quelle est la suite ?

– Tu dois prendre un bain, dit-il.

– Pourquoi ? grommela Hadès.

– Parce que… l'or ne collera pas.

– L'or ?

Hermès soupira.

– Écoute, ce n'est pas idéal, mais t'ai-je déjà induit en erreur ?

– Oui, Hermès, d'ailleurs ceci en est un exemple parfait, répondit Hadès en désignant la pièce.

– En matière de mode, précisa Hermès.

Hadès le fusilla du regard. Il n'avait pas envie de faire ça.

Hermès traversa la pièce jusqu'à une pile de serviettes et en jeta une à Hadès.

– Mouille-toi, dieu des Enfers, dit-il.

* * *

Moins de quinze minutes plus tard, Hadès était vêtu d'une jupe composée de bandes de cuir qui lui arrivaient à mi-cuisse, et rien d'autre. En temps normal, ça ne l'aurait pas dérangé, mais il détestait que ce soit pour le plaisir d'Héra. C'était sans parler du fait qu'Hermès prenait bien trop de temps à appliquer les paillettes d'or sur sa peau, avec le plus petit pinceau qu'Hadès ait jamais vu.

– Qu'est-ce que tu fais ? demanda Hadès.

– Du *highlighting*, répondit Hermès.

– Pourquoi… ?

– Pour attirer l'attention sur tes… atouts.

Hadès baissa la tête et nota qu'il était presque entièrement recouvert de poussière d'or. La tête d'Hermès était au niveau de ses abdos et il la leva vers lui en souriant. Ce qu'il vit dans le regard d'Hadès le fit hésiter.

– Je crois que j'ai fini, déclara-t-il en se raclant la gorge et en se redressant.

– Je ne comprends pas pourquoi j'ai dû mettre ça, grommela Hadès.

– Les vêtements sont optionnels. D'ailleurs, la tendance est plutôt à se battre nu.

– Je parlais de la dorure, Hermès.

– Ah ! C'est la mode.

Hadès haussa un sourcil.

– Je suis sûr que ça ira à ravir avec le sang de mes ennemis.

– Espérons que ce sera leur sang et pas le tien, dit Hermès en rangeant le flacon et le pinceau sur l'autel.

Hadès pencha la tête sur le côté.

– Tu sous-entends que je vais perdre ?

– Non, bien sûr que non, s'empressa-t-il de répondre en écarquillant les yeux. C'est juste que…

Hadès croisa les bras en voyant le dieu hésiter.

– Ne fais pas ça ! Tu gâches mon travail !

– Alors ne me mens pas, répondit Hadès.

Hermès soupira et son corps entier sembla s'affaisser.

– Ce n'est pas que je pense que tu ne vas pas gagner, dit-il en se frottant le visage. Mais j'ai peur de ce que tu vas peut-être affronter.

– Et qu'est-ce que je vais peut-être affronter ?

– Tes propres démons, dit Hermès.

C'était la première fois qu'Hadès envisageait que ce combat pourrait être *mental* et cela le frappa encore plus quand Hermès hocha la tête vers le mur auquel était accroché un assortiment d'armes.

– Tu n'as droit qu'à une seule. Choisis bien.

Hadès les étudia pendant un moment sans parvenir à approcher. Il y avait des épées et des faucilles, des boucliers et des haches.

Tenir une arme dans sa main allait lui rappeler le poids des autres, de celles qu'il avait utilisées, bataille après bataille. Cette pensée entraîna à son tour des souvenirs teintés de sons et d'odeurs. Il les laissa parcourir son esprit : les cris de terreur, les grognements des morts, l'odeur du sang, du métal, de la sueur.

Une part de lui aurait préféré qu'Hermès ne dise rien et qu'il n'ait pas fait jaillir ces souvenirs. Pourtant, il valait mieux qu'il y soit prêt, quel que soit l'adversaire qu'il allait affronter.

La tête pleine des échos de ses combats passés, il tendit la main et saisit un bouclier décoré d'une panthère, le symbole d'Héra. Il n'aimait pas porter son blason, mais un bouclier était une arme inestimable. Celui-ci était en adamantine, un métal incassable capable de blesser un dieu. Ses bords étaient tranchants et il était lourd. D'ailleurs, plus Hadès le tenait et le faisait tourner dans sa main, plus il semblait peser lourd. Au bout d'un moment, il se retourna et trouva Hermès occupé à le dévisager d'un air choqué.

– C'est l'heure, dit ce dernier.

Hadès ne répondit rien. Une part de lui n'en revenait pas de ce qu'il s'apprêtait à faire. Il avait l'impression d'être une marionnette qu'Héra avait déguisée afin de se divertir plutôt qu'un dieu plurimillénaire.

Il se laissait faire, poussé par l'espoir qu'en faisant ce qu'on lui demandait, son avenir avec Perséphone serait sauf.

Hermès l'escorta hors de la pièce, le long du couloir incurvé qui se divisait de nouveau, puis dans un autre tunnel en béton. Il vit de la lumière au bout, mais elle n'était pas naturelle, elle était verdâtre. Il se crispa et plus il approchait, plus son angoisse augmentait.

Qu'allait-il affronter dans cette arène ?

Lorsqu'il arriva au bout du tunnel, où l'ombre rencontrait la lumière, il marqua une pause. Le tunnel menait à un stade ovale entouré de gradins pleins à craquer, le public surexcité riait, criait, applaudissait et sifflait. Leur enthousiasme à l'idée de voir le sang couler pénétra ses oreilles et envahit son esprit. Il serra les dents, il détestait ça.

Il y avait aussi un balcon fermé par un grillage auquel s'agrippaient des spectateurs qui, s'ils restaient curieux, étaient bien plus calmes.

Il n'y eut aucune annonce, aucune introduction quand Hermès fit signe à Hadès d'entrer dans l'arène. Il fit un pas, puis un autre, les encouragements du public qui l'avaient tant frustré se turent ; personne ne s'attendait à voir le dieu des Morts.

Hadès serra plus fort le bouclier en parcourant la foule des yeux. Il nota les torches allumées autour de l'arène puis trouva Héra, dont le box était au premier étage. La déesse était assise sur un trône de fer, vêtue de noir désormais, et elle avait troqué ses bijoux contre un unique diadème de pièces d'or qui brillaient sur son front.

Même d'en bas, elle avait un air sévère et froid, comme si elle était sculptée dans du marbre.

Hadès découvrit à ses côtés quelqu'un qu'il ne s'attendait pas à voir.

Thésée.

Le demi-dieu était un fils de Poséidon, ce qui se voyait à ses yeux turquoise et à l'air arrogant qu'il arborait en permanence. Quelque part, Hadès n'était pas très surpris de les voir ensemble, étant donné qu'Héra voulait renverser Zeus. Cela faisait longtemps qu'Hadès soupçonnait Thésée de désirer la fin du règne des dieux, tout comme la Triade, un groupe terroriste qui s'était formé contre les Olympiens.

Depuis combien de temps ce partenariat avec Héra existait-il ?

Ses pensées furent interrompues par la voix d'Hermès qui annonçait Hadès et son adversaire.

– Bienvenue à cette soirée de combat ! chanta-t-il. Dans l'arène : un invité très spécial. Le seul et l'unique, le Riche, l'Invisible, le roi des Enfers, le dieu des Morts… *Hadès* !

À chaque titre, Hadès contractait un peu plus sa mâchoire.

Hermès ne parvint même pas à annoncer son adversaire car la double porte en pierre de l'autre côté du ring vola en éclats et deux têtes apparurent. Elles ressemblaient à des têtes de serpent, avec des nez et des bouches pointus. Des écailles palmées ornaient l'arrière de leur tête et descendaient sur leur dos. Une grosse patte avec de grandes griffes fit trembler le sol quand la créature se ratatina pour sortir de là où elle était enfermée, suivie par deux autres têtes.

Un goût amer remplit la gorge d'Hadès. Il connaissait cette créature et savait que trois autres têtes allaient sortir dans l'arène.

C'était une Hydre : une créature à sept têtes qu'il était impossible de vaincre. Même s'il réussissait à décapiter l'une de ses têtes, deux autres pousseraient à sa place. Et c'était sans parler de son venin, la salive épaisse comme du goudron qui dégoulinait déjà de sa bouche était mortelle.

La créature rugit et secoua la tête en entrant, projetant son venin partout. Des cris horrifiés surgirent quand des spectateurs furent touchés par l'acide.

Héra et Thésée regardaient la scène, impassibles.

Hadès fonça. La seule chose qui jouait en sa faveur était peut-être sa vitesse, car le venin de l'Hydre était mortel même pour les dieux, s'ils étaient suffisamment blessés. Malheureusement, les têtes de l'Hydre étaient aussi rapides que lui et, grâce à ses longs cous, le corps bulbeux de la bête n'avait pas à beaucoup bouger pour atteindre ses victimes.

Le sol trembla quand l'une des têtes percuta Hadès à quelques centimètres de ses chevilles. Il se tourna et sauta dans les airs en abaissant son bouclier sur la tête du monstre. Celle-ci en resta affaiblie et désorientée, mais les six autres sifflèrent et attaquèrent.

Hadès fit une roulade pour s'éloigner et se couvrit avec son bouclier tandis que chacune des têtes frappait le métal. Le bouclier fut bientôt recouvert par un mélange de venin noir et de salive qui coulait sur le sol à ses pieds. Hadès serra les dents contre la force du monstre. Il savait qu'il lui faudrait bouger, mais il avait besoin d'un plan, d'un moyen de s'assurer que les têtes ne pourraient pas repousser. Son regard se posa sur l'une des torches allumées dans l'arène.

Le feu.

Il pouvait utiliser le feu.

Mais d'abord, il devait mettre fin à cette attaque.

Il plia les jambes et projeta le bouclier en l'air de toutes ses forces. Celui-ci tournoya comme une pièce de monnaie, ce qui eut pour effet de distraire les têtes de l'Hydre alors qu'il courait vers la première torche, se brûlant les pieds en marchant dans le venin.

La créature ne fut pas distraite longtemps car la course d'Hadès attira son attention, et les têtes serpentèrent bientôt derrière lui. Une mâchoire claqua à ses pieds tandis que d'autres s'en prenaient à sa tête. Hadès devait constamment sauter et esquiver et lorsqu'il arriva enfin au bord de l'arène, il était épuisé et la plante de ses pieds était en feu.

Au-dessus de sa tête, les torches brûlaient tels des phares le guidant vers la sortie. Hadès se plaça dos au mur et lorsque les têtes venimeuses foncèrent sur lui, il sauta. Les têtes attaquaient l'une après l'autre, et il s'en servit comme de marches, plongeant vers le flambeau lorsqu'il fut à sa portée. Quand il le saisit, celui-ci se cassa et Hadès chuta au sol, poursuivit par les têtes de l'Hydre et leur gueule ouverte dont tombait une pluie de venin qui frappa son corps et brûla sa peau.

Il ne pouvait pas laisser l'Hydre l'attraper au sol. Il jeta la torche dans l'une des bouches et lorsqu'elle l'atteignit, celle-ci s'enflamma.

La créature rugit et ses têtes s'agitèrent. Le public cria et Hadès sut que ceux qui étaient restés après la première attaque de l'Hydre regrettaient de ne pas être partis.

L'Hydre étant distraite, Hadès en profita pour courir vers son bouclier qu'il avait laissé de l'autre côté de l'arène. Il le prit et se précipita vers un autre flambeau. Cette fois, il parvint en haut du mur, qui était assez large pour qu'il grimpe dessus. Il prit la torche et continua de courir vers la suivante, les jetant par terre.

Lorsqu'il arriva à la dernière, l'Hydre avait récupéré et fonçait vers lui. Il attendit le dernier moment pour sauter du mur. Hadès abattit son bouclier sur l'un des cous, coupant suffisamment la chair de la créature pour pouvoir y enfoncer une torche allumée. Une deuxième tête était désormais en feu, mais cette fois, le monstre s'agita, projetant Hadès à travers l'arène.

Il frappa le mur, mais retomba sur ses pieds, et ses jambes tremblèrent de douleur.

Il regarda l'Hydre s'efforcer d'éteindre le feu qui ravageait l'un de ses cous. Certaines des têtes criaient, mais le venin ne faisait qu'aggraver la situation, d'autres essayaient d'étouffer les flammes. Hadès regarda en direction du box d'Héra et Thésée qui ne prêtaient pas attention au combat, concentrés qu'ils étaient sur leur conversation, ce qui rendit Hadès furieux.

C'en était fini.

Il se tourna vers l'Hydre et arma son bouclier, mais au lieu de s'en servir pour se défendre, il l'utilisa comme un disque. Il fendit l'air et trancha l'Hydre. La tête en feu tomba dans une flaque de sang et de venin et toute la carcasse de la créature s'enflamma, remplissant l'arène d'une odeur de chair brûlée. Les têtes restantes s'agitèrent dans tous les sens et quand elles frappèrent le sol, celui-ci trembla et leurs cris devinrent rauques jusqu'à ce qu'un silence règne enfin dans l'arène, excepté les crépitements du feu.

L'Hydre résidait désormais aux Enfers.

Chapitre XVI

LA BATAILLE AVEC HÉRACLÈS

Personne ne l'applaudit, mais il ne s'attendait pas à être célébré. D'ailleurs, la plupart des gens avaient fui face à l'horreur qu'était l'Hydre.

En effet, la scène ressemblait à la fin d'une bataille, un étrange silence chargé d'appréhension pesait dans l'air. C'était le silence de la mort, le silence de la vie dérobée à toutes les choses vivantes, et pas seulement humaines.

Et c'était fini.

Un bourdonnement résonnait dans les oreilles d'Hadès et, avant que ça n'empire, il adressa un geste vulgaire à Héra puis il se détourna pour sortir du ring.

Quand il atteignit le tunnel, la porte se ferma devant lui, lui barrant la route alors que des cris horribles s'élevaient dans l'air. Il fit volte-face et vit qu'une deuxième grille s'était ouverte, libérant une nuée d'oiseaux géants. Il devait y en avoir au moins vingt, avec des becs en bronze et des plumes métalliques qui brillaient sous la lumière verdâtre et, s'ils ressemblaient à une invention d'Héphaïstos, Hadès savait que ce n'était pas le cas.

C'étaient des oiseaux du lac Stymphale, des créations d'Arès, le dieu de la Guerre.

Leurs becs, leurs talons et leurs plumes étaient des armes mortelles et avaient la capacité de percer l'armure, ce qui faisait qu'il était presque impossible de les approcher suffisamment pour les tuer.

Pour avoir la moindre chance d'en blesser un, Hadès aurait besoin d'un arc et de flèches, mais même comme ça, la tâche serait difficile étant donné que leurs plumes étaient en métal.

Les oiseaux poussaient des cris stridents et chargèrent Hadès dans une nuée de lames aiguisées.

Merde!

Hadès prit ses jambes à son cou une fois de plus, même si la douleur l'empêchait de maintenir un bon rythme. Il serra les dents et lorsqu'il entendit un tintement métallique, il sut que les oiseaux étaient dans les airs. Il leva la tête et vit qu'ils formaient un cercle au-dessus de lui, tels des vautours s'apprêtant à déchiqueter leur proie.

Un abri. Il devait trouver une sorte de refuge.

Dans tous ses états, il balaya l'arène des yeux et repéra son bouclier. Il changea de direction au moment où une plume en métal se plantait dans le sol devant lui, comme une lance. Une seconde suivit, puis une troisième, lui barrant la route vers son bouclier. Il changea de direction à nouveau, visant plutôt l'une des entrées utilisées par les monstres. Cela le couvrirait, le temps qu'il mette au point un plan d'attaque.

Alors qu'il virait à droite, les oiseaux et leurs plumes en firent de même, et chacune le ratait de si peu qu'il les sentait fouetter l'air tout près de ses oreilles. S'il ralentissait, il serait empalé.

Les oiseaux semblaient avoir deviné le plan d'Hadès car, l'instant d'après, le peu de répit qu'il avait espéré avoir en se cachant sous le petit auvent devint inaccessible, caché derrière une rangée de plumes métalliques tranchantes.

Hadès s'arrêta et son sang ne fit qu'un tour. Il se tourna et vit le corps de l'Hydre, plein de poison et de dents.

Encore une fois, il changea de direction alors qu'il continuait à être attaqué par le ciel. Chaque plume qui se plantait dans le sol soulevait de la terre et des pierres, ce qui rendait sa trajectoire de plus en plus difficile. Il n'eut aucun répit jusqu'à ce qu'il arrive près de la créature qui baignait dans une mare de son propre sang venimeux. Hadès était déjà blessé par le venin, mais s'il parvenait à remporter ce dernier combat, il pourrait se guérir.

Hadès sauta en l'air et atterrit sur l'une des têtes de l'Hydre. Au même moment, une plume fendit les airs et se planta dedans, suivie de près par d'autres, qui transpercèrent le monstre mort et le firent vibrer sous les nombreux impacts. La colère d'Hadès enfla, sa fatigue devenait de plus en plus pesante et, bien que la magie fût interdite dans ce duel, il sentit qu'il invoquait la sienne en empoignant les dents de l'Hydre. Arrachant les pointes venimeuses de leurs gencives, Hadès les propulsa sur les oiseaux, remplissant le ciel d'une cacophonie de cris horribles et de fracas métalliques quand ils tombaient au sol, certains dans l'arène, d'autres dans les tribunes.

Lorsque tout fut fini, Hadès se tourna face au box.

– Héra ! hurla-t-il en déversant dans son cri une haine qu'il n'avait jamais ressentie auparavant. Finis-en avec cette folie !

La déesse se leva lentement et avança au bord de son box.

– Tu ne souhaites pas épouser la jeune Perséphone ?

Hadès contracta sa mâchoire et la dévisagea, tellement enragé qu'il ne remarqua même pas combien le sol trempé de sang brûlait ses pieds. Avec n'importe qui d'autre, il aurait craqué et exigé que Perséphone ne soit pas mêlée à tout ça, mais il savait sans doute mieux que quiconque qu'Héra ne céderait jamais à sa quête s'il ne faisait pas ce qu'elle exigeait.

Elle savait où reposait son pouvoir, c'était dans le cœur d'Hadès.

– Je me trompe ? demanda la déesse.

Hadès savait qu'elle cherchait plus qu'une réponse, elle cherchait sa vulnérabilité.

– Non, gronda Hadès. Tu ne te trompes pas.

– Or tu triches en utilisant ta magie, dit Héra en penchant la tête sur le côté.

Hadès n'avait aucun mot, seulement des sentiments qui s'accumulaient aussi vite que lorsqu'il avait affronté les oiseaux de Stymphale. Il était en colère, et il était fatigué.

– Comment comptes-tu te faire pardonner ton erreur de jugement ? demanda-t-elle d'un ton blasé.

Hadès aurait aimé lui offrir un dernier geste vulgaire avant de rentrer dans son royaume pour la nuit, mais un avenir était en jeu qui n'était pas seulement le sien et il ne comptait pas le laisser filer. Il répondit donc, lentement, et délibérément.

– De quelque façon que tu voudras.

– C'est ce que je pensais, dit-elle en souriant avant de retourner à son trône.

Elle se rassit, une autre porte s'ouvrit, révélant un homme massif et musclé, vêtu comme Hadès. Il avait des boucles blondes et, s'il était beau et jeune, quelque chose clochait. Hadès nota les veines gonflées sur ses bras et son cou, ses yeux gorgés de sang et son souffle laborieux et colérique.

Cet homme était frappé par la folie.

Hadès était familier de cette magie, c'était l'une que préférait Héra. Elle l'avait souvent utilisée au cours de son existence pour faire des hommes et des femmes qu'elle avait choisis des meurtriers, y compris celui auquel il faisait face.

Héraclès, un fils de Zeus. Cela faisait des années qu'Hadès n'avait pas vu son neveu demi-dieu, et à l'évidence, quoi qu'Héra lui ait fait, cela l'avait vidé de son humanité.

Il n'y avait aucune différence entre lui et un monstre.

Héraclès sortit de son box en traînant une énorme massue derrière lui.

Hadès descendit de l'Hydre et attrapa son unique arme, le bouclier. Le guerrier continuait d'avancer vers lui. Sans prendre le temps de regarder son adversaire, il attaqua, soulevant sa massue à deux mains. Hadès évita le premier coup, qui secoua la terre, le second fouetta son ventre et ne le rata que de quelques centimètres. Le troisième coup percuta son bouclier et Hadès poussa contre la massue, la faisant voler dans les airs.

L'homme étant désarmé, Hadès en profita pour planter son bouclier dans la nuque d'Héraclès, espérant mettre fin à ce combat aussi rapidement qu'il avait commencé, mais le demi-dieu était aussi rapide et puissant que lui. Il saisit le bouclier en adamantine juste avant que celui-ci ne le touche et, soudain, ils se retrouvèrent pris dans une sorte de combat rapproché jusqu'à ce que le bouclier commence à plier.

Hadès grogna et poussa une dernière fois Héraclès avant de plonger sur le côté. Le demi-dieu tituba, le bouclier à la main, pendant qu'Hadès se précipitait vers la masse qu'il avait envoyée à l'autre bout du stade. Héraclès rugit en jetant le bouclier. Hadès se baissa, le bouclier frôla son crâne avant de se planter dans le mur en béton. Hadès s'apprêtait à saisir la masse quand Héraclès plongea vers lui et lui saisit les chevilles. Hadès trébucha et roula sur le côté. Héraclès l'attirait vers lui, prêt à le frapper au visage. Mais Hadès saisit son poing, et ses mains se mirent à trembler face à la puissance divine de cet homme.

Hadès leva le genou et heurta les côtes d'Héraclès. À peine dérangé, celui-ci continua d'armer son poing. Cette fois, Hadès ne put parer le coup. Une douleur jaillit derrière son front, un second coup lui mit les larmes aux yeux. Au troisième, son nez craqua. Hadès parvint à éviter le quatrième tout en réussissant à frapper fort les côtes d'Héraclès, le mettant au sol, mais récupérant l'ascendant. Leurs rôles étaient inversés et ce fut au tour d'Hadès de rouer Héraclès de coups.

Il parvint à le frapper une fois dans l'œil, une fois sur la bouche, déchirant la peau de ses phalanges avant de réessayer d'attraper la massue. Il s'était à peine levé quand il se retrouva à nouveau au sol et son genou frappa la terre dans un craquement. Il se retourna et mit un coup de pied dans le visage d'Héraclès, le projetant sur le dos. Il se dépêcha de se lever, visant toujours la masse. Il la saisit des deux mains et se redressa pile au moment où Héraclès le taclait de tout son poids.

Ils volèrent à travers l'arène, Hadès frappait son neveu partout où il le pouvait. Leur élan se termina dans un fracas de poussière et de béton quand ils percutèrent si fort le mur que celui-ci sembla aussi fragile que du verre. Hadès en eut le souffle coupé.

Héraclès avait le dessus, ainsi qu'une panoplie de nouvelles armes avec les briques en béton. Il en saisit une et voulut frapper Hadès, qui ne put que croiser les bras sur son visage pour parer le coup. Le béton se désintégra en poussière sous la force de l'impact.

Héraclès rugit et en prit une autre.

Hadès plia les jambes et poussa contre le sol, sous ses pieds, envoyant Héraclès atterrir dans les débris à côté de lui. Il saisit la pierre la plus proche et se jeta sur le demi-dieu pour le frapper à l'œil.

Il échoua car Héraclès saisit ses poignets et ils luttèrent encore plus violemment. Hadès poussa de toutes ses forces dans un hurlement terrifiant. Il se sentait presque aussi fou qu'Héraclès, se fichant d'être sur le point d'assassiner cet homme. Il n'éprouvait plus la moindre humanité en dehors de sa motivation à rentrer aux Enfers pour retrouver Perséphone et l'espoir qu'après ce combat, il aurait une chance d'obtenir un avenir avec elle.

Un avenir qu'Héraclès entravait.

Les bras d'Hadès tremblaient, mais il sentit Héraclès faiblir, puis fléchir. Il céda, et la pierre se brisa dans le visage du demi-dieu. Hadès recommença.

Encore.

Et encore, jusqu'à ce que les traits de son neveu ne soient plus qu'une bouillie ensanglantée, et quand il eut évacué toute son agressivité, il jeta la pierre sur le côté et se leva, titubant hors du tas de débris pour retourner dans l'arène. Il leva de nouveau la tête vers Héra. Il eut du mal à déchiffrer son expression, mais il pensa y déceler une sorte de choc, qui fut vite remplacé par une colère toute-puissante que trahissait sa mâchoire crispée.

Elle hocha la tête en direction d'Hadès.

– Je te contacterai, dit-elle avant de disparaître en emmenant Thésée avec elle.

Ce ne fut qu'après son départ qu'Hadès se laissa tomber par terre.

***

Hadès reprit connaissance, mais n'ouvrit pas tout de suite les yeux. Il prit le temps d'évaluer son corps, se rappelant les brûlures sur ses pieds et sa peau, la douleur sur son visage et ses genoux avant que tout ne devienne noir, mais il n'avait plus mal désormais, seulement une sensation de vide profond. C'était l'engourdissement qui accompagnait l'horreur de ce qu'il avait fait.

L'Hydre, les oiseaux du lac de Stymphale.

Mais le pire, c'était Héraclès.

– Il devrait se réveiller, maintenant, dit une voix.

– Tu es sûr ? Il a l'air encore un peu vert.

Hadès reconnut la voix d'Hermès.

– Je crois que c'est la lumière, répondit l'autre voix, chaleureuse, contrastant avec les doutes d'Hermès.

Hadès cligna des yeux sur un jeune dieu qui le dévisageait. Il avait de grands yeux marron, une épaisse chevelure brune et une barbe assortie.

Hadès le connaissait.

– Péan, dit-il.

Le dieu lui sourit gentiment.

– Je suis content de te voir réveillé, Lord Hadès.

Péan était un dieu mineur, mais son rôle parmi les Olympiens était important car il était leur guérisseur lors des rares fois où ils étaient blessés.

Hadès s'assit, non sans difficulté, son corps était raide et sa tête tournait.

Péan mit une tasse entre ses mains.

– Bois, dit-il. C'est du nectar.

Hadès sirota le liquide mielleux en regardant autour de lui. Il était dans une petite pièce avec un lit de camp et une lampe, et Péan était assis sur l'unique chaise.

– Tu es pleinement guéri, à présent. Tu peux partir quand tu veux, dit-il en se levant.

– Merci, Péan, répondit Hadès.

Le guérisseur lui sourit et hocha la tête avant de sortir. Hadès regarda Hermès, adossé au mur, qui paraissait très pâle et mal à l'aise.

– Eh bien, je dois dire que… commença-t-il d'une voix nerveuse, ça fait très longtemps que je n'avais pas vu un combat aussi théâtral, tu ne penses pas ?

Hadès se contenta de le dévisager.

– Non, bien sûr, tu n'es pas d'accord. Tu n'y as jamais assisté, poursuivit Hermès en triturant ses mains. Mais laisse-moi te dire que je n'ai jamais vu de combat aussi… sanglant. En même temps, tu allais forcément battre un record.

Hadès n'avait aucune envie de battre des records, et le commentaire d'Hermès ne fit que le dégoûter davantage. Son ventre se souleva et il détourna les yeux, ignorant le bla-bla incessant d'Hermès, il souhaitait avoir une conversation plus importante.

– Thésée accompagnait Héra, dit-il en se rappelant leur façon de discuter, côte à côte, comme de vieux alliés. Tu le savais ?

Le dieu de la Ruse eut l'air choqué qu'Hadès pose une telle question.

– C'était la première fois que je le voyais là-bas.

– Et tu y vas souvent ? rétorqua Hadès.

Hermès se recroquevilla sur lui-même, comme s'il réalisait pourquoi Hadès ne lui faisait pas confiance.

– Toutes les semaines, admit-il.

– Hmmm.

Cela faisait longtemps qu'Hadès soupçonnait Thésée de vouloir renverser les Olympiens. Étant donné la raison pour laquelle il devait accomplir ces travaux, Hadès ne put s'empêcher de se demander si Héra n'avait pas forgé une alliance avec le chef de la Triade.

Mais pourquoi était-elle aussi transparente sur leur partenariat ?

– Quoi ? demanda Hermès.

Hadès l'étudia en haussant un sourcil.

– Ça veut dire quoi « hmmm » ? Tu le fais tout le temps, poursuivit Hermès.

Hadès cligna des yeux.

– Ça veut dire que tu ne me crois pas ? Ou que je t'ai déçu ? Ou les deux ?

– Ça veut dire que je réfléchis, répondit Hadès, même s'il aurait aimé ne pas répondre et laisser le dieu souffrir, surtout après la journée qu'il avait eue.

– Ah, marmonna Hermès avant de marquer une pause. Eh bien, dans ce cas, continue, je t'en prie.

Hadès se leva, vida son verre de nectar et tendit la tasse à Hermès.

– Peut-être que tu ne serais pas sur la défensive si tu ne te sentais pas aussi coupable.

Sur ce, Hermès n'ayant rien à répondre, Hadès disparut.

Chapitre XVII

L'INIQUITÉ

Cela faisait presque douze heures qu'Héra avait convoqué Hadès à sa soirée de combat mais, bien que guéri par Péan, il continuait de se sentir agité et inquiet. Une sorte d'horreur frémissait en lui, une noirceur qu'il n'avait pas encore évacuée. Elle était là lorsqu'il clignait des yeux, sous la forme de pierres ensanglantées, de craquement d'os, dans la douleur fantôme des brûlures d'acide sur sa peau.

Il rentra aux Enfers, où il s'attendait ou, plutôt, où il espérait trouver Perséphone. Il avait besoin de la voir après les épreuves qu'il venait de vivre, non seulement pour apaiser sa souffrance mais pour savoir qu'elle était encore là. Qu'il s'était battu pour elle et ne l'avait pas perdue.

Il n'était pas prêt pour la déception qui le saisit lorsqu'il ne la trouva pas dans leur lit, ni dans les jardins ni dans le chalet d'Hécate.

– Qu'est-ce qui t'inquiète autant, mon roi ? demanda Hécate quand elle le vit devant chez elle.

– Peut-être le fait que j'ai passé ma journée à *tuer*? cracha-t-il.

– Il est vrai que le meurtre met à cran, acquiesça joyeusement la déesse. Tu veux du thé ?

– Ce que je veux, c'est être libéré des travaux d'Héra, dit-il.

– Héra… répéta Hécate. La déesse des Femmes qui ne fait que les punir. Comment t'es-tu attiré son courroux ?

– Je lui ai dit que je ne renverserais pas Zeus.

– Pas encore, rectifia Hécate en s'arrêtant pour étudier Hadès. Quoi ? Toutes les choses ont une fin.

Hadès marqua une pause avant de répondre.

– Elle a menacé mon avenir avec Perséphone.

– Personne d'autre que les Moires ne peut menacer ton avenir, Hadès.

– Peut-être, mais Héra peut diriger sa haine contre Perséphone, répondit-il. Et ce serait ma faute.

– Est-ce ta faute parce que tu l'aimes ? demanda Hécate.

– Ça ne suffit pas ?

– Ta plus grande bataille, Hadès, sera de reconnaître que Perséphone a également pris la décision de t'aimer. Personne n'a commis de faute, il est seulement question de choix.

C'était un bien joli sentiment, mais il était face à des dieux, des dieux comme lui.

– C'était avant qu'elle n'en connaisse les conséquences.

– Tu as si peu confiance en son amour ? demanda Hécate.

Hadès grimaça et ouvrit la bouche pour répondre, mais il se ravisa.

– Si tu continues de projeter tes doutes sur elle, alors tu ne mérites pas un avenir à ses côtés.

C'étaient des paroles rudes, mais Hadès savait que c'était vrai.

– Maintenant, veux-tu du thé ? Cela te changera les idées.

– Je préfère garder les idées claires, Hécate. Je sais ce que tu mets dans ton thé.

Elle haussa les sourcils.

– Est-ce que tout cet alcool te permet de garder les idées claires ?

– À ce stade, répondit Hadès, oui.

Il retourna à son bureau, toujours aussi tendu. Sa brève conversation avec Hécate lui avait donné encore plus envie de voir Perséphone, ne serait-ce que pour confirmer qu'elle voulait encore tout ça – eux, leur avenir. Mais, encore une fois, ses peurs prirent le dessus.

Que faudrait-il pour qu'il ait suffisamment confiance ?

Il se frotta le visage et traversa la pièce pour se servir un verre. Il valait sans doute mieux qu'il repousse le moment de voir Perséphone jusqu'à ce qu'il soit douché et vraiment reposé. Elle était probablement à l'hôpital avec Lexa et il ne voulait pas les interrompre.

Il venait de sortir un verre quand son téléphone sonna. Hadès répondit sans un bonjour, mais Ilias n'en avait pas besoin pour dire ce qu'il avait à dire.

– Perséphone est à L'Iniquité, dit-il.

Le sang d'Hadès se glaça et son ventre se noua, mais sa stupeur se changea en quelque chose de bien plus féroce. Encore une fois, ses doutes grossirent.

L'Iniquité était une part de sa vie dont il voulait la protéger. C'était une chose qu'elle connaisse et fréquente Nevernight, mais c'en était une autre qu'elle se rende à L'Iniquité.

– Qu'est-ce qu'elle fait là-bas ?

L'hésitation d'Ilias informa Hadès qu'il n'allait pas aimer la réponse.

– Elle dansait. Mais Kal l'a convoquée dans sa suite.

Hadès se téléporta aux côtés d'Ilias, qui n'avait pas encore raccroché. Il le mit au courant de la situation pendant qu'ils regardaient ce qui se déroulait dans la suite louée par Kal, grâce à un miroir sans tain.

De nombreux criminels des bas-fonds de la société œuvraient entre ces murs, sous l'étroite surveillance d'Hadès et de ses employés. Si beaucoup savaient qu'ils étaient filmés en permanence, chaque espace disposait d'un élément qui permettait de vérifier qu'ils n'enfreignent jamais le règlement, dont un réseau de passages secrets pour les espionner.

Hadès ne pouvait quitter Perséphone des yeux, elle était debout face à Kal, vêtue de noir. Il espérait qu'elle avait au moins pensé à lui lorsqu'elle s'était habillée, parce que chaque courbe de son corps était exhibée. La lumière éclairait les points saillants de son visage, créant des creux sombres sur ses joues, lui donnant un air stoïque et sévère.

– Qui l'a amenée ici ? demanda Hadès.

– On ne sait pas, répondit Ilias. Mais Kal n'avait pas l'air de l'attendre. Il a envoyé deux de ses hommes vérifier son identité. On les a placés en détention.

Hadès regarda Ilias du coin de l'œil. Inutile de poser davantage de questions pour l'instant, puisqu'il comptait les punir aussi sévèrement que Kal.

Il se concentra de nouveau sur ce qui se passait derrière la vitre.

– Je veux le moindre détail de ta relation avec Hadès, disait Kal. Je veux savoir comment tu l'as rencontré, quand il t'a embrassée pour la première fois et tous les détails scandaleux sur la première fois qu'il t'a baisée.

Perséphone grimaça.

– Tu es malade.

– Je suis un homme d'affaires, Perséphone. Et le sexe fait vendre. Le sexe avec les dieux se vend encore mieux et toi, ma chère, tu es une véritable mine d'or.

Hadès serra les poings.

– Je ne suis pas la seule à avoir couché avec Hadès, remarqua Perséphone.

– Mais tu es la première avec qui il s'engage, et ça vaut plus que l'histoire d'un plan cul, répondit Kal. Il tient à toi, ce qui veut dire qu'il fera tout pour te protéger, toi et les détails de votre vie privée.

Bien sûr, Hadès s'attendait à ce que Kal fasse quelque chose de stupide après qu'il avait rejeté sa proposition à l'hippodrome, pourtant il n'avait pas envisagé ce genre de chantage. Le mortel avait du culot, mais il s'apprêtait à découvrir qu'il ne pouvait rien contre un dieu.

– Mais tu es riche, toi aussi ! entendit-il de la bouche de Perséphone.

– Pas autant que lui, mais c'est là que tu vas m'aider et, en échange, tu sauveras ton amie d'une mort certaine.

Soudain, Hadès comprit ce qui avait attiré Perséphone ici. Il était déjà en colère, mais là, il était furieux que Kal profite de cette faiblesse. Non seulement il donnait un faux espoir à Perséphone mais, en plus, il enfreignait les règles.

Kal venait d'épuiser sa dernière chance.

Hadès invoqua sa magie, et sa noirceur prit la forme de vipères qui sortirent de l'ombre pour serpenter vers Kal, qui était tellement concentré sur Perséphone qu'il les vit trop tard, au moment où elles s'enroulaient autour de lui, prêtes à frapper s'il bougeait. Il poussa un petit cri et se figea face aux yeux ronds des serpents d'Hadès.

C'est alors qu'Hadès entra dans la pièce, choisissant de se manifester dans la pénombre derrière Perséphone. Il la vit se tenir plus droite en sa présence. Une part de lui aurait voulu ne pas les interrompre car il se demandait jusqu'où elle aurait été pour sauver Lexa, mais il pensait déjà connaître son choix et il ne pouvait pas la laisser accepter le marché de Kal. Il lui avait déjà expliqué les conséquences de ramener à la vie, contre son gré, une âme qui était dans les limbes, mais demander à un Mage de faire le travail d'un dieu était encore pire.

– Tu me menaces, Kal ? demanda Hadès.

– Non… jamais ! mentit Kal d'une voix tendue.

Hadès s'arrêta à quelques centimètres de Perséphone, sentant un étrange courant électrique crépiter entre eux. Il empoigna ses cheveux et s'empara de sa bouche quand elle tourna la tête vers lui. Elle posa une main sur son torse, saisissant sa chemise. Il caressa ses lèvres avec sa langue et quand elle ouvrit la bouche, il posa sa main sur sa mâchoire pour y plonger la langue. Il aimait sa façon de s'agripper à lui, il aimait son goût chaud et sucré et il se souvint que la seule chose qu'il souhaitait partager avec le monde au sujet de Perséphone, c'était combien il l'aimait.

Il recula en mordillant sa lèvre inférieure.

– Tu vas bien ?

Si elle répondait non, il ne la laisserait pas rester pour le châtiment de Kal, mais elle hocha la tête. Elle scruta son regard, l'air troublée, mais il n'avait pas le temps de se demander ce qu'elle y voyait.

– J… je suivais tes règles ! cria Kal quand Hadès se retourna vers lui. C'est elle qui m'a convoqué !

Le mortel se mit à bouger, à peine, plantant ses orteils dans le sol, agrippant les accoudoirs de son fauteuil. Cela suffit à agacer les vipères et elles se mirent à gigoter sur sa peau.

– Mes règles ? demanda Hadès. Tu insinues que j'approuverais que ma maîtresse et toi soyez en contact ?

– Ça équivaudrait à une exception, déclara Kal d'une voix tremblante, comme s'il citait un contrat de mémoire. Et il n'y a pas d'exception à L'Iniquité.

– Je tiens à être clair… dit Hadès alors que sa magie jaillissait de la pointe de ses doigts sous la forme de cinq piques acérées.

Il s'en servit pour saisir le visage de Kal, si fort qu'il lui coupa la peau. Son sang coula comme des larmes et l'odeur excita encore plus les serpents, qui s'enroulèrent plus vite autour de lui.

– … toute personne qui m'appartient est une exception aux règles de ce club.

Il souleva Kal du fauteuil qu'il avait transformé en trône et le jeta sur le sol en marbre dans un craquement d'os. Le choc agaça les serpents, qui attaquèrent le mortel, à chaque morsure, Kal criait plus fort. Hadès le regarda convulser par terre, conscient que les morsures ne ressemblaient à aucune autre. Elle contenait sa magie et la piqûre se précipitait tout droit dans l'âme.

– Enfoiré ! hurla Kal en roulant sur le côté, tout tremblant.

– Attention, mortel, dit Hadès en le surplombant.

– J'ai suivi les règles, gémit Kal. J'ai suivi tes règles.

– Je connais parfaitement les règles, mortel, dit Hadès.

D'après les règles, si un mortel convoquait un Mage pour travailler, les conséquences retombaient sur le mortel qui l'avait convoqué.

Mais Perséphone n'était pas une mortelle.

Et Hadès n'avait pas l'intention de lui laisser subir les conséquences de l'horrible magie de Kal.

– Tu ne t'en prends ni à moi ni à ma maîtresse, c'est compris ?

La respiration de Kal était laborieuse, mais il parvint à rouler sur le ventre et à se mettre à quatre pattes. Quand il leva la tête, Perséphone le dévisagea.

– Aide-moi ! osa-t-il lui demander dans un cri guttural.

Mais Perséphone ne bougea pas et ne répondit rien. Elle se contenta de le regarder en silence, sereinement, et Hadès lui asséna un coup de pied qui le remit à terre.

– Ne lui parle pas, mortel ! siffla Hadès.

Kal s'effondra en poussant un grognement et un sanglot alors qu'un autre serpent mordait la chair de son bras.

Hadès se tourna vers Perséphone qui le regarda, presque sans émotion. Il aurait aimé pouvoir lire dans ses pensées, ou au moins déchiffrer son expression, mais elle avait assisté à tout ça avec une passivité qui lui fit penser soit qu'elle était sous le choc, soit qu'elle approuvait.

Il espérait que c'était la deuxième option.

– Est-ce que je continue à le punir ?

Elle le scruta quelques secondes avant de se concentrer sur Kal, elle s'accroupit près de lui et étudia son visage.

– Est-ce qu'il aura des cicatrices ?

Hadès ne savait pas pourquoi elle lui posait cette question, mais il répondit.

– Si tu le souhaites, oui.

– Je le souhaite.

Hadès n'était qu'en partie surpris, il était surtout satisfait. Au moins, sa torture ne l'avait pas effrayée.

À ces mots, Kal se mit à geindre.

– Chuuut, susurra Perséphone d'un ton moqueur. Ça pourrait être pire. Je suis tentée de t'envoyer au Tartare.

Hadès ressentit une étrange fierté en entendant Perséphone prononcer ces mots.

– Demain, je veux que tu appelles Demetri et que tu lui dises que tu t'es trompé. Que tu ne veux plus l'exclusivité. Et tu ne me diras plus jamais quoi écrire. On est d'accord ?

Une exclusivité ?

Hadès fronça les sourcils. Se passait-il quelque chose au-delà du chantage que Kal avait tenté de mener ce soir ?

Kal accepta en hochant vigoureusement la tête.

– Bien, conclut Perséphone à voix basse.

Quand elle se releva et se tourna vers lui, Hadès sut qu'il ferait tout ce qu'elle lui demanderait. Si elle voulait qu'il meure ici dans cette pièce, il lui obéirait.

– Il peut vivre, dit-elle.

Elle est généreuse, pensa-t-il avant de se tourner vers Kal.

– Dégage ! ordonna-t-il en l'envoyant sept étages en dessous, sur la scène.

Son apparition interromprait les danseuses et quand les mortels verraient son visage tuméfié et ensanglanté ainsi que les serpents qui le ligotaient, ils sauraient qu'il avait été puni par le dieu des Morts.

Dans le silence qui suivit la torture de Kal, Perséphone et Hadès se dévisagèrent et une tension étrange envahit la pièce.

Il semblait au dieu qu'elle bâtissait un mur autour d'elle et, même s'il aurait préféré démolir le sien, il se mit à construire ses propres défenses.

Il avait tant de questions, l'une étant : « À quoi pensais-tu ? » Mais elle prit la parole avant qu'il n'ait pu exiger une réponse.

– Tu as tout gâché !

– J'ai tout gâché ? répéta-t-il en faisant un pas vers elle. Je t'ai évité de faire une grave erreur. À quoi pensais-tu en venant ici ?

Elle le fusilla du regard.

– J'essayais de sauver mon amie, et Kal me proposait un moyen de le faire, contrairement à toi.

– Tu livrerais notre vie privée, une des choses auxquelles tu tiens le plus, en échange d'un acte qui ne ferait que condamner ton amie ?

– La condamner ? Ça l'aurait sauvée ! Tu n'es qu'un enfoiré ! Tu m'as dit de garder espoir ! Tu as dit qu'elle pourrait vivre !

Il avait également dit que le choix était entre les mains de Lexa, mais bien évidemment, ça, Perséphone l'avait oublié.

Il se sentait comme un monstre, mais elle ne baissa pas les bras et se débattit tout aussi fort.

– Tu ne me fais pas confiance ?

– Non ! rétorqua-t-elle. Non, je ne te fais pas confiance. Pas quand il s'agit de Lexa. Et c'est quoi ce lieu, Hadès ? C'est ton club, c'est ça ? C'est quoi ce bordel ?

Elle avait déjà exprimé son embarras quand elle avait découvert ses œuvres de charité par quelqu'un d'autre, donc il n'était pas étonnant qu'elle soit en colère maintenant.

Il tendit les bras et saisit ses épaules. Il sentait quelque chose d'étrange sous sa peau, un besoin impérieux de la toucher. Sans doute était-ce à cause de ce qui avait occupé les dernières heures de sa vie, qu'il souhaitait transformer en quelque chose de plus productif que la violence.

– Tu n'étais jamais censée venir ici. Ce lieu n'est pas pour toi.

Hadès ne s'attendait pas à ce qu'elle grimace et il détestait l'avoir blessée, il n'en comprit la raison que quand elle reprit la parole.

– Leucé travaille ici, rétorqua-t-elle, comme si elles étaient une seule et même personne.

– Parce que c'est Leucé. Tu m'as dit de lui trouver un boulot, et je l'ai envoyée ici. Toi… tu es… différente.

– Différente ? gronda-t-elle en le repoussant. Ça veut dire quoi, au juste ?

La fatigue d'Hadès était telle qu'il en avait mal au crâne.

– Je croyais qu'on s'était compris sur ce point. Tu comptes plus pour moi que n'importe qui, plus que tout.

– C'est quoi le rapport avec le fait de me cacher cet endroit ?

En dehors du fait que c'était dangereux ?

Elle pourrait ne pas aimer ce qu'elle y verrait, ce que ça disait de lui.

– Tout ce qui se passe ici est illégal, n'est-ce pas ? Les Mages sont ici. Quoi d'autre ?

Il la dévisagea, conscient qu'il ne pouvait pas éviter de répondre, mais se demandant néanmoins s'il pouvait repousser à plus tard.

– Quoi d'autre, Hadès ? insista-t-elle.

– Tout ce que tu as toujours craint.

Ou que tu pensais être impossible, pensa-t-il.

– Des assassins, des chefs de cartels de drogue…

Hadès abritait des familles criminelles et des maquerelles, des trafiquants de reliques et des voleurs, des pyromanes et des contrebandiers. Tout le monde – et tout ce qui pouvait l'avantager – était entre les murs de ce club. Mais quand il vit Perséphone pâlir, il se demanda si elle avait réellement envie de tout savoir.

Il ne termina pas sa phrase et un court silence s'installa.

– Pourquoi ? chuchota-t-elle.

– J'ai créé un monde dans lequel je peux les observer. Les observer et les contrôler.

– Les observer faire quoi ? Enfreindre la loi ? Faire du mal aux gens ?

– Oui, admit-il alors que sa frustration atteignait sa limite.

D'où lui venait l'impression qu'il lui était impossible de l'introduire à cette partie de son monde ? Comment était-il censé illustrer des vies entières d'un travail qui avait servi à atteindre à la fois les cieux et la dépravation la plus profonde ?

– Oui ? C'est tout ? C'est tout ce que tu as à dire ?

– Pour l'instant.

Il n'avait pas envie d'en dire plus pour le moment. Si elle avait une aussi mauvaise opinion de lui, peut-être ne devait-il pas la contredire.

– Qui t'a amenée ici ? demanda-t-il.

– Un taxi.

Ce n'était pas ce qu'il lui demandait, et elle le savait parfaitement. Quelqu'un lui avait parlé de cet endroit, lui avait expliqué comment il fonctionnait. Hadès plissa les yeux.

– Tu crois que je ne vais pas le découvrir ?

D'ailleurs, il pensait déjà le savoir.

– J'ai mon libre arbitre, Hadès. J'ai choisi de venir ici de mon propre chef.

Le regard d'Hadès s'assombrit et il la toucha à nouveau, l'attirant contre lui. Son corps lui sembla rigide, comme s'il était maintenu par du fil de fer. Il était trop agité et il n'allait pas s'en sortir s'il ne trouvait pas un moyen de dépenser cette énergie. Il avait besoin de baiser, et il avait besoin que ce soit brusque et sale.

Sauf qu'elle repoussa ses mains.

Il la dévisagea d'un regard noir.

Elle ne pouvait pas prétendre ignorer ses intentions. Sa queue était pressée contre son ventre et elle avait beau l'avoir repoussé, son corps fléchissait face à son désir.

– Tu es en train de me dire non ?

En vérité, si elle n'avait pas envie de lui, il la lâcherait, mais elle eut à peine secoué la tête qu'il la plaça dos à lui et la fit avancer vers le miroir, sur lequel elle posa ses mains. Il remonta sa jupe et lui écarta les jambes, effleurant ses fesses rebondies avant de lui donner une petite fessée qui la fit gémir. Il crut d'abord qu'il lui avait fait mal, mais lorsqu'il croisa son regard dans le reflet, elle hocha légèrement la tête et il continua, se penchant pour embrasser la peau qu'il avait touchée, tout en baissant sa culotte.

Il la mit dans sa poche et se concentra sur son sexe. Il glissa les mains entre ses cuisses et promena un doigt le long de sa fente trempée. Elle poussa un grognement et se cambra, écartant davantage les jambes dans l'espoir d'accueillir bientôt une plus grosse partie de lui.

Et il avait beau mourir d'envie d'être en elle, il avait encore plus envie de prolonger ses prières.

– Tu es tellement trempée. Depuis quand tu es comme ça ?

– Depuis que je suis arrivée ici, gémit-elle.

Il aimait sa façon de se plaquer contre le miroir et la manière dont sa cambrure soulevait ses fesses.

– J'avais envie de toi sur la piste de danse. Je voulais que tu apparaisses, mais tu n'étais pas là.

– Je suis là maintenant, dit-il.

Il se leva et embrassa son épaule, puis son dos, puis ses fesses. Pendant ce temps, ses doigts continuaient de l'explorer. Son autre main taquinait son clitoris, et sous lui, Perséphone fredonnait et soupirait et criait.

Hadès se couvrit de sueur et il eut soudain chaud à la tête. Il y avait tant de parties de son corps qu'il voulait toucher et dévorer, et sa queue devint plus épaisse et lourde, désespérée de s'enfoncer dans sa chaleur, de la sentir se contracter autour de lui, de la remplir avec son foutre.

C'était un besoin possessif.

– Hadès, s'il te plaît.

Elle émit un sanglot guttural et essoufflé en le regardant sous son bras et il sut qu'elle avait désespérément envie de jouir. Il le voyait dans ses yeux et à la chaleur de sa peau. Il retira ses doigts couverts de son excitation et rit en entendant son cri frustré. Quand elle fit mine de se redresser, il saisit ses hanches pour l'immobiliser.

– Reste, ordonna-t-il.

Elle le fusilla du regard et il comprit qu'elle n'avait pas aimé qu'il lui donne un ordre. Mais il ne put s'empêcher de sourire.

– Ce ne serait pas une punition si je te donnais ce que tu veux quand tu me le demandes.

Sa bouche se pinça fermement.

– Ne fais pas semblant de ne pas avoir envie de moi, dit-elle.

Le bruit de sa braguette suivit sa réponse.

– Oh, mais je ne prétends pas ça du tout.

Il plaça son gland à l'entrée de son sexe et s'enfonça dans sa chaleur étroite. Il y resta un moment, parfaitement enfoui en elle, savourant la pression qui maintenait si fort sa verge. Il aurait pu rester là pour toujours, perdu dans ce plaisir entêtant, mais sous lui, Perséphone gigota, exigeant qu'il bouge.

Il se retint, toutefois, caressant son dos avant de se pencher sur elle pour empoigner ses seins et titiller ses tétons. Il commença enfin à bouger par de petits coups de bassin, créant une friction qui les fit gémir tous les deux. Il saisit ses cheveux et les enroula autour de sa main, et il l'attira à lui pour embrasser son cou et sa mâchoire. Leurs langues s'enroulèrent dans une tentative désespérée de goûter à l'âme de l'autre.

– Tout ça est pour nous, dit-il en se retirant et en soutenant son regard. Tu ne le partageras avec personne d'autre.

Il s'enfouit en elle et elle retint son souffle.

– Il y a des choses qui sont sacrées pour moi, dit-il en répétant le même geste provocateur. Ce qu'on fait est sacré pour moi. Tu es sacrée pour moi. Tu comprends ?

Elle hocha la tête.

– Dis-le ! Dis que tu comprends.

– Oui ! Bon sang, oui. Je comprends ! Fais-moi jouir, Hadès !

Il se retira et l'obligea à se redresser. Elle fit volte-face, le regard sauvage, et il l'embrassa en saisissant sa mâchoire et en la plaquant contre le mur. Elle semblait avoir un goût plus doux, maintenant qu'il évacuait sa colère et sa frustration. Il promena ses mains le long de son corps jusqu'à ses cuisses, et il la souleva pour l'appuyer contre le mur de sorte qu'elle soit juste au-dessus de sa verge et qu'il n'ait plus qu'à s'enfoncer de nouveau en elle.

Cette position ne permettait que peu de mouvements, mais c'était la proximité dont ils avaient besoin. Perséphone plongea ses mains dans ses cheveux, comme si elle souhaitait s'emparer à nouveau de sa bouche, mais Hadès garda ses distances et étudia son visage.

– Je n'ai jamais aimé quelqu'un comme je t'aime, toi, murmura-t-il, comme s'il souhaitait que personne d'autre n'entende, alors qu'il avait envie de partager ça avec le monde entier. Je ne sais pas comment le dire. Aucun mot ne peut décrire ce que je ressens pour toi.

– Alors, dis-le sans mots, chuchota Perséphone.

Quand leurs bouches se heurtèrent, Hadès se tourna pour s'agenouiller par terre. Elle se mit à onduler contre lui, se fichant que sa verge ait glissé hors d'elle quand il avait bougé. Mais elle ne perdit pas de temps pour la saisir et s'empaler dessus avec une force qui fit claquer leurs corps.

Il la regarda se servir de lui pour son plaisir. Elle entrelaça leurs doigts et lui fit lever les bras par-dessus la tête, lui offrant l'accès à ses seins. Il les titilla avec la langue et les dents jusqu'à ce qu'il ne puisse plus tenir en place.

– Putain !

Il lâcha ses mains et empoigna ses hanches, plantant ses ongles dans sa peau douce pour l'aider à bouger, rencontrant chaque mouvement de son bassin en soulevant le sien. Leurs souffles accélérèrent et lorsqu'elle se mit à se contracter autour de lui, cela suffit à les faire plonger. Hadès jouit violemment dans une vague de chaleur qui perdura alors qu'elle laissait tomber sa tête en arrière dans un plaisir léthargique.

Elle se lova contre lui, le cœur battant la chamade, et même s'ils étaient tous les deux couverts de sueur, il aimait sentir le poids de son corps contre le sien, et il le voulait pour toujours.

– Épouse-moi.

Les mots lui avaient échappé et il ne pouvait plus les reprendre. Non pas qu'il ait eu envie de le faire. Épouser Perséphone était ce qu'il désirait depuis leur première rencontre.

Perséphone recula, faisant bouger sa verge en elle.

– Quoi ?

Ce n'était pas la réponse enthousiaste qu'il espérait. Il savait qu'elle l'avait entendu, mais il ne pouvait pas lui en vouloir d'hésiter, ni même de refuser. Ils n'avaient jamais parlé de mariage, même si Hadès avait mentionné leur destin.

– Épouse-moi, Perséphone. Sois ma reine. Dis-moi que tu seras à mes côtés… pour toujours.

Il se rappela les propos d'Hécate, le fait que personne d'autre que les Moires ne pouvaient détricoter leur avenir. Mais si Perséphone ne disait jamais oui ?

– Hadès… je… Tu étais furieux contre moi il y a quelques minutes à peine.

– Et maintenant je ne le suis plus.

– Et tu veux m'épouser ?

– Oui.

Elle se leva, les jambes tremblantes, et quand Hadès voulut l'aider, elle le repoussa.

– Je ne peux pas t'épouser, Hadès, répondit-elle d'une voix cassée. Je… je ne te connais pas.

Hadès se pinça la bouche et fronça les sourcils.

– Bien sûr que tu me connais.

– Non, justement, répondit-elle en désignant du bras la pièce où ils étaient. Tu m'as caché ce lieu.

– Perséphone, je vis depuis toujours. Tu apprendras toujours de nouvelles choses à mon sujet, et tu dois savoir que certaines ne te plairont pas.

– Ça n'a rien à voir, Hadès. Ce lieu est bien réel et il existe dans le présent. Tu as embauché Leucé pour travailler ici. Je méritais d'être au courant, tout comme je méritais de savoir que Leucé était revenue !

Hadès se crispa.

Elle n'avait pas tort, mais elle ne savait pas non plus ce qu'elle lui demandait. Pensait-elle pouvoir supporter la vérité de ce monde ?

– Pourquoi tu ne me l'as pas dit ? demanda-t-elle.

– Parce que j'avais peur, cracha-t-il, frustré par le ton vexé de Perséphone.

– Pourquoi ?

– À cause de ta conscience morale, évidemment.

Il se leva et se rhabilla avant de se retourner vers elle.

– J'avais besoin de temps pour trouver une façon de te montrer mes péchés. Pour t'expliquer leur origine. Au lieu de ça, tout le monde semble déterminé à le faire à ma place.

Perséphone fronça les sourcils, mais son regard s'attendrit.

– Je suis désolée, Hadès, dit-elle calmement.

Ce fut au tour d'Hadès de froncer les sourcils.

– Pourquoi tu t'excuses ?

– Pour… tout, je suppose. D'être venue ici… de te dire non.

– Ce n'est rien. Je sais que c'est beaucoup te demander, surtout maintenant, dit-il, avec Lexa et ton travail. Et je ne t'ai pas ménagée, ce soir, en te montrant une facette de moi que tu n'avais jamais vue.

– Tu n'es pas… vexé ?

Il ne pouvait pas dire qu'il l'était, non. Et s'il aurait préféré finir cette journée fiancé à elle, c'était surtout pour être en paix lorsqu'il aurait à traiter avec Héra.

– Est-ce que j'aurais préféré que tu dises oui ? Bien sûr.

– C'est juste que… je ne suis pas prête.

– Je sais, dit-il en l'embrassant sur le front.

Quand il recula, il vit qu'elle pleurait.

– Parle-moi, dit-il en embrassant ses larmes.

– J'ai tout gâché, dit-elle en appuyant son visage contre son torse et en le prenant par la taille.

– Tu n'as rien gâché, ma chérie. Tu as été honnête envers toi-même et envers moi. C'est tout ce que je te demande.

– Comment peux-tu encore avoir envie de m'épouser, maintenant ? Après que je t'ai dit non ?

Comment ne le pourrait-il pas ? Elle avait de bonnes raisons de lui dire non.

– J'aurai toujours envie de t'épouser, parce que je te voudrai toujours comme femme et comme reine.

C'était la vérité. Il le sentait dans son âme.

– Tu peux me montrer plus de ce lieu ? demanda-t-elle en se frottant le visage pour effacer ses larmes.

– Plus de L'Iniquité ? demanda-t-il, surpris, se sentant pâlir légèrement.

– Oui.

– J'ai le choix ?

Ils venaient de se réconcilier et il n'avait vraiment pas envie de se disputer de nouveau, mais il devait avouer que le fait qu'elle demande à en voir plus au lieu de s'enfuir en courant était plutôt prometteur.

– Si je dois être ta reine un jour ? Non.

Elle n'avait pas tort. Si elle acceptait un jour de l'épouser, elle allait hériter de bien plus qu'un royaume.

Elle aurait tout un empire.

Chapitre XVIII

FICHU GÂTEAU

Hadès escorta Perséphone hors de la suite de Kal en empruntant le couloir privé d'où il les avait observés. Elle regarda le miroir sans tain et le pointa du doigt.

– Tu espionnes tous tes employés ?

– Vois-les plutôt comme des locataires, dit-il. Et… oui.

Il posa la main sur le creux de ses reins et l'emmena dans un dédale de passages, jusqu'à ce qu'ils atteignent sa suite privée, qui surplombait l'étage réservé au public. Perséphone se dirigea vers le mur de fenêtres éclairées par la lumière rouge de la piste de danse. Elle resta un moment à observer les danseurs en contrebas.

– Quand j'étais en bas, je me suis sentie possédée, dit-elle.

Hadès s'arrêta derrière elle et l'enlaça. Il regardait Perséphone observer les danseurs.

– Tu as dit que tu avais eu envie de moi, dit-il.

– C'était le cas, répondit-elle avant de se tourner vers lui. Mais ça a été gâché.

Hadès la dévisagea.

– Qu'est-ce que tu as vu ?

Elle haussa les épaules.

– J'avais envie de toi et je t'ai imaginé avec moi, j'ai imaginé que tu me touchais et me remplissais. Et, tout à coup, ce n'était pas moi sous toi. C'était Leucé.

Il fronça les sourcils et effleura sa mâchoire.

– Ce n'était pas réel. Tu le sais, non ?

– Ça m'a paru réel, sur le moment. C'était de la magie ?

Hadès regarda par-dessus son épaule, et Perséphone suivit son regard.

– Plutôt une drogue.

C'était l'une des créations d'Hécate, dont les effets secondaires étaient différents d'un être à l'autre.

– C'est en partie pour ça que les gens viennent à L'Iniquité. La personne qui t'a donné le mot de passe aurait dû te prévenir.

À ces mots, Perséphone se referma sur elle-même. Il le vit à ses yeux et à sa bouche pincée.

– Montre-m'en plus, dit-elle en faisant un pas de côté pour lui échapper.

En tout cas, c'est ainsi qu'il le prit, comme si elle le fuyait, comme si elle mettait de la distance entre eux. Mais il ne dit rien, se contentant de la ramener dans les couloirs sombres de la boîte.

Cette fois, il l'emmena aux étages inférieurs et quand ils furent face à face dans l'ascenseur, elle l'étudia, comme si elle essayait de comprendre qui il était, exactement.

Ça ne lui plaisait pas.

– On va où ? demanda-t-elle, comme pour se préparer à ce qui l'attendait quand les portes s'ouvriraient.

Hadès la dévisagea un moment.

– Je crois savoir ce que tu t'attends à trouver, mais ce n'est pas ce que tu penses.

– Et je pense à quoi ? le défia-t-elle.

– Au pire, répondit-il.

Elle ne le contredit pas.

– La connaissance change la perception, Hadès.

L'ascenseur s'ouvrit, il lui prit la main et se sentit soulagé qu'elle accepte.

– Cette partie de la boîte est réservée aux invités qui possèdent un jeton d'entrée, expliqua-t-il. Une obole.

– Je vois que tu as recyclé l'idée de faire payer l'accès aux Enfers.

Il rit, même si posséder une obole n'était pas aussi simple que pendant les temps anciens. Celles qu'Hadès frappait étaient en or et non en argent, et elles étaient liées à l'âme, de sorte que dès que celui qui la possédait mourait, l'obole disparaissait. Cela rendait également la contrefaçon impossible, puisque chaque pièce était unique.

Hadès ne les distribuait pas à la légère et comme il était le seul à pouvoir le faire, il s'assurait que ceux à qui il donnait un jeton étaient honnêtes, du moins sur les points qui comptaient pour lui.

Il continua d'escorter Perséphone le long du couloir sombre qui menait à son bureau. Il ressemblait au précédent dans sa disposition, avec un mur de fenêtres sombres qui lui permettaient de garder un œil sur les activités qui avaient lieu en contrebas. Contrairement à l'étage public, il n'y avait ni danse ni musique, ici. Les membres n'y venaient pas pour se désinhiber, même s'il arrivait que quelqu'un boive trop, mais il était aussitôt escorté à la porte.

Ce lieu servait à mettre de côté les différends, à établir des connexions.

Ce lieu était un pouls, sur lequel Hadès gardait tout le temps le doigt.

Il regarda Perséphone qui observait le bar en contrebas, espérant qu'elle était rassurée.

Pas de sang, avait-il envie de dire, car il supposait que c'était ce à quoi elle s'attendait.

Elle dessina une ligne sur la vitre.

– Ils peuvent nous voir ?

– Non, dit Hadès.

Depuis la pièce du bas, cette partie du bureau était dans l'ombre et ressemblait à un mur noir. Malgré cela, aucun des membres n'était dupe. Ils savaient que chacun de leurs gestes, chacun de leurs mots, était observé et enregistré. C'était le prix à payer pour être membre de L'Iniquité, et en échange, ils avaient accès à ses ressources inestimables et, ils le découvraient vite, indispensables pour survivre dans cette partie de la Nouvelle Grèce, sur laquelle Hadès régnait également.

– Alors, tu les espionnes ?

Elle le regarda par-dessus son épaule et il aima le halo que la lumière dessinait autour d'elle, malgré la froideur avec laquelle elle avait posé sa question.

– Tu peux appeler ça de l'espionnage si tu veux.

Elle se concentra de nouveau sur le lounge. Au bout d'un moment, il l'entendit retenir son souffle alors qu'elle reconnaissait peu à peu les visages.

– C'est Nefeli Rella ? dit-elle.

– Elle a une dette envers moi.

– Pourquoi ?

– Je lui ai prêté l'argent pour son premier bordel.

C'était comme ça qu'elle avait commencé, en tout cas. Maintenant, elle était propriétaire de tous les immeubles du quartier du Plaisir, et cela s'accompagnait de grandes responsabilités. Cela dit, Nefeli était plus que partante pour relever le défi. Elle avait toujours été une fervente supportrice des femmes et une défenseuse des droits des travailleuses du sexe. C'était pour ça qu'Hadès s'était intéressé à sa proposition : elle voulait posséder le quartier du Plaisir et le réformer. Sous sa direction, elle promettait de créer des espaces sécurisés pour les travailleuses, ce qu'elle avait déjà mis en place dans son propre bordel.

Donc il avait accepté.

– Pourquoi ?

– C'était une bonne opportunité. Lui ayant prêté l'argent, je détiens une part de son entreprise et je peux m'assurer que ses escorts soient en sécurité.

Cela dit, il n'avait pas à s'inquiéter, car Nefeli était une force de la nature. Ceux qui lui désobéissaient étaient soit virés, soit tués, selon la sévérité de l'infraction. C'était aussi simple que ça.

– Envoie-moi au Tartare, lui avait-elle dit un jour. *J'affronterai volontiers le châtiment éternel pour les vies que je prends. Ça veut sans doute dire que j'en ai sauvé dix de plus.*

Hadès avait souri.

– Si je t'envoyais au Tartare, Nefeli, tu déciderais sans doute que mes châtiments ne sont pas assez bons.

– Qui y a-t-il d'autre là-dedans ? demanda Perséphone.

Hadès se posta à côté d'elle et étudia la salle, cherchant des personnes qu'elle pourrait connaître, non pas pour leur implication dans les bas-fonds criminels mais à cause de la personne qu'ils présentaient au public.

– Là, c'est Leonidas Nasso et Damianos Vitalis. Ce sont des milliardaires et les patrons d'organisations criminelles rivales.

– Nasso ? demanda Perséphone. Tu veux dire le propriétaire de la chaîne Nasso Pizzeria ?

– Exactement, confirma Hadès. Les Vitalis sont aussi propriétaires de restaurants, mais leur véritable source de revenus est la pêche.

Nasso et Vitalis étaient tous deux usuriers et spécialisés dans les jeux d'argent, et une seule rue séparait leurs territoires à Nouvelle Athènes. D'après le règlement de L'Iniquité, ils pouvaient continuer d'étendre leurs empires à condition qu'un pourcentage de leurs rentrées d'argent soit reversé à des œuvres de charité, et ils avaient interdiction de fabriquer ou de vendre de la drogue.

– S'ils sont rivaux, pourquoi jouent-ils aux cartes ?

– Parce que c'est un territoire neutre. Il est illégal de s'en prendre à une autre personne sur cette propriété.

Cela dit, Nasso et Vitalis avaient conclu une trêve en rejoignant L'Iniquité, et s'ils continuaient à travailler ensemble, ils étaient partis pour devenir les deux familles mortelles les plus puissantes de toute la Nouvelle Grèce.

– Je suppose que tu es l'exception à cette règle ?

– Je suis toujours l'exception, Perséphone.

– Ces gens, c'est l'élite de Nouvelle Athènes ?

Elle n'avait pas tort. En dehors de ce repère, ils étaient connus pour leur richesse, et si certains les soupçonnaient d'être mêlés à des crimes, il n'y avait que peu de preuves pour étayer cette thèse.

– Ce sont les riches et les puissants de la ville, mais ils sont riches et puissants grâce à moi.

Chaque membre était relié par un fil et du moment qu'il obéissait au règlement, il obtenait plus de mou. S'il merdait, le fil était coupé.

Hadès hocha la tête en direction d'autres personnages hauts en couleur.

– Ça, c'est Alexis Nicolo, dit-il en désignant un homme avec une longue mèche sur les yeux.

Chaque fois qu'il bougeait pour boire une gorgée, elle rebondissait.

– C'est un parieur professionnel, ajouta-t-il.

Nasso et Vitalis faisaient également appel à ses services pour attraper les tricheurs dans leurs casinos clandestins.

Il désigna ensuite une blonde.

– Elle, c'est Hélène Hallas. Elle est faussaire d'art. J'utilise son talent pour trafiquer des répliques de reliques.

Il garda Barak Petra pour la fin. L'homme au crâne dégarni était assis seul dans un coin du bar et il paraissait ordinaire dans son costume bleu marine.

– Il n'a pas l'air d'appartenir à cet endroit, remarqua Perséphone.

– Il n'en a pas l'air, mais c'est ce qui le rend doué pour son travail.

– Et c'est quoi son travail ?

– C'est un assassin, dit Hadès.

– Un assassin ? Tu veux dire qu'on le paye pour tuer des gens ?

Hadès supposa qu'il n'avait pas besoin de répondre, et Perséphone n'insista pas.

– Je ne comprends pas. Comment peux-tu te soucier d'éviter une existence misérable aux âmes dans l'au-delà alors que tu offres à ces… *criminels* un lieu où se regrouper ?

– Ce ne sont pas tous des criminels. Je ne me fais pas d'illusions, Perséphone. Je sais que je ne peux pas sauver toutes les âmes. Mais, au moins, L'Iniquité m'assure que ceux qui opèrent dans la face cachée de la société suivent un code de conduite.

S'il devait y avoir du chaos, il comptait s'assurer qu'il bénéficie à la société d'une façon ou d'une autre, même si les chemins pour y parvenir étaient quelque peu douteux.

– Comment le meurtre peut-il faire partie d'un code de conduite ?

– Le meurtre n'en fait pas partie, sauf si le code est enfreint.

Et encore, tout dépendait de la sévérité de la règle qui était enfreinte.

Perséphone chercha son regard.

– On ne peut pas tous être bons, mais si l'on doit être mauvais, alors autant que ça serve un intérêt.

Elle ne répondit pas et il devina qu'elle digérait tout ce qu'elle avait appris ce soir.

– Je ne m'attends pas à ce que tu comprennes. J'ai plusieurs raisons de faire ce que je fais. L'Iniquité est aussi stratégique que le reste. Je détiens le réseau dans lequel opèrent les hommes et les femmes les plus dangereux de la société. Ils mangent dans ma main, et je pourrais les démanteler d'une simple pichenette. Et ils le savent tous, donc ils font ce qu'ils peuvent pour me faire plaisir.

– Tu veux dire, tous sauf Kal Stavros ?

– Je t'avais dit que ce n'était qu'une question de temps avant que quelqu'un te fasse du chantage.

– Tu n'as jamais parlé de chantage. Qu'est-ce que Kal a contre toi ?

– Rien.

Et c'était la vérité.

– C'est simplement qu'il aimerait avoir le contrôle sur moi, comme tous les mortels, expliqua-t-il.

N'était-ce pas ce que tous les mortels désiraient ? Est-ce que ce n'était pas pour ça qu'ils négociaient avec lui ? Dans l'espoir de défier la mort ?

Hadès étudia Perséphone et, s'il ne s'attendait pas à ce qu'elle accepte tout ça facilement, il y avait une chose qu'il souhaitait savoir.

– Tu as peur de moi ?

Elle écarquilla les yeux.

– Non, répondit-elle aussitôt. Mais c'est beaucoup d'infos à encaisser.

Il y avait quelque chose d'inquiétant dans sa voix, mais il commençait à comprendre pourquoi elle semblait penser qu'elle ne le connaissait pas du tout. Hadès déglutit et regarda ses pieds avant de plonger ses yeux dans les siens.

– Je te dirai tout, jura-t-il.

Elle haussa un sourcil, comme pour sous-entendre qu'elle l'obligerait à tenir sa promesse.

– Je crois que j'en ai entendu assez pour ce soir. Je préfère rentrer à la maison.

– Tu veux qu'Antoni te raccompagne ?

Il ne pensait pas qu'elle aurait envie de rentrer aux Enfers avec lui, pas après tout ce qu'elle avait découvert.

Mais elle lui sourit.

– Autant que tu m'emmènes. On va au même endroit, après tout.

Il la prit dans ses bras et, son corps blotti contre le sien, soulagé, il la ramena à la maison.

Lorsqu'ils apparurent, elle s'écarta et disparut dans la salle de bains pour se doucher. Il ne la suivit pas, préférant boire un verre avant de se déshabiller et de s'allonger pour se reposer.

Perséphone revint, vêtue d'une longue chemise qui lui arrivait à mi-cuisse. Il promena son regard sur son corps puis le plongea dans le sien. Elle s'était arrêtée en sortant de la salle de bains et elle l'étudiait de l'autre côté de la pièce.

– Tu vas bien ? demanda-t-il.

Elle hocha lentement la tête, comme si sa question faisait fondre son corps gelé. Elle fit le tour du lit et s'allongea à son côté. Ils se regardèrent en silence et, au bout d'un moment, Hadès toucha son visage, effleurant à peine sa joue rosée. Elle le surprit en tournant la tête contre sa paume pour y déposer un baiser. Il se pencha pour l'embrasser lentement et tendrement.

Il rompit le baiser, mais éloigna à peine sa bouche.

– Laisse-moi te faire l'amour, dit-il d'une voix grave et chaleureuse, chargée de la tendresse dont il comptait faire preuve.

Elle hocha la tête et il l'embrassa une fois de plus. Il bougea pour la chevaucher et maintint son poids sur ses mains pour ne pas l'écraser, puis il caressa sa mâchoire, son cou, sa clavicule avec sa bouche. Au fur et à mesure qu'il l'explorait, le souffle de Perséphone devenait plus court, plus irrégulier, et elle posa les mains à plat dans son dos puis les enfouit dans ses cheveux. Il baissa la tête pour l'embrasser entre les seins, taquinant chaque pointe du bout de la langue à travers sa chemise.

Hadès sentait son excitation. L'air près de son sexe était presque humide et il avait hâte de toucher son clitoris avec sa langue, de laper sa chair pour la faire jouir contre sa bouche. Il avait aussi hâte de célébrer et vénérer son corps, et il recula de nouveau pour s'asseoir et l'embrasser depuis le creux de son genou jusqu'au sommet de sa cuisse, répétant le processus avec son autre jambe avant de plaquer un baiser sur son sexe. Perséphone s'agrippa à sa tête et elle le maintint entre ses cuisses, faisant rire Hadès qui leva les yeux vers les siens.

– Tu désires quelque chose, ma chérie ? demanda-t-il.

Elle le dévisagea, les yeux brillants.

– Tu as dit que tu me ferais l'amour.

– Oui, acquiesça-t-il.

– Alors fais-le. Maintenant.

Il esquissa un sourire et écarta sa chair pour laper son clitoris. Il entendit Perséphone soupirer, elle tirait si fort sur ses cheveux qu'elle lui faisait mal, mais il s'en moquait, car elle avait commencé à se coller à sa bouche.

– Oui, siffla-t-elle. Oui.

Elle lâcha ses cheveux et se crispa.

– Tu veux jouir ? demanda-t-il.

Elle poussa un cri guttural et sa réponse fut son orgasme.

Sous lui, Perséphone était toute molle, mais il remonta le long de son corps, sa verge nichée entre ses cuisses. Elle tendit la main entre eux pour empoigner sa queue et le branler, le faisant grogner dans sa bouche.

– Putain… Putain.

Il l'aurait laissée continuer s'il n'avait pas tenu à ce qu'il ne soit question que de son plaisir à elle. Il prit sa main et la plaqua au-dessus de sa tête, soulevant son bassin pour écarter ses cuisses avec ses genoux. Il positionna sa verge et glissa en elle. Une fois de plus, il s'allongea sur elle en prenant soin de s'appuyer sur ses avant-bras et il l'embrassa langoureusement, entamant les va-et-vient sans quitter sa bouche.

Perséphone leva les jambes pour entourer sa taille, pressant ses talons dans ses fesses. Elle les enfonçait un peu plus à chaque coup de bassin d'Hadès, comme si elle cherchait à l'absorber.

Il glissa un bras sous sa tête et la regarda dans les yeux.

– Il y a peu de vérités dans ce monde, dit-il, mais celle que tu ne dois jamais oublier est que je t'aime.

– Je t'aime aussi, chuchota-t-elle avant d'attirer sa bouche contre la sienne.

Ses propos s'accompagnèrent d'un changement dans leur façon de bouger. Soudain, leur rythme trahit une urgence qui fit tanguer le lit. Leurs souffles devinrent rauques et brusques et chacun pria l'autre de jouir. Leurs orgasmes déferlèrent en même temps et les secouèrent jusqu'à la moelle, jusqu'à ce qu'ils n'aient plus de force, ni l'un ni l'autre.

Après quelques minutes, Hadès se leva avec elle et ils se douchèrent avant de revenir au lit, où il se blottit contre elle et sombra dans un sommeil profond.

* * *

Hadès se réveilla en sursaut et découvrit qu'il était seul. Il s'assit et balaya la pièce des yeux, mais Perséphone n'était pas là. Il crut d'abord qu'elle était partie des Enfers, mais il la sentait, alors il partit à sa recherche. Il avança dans les couloirs tamisés du palais et sentit un parfum de chocolat chaud. Il sut tout de suite qu'il la trouverait dans la cuisine. Elle avait l'habitude de faire des pâtisseries lorsqu'elle était stressée, et il réalisa soudain qu'elle n'en avait pas refait depuis qu'elle lui avait montré comment faire des cookies, chez elle.

Il traversa la salle à manger, où il trouva Cerbère, Typhon et Orthos couchés devant la porte de la cuisine. Ils levèrent la tête quand il passa et poussa la porte, trouvant Perséphone par terre, les genoux repliés contre sa poitrine, les yeux sur le four, son visage morne éclairé par sa lumière jaune.

– Tu n'arrives pas à dormir ? demanda-t-il.

Elle tourna la tête vers lui, elle avait l'air épuisée et triste. Il sut qu'elle pensait à Lexa.

– Non. J'espère que je ne t'ai pas réveillé.

– Tu ne m'as pas réveillé, mais ton absence, si, répondit-il sincèrement.

– Pardon, dit-elle en fronçant les sourcils.

– Ne t'excuse pas. Surtout si ça veut dire que tu as préparé un gâteau.

Il s'assit à côté d'elle et regarda le four pendant quelques secondes avant de baisser les yeux sur elle, découvrant qu'elle l'étudiait.

– Tu sais que je peux t'aider à dormir, lui dit-il à voix basse.

– Le gâteau n'est pas encore prêt, chuchota-t-elle.

Il pouvait voir qu'elle était épuisée et qu'elle avait envie de dormir.

– Je ne le laisserais jamais brûler, promit-il en passant son bras sur ses épaules pour l'inviter à appuyer sa tête sur son torse.

Elle s'endormit bientôt et il la prit dans ses bras pour la porter dans sa chambre avant de retourner en cuisine. La sonnerie d'un minuteur le fit sursauter et il se tourna vers le petit objet blanc que Perséphone avait posé sur le four. Il sonnait toujours quand il le prit et essaya de l'éteindre, mais le petit bouton cassa entre ses doigts.

– C'est quoi ce bordel ? bougonna-t-il en le reposant avant de le couvrir avec un saladier pour essayer d'étouffer le bruit.

La sonnerie cessa et tout redevint silencieux.

– Nom d'une Moire ! marmonna-t-il.

Il se concentra sur le gâteau et regarda autour de lui avant de réaliser qu'il n'avait pas la moindre idée d'où le matériel était rangé.

Si j'étais une manique, je serais où ? pensa-t-il en ouvrant les placards et les tiroirs jusqu'à en trouver une paire… sauf qu'elles ne lui allaient pas.

– Bon sang de dieux ! jura-t-il.

Pourquoi était-ce si difficile ?

Il fouilla dans le tiroir à la recherche d'une autre solution, mais il n'en trouva pas. Il décida de se débrouiller.

Il ouvrit le four, et la chaleur fouetta son visage et fit pleurer ses yeux. Il plongea les mains dedans et essaya de tirer le gâteau vers lui, sur la grille, mais ses phalanges effleurèrent le haut du four, se brûlant aussitôt.

– Aïe ! rugit-il en les retirant.

Cette fois, il tenta d'enfiler une manique, mais seuls son pouce et son index y entrèrent. Tant pis, c'était mieux que rien. Il essaya de nouveau et parvint à pincer le bord du plat afin de le tirer sur la grille, mais il lui échappa. Sans réfléchir, il tendit les mains pour le rattraper.

– Bordel de merde ! hurla-t-il en parvenant à jeter le gâteau sur le dessus du four.

Il resta planté un moment devant le four alors que ses mains brûlaient, puis il invoqua sa magie pour guérir ses blessures.

– Putain de gâteau ! grommela-t-il avec un regard assassin. J'espère au moins que tu es délicieux.

Chapitre XIX

HÉLIOS EST UN ENFOIRÉ

Entre les travaux d'Héra et la tristesse de Perséphone au sujet de Lexa, Hadès avait l'impression que ça faisait une éternité qu'il n'avait pas eu le temps de s'occuper des Grées et de Méduse. Il lui fallait établir un plan afin de convaincre Hélios de l'aider à localiser les sœurs, mais avant ça, il souhaitait s'entretenir avec Leucé.

Le lendemain, il se manifesta devant sa porte et y frappa furieusement jusqu'à ce qu'elle l'entrouvre. Il savait qu'il la réveillait, ses yeux étaient gonflés et ses cheveux blancs en bataille.

– Bonjour, Leucé, dit Hadès en poussant la porte pour entrer.

La nymphe recula en resserrant son peignoir.

– Ha… Hadès, dit-elle. Qu'est-ce que je peux faire pour toi ?

– Tu peux me répondre honnêtement, dit-il. Est-ce que tu as donné à Perséphone le mot de passe pour L'Iniquité ?

Elle resta silencieuse.

– Dis-moi ! hurla-t-il.

– Qu'est-ce que j'aurais dû faire ? demanda-t-elle. Tu n'étais pas là ! Tu ne l'as pas vue s'effondrer !

Hadès pâlit.

– De quoi tu parles ?

La nymphe soupira.

– Elle a eu une crise d'angoisse à cause de quelque chose qui est arrivé à son amie. Celle qui est à l'hôpital. Elle a eu peur, Hadès. Je n'ai pas grand-chose, mais j'ai voulu aider, alors pardonne-moi d'avoir essayé !

– Tu l'as envoyée chercher de l'aide à L'Iniquité ! dit-il.

Leucé avait beau ne pas avoir vécu longtemps dans le monde moderne, elle comprenait le fonctionnement de L'Iniquité et savait qu'il ne voulait pas que Perséphone sache que ce lieu existait. Il avait du mal à croire qu'elle ait pensé que l'y envoyer serait une bonne décision et non une source de division.

– Tu aurais pu boire un café avec elle !

– C'est ce qu'on a fait, espèce d'imbécile ! siffla Leucé. Comment peux-tu croire qu'une boisson chaude réglerait ce qu'elle traverse ?

Il avait envie de crier que rien ne pourrait régler ce qu'elle traversait, c'était justement le problème. Perséphone était en deuil.

– Tu penses que je vais croire que tu as envoyé Perséphone voir un Mage parce que tu voulais l'aider ?

– Qu'est-ce que tu insinues ?

– Que tu l'as envoyée dans un piège !

– Parce que je suis incapable de faire quelque chose de gentil pour quelqu'un, c'est ça ?

– Combien de fois je vais devoir te répéter qu'envoyer Perséphone voir un Mage était dangereux ? C'est sans parler du fait que tu savais que je le découvrirais. Tu espérais qu'on se dispute ?

Elle avait déjà essayé lorsqu'elle s'était présentée comme sa maîtresse. Hadès la soupçonnait de vouloir lui causer des problèmes. Pourquoi croirait-il le contraire maintenant ?

– C'est pour ça que notre couple n'a jamais fonctionné ! Tu ne m'as jamais fait confiance.

– À l'évidence, j'avais raison.

Leucé se tourna et saisit l'objet le plus proche, une statue ailée, pour la jeter sur Hadès qui l'évita.

– Va-t'en ! hurla-t-elle alors que la statue se brisait sur le mur derrière lui.

Hadès se redressa lentement et fusilla la nymphe du regard.

– Très bien, mais retiens ce que je te dis, Leucé. Je découvrirai pour qui tu travailles. D'ici-là, n'approche pas de Perséphone.

* * *

En sortant de chez Leucé, Hadès retourna aux Enfers. Il se tenait désormais au milieu d'un troupeau de cinquante vaches blanches comme neige. Quand il les avait volées à Hélios, il avait seulement eu l'intention de prendre les meilleures bêtes du troupeau, mais il avait manqué de temps, alors il les avait toutes emmenées. Plus tard, Hélios avait refusé de conduire son char doré dans le ciel si Hadès ne les lui rendait pas, et Zeus avait considéré que la menace était assez grave pour convoquer le Conseil.

En fin de compte, Hadès avait refusé de rendre les vaches, et le soleil brillait encore. Toutefois, Hadès devait admettre qu'il n'avait pas imaginé ce que cela impliquait de posséder cinquante nouvelles bêtes, du jour au lendemain.

– Vous puez toutes, avait-il dit. Je ne comprendrai jamais pourquoi Hélios vous aime autant.

– Je les trouve géniales, avait dit Hécate quand il les avait ramenées.

Elle avait été tellement ravie qu'elle les avait toutes baptisées et leur avait fabriqué des colliers, mais Hadès ne parvenait quand même pas à les distinguer les unes des autres. Maintenant, il ne lui restait plus qu'à choisir les meilleures d'entre elles afin de persuader Hélios de l'aider à trouver les Grées et peut-être même Méduse, même s'il craignait de mentionner la Gorgone. Il ne faisait pas confiance au dieu du Soleil.

Comment choisissait-on une vache préférée ?

Il tournait sur lui-même, cherchant des signes de supériorité, mais il ne savait pas par où commencer. Elles étaient toutes de la même couleur et avaient la même corpulence, comme si Hélios avait produit des clones. Peut-être Hécate était-elle plus apte à accomplir cette tâche ? Elle semblait apprécier les détails et les différences les plus fines entre les animaux dont elle s'occupait. Toutefois, il n'avait pas encore pu la convoquer quand il vit Thanatos approcher d'un air inquiet.

C'était suffisamment étrange pour qu'Hadès se fige et le dévisage. La présence de Thanatos était toujours vibrante, malgré ses robes noires et ses traits pâles et, s'il n'avait jamais l'air particulièrement joyeux, il avait toujours l'air serein et paisible.

Pas aujourd'hui.

Aujourd'hui, il semblait triste, et cela stressa Hadès.

– Thanatos, dit-il.

– Lord Hadès. Je…

Thanatos marqua une pause et prit une grande inspiration avant de recommencer.

– Je suis allé voir Lexa, aujourd'hui. Pour… préparer la prochaine phase. Il est… presque l'heure.

Hadès eut du mal à déglutir. Il n'avait pas de mots car il n'y avait rien à dire. Il avait beau ne pas souhaiter ça pour Perséphone, les choses étaient ainsi. Lexa avait pris sa décision et elle serait difficile à accepter, car Perséphone ne comprendrait jamais vraiment pourquoi Lexa choisissait de la quitter.

– Pendant que j'étais là-bas, Perséphone…

Thanatos ne termina pas sa phrase. Au lieu de parler, il choisit de projeter sa magie dans l'esprit d'Hadès. La scène qu'il découvrit à travers les yeux de Thanatos le choqua.

– *Tu travailles*, dit Perséphone. *Je veux savoir qui tu es venu prendre.*

– *Je ne peux pas te le dire*, répondit Thanatos.

Perséphone le fusilla du regard et ses mots sonnèrent comme des armes.

– *Je t'ordonne de me le dire.*

– *Perséphone…*

Hadès entendit le désespoir dans la voix de Thanatos. Les propos de Perséphone l'avaient blessé parce qu'ils révélaient qu'elle ne lui faisait pas confiance et, même si elle ne voulait pas que l'âme de Lexa soit fauchée, Thanatos cherchait simplement à rendre le processus réconfortant.

– *Je ne te laisserai pas l'emporter*, cracha Perséphone.

– *S'il y avait un autre moyen…*

Thanatos avait désespérément envie de communiquer avec Perséphone, de lui faire comprendre qu'il n'était pas l'ennemi mais seulement le porte-parole de Lexa, dont l'âme l'avait appelé lorsqu'elle avait décidé qu'il était temps pour elle de partir.

– *Il y a un autre moyen, et ça implique que tu partes !*

Elle le poussa alors, et Hadès ne sut quelle stupeur était la plus forte, la sienne ou bien celle de Thanatos.

– J'ai dit *va-t'en !*

– Ça suffit ! cria Hadès, et les images disparurent.

Un lourd silence suivit. Hadès resta figé comme une statue, digérant ce qu'il venait de voir. Une tempête de sentiments qu'il eut du mal à déchiffrer fit rage en lui. Il venait de voir la peur de Perséphone à l'état brut, mais aussi une facette de sa personnalité colérique et manipulatrice.

Le plus gros problème, c'était qu'elle continuait à essayer d'empêcher la mort inévitable de Lexa.

– Il lui reste combien de temps ? demanda Hadès.

– Un jour, peut-être deux.

Nouveau silence.

– Elle est prête, Hadès, ajouta Thanatos d'une voix lasse.

Hadès imaginait que c'était ainsi que Lexa se sentait. Elle était fatiguée.

Il ne put que hocher la tête.

– Fauche-la quand tu es prêt, Thanatos, dit Hadès.

Et je m'occupe de Perséphone, pensa-t-il alors qu'il redoutait ce qui l'attendait. Elle ne comprendrait pas, même si une part de lui ne comprenait pas non plus. Il appréciait Lexa et savait qu'elle était une bonne amie pour Perséphone. Toutes les interactions qu'il avait eues avec elle étaient amusantes et plaisantes. Malgré ça, elle souhaitait quand même partir. Hadès ne refusait jamais les âmes pures, et il ne refuserait pas celle-ci, même si cela devait faire souffrir Perséphone plus que jamais.

Hadès s'approcha de Thanatos et posa une main sur son épaule. Il espérait que ça le rassurerait, mais le contact ne fit qu'aggraver sa crainte car il sentit les émotions chaotiques qui l'accablaient.

– Je suis désolé, Hadès, dit Thanatos, et cela lui rappela qu'il avait beau être familier avec la mort, certaines choses ne devenaient jamais plus faciles.

Il quitta le pré et rentra au palais à pied pour se donner le temps de digérer ce qu'il avait vu à travers les yeux de Thanatos. Quand il arriva dans la salle du trône, il n'avait toujours pas réussi à se débarrasser de l'étrange mélange de frustration, de déception et de douleur. Il repensa au nombre de fois où il avait parlé de ça à Perséphone, et du fait qu'il avait voulu la préparer à la possibilité que Lexa mourrait, mais elle restait déterminée à l'empêcher, ce qui l'inquiétait plus que tout, car elle avait déjà essayé de conclure un échange pour sauver la vie de Lexa.

Peut-être avait-elle besoin d'entendre les conséquences qui l'attendaient, de la bouche du roi des Enfers et non de son amant.

Il s'assit sur le trône et agrippa les accoudoirs en fermant les yeux, cherchant le lien familier qui les unissait, cet étrange magnétisme qu'il n'avait avec personne d'autre. Il savait toujours quand il l'avait trouvée car il se sentait aussitôt en paix, comme s'il était, d'une façon ou d'une autre, plus complet. Cette fois, il attrapa sa magie, il l'attira à lui, la téléportant dans son royaume.

Il cherchait surtout à illustrer son pouvoir et quand elle apparut dans la lumière rougeâtre et tamisée de sa salle du trône, elle avait l'air sévère, en colère et blessée. Elle ne lui parla même pas avant d'essayer de se téléporter.

Mais sa magie ne fonctionna pas, alors elle craqua.

– Tu ne peux pas m'enlever du royaume des vivants quand ça te chante !

– Tu as de la chance que ce soit moi qui t'en aie enlevée, et pas les Furies.

– Renvoie-moi, Hadès ! hurla-t-elle d'une voix remplie de colère.

Il ne l'avait jamais entendue parler ainsi, mais le deuil était une chose étrange qui changeait les émotions en monstres. Chez Perséphone, le deuil agitait également sa magie. Celle-ci bouillonnait entre eux, épaississant l'air, et il se demanda ce qu'elle ferait de toute cette énergie. Est-ce que des fleurs s'ouvriraient à ses pieds ou des vignes jailliraient du sol ?

– Non.

Il ne la garderait pas ici contre son gré, mais il ne la laisserait pas partir avant qu'ils aient parlé de ce qui s'était passé avec Thanatos. La magie de Perséphone semblait avoir d'autres intentions, car il la sentit monter et fut horrifié de voir des épines surgir de la peau de Perséphone, telles des lames, sur son épaule, à sa taille et sur ses mollets. Elle fut immédiatement couverte de sang et elle tomba à genoux en criant. Hadès bondit, choqué, et la rejoignit.

– Stop ! sanglota-t-elle en tremblant tant elle avait mal. N'approche pas.

Il était hors de question qu'il la laisse seule. Elle avait failli exploser en un tas d'épines ensanglantées et il ne pensait pas exagérer. Sa magie avait fait ça, elle avait puisé sa force dans sa colère et, n'ayant nulle part où aller, elle s'était manifestée ainsi.

Il s'agenouilla à côté d'elle, ne sachant pas quoi faire. Elle était très pâle et la lumière donnait une teinte noire à son sang.

– Putain, Perséphone. Depuis quand ta magie se manifeste comme ça ?

– Tu n'écoutes jamais ? siffla-t-elle en grinçant des dents.

– Je pourrais te demander la même chose, rétorqua-t-il.

Il leva la main avec l'intention de la guérir, mais il hésita un instant, attendant qu'elle proteste. La douleur avait dû prendre le dessus, car elle ne dit rien.

Il grimaça en posant sa main sur la première plaie. L'épine était couverte de sang et sa peau était déchirée. Il contracta sa mâchoire pendant qu'elle guérissait et il passa à celle sur sa taille, puis aux deux qui avaient jailli sur ses mollets. Une fois terminé, il recula, détestant tellement sentir son sang sur ses mains qu'elles en tremblaient.

– Depuis quand tu me caches ça ? demanda-t-il, conscient que ça n'avait pas commencé aujourd'hui.

L'a-t-elle dit à Hécate ?

– Au cas où tu ne l'aurais pas remarqué, j'ai été un peu distraite ces derniers temps, répondit-elle d'un ton amer alors qu'elle n'avait toujours pas récupéré sa respiration. Qu'est-ce que tu veux, Hadès ?

Elle avait parlé d'un ton abattu, ce qui inquiéta encore plus Hadès. Il avait l'impression qu'elle prenait ses distances, une fois de plus, sauf que cette fois, c'était pire. Il aurait dû être désespéré, au lieu de ça, il était en colère.

– Ton comportement envers Thanatos était atroce. Tu t'excuseras.

Elle le fusilla du regard.

– Pourquoi ? Il allait prendre Lexa ! Pire, il allait me le cacher.

– Il faisait son travail, Perséphone.

– Tuer mon amie n'est pas un travail ! C'est un meurtre !

Il détestait ce mot : *tuer*. Il lui transperçait le cœur comme une flèche. Elle se comportait comme si Hadès voulait que ce soit le destin de Lexa, comme si elle avait oublié qui il était.

– Tu sais parfaitement que ce n'est pas un meurtre. La maintenir en vie pour ton propre bénéfice n'est pas un acte de gentillesse, siffla-t-il. (Il n'avait jamais été aussi dur avec Perséphone.) Elle souffre, et c'est toi qui prolonges sa souffrance.

– Non, c'est toi qui la prolonges. Tu pourrais la guérir, mais tu as choisi de ne pas m'aider.

– Tu veux que je négocie avec les Moires pour qu'elle survive, peut-être ? Pour que tu aies une autre mort sur la conscience ? Le meurtre ne te sied pas, déesse.

Ces mots qu'il lui cracha à la figure la frappèrent de plein fouet, elle essaya de le gifler, mais il saisit sa main et l'attira contre lui. Le sang qui séchait sur sa main lui parut visqueux. Être aussi près ajoutait une autre couche à sa peine car ça lui rappelait la veille, quand ils avaient joui ensemble avec tant de passion.

Leur amour était-il ainsi ? Était-ce ces deux extrêmes qui semblaient toujours si désespérés ?

Elle ferma alors le poing et tomba contre son torse en pleurant.

– Je ne sais pas comment perdre quelqu'un, Hadès.

C'était dans des moments comme celui-ci qu'il se rendait compte que son cœur ne lui appartenait plus.

– Je sais, dit-il en prenant son visage dans ses mains. Mais fuir ne t'aidera en rien, Perséphone. Tu ne fais que repousser l'inévitable.

– Hadès, s'il te plaît, dit-elle d'une voix torturée. Et si c'était moi ?

Non.

Il la lâcha immédiatement.

– Je refuse de penser à une telle chose.

– Tu ne peux pas me dire que tu n'enfreindrais pas toutes les lois divines pour moi.

Le pouvoir d'Hadès se mit en garde, rien qu'en y pensant.

– Qu'on soit d'accord, Milady, je réduirais ce monde en cendres, pour toi.

Il le lui avait déjà dit, mais peut-être ne comprenait-elle pas tout à fait ce que cela signifiait. Il n'y avait aucune règle valable ou divine quand il s'agissait de Perséphone. Elle était l'exception. Peu importe que personne d'autre ne le pense. Il le pensait, lui, et c'était tout ce qui comptait.

– Mais c'est un fardeau que je suis prêt à endosser. Est-ce que tu peux dire la même chose ?

Elle ne dit rien et Hadès n'en fut pas surpris. Elle était probablement en train de repenser à tous les fils gravés dans sa peau, même si ce n'était pas le pire.

Le pire, c'était la culpabilité.

– Je t'accorde un jour supplémentaire pour faire tes adieux à Lexa. C'est le seul compromis que je peux t'offrir. Tu devrais être reconnaissante de cette Faveur.

* * *

Plus tard dans la journée, Hadès se tenait invisible dans un grand pré et il déposa l'une des vaches immaculées d'Hélios dans l'herbe grasse et verte.

Quand il était enfin retourné chercher une vache, choisir la meilleure ne lui importait plus, et la seule raison pour laquelle il allait au bout du plan était qu'il tenait à localiser les Grées. Il était inquiet que les ravisseurs n'aient pas cherché à contacter qui que ce soit. Il envisageait également que Méduse ait quelque chose à voir dans leur disparition. Peut-être était-ce pour ça que personne n'était venu collecter l'œil.

La vache meugla, attirant l'attention d'Hadès.

Il y eut un éclat de lumière à l'autre bout du champ et Hélios apparut. Ses robes pourpres volaient autour de lui, comme s'il y avait un décalage entre les mouvements du dieu et ses vêtements. Il s'arrêta et regarda autour de lui, soupçonnant clairement un piège. Il disparut et réapparut plus près de la vache, scrutant encore une fois les arbres qui entouraient le champ.

Il posa sa joue sur le dos de la bête et la prit dans ses bras.

– Oh, Rosie !

Il se tint devant elle et prit sa longue tête entre ses mains, collant son nez à son museau.

– Tu m'as manqué.

Hadès était très mal à l'aise d'observer cet échange.

– Je vais t'emmener loin d'ici, où personne ne pourra plus jamais nous séparer.

Il embrassa le museau de la vache, une fois, deux fois, et il se préparait à un troisième baiser quand Hadès apparut.

– Je suis navré, mais je ne supporte pas de regarder ça.

Hélios lâcha la vache et recula en le fusillant du regard.

– Toi ! grogna-t-il. Je le savais.

– Mais tu es venu quand même.

– Où sont mes autres vaches ? demanda-t-il.

– Elles attendent de te revoir.

Le dieu du Soleil plissa ses nombreux yeux.

– Tu veux quelque chose ?

– Bien évidemment. Je sais que tu regardes les travaux qu'Héra m'impose.

Hélios voyait tout ce qui se passait sur Terre, même ce qu'il faisait mine d'ignorer. D'ailleurs, la raison pour laquelle Hadès avait kidnappé ses vaches était qu'il avait refusé de lui dire où était Sisyphe, l'homme qui avait volé des âmes grâce à une relique qu'il avait obtenue de Poséidon.

Le dieu sourit.

– J'ai regardé assez longtemps pour voir Héraclès te tabasser. C'était un combat très satisfaisant. Dommage qu'il n'ait pas gagné.

– Heureusement que j'ai gagné, tu veux dire. Sinon, tes vaches seraient des résidentes permanentes des Enfers.

Il y eut un silence.

– C'est ton offrande de paix ? Rosie ? Ou tu m'offres tout le troupeau ?

– Considère Rosie comme un début, dit Hadès. Plus tu coopéreras, plus tu pourras récupérer de Rosie.

La bouche d'Hélios se pinça.

– Qu'est-ce que tu veux ?

Il avait beau savoir que le dieu du Soleil savait déjà ce qu'il voulait, il décida qu'il valait mieux ne pas se disputer, pour autant que ce soit possible, étant donné sa mauvaise humeur.

– J'ai besoin de savoir où sont les Grées. Elles ont été enlevées dans la boîte de Dionysos.

Hélios éclata de rire et Hadès fronça les sourcils, ne sachant interpréter sa réaction.

– Tu es tellement obnubilé par le fait de trouver les Grées que tu n'as même pas remarqué ce qui se tramait autour de toi.

– Et c'est quoi, au juste ?

– Des troubles, de l'agitation. Et tu sais à quoi mène l'agitation ?

La guerre.

Hadès ne dit pas le mot à voix haute car il ne souhaitait pas qu'il devienne réalité, mais il savait ce qu'insinuait Hélios.

Le dieu rit à nouveau.

– Je prédis une autre guerre, bientôt. Une Olympianomachie, dit-il d'une voix douce en souriant. Ça sonne pas mal, non ?

– Tu es sûr à ce point qu'on perdra ? demanda Hadès.

– Je n'en ai pas le moindre doute.

Hélios n'était fidèle qu'à lui-même. Même son choix de se ranger du côté des Olympiens plutôt qu'avec ses confrères

Titans était né du souhait de maintenir son bien-être plutôt que d'une loyauté envers Zeus.

– Tu oublies que tu vois tout, Hélios, mais que tu ne sais pas tout.

– J'ai toujours choisi le camp des vainqueurs, dit Hélios. Ça n'a jamais été par hasard.

– La trahison n'est pas belle, Hélios.

– Je n'ai encore rien fait, dit le dieu. Et je t'aide. Ça ne fait pas de moi un traître, il me semble.

C'est vrai qu'il l'aidait, même si c'était à contrecœur.

– Quel est le rapport avec l'emplacement des Grées ? demanda Hadès.

Il pouvait discuter toute la journée, mais il espérait une réponse claire.

– Tout, dit Hélios. Je te rends un grand service en te disant que les Grées étaient prévues pour servir d'arme. Leur don était censé être les fondations sur lesquelles la guerre contre les Olympiens allait être bâtie.

Hadès n'était pas surpris.

– Ah oui ?

– On sait tous les deux que c'est toi qui as l'œil, et que sans lui, les sœurs sont aveugles… inutiles.

Hadès contracta sa mâchoire. Elles n'étaient pas inutiles, même sans leur œil. D'ailleurs, Hadès avait le sentiment que leur plus grande force résidait dans les secrets qu'elles gardaient.

– Tu as dit qu'elle devait servir de fondation pour la guerre. Comment ça ?

Il ne voulait pas mentionner Méduse, même si Hélios était au courant pour la Gorgone. Mais Hadès aurait préféré qu'il en parle lui-même.

– Hadès, ne fais pas l'imbécile. Leur œil donne accès au futur. C'est un outil précieux dans une bataille. Entre les…

mauvaises… mains, il peut servir à tracer le chemin qui mènera à la victoire.

Hadès y avait déjà pensé.

– Qui a pris les Grées, Hélios ?

– C'est ce que tu souhaites savoir ? Qui les a prises et où elles sont ? Tu n'as droit qu'à une question, une réponse. Je t'ai déjà donné une mine d'informations.

– Tu n'as pas envie de récupérer le reste de tes vaches ?

– Rosie fera l'affaire, répondit Hélios en lui tapotant le dos. Avec elle, je peux donner naissance à un nouveau troupeau.

Hadès grimaça de dégoût.

– Choisis sagement, Hadès.

Il n'avait pas besoin de réfléchir longtemps. Le besoin le plus urgent était de récupérer les Grées. Hadès découvrirait qui les avait kidnappées plus tard. D'ailleurs, il n'y avait qu'une organisation assez audacieuse pour aller à l'encontre des dieux : la Triade.

Hadès revit Héra et Thésée assis côte à côte. Héra avait-elle trouvé en lui un moyen de renverser Zeus ?

– Où sont les Grées ? demanda enfin Hadès.

Hélios sourit d'un air machiavélique.

– Au Lac Triton. Tu les trouveras dans l'une des grottes.

Le dieu du Soleil attira Rosie contre lui et la prit sous le bras pour la soulever grâce à sa force immense.

– Tu es sur le point de découvrir, Hadès, que tu es dans le mauvais camp.

Hadès plissa les yeux, mais ne dit rien. Hélios ne l'aurait pas écouté, de toute façon, car il disparut aussitôt. Si Hadès soupçonnait déjà qu'un soulèvement se tramait contre les Olympiens, il pensait que l'opposition tenterait de prendre le pouvoir grâce aux reliques, pas grâce à des monstres divins. Pire encore, les monstres divins pouvaient être créés, et si la Triade était derrière tout ça et qu'ils parvenaient à avoir le soutien d'une poignée d'Olympiens, alors ils représenteraient un adversaire bien plus puissant qu'Hadès ne l'avait pensé.

Au moins, pour l'instant, il avait une piste à suivre, et elle commençait au Lac Triton.

Il invoquait sa magie pour se téléporter lorsqu'Héra apparut dans le pré.

– Putain de Moires ! grommela-t-il.

– Hadès, dit-elle avec un sourire diabolique, je te cherchais.

Chapitre XX

LES AMAZONES

Il avait envie de lui dire que ce n'était pas le moment, mais il savait ce qu'elle menacerait de lui prendre. Son avenir avec Perséphone, même s'il l'avait lui-même mis en danger lors de leur dernière rencontre. Sa poitrine se resserra en pensant à la façon dont ils s'étaient quittés, sans mots réconfortants, simplement avec un décompte pour dire au revoir à son amie. Or même s'il avait merdé, il n'avait pas envie qu'Héra aggrave la situation, et c'est ce qui le fit rester, malgré l'urgence qu'il y avait à trouver les Grées.

Il enverrait Ilias au Lac Triton. Il envisagea un instant d'inclure Dionysos, mais il ne connaissait pas encore les allégeances du dieu, et avec une révolte potentielle à l'horizon, il ne pouvait pas prendre de risques.

– Qu'est-ce qu'il y a ? demanda-t-il.

Il n'avait aucune raison de cacher son dédain pour la déesse, surtout après ce qu'elle lui avait fait endurer lors des deux derniers travaux. Son estomac se souleva en y repensant. Qu'avait-elle prévu pour lui, cette fois ? Est-ce que ça allait être encore pire ?

– J'aimerais que tu récupères la ceinture d'Hippolyte, dit-elle simplement.

Hadès fronça les sourcils. C'était une tâche relativement simple, après ce qu'elle lui avait imposé jusque-là.

– La ceinture d'Hippolyte. Pourquoi ?

– Ne questionne pas mes désirs, Lord Hadès. Ça ne te regarde pas.

Hadès plissa les yeux.

– Est-ce qu'Arès est au courant de tes désirs ?

– Il a offert la ceinture à Hippolyte. Je ne vois aucune raison de lui demander.

Hadès la fusilla du regard. La ceinture n'avait rien de particulier. Elle était en cuir, et Hippolyte la portait pour symboliser son statut de reine des Amazones. Son seul pouvoir était d'offrir à son porteur une force surhumaine, ce qui était inutile pour Hippolyte et Héra, car elles avaient déjà ce pouvoir.

Sauf, bien sûr, si c'était une tentative pour obtenir un pouvoir supplémentaire pour se battre contre Zeus. La ceinture permettrait à un mortel Impie d'affronter un dieu.

L'humeur d'Hadès devint soudain lugubre et il se demanda combien de ces travaux étaient liés à son but ultime de renverser Zeus.

Il ne s'autorisa pas à y réfléchir très longtemps. Il rangea l'information dans un coin de sa tête. Peut-être avait-il une piste, quelque chose qui lui permettrait de mettre fin aux travaux d'Héra et d'empêcher qu'elle s'en prenne à Perséphone.

– Fais le nécessaire. Tu as jusqu'au coucher du soleil pour accomplir ta tâche.

Hadès poussa un grognement frustré, et elle disparut. Il sortit son téléphone pour appeler Ilias.

– Oui ? répondit le satyre, à bout de souffle.

– J'interromps quelque chose ?

– Je cours un marathon, dit Ilias d'un ton légèrement sarcastique.

Hadès n'en doutait pas.

– Quand tu auras fini, j'ai besoin que tu ailles au Lac Triton pour récupérer les Grées. Ne le dis à personne. Je reviens dès que possible.

– Ça marche, répondit Ilias.

Hadès raccrocha et disparut.

* * *

Les Amazones vivaient à Terme, au nord de la Nouvelle Grèce, dans un lieu qui ne figurait sur aucune carte mortelle. Il y avait une petite île au large de la côte, qu'elles appelaient Themyscira et dont elles se servaient pour s'entraîner. Le paysage à Terme était luxuriant et verdoyant, composé de collines et de gorges dans lesquelles une eau transparente coulait sur de gros rochers. Leur ville était encaissée dans un grand mur de pierre et de briques grises. Ses tours et ses portails étaient lourdement gardés car il y avait toujours un ou deux mortels courageux qui essayaient d'escalader les parois et, selon leurs intentions, ils étaient soit libérés, soit détenus à la discrétion de la reine Hippolyte.

C'est à l'un de ces portails qu'Hadès apparut. Il aurait pu arriver dans l'un des sanctuaires d'Hippolyte, mais cela n'aurait guère été apprécié et, comme il comptait demander une faveur à l'Amazone, il préféra éviter.

Deux femmes montaient la garde, vêtues d'une armure de hoplite en bronze qui comprenait un casque, un plastron et des grèves. Elles tenaient des boucliers en bronze qui allaient de leur menton à leurs genoux ainsi que des lances. Elles étaient stoïques et fortes.

Elles étaient immobiles devant le portail en bois, mais il sut à leur façon de se crisper qu'elles ne s'étaient pas attendues à le voir.

– Lord Hadès, dit celle de gauche. Que nous vaut ce plaisir ?

– Ne mens pas, répondit-il. J'ai besoin de parler à Hippolyte.

La garde de droite utilisa sa lance pour frapper trois fois contre la double porte, qui s'ouvrit sur l'oasis luxuriant des Amazones, des chênes verts, des cyprès, des myrtes et des lauriers roses en fleurs. Des sentiers de terre reliaient des maisons identiques bâties en briques de terre sèche et couvertes de vignes en fleurs qui sentaient fort le miel.

Une Amazone attendait de l'autre côté de la porte. Elle ne lui dit rien, se contentant de l'escorter sur le chemin sinueux. Hadès la suivit entre les maisons. Le parfum floral était plus fort ici, et Hadès vit de grosses abeilles passer d'une fleur à une autre, virevoltant entre l'Amazone et lui.

Le sentier les mena à une cour circulaire située en dessous du niveau du sol et à laquelle on accédait grâce à un escalier. Elle avait beau être pavée de briques en terre sèche, les Amazones avaient réussi à rendre l'espace aussi verdoyant que le paysage qui l'entourait, ayant rempli des grands pots de fleurs et de plantes. De l'autre côté de ce point de rassemblement, d'autres maisons identiques s'étendaient et, au-delà, les montagnes de Terme dont les sommets étaient couronnés de nuages.

Les Amazones avaient beau avoir une reine, il n'y avait pas de palais, et Hippolyte ne s'asseyait même pas sur un trône. Elle était reine grâce à son savoir et à son expertise en matière de combat.

Le reste n'avait aucun intérêt.

Le Amazones qui n'étaient pas de garde étaient vêtues de péplos et de capes blancs. Certaines avaient des ceintures dorées, d'autres des rubans, et leurs cheveux étaient noués en tresses élaborées qui servaient à dégager leur cou et leur visage. C'était un choix pratique dû à la chaleur et au risque de gêne lors d'une bataille.

Hadès suivit la garde en bas des marches, puis dans la cour. Il y avait une grande fontaine dans un coin, où des femmes prenaient de l'eau, ainsi qu'un brasero pour la cuisine. Ce qui attira l'attention d'Hadès, ce fut le piquet en métal auquel une femme était attachée.

– Qu'est-ce qu'elle a fait ? demanda-t-il en hochant la tête vers elle.

L'Amazone ne la regarda pas.

– Elle a couché avec un homme en dehors du rituel d'accouplement.

Hadès ne répondit rien. Les Amazones procréaient une fois par an avec la tribu des Gargaréens, ne gardant que les femelles qui naissaient des accouplements, les mâles étaient renvoyés. Ce n'était pas que les Amazones détestaient les hommes, elles les trouvaient simplement inutiles en dehors de la survie de leur société, et en chercher un alors que ce n'était pas nécessaire était considéré comme une honte.

Chez les Amazones, le déshonneur était puni de mort.

Hadès ne put s'empêcher de regarder la femme, dont les yeux étaient rivés sur ses pieds et, même si elle semblait stoïque et insensible à sa punition, il pouvait voir sa souffrance dans les détails de son corps : ses orteils recroquevillés dans ses sandales, le tremblement de ses jambes, les poings qu'elle serrait dans son dos, sa mâchoire tellement contractée qu'elle paraissait proéminente. Le métal contre son dos devait être brûlant, et Hadès aurait parié que sa peau était couverte d'ampoules.

Ils traversèrent la cour et, quand Hadès regarda à nouveau devant lui, il vit qu'Hippolyte marchait vers eux. Son visage avait quelque chose d'enchanteur, peut-être était-ce à cause de ses yeux vert pastel et de ses paupières lourdes. Elle arborait continuellement un air ennuyé, mais ferme. Ses cheveux blonds étaient tressés et elle était vêtue de blanc. Sa ceinture de cuir était simple et se nouait sur la taille ; sans doute était-ce pour le mieux si elle se fondait dans la foule. On supposerait sans doute qu'elle n'avait aucun pouvoir.

– Lord Hadès. Tu es venu me voir ?

– En effet, dit-il. Je suis venu te demander ta ceinture.

Il n'avait aucune raison de ne pas aller droit au but. Il n'avait pas le temps, et Hippolyte non plus.

– J'apprécie ta franchise, dit-elle après une courte pause. Mais ta demande est surprenante.

– En effet.

Il n'en dit pas plus car il ne souhaitait pas fournir d'explication. Hippolyte ne lui en demanda pas, sans doute parce qu'elle s'en fichait. La reine des Amazones l'étudia un moment.

– Je ne suis pas contre, mais il faudrait que l'échange soit équitable.

– J'en ai un en tête, dit Hadès. Même si ce n'est pas habituel.

Il n'était pas certain que ça plaise à Héra, mais elle n'avait pas précisé *quand* il devait obtenir la ceinture, seulement qu'il devait faire *le nécessaire pour accomplir la transaction*, ce qui laissait probablement plus de marge d'interprétation qu'elle ne le souhaitait.

– Je t'écoute, dit l'Amazone.

– J'ai besoin d'une Aegis, dit-il en hochant la tête derrière lui, et l'une des tiennes a besoin d'honneur.

– Zofie est jeune, dit Hippolyte sans lui accorder un regard, tout comme la garde. Elle a le regard baladeur et elle perd de vue ce qui compte vraiment.

Elle parlait de discipline.

– Peut-être qu'avoir une personne à charge l'aidera à se concentrer, dit Hadès. Si elle s'attire l'honneur, alors je te la rendrai en échange de la ceinture. Sinon…

– Tu la tueras, dit Hippolyte.

Hadès n'était pas surpris par l'ordre rapide de la reine. Sans doute était-ce son projet dès le début.

Hadès hocha la tête et, n'étant pas du genre à perdre de temps, Hippolyte l'imita.

– Nous avons un accord, Lord Hadès, dit-elle avant de regarder l'Amazone qui se tenait à quelques mètres d'Hadès. Emmène-la.

La garde partit chercher Zofie et Hippolyte se concentra à nouveau sur Hadès.

– Il y a de l'agitation, là-bas, dit-elle. Je le sens dans mon sang.

La prémonition était quelque chose dont elle avait hérité d'Arès. C'était le genre de magie qui éveillait leur soif de bataille, et ça ne faisait que confirmer ce qu'Hélios avait dit.

– Tu n'as pas tort, répondit Hadès en grimaçant.

Hippolyte pencha la tête sur le côté.

– Tu n'aimes pas la guerre, malgré ses bienfaits pour ton royaume.

– Il n'y a pas de bienfait pour les âmes traumatisées, répondit Hadès.

Les Enfers avaient beau offrir un lieu de paix et de guérison, accueillir les âmes mortes au combat n'était pas beau à voir.

La reine ne dit rien et la garde revint avec Zofie. Hadès se retourna pour étudier la femme. Il avait eu raison au sujet des ampoules. Sa peau était couverte de cloques, non seulement là où elle avait été en contact avec le piquet en métal, mais aussi là où le soleil avait chauffé ses épaules et ses bras. Son crâne était sans doute brûlé aussi, mais c'était dur à dire avec sa longue tresse noire. Ses mains étaient encore ligotées, mais elle ne regardait plus le sol. Elle le regardait dans les yeux, de ses pupilles vertes et perçantes.

– Lord Hadès t'offre une chance de récupérer ton honneur, dit Hippolyte, ce qui poussa Zofie à baisser la tête de nouveau. Si tu es jugée défaillante, à tout moment, il a l'ordre de te tuer.

Il y eut un silence.

– Regarde-moi une dernière fois, Amazone, ordonna la reine.

La jeune femme obéit.

– Merci, ma reine, dit-elle.

Elle ne dit rien de plus et Hadès ne parvint pas à savoir ce qu'elle avait en tête. Certains auraient pensé qu'être aux ordres d'Hadès était une sentence pire encore que de mourir exposée aux éléments, ligotée à un piquet.

– Au revoir, Hadès. Peut-être te reverrai-je à nouveau, dit Hippolyte.

Ses paroles véhiculaient une appréhension, surtout après qu'ils avaient parlé de guerre.

Il hocha la tête et l'Amazone en armure les ramena à la porte en silence.

Une fois dehors, il se tourna face à Zofie et tapota ses épaules pour guérir ses ampoules et détacher ses poignets. Elle écarquilla les yeux et ses bras tombèrent sur les côtés. Elle se massa les poignets en chuchotant.

– Merci.

– Ce n'est pas à moi de juger ce qui est perçu comme une indiscrétion par ton peuple, dit-il. Tout ce qui compte pour moi, c'est que tu protèges ma future reine. C'est compris ?

Son expression surprise et reconnaissante se fit sérieuse et elle hocha la tête.

– Bien sûr, Milord.

Il devait admettre qu'il se sentait soulagé à l'idée que Perséphone serait protégée. Mais ce ne fut que de courte durée car il fut interrompu par un appel.

– Oui ?

– Elles sont mortes, dit Ilias, et l'estomac d'Hadès se noua. Toutes les trois. C'est récent, en plus.

* * *

Hadès rejoignit Ilias dans une grotte nichée dans une falaise, face au Lac Triton. Le satyre se tenait au-dessus des trois corps. Chacune semblait avoir essayé de ramper pour échapper à l'agresseur, une main tendue, un pied planté dans la terre. Cela faisait longtemps qu'Hadès n'avait pas vu les trois sœurs mais, même mortes, il vit qu'elles n'avaient pas changé et avaient les mêmes visages vieillis, les mêmes nez crochus et les mêmes sourcils froncés. Leurs corps étaient drapés dans des capes noires et leurs cheveux blancs comme neige dépassaient de leurs capuches.

– Elles ont été poignardées, dit Ilias.

Hadès ne voyait pas de sang sous leurs capes, mais il pouvait voir que le tissu avait été coupé partout. L'attaque avait été brutale et cruelle. Il était choqué que les trois sœurs soient mortes à ses pieds, car elles étaient des divinités de leur propre droit et leurs pouvoirs incluaient la capacité à guérir les blessures.

Dehors, le vent soufflait et sifflait, comme s'il pleurait la mort des sorcières. Hadès s'agenouilla auprès de l'une d'entre elles : Dino, pensa-t-il. Il tendit la main et toucha l'une des blessures. Quand il retira la main, ses doigts étaient tachés de rouge et de noir, un sang et un poison brûlant.

– Héra, chuchota-t-il.

– Quoi ?

Hadès se leva et essuya le mélange de sang et de poison sur le mur.

– Elles ont été poignardées avec des lames couvertes de sang d'Hydre, dit Hadès. J'ai combattu et tué l'Hydre il y a quelques jours. Je m'apprêtais à venir ici quand Héra m'a assigné un autre travail, et c'est pour ça que je t'ai envoyé à ma place.

La ceinture n'avait été qu'une distraction, ce qui avait donné à Héra le temps d'ordonner la mort des Grées. Restait à savoir pourquoi.

Après un long silence, Hadès hocha la tête en direction de Zofie, qu'il avait emmenée avec lui car il n'avait pas voulu perdre de temps à la déposer quelque part.

– Voici Zofie. Elle est la nouvelle Aegis de Perséphone. Elle a besoin d'une armure et d'armes. Je te laisse t'occuper de son installation. Après ça, j'ai besoin que tu t'intéresses à ce qu'Héra trafique avec Thésée.

Il commençait à entrevoir une fin à ses travaux et à la menace qu'elle représentait pour son union avec Perséphone.

Chapitre XXI

REPRÉSAILLES DIVINES

La nuit était tombée et Hadès était à la recherche de Dionysos. Il était d'abord allé à Bakkheia, mais on l'avait arrêté à la porte en lui disant que le dieu du Vin n'y était pas. Hadès avait demandé où il pouvait être, on ne lui avait pas répondu.

Il n'y avait pas mille endroits où il pouvait être, du moins c'est ce que pensait Hadès. L'un d'eux était le Théâtre de Dionysos, qui avait été construit en son honneur. Hadès se trouvait donc dans la salle en forme de fer à cheval qui se situait près de l'Acropole, où Perséphone travaillait.

Ce soir, la comédie *Lysistrata* y était jouée. Le titre de la pièce était inspiré du personnage principal, qui décidait de mettre fin à la guerre du Péloponnèse en encourageant ses consœurs d'Athènes à s'abstenir de sexe avec leur mari, une stratégie qui finissait par payer. Les acteurs et le chœur portaient des masques grotesques dévoilant une panoplie d'expressions. À part quelques-uns qui paraissaient sereins et heureux, la plupart étaient terrifiants, avec de grandes bouches ouvertes et des yeux creux. Certains portaient des couronnes de lierre et de baies sur la tête. Le public éclatait de rire en découvrant les chansons, les danses et les dialogues. Hadès ne regardait pas le spectacle, il scrutait les spectateurs.

Il trouva Dionysos assis devant. Les sièges de part et d'autre étaient vides, sans doute l'avait-il exigé afin d'être seul.

Hadès s'approcha et s'assit à côté de lui. Dionysos ne quitta pas la scène des yeux en lui adressant la parole :

– Tu es venu me dire que les Grées sont mortes ?

– Je me doutais que tu le savais déjà, répondit Hadès. Il semblerait que j'aie eu raison.

Dionysos ne dit pas comment il l'avait appris, mais Hadès supposa qu'une de ses Ménades avait espionné Ilias et l'avait informé de ses découvertes.

Il y eut un silence entre eux alors que, tout autour, le public éclatait de rire et applaudissait.

– Je ne comprends pas, dit enfin Dionysos.

– Ah non ?

C'était la première fois que le dieu de la Vigne le regardait.

– Qu'est-ce que c'est censé vouloir dire ?

– Les Grées étaient autant des armes que les secrets qu'elles gardaient, dit Hadès. À l'évidence, celui qui les a tuées a préféré les sacrifier plutôt que de voir leur pouvoir se retrouver entre nos mains.

– Tu dis *nous*, remarqua Dionysos. Mais on n'est pas dans le même camp.

– Alors tu es dans quel camp ?

Hadès n'avait jamais pensé s'allier à Dionysos, mais il devait admettre qu'il espérait désormais que le dieu du Vin se range à ses côtés.

Hadès ne savait pas encore ce qu'impliquait de choisir son camp. Tout ce qu'il savait, c'était que quelqu'un, peut-être Héra ou Thésée, apprenait à tuer le Divin. Or le Divin était compliqué. Se positionner contre eux signifiait se ranger aux côtés de Zeus, ce dont Hadès n'avait pas particulièrement envie.

– Je suis dans mon propre camp, dit Dionysos.

Hadès avait beau le respecter, rester neutre ne fonctionnerait pas dans cette situation.

– Tu as conscience que la mort des Grées est plus grave que de perdre Méduse… Ça veut dire que quelqu'un a trouvé un moyen de nous tuer.

– Dans ce cas, être dans leur camp me paraît bien plus intéressant, répondit Dionysos.

– C'est ton plan ? demanda Hadès. Je ne pensais pas que tu serais le premier à t'agenouiller.

La mâchoire de Dionysos se contracta.

– Ce n'est pas une question de soumission, Hadès. Il s'agit de rester discret jusqu'au moment opportun.

– Et quel est ce moment, Dionysos ? Quand tous ceux qui sont plus forts que toi seront morts ?

– Tu n'es pas très fort si tu es mort, dit-il.

Ils restèrent silencieux quelques secondes.

– Je ne t'ai jamais vraiment apprécié.

– Moi non plus.

– Mais je te respectais parce que je pensais que tu étais protecteur, poursuivit Hadès en pensant à toutes les femmes qu'il avait tirées de situations délicates et à qui il avait appris à se défendre.

Il les avait aidées à reprendre le pouvoir, or voilà qu'il allait laisser la mort des Grées impunie. Il allait se cacher. Il était lâche.

– Il s'avère que tu l'es… mais seulement lorsqu'il s'agit de tes propres intérêts.

Il vit Dionysos déglutir. Il se leva.

– Je ne te dis pas de choisir un camp, conclut Hadès. Je te dis de choisir des alliés. Dans cette guerre, aucun de nous ne sera impuni.

Sur ce, il sortit du théâtre.

* * *

Il était tard lorsqu'il rentra aux Enfers et trouva son lit vide.

Il ne s'attendait pas à y trouver Perséphone, mais cela lui rappela la manière dont ils s'étaient quittés et fit ressurgir sa tristesse. Il essaya quand même de dormir, mais dès qu'il fermait les yeux, il la revoyait sans cesse par terre à ses pieds, en sanglots.

Je ne sais pas comment perdre quelqu'un, avait-elle dit. Or si Hadès, lui, le savait, il se rendit compte qu'en revanche il ne pouvait pas imaginer perdre Perséphone, pourtant c'était précisément ce qui se passait. Et l'ironie du sort voulait que ce qu'il faisait depuis tout ce temps, c'était se battre pour la garder, du moins, pour garder la possibilité qu'ils aient un avenir ensemble.

Il dut finir par s'endormir car il se réveilla avec un horrible mal de crâne. Sa bouche était sèche et sa langue gonflée. Il se leva difficilement et alla au bar pour se servir un verre. Il s'apprêtait à boire une gorgée quand une sensation étrange lui parcourut l'échine et un silence inquiétant s'abattit dans la pièce. Il posa son verre et se rendit sur le balcon en invoquant ses vêtements.

Au loin, au-delà des sommets du Tartare, le ciel gris s'était mis à gronder et un tourbillon s'y dessinait.

Les Moires étaient en colère.

Que s'était-il passé, bon sang ?

Il s'apprêtait à se téléporter, la gorge nouée par l'angoisse, mais quelqu'un posa une main sur son épaule. Il se retourna et se trouva face à Thanatos.

Non, c'était impossible.

Il savait déjà ce que le dieu de la Mort allait dire. Il sentait déjà la trahison lui ronger les os.

– Elle l'a fait, dit-il. Perséphone l'a fait. Elle a passé un accord avec Apollon pour guérir Lexa.

Cette nouvelle fit disparaître ses regrets et les transforma en rage, si puissante que son corps se mit à trembler. Comment avait-elle pu être aussi imprudente ? Et impliquer Apollon ? Après qu'Hadès avait été on ne peut plus clair au sujet de sa haine envers le dieu de la Musique ? Après qu'il avait négocié avec lui pour éviter qu'elle ne lui doive quoi que ce soit ? Son sacrifice ne signifiait-il rien pour elle ?

Hadès ferma les poings et croisa le regard hanté de Thanatos.

– Libère les Furies, dit-il.

Hadès ne les appelait pas souvent. Elles n'étaient pas discrètes et leur présence aux Enfers, ainsi qu'à Olympe, était toujours connue de tous.

Il ne réagit pas quand leurs cris horribles fendirent l'air, lui donnant tout de même la chair de poule quand il vit les trois créatures ailées sortir du Tartare dans une explosion pour aller chercher Perséphone et Apollon.

* * *

Hadès avait l'impression qu'on le déchirait de l'intérieur tant sa colère était vive.

Cette tourmente n'aurait-elle pas de fin ?

Il avait tué des amis et des monstres, négocié et sacrifié. Il avait conclu des marchés pour protéger et pouvoir promettre un avenir, et il commençait à croire qu'il était le seul à le désirer.

Hadès se téléporta à Nevernight où il attendit que les Furies lui amènent ses prisonniers. Il aurait fait ça aux Enfers, mais il ne voulait pas inviter de nouveau Apollon dans son royaume. Il ne tarda pas à sentir leur arrivée, percevant une énergie si intense qu'elle fit se hérisser les poils de sa nuque.

Il regarda Perséphone et Apollon atterrir à ses pieds. Perséphone fut déposée délicatement, dans la position où elle était quand les Furies l'avaient capturée et paralysée avec leurs serpents venimeux, mais Apollon atterrit sur la tête. Hadès apprécia d'entendre le craquement que sa chute provoqua et il aurait sans doute souri s'il n'avait pas été aussi en colère… aussi dévasté… aussi trahi.

Il posa les yeux sur Perséphone, qui se leva tremblante.

La première chose qu'il remarqua était combien elle avait l'air fatiguée. Elle était pâle et ses yeux étaient rougis et cernés de grosses lignes noires. Elle n'avait sans doute pas dormi hier soir si elle était avec Apollon, mais Hadès était inquiet, et il le fut encore plus quand il croisa son regard. Ses yeux n'avaient aucun éclat. Il sentit l'appréhension et la peur qui grossissaient entre eux, aussi pointues et emmêlées que des ronces.

– Ces putains de Furies, grommela Apollon.

Hadès riva son attention sur le dieu qui se relevait. Les Furies avaient dû le tirer de son sommeil car il était vêtu d'un peignoir à fleurs et ses cheveux habituellement impeccables étaient en bataille.

Hadès aurait adoré le rouer de coups pour l'enfoncer dans le sol jusqu'à ce qu'il atteigne le Tartare, mais il se retint et ne bougea pas d'un pouce. S'il commençait, il ne s'arrêterait plus. La rage qu'il ressentait n'avait rien de logique. Elle s'immisçait en lui et tout son corps se crispait.

– Tu sais, Hadès, tu pourrais trouver une façon un peu plus moderne de faire respecter l'ordre divin, dit Apollon, ignorant sa colère. Je préférerais être emporté par un bel homme musclé plutôt que par un trio de déesses albinos et leurs serpents.

– Je croyais qu'on avait un deal, Apollon, répondit Hadès, lentement, sentant son visage rougir de colère.

Il n'avait pas invité Apollon dans son royaume pour que *ceci* se produise.

– Tu veux dire le deal où je n'approche pas de ta déesse en échange d'une Faveur ?

La voix d'Apollon dégoulinait de sarcasme et Hadès attendit, réprimant du mieux qu'il pouvait le désir puissant de casser les dents du dieu de la Musique.

– J'aurais été ravi de m'y plier, mais ta petite maîtresse s'est pointée à Érotas pour me demander de l'aide. D'ailleurs, je trouve important de préciser que je prenais un bain.

– Non, ça ne l'est pas, siffla Perséphone en serrant les dents.

Hadès contracta sa mâchoire. Érotas était un bordel du quartier du Plaisir où les clients enchérissaient sur des hommes et des femmes avec qui ils voulaient baiser. Apollon y allait régulièrement, en tant qu'acheteur et, sans doute, baiseur, et l'idée que Perséphone ait arpenté ces rues et soit entrée dans cette maison close lui donnait la nausée.

– Elle sait être très persuasive quand elle est en rogne. Sa magie n'y est pas pour rien. Tu ne m'avais pas dit que c'était une déesse. Je comprends pourquoi tu lui as mis le grappin dessus aussi vite.

L'humeur d'Hadès s'assombrit encore et il regarda Perséphone. C'était bien la dernière chose qu'elle devait souhaiter pour elle-même. Apollon avait gagné plus qu'un contrat avec sa maîtresse. Elle lui avait donné du pouvoir sous la forme d'un secret. Il supposait qu'elle devait savoir que le dieu de la Musique ne gâcherait pas un tel levier.

– J'étais mal placé pour lui dire non quand des épines aiguisées comme des lames étaient rivées sur mes parties intimes.

La mauvaise humeur d'Hadès s'allégea un peu en entendant ça, et il faillit sourire en imaginant Apollon castré par la magie de Perséphone. Il réalisa ensuite qu'il était sans doute nu pendant leur échange, et il fronça les sourcils.

– Alors on a conclu un deal. Un *contrat*, comme tu aimes les appeler. Elle m'a demandé de guérir sa copine et, en échange, elle m'offre sa… compagnie.

– Tu n'es pas obligé de rendre ça si dégoûtant, Apollon, siffla Perséphone en fusillant le dieu du regard.

Hadès l'observa, mais elle ne tourna pas la tête vers lui.

– Dégoûtant ?

– Tout ce qui sort de ta bouche sonne comme un sous-entendu sexuel.

– Pas du tout !

– Mais si !

– Ça suffit ! aboya Hadès.

Perséphone sursauta et croisa enfin son regard. Encore une fois, Hadès y vit sa peur. Quelque part, il avait envie qu'elle ait peur, car il voulait qu'elle comprenne la gravité de ses actes. Ce qu'elle avait fait avait des conséquences qui allaient au-delà de son contrôle.

Il soutint son regard en s'adressant à Apollon.

– Si tu n'as plus besoin de ma déesse, j'aimerais m'entretenir avec elle. Seule.

Apollon n'hésita pas. Aussi arrogant et agaçant qu'il était, il savait quand il valait mieux qu'il se taise.

– Elle est toute à toi, répondit-il avant de disparaître.

Un silence s'installa, Hadès était debout face à Perséphone, essayant de comprendre ce qu'elle avait fait et pourquoi elle l'avait fait.

Je ne sais pas comment perdre quelqu'un, Hadès, avait-elle dit. Alors elle avait décidé de ne pas l'apprendre ?

– Qu'est-ce que tu as fait ?

Elle lui lança un regard assassin et, en temps normal, il aurait nourri sa défiance, car il adorait sa passion, mais cette fois, elle se trompait.

– J'ai sauvé Lexa.

– C'est ce que tu penses ?

Il fit un pas vers elle et sa magie serpenta autour de lui. Il ne sut si c'était lui qu'elle essayait de protéger ou Perséphone, parce qu'il perdait patience. À quelques centimètres d'elle, son Charme mortel avait disparu

– Elle allait mourir…

– Elle choisissait de mourir ! cria Hadès.

Elle le dévisagea, les yeux brillants.

– Et au lieu de respecter son souhait, tu es intervenue. Tout ça parce que tu crains de souffrir.

– J'ai peur de souffrir, oui ! rétorqua-t-elle d'une voix haineuse qu'il n'avait jamais entendue auparavant. Est-ce que tu vas te moquer de moi comme tu te moques de tous les mortels ?

– Ce n'est pas comparable, cracha-t-il. Au moins, les mortels ont le courage de l'affronter.

Sa remarque eut l'effet d'une gifle sur Perséphone, qui tressaillit tandis que sa magie transperçait sa peau avec des épines. Hadès la regarda, horrifié, pendant que son corps se couvrait d'échardes sur les bras, le dos, le ventre et les jambes. Si elle n'apprenait pas à contrôler sa magie, elle finirait par se déchiqueter. Il tendit la main car il ne savait pas quoi faire et, malgré tout ce qui se passait, il ne supportait pas ce qu'il voyait. Il voulait la guérir, pas seulement ses blessures physiques mais aussi celles de son cœur et de son âme.

– Perséphone.

Elle recula, repoussant ses avances. Elle prit une grande inspiration et tenta en vain de couvrir les épines en croisant les bras.

– Si tu tenais à moi, tu aurais été là !

– J'étais là !

Il avait été là chaque fois qu'elle était venue à lui et, à chaque fois, elle l'avait supplié de sauver la vie de Lexa.

– Pas une seule fois tu n'es venu à l'hôpital avec moi, quand je suis allée voir ma meilleure amie dans le coma. Tu n'as jamais été à mes côtés quand je lui tenais la main. Tu aurais pu me prévenir que Thanatos allait venir. Tu aurais pu me dire qu'elle… choisissait de mourir. Mais tu ne l'as pas fait. Tu m'as caché toutes ces choses, comme si c'était un putain de secret. Tu n'étais pas là.

Il écarquilla les yeux et le nœud dans sa gorge descendit jusque dans son ventre. Il était vrai qu'il n'avait pas envisagé beaucoup de ces choses, mais c'était seulement parce qu'il n'avait jamais accordé de courtoisies dans la mort. Par ailleurs, il avait été retenu presque chaque jour par quelque chose. Si ce n'était les Grées, c'étaient les travaux d'Héra.

– Je ne savais pas que tu voulais que je t'accompagne, dit-il à voix basse.

Il pensait que Perséphone préférait être seule pour passer du temps avec Lexa.

– Pourquoi je ne l'aurais pas voulu ? demanda-t-elle en fronçant les sourcils.

– Je ne suis pas le dieu le mieux accueilli dans un hôpital, Perséphone.

– C'est ça, ton excuse ?

Le ton de sa voix le mit sur la défensive.

– Et c'est quoi, la tienne ? gronda-t-il, tout en tentant de rester calme. Tu ne m'as jamais dit…

– Je ne devrais pas avoir besoin de *te dire d'être là* pour moi quand ma meilleure amie est en train de mourir. Au lieu de ça, tu fais comme si c'était aussi… normal que de respirer.

– Parce que la mort a toujours fait partie de mon existence !

– Ça, c'est ton problème, dit-elle en laissant tomber ses bras le long de son corps, ce qui la fit grimacer.

Ses bras étaient couverts de sang, qui se mit à couler par terre. Le ventre d'Hadès se tordit et sa gorge se noua. Il voulait la soigner.

– Tu es le dieu des Enfers depuis tellement longtemps que tu as oublié ce que c'est d'être sur le point de perdre quelqu'un. Au lieu de ça, tu passes ton temps à juger les mortels parce qu'ils craignent ton royaume, qu'ils ont peur de la mort, peur de perdre quelqu'un qu'ils aiment !

– Donc tu étais en colère contre moi, répondit-il, de plus en plus furieux. Et encore une fois, plutôt que de venir me voir, tu as décidé de me punir en demandant l'aide d'Apollon.

Pourquoi était-ce toujours Apollon ?

– Je n'essayais pas de te punir. Quand j'ai décidé d'aller voir Apollon, j'avais l'impression que tu n'étais plus une option, déclara-t-elle d'un ton blessé qui oppressa sa poitrine.

Savait-elle le mal qu'elle lui faisait ?

– Après tout ce que j'ai fait pour te protéger de lui…

– Je ne te l'ai pas demandé, rétorqua-t-elle.

– Non, je suppose que c'est vrai, répondit-il d'un ton amer. Tu n'as jamais supporté mon aide, surtout quand je te dis quelque chose que tu ne veux pas entendre.

– Tu es injuste, souffla-t-elle d'une voix tremblante.

– Ah oui ? Je t'ai proposé une Aegis, et tu as insisté sur le fait que tu n'avais pas besoin de protection, alors que tu es agressée presque quotidiennement en allant au travail. Tu acceptes à peine d'être conduite par Antoni, et tu le fais seulement pour ne pas le vexer. Ensuite, quand je t'offre du réconfort, quand j'essaie de comprendre la peine que tu ressens pour Lexa, ça ne suffit pas.

– Ton réconfort ? s'exclama-t-elle. Quel réconfort ? Quand je suis venue te voir et que je t'ai supplié de sauver Lexa, tu m'as proposé de me laisser faire mon deuil. J'étais censée faire quoi ? Me mettre en retrait et la regarder mourir alors que je savais que je pouvais y remédier ?

– Oui ! cracha-t-il en levant les mains en l'air. C'est exactement ce que tu étais censée faire. Tu n'es pas au-dessus des lois de mon royaume, Perséphone !

Même lui n'était pas au-dessus des lois des morts, et il en portait les stigmates sur sa peau.

– Je ne comprends pas pourquoi sa mort est si grave. Tu viens aux Enfers tous les jours. Tu aurais pu la revoir !

– Parce que ce n'est pas pareil.

– Pourquoi ça ? demanda-t-il.

Elle croisa les bras encore une fois. Elle tressaillit à chaque fois et il se dit que sa colère lui faisait probablement oublier sa douleur. Mais même si elle se tenait face à lui, elle sembla se replier sur elle-même, comme si elle avait peur de dire ce qu'elle pensait vraiment.

– Qu'est-ce qui se passe si toi et moi… si les Moires décident de détricoter notre avenir ? Je ne veux pas me perdre en toi et m'ancrer dans ton royaume au point que je ne saurai plus exister sans toi.

Il eut du mal à respirer. Perdre Lexa aux Enfers était un trop gros risque si leur couple ne survivait pas, et le pire était que tout ce qu'il avait fait jusqu'à maintenant, les travaux absurdes, la recherche des Grées, la trêve avec Dionysos, c'était pour Perséphone. Pour qu'ils aient un avenir.

Est-ce qu'elle doutait d'eux à ce point ?

– Je commence à penser que tu n'as peut-être pas envie d'être dans cette relation.

– Ce n'est pas ce que je dis.

– Alors, qu'est-ce que tu dis ?

Elle parut confuse et angoissée en lui répondant.

– Je ne sais pas. Seulement que… pile au moment où je commençais à comprendre qui je suis, tu es arrivé et tu as tout chamboulé. Je ne sais plus qui je suis censée être. Je ne sais pas…

– Ce que tu veux, conclut-il.

– C'est faux. Je te veux, toi. Je t'ai…

– Ne me dis pas que tu m'aimes, dit-il en détournant le regard. Je ne peux pas… je ne peux pas entendre ça maintenant.

Les mots lui feraient mal. Ils lui faisaient mal, d'ailleurs. Si elle l'aimait, pourquoi envisageait-elle un futur sans lui ?

Après de longues secondes de silence, Perséphone chuchota.

– Je pensais que tu m'aimais.

– C'est le cas, dit-il en fronçant les sourcils tout en pensant qu'il avait peut-être placé trop d'espoir dans les fils qui les reliaient l'un à l'autre. Mais je crois que j'ai peut-être mal compris.

– Mal compris quoi ?

– Les Moires, répondit-il en levant les yeux sur elle.

Comment pouvait-elle avoir l'air encore plus souffrante qu'avant ?

– Je t'ai attendue si longtemps que j'ai ignoré le fait qu'elles tissent rarement des fins heureuses.

– Tu ne penses pas ce que tu dis, dit-elle, et sa voix se cassa.

– Si, répondit-il d'un ton aussi triste que le sien. Et tu comprendras bientôt pourquoi.

Car il était très probable que Perséphone l'accuserait bientôt de tout ce qui était arrivé à Lexa. Il remit en place son Charme et tira sur les manches et le col de sa veste.

Il la regarda une dernière fois, elle faisait peur à voir. Elle était pâle et tremblante, et il savait qu'il regretterait de la laisser comme ça, mais il le regretterait encore plus s'il restait.

– Sache que tes actions ont condamné Lexa à un sort pire que la mort, dit-il avant de partir, laissant Perséphone à Nevernight.

Chapitre XXII

UNE PRIÈRE DÉSESPÉRÉE

Hadès tenta de canaliser son agressivité grâce à une session de torture bien productive, mais si ça allégeait habituellement ses humeurs lugubres, cette fois, ça ne fit qu'aggraver le chaos qui l'avait envahi. Il ne pouvait oublier l'image de Perséphone en souffrance, ni ses mots.

Tu n'étais pas là.

L'accusation le déchirait et il réfléchit à ce qu'il aurait pu faire différemment, mais à quoi bon, maintenant qu'ils en étaient là ? Maintenant qu'elle avait décidé de se tourner vers Apollon pour l'aider ? Elle avait explicitement enfreint les règles de son royaume.

Il se demanda si elle était fière d'elle en découvrant qu'Apollon représentait une alternative pour guérir Lexa. Est-ce qu'il lui avait expliqué que son arc et sa flèche ne guérissaient que les blessures physiques ? Avait-il été clair au sujet du fait qu'il ne pouvait soigner une âme brisée ? Avait-il été envoûté par la proposition de Perséphone de lui tenir compagnie au point de ne pas réfléchir aux conséquences de ses propres actes ?

Sans doute s'en fichait-il royalement.

D'ailleurs, voilà encore autre chose : leur rapprochement.

Hadès grinça des dents. Il allait devoir regarder Perséphone se promener dans tout Nouvelle Athènes au bras du dieu qui avait baisé avec sa précédente maîtresse ? S'il avait l'impression que Perséphone avait trop de dédain pour Apollon pour être victime de ses ruses, il craignait que le dieu lui impose des situations qui la feraient souffrir.

Il allait devoir trouver une menace suffisamment grande pour s'assurer que le dieu se comporte correctement. Sinon, il ne serait jamais en paix avec leur accord.

Quand Hadès quitta enfin le Tartare, il partit en quête des Grées, qu'il trouva réfugiées dans une sorte de grotte en bordure d'Asphodèle, un endroit similaire de là où elles avaient vécu dans le royaume des mortels. Il n'approcha pas d'elles, mais il les observa de loin. Elles étaient assises sur de gros rochers, autour d'un feu. Elles parlaient et riaient en se passant un bol dans lequel elles buvaient, et le seul réconfort qu'Hadès tira de leur mort était le fait qu'ici, au moins, elles semblaient en paix.

* * *

Hadès finit par rentrer au palais, même s'il redoutait ce moment car il savait que Perséphone n'y serait pas. Ce fut encore pire quand il découvrit que sa route était barrée par Cerbère, Typhon et Orthos, debout, les babines retroussées, lui montrant les crocs en grognant.

– Alors vous me trahissez, vous aussi ?

– Personne ne t'a trahi, dit Hécate.

C'était comme si la déesse s'était matérialisée dans l'obscurité qui l'entourait.

Hadès ne dit rien et la fusilla du regard.

– Je veux bien reconnaître que Perséphone est meilleure que moi, mais tu ne peux pas ignorer son mépris flagrant des lois de mon royaume.

– Tu parles comme un enfant, gronda la déesse.

– Hécate, je ne suis pas d'humeur…

– Sans doute pas. Tu es rarement d'humeur à faire quoi que ce soit en dehors du sexe, ce qui, d'après ce que j'ai vu, n'est pas près d'arriver.

Hadès ferma les poings et tourna les talons, mais Hécate se téléporta pour lui barrer la route à nouveau.

– Si Perséphone doit affronter les conséquences de ses actes, tu le dois aussi. Et l'une de ces conséquences, c'est d'écouter ce que j'ai à te dire.

– Que peux-tu avoir à dire que je ne sais pas déjà ? rétorqua Hadès. Que j'ai merdé ? Que j'aurais dû être plus présent ?

– Peut-être que tu aurais dû l'être, mais tu ne l'étais pas. Alors tu vas faire quoi, maintenant ?

Hadès la dévisagea et elle se répéta.

– Tu vas faire quoi, maintenant, Hadès ?

– Je… je ne sais pas, admit-il.

Il n'avait pas réfléchi au-delà de ce qui s'était passé aujourd'hui. Il ne l'avait d'ailleurs pas vraiment digéré, même s'il avait tiré quelques leçons de leur échange, l'une étant que Perséphone ne croyait pas à l'avenir de leur couple.

– Je t'ai entendu, cracha Hécate, et Hadès la fusilla du regard.

– On était d'accord, Hécate. Tu ne dois pas lire dans mes pensées.

– Et je respecterai cet accord quand tu ne te comporteras plus comme un imbécile, répondit-elle. Tu as tout autant de doutes que Perséphone au sujet de votre futur.

– Et j'ai raison d'en avoir, rétorqua-t-il.

Ne venait-il pas de passer les dernières semaines à se battre avec Héra pour être sûre qu'elle se rangerait de son côté quand il serait temps de demander à Zeus la permission d'épouser Perséphone ?

– Tu es tellement concentré sur le fait de t'assurer d'avoir sa main que tu ne t'es pas intéressé aux fondations nécessaires pour un mariage. Ce n'est pas parce que les Moires ont tissé votre futur que tu n'as aucun travail à fournir.

Hadès resta immobile, dans un silence tendu. Il n'était pas prêt à entendre tout ça, mais il savait, au fond, qu'Hécate avait raison.

– Tu t'es plié à la volonté d'Héra par peur, mais je te repose la question : sa bénédiction est-elle plus importante que l'amour que tu éprouves pour Perséphone ?

– Bien sûr que non, rétorqua-t-il.

Elle simplifiait les intentions d'Héra. Il n'était pas seulement question de son approbation mais de l'assurance qu'elle ne ferait pas de mal ou ne maudirait pas Perséphone afin de se venger de lui.

– Je crois que le pire dans tout ça, c'est qu'elle ne sait même pas pourquoi tu te bats. Tu ne lui as même pas dit. Tu ne lui as rien dit. Tu ne lui as même pas expliqué les conséquences de ramener Lexa.

– Elle devrait me faire confiance.

– Va te faire foutre, Hadès.

Il la dévisagea, choqué par son agressivité.

– Tu veux qu'elle soit ta reine, qu'elle soit à tes côtés dans le jugement des âmes, mais tu n'as même pas été capable de lui dire que les âmes brisées ne reviennent jamais complètement. Tu aurais dû lui montrer les conséquences. Elle n'est pas une simple mortelle qui s'est mise à genoux devant toi pour te supplier d'accepter un contrat.

La poitrine d'Hadès se contracta au point qu'il eut du mal à respirer.

– Les gens comme Perséphone, à qui on a raconté des demi-vérités toute leur vie, ont besoin d'autre chose que de paroles, Hadès. Et toi, tu dois comprendre qu'il n'est même plus question d'amour ou de confiance. Il est question de toi, de tes peurs, de tes complexes. Tu ne peux pas continuer de vivre sans lui montrer le monde que tu as créé, peu importe qu'il soit horrible, dur ou effrayant. Elle mérite de savoir ce que ça signifie de t'aimer complètement. Ce n'est pas ce que tu souhaites ?

– Si, c'est ce que je veux, admit-il. Mais je ne crois pas qu'elle aimera toutes mes facettes.

– C'est injuste pour elle, dit Hécate. Tu crois que ses ténèbres ne peuvent pas aimer les tiennes ? Elle est faite pour toi.

Hadès baissa les yeux, accablé par sa défaite.

– Alors, qu'est-ce que tu vas faire pour arranger la situation ?

– Je… je ne sais pas encore.

– Tu n'as pas besoin de décider aujourd'hui. Mais tu vas devoir décider tôt ou tard, parce que Perséphone s'apprête à découvrir ce qu'implique le retour de Lexa, et elle va avoir besoin de toi plus que jamais.

Hadès fronça les sourcils. Il supposait que ce qui l'attendait avec Lexa était bien pire que ce qui était derrière elle.

– Allez les garçons, venez, dit Hécate. On a du travail.

Hécate partit dans le couloir et, l'un après l'autre, ses dobermans lui lancèrent un regard noir avant de lui tourner le dos et de suivre la déesse.

* * *

Héra ne vint pas chercher la ceinture d'Hippolyte, ce qui confirma à Hadès que ce n'était pas ce qui comptait le plus pour elle, mais plutôt la distraction qu'offrait la tâche. Il était certain à présent de comprendre les motivations de la déesse, même s'il n'avait pas encore pu confirmer son alliance avec Thésée.

Quand il avait refusé de participer à sa révolte, Héra lui avait assigné des travaux qui la serviraient. La mort de Briarée était une revanche, mais elle lui assurait également que Zeus ne pourrait pas faire appel à ce grand allié qui l'avait vaincue par le passé. La soirée de combat avait sans doute été un moyen pour elle de tester l'usage de l'Hydre, des oiseaux de Stymphale et d'Héraclès comme armes contre les dieux. À l'évidence, elle avait trouvé un usage du venin de l'Hydre et, si Hadès pensait qu'Héra pourrait utiliser la ceinture d'Hippolyte, il savait désormais que ce n'était qu'un leurre.

Elle avait réussi à manipuler Hadès pour qu'il l'aide dans sa cause sans s'en rendre compte, et il détestait ça. Mais il trouverait un moyen de se venger. Elle regretterait de s'être immiscée dans sa vie.

En attendant, Ilias avait préparé Zofie pour sa mission. Ils s'étaient mis d'accord sur le fait qu'elle garderait ses distances en utilisant un pouvoir qu'Hadès avait été surpris de découvrir chez elle ; le pouvoir de changer de forme. Les métamorphes n'étaient pas inhabituels, mais il ne s'attendait pas à ce que l'Amazone se transforme en un simple chat blanc. Cela permettrait à Zofie d'avoir un œil discret sur Perséphone, ce qui rassurait Hadès, surtout depuis qu'ils ne se parlaient plus. Il avait beau le désirer, il ne savait pas comment aller de l'avant. Des excuses lui paraissaient trop triviales, mais peut-être était-ce le seul moyen de commencer.

– Vous écoutez, ou pas ?

La voix agacée le tira de ses pensées et il vit deux yeux rivés sur lui. C'étaient ceux d'un mortel aux cheveux bruns et bouclés, avec des lunettes aux verres épais. C'était le premier marché d'Hadès de la soirée et potentiellement son dernier.

Il n'arrivait pas à se concentrer.

– Non, admit Hadès et, aussi dur que ce fût pour lui, il présenta ses excuses. Je suis… désolé. Continue, je t'en prie.

Le jeune homme ferma brusquement la bouche, agacé, puis il soupira et continua. Avant qu'Hadès ne divague, le mortel lui avait expliqué que sa grand-mère était sa gardienne depuis qu'il avait cinq ans, et qu'elle était en train de mourir.

– Le médecin lui donne deux mois à vivre, dit-il. Je vous en prie… je n'ai qu'elle.

Hadès fronça les sourcils.

– Je ne négocierai pas pour la vie d'une âme, dit-il.

Toutefois, si c'étaient toujours les mots qu'il employait pour refuser ce genre de requête, ils étaient encore plus durs et douloureux, cette fois.

Son refus sembla encourager le mortel.

– Alors je dois négocier autre chose… L'argent pour lui obtenir les soins et les médicaments dont elle a besoin. Il y a peut-être une chance que…

– Est-ce que tu as demandé à ta grand-mère ce qu'elle veut ? l'interrompit Hadès.

– Comment ça ? demanda l'homme en cligna des yeux.

– Est-ce que tu as demandé à ta grand-mère si elle était en paix avec la mort ?

– Elle n'a pas envie de me laisser, répondit-il d'un ton défensif.

– Ce n'est pas ce que je t'ai demandé, dit Hadès. Je veux savoir si elle est en paix à l'idée de mourir.

Le mortel ne répondit pas et Hadès se leva.

– Pose-lui la question. Et respecte sa réponse.

C'est ce qu'il regrettait de ne pas avoir dit à Perséphone.

Il sortit de sa suite pour aller dans le lounge, où les mortels étaient réunis sous une lumière tamisée pour jouer au poker, au blackjack, à la roulette et à d'autres jeux.

– Acceptez-vous de prendre un autre contrat ? demanda Ilias en arrivant à ses côtés.

– Non, ça suffit pour ce soir, répondit-il.

– Dans ce cas, j'aimerais que vous me retrouviez au Bosquet dans une heure.

Hadès haussa un sourcil.

– Il faut que vous voyiez quelque chose, promit le satyre.

Hadès ne l'interrogea pas davantage avant de sortir. En passant devant Euryale, la Gorgone inspira en levant la tête, laissant entrevoir ses yeux bandés.

– Tu es inquiet, Lord Hadès ? demanda-t-elle.

– Plus que tu ne peux l'imaginer, Euryale, répondit-il avant de poursuivre le long du balcon qui surplombait la piste de danse de Nevernight.

Quand il regarda en contrebas, il se souvint de la première fois qu'il avait vu Perséphone. Si elle avait existé pendant la guerre de Troie, c'est sa beauté qui aurait fait voguer mille navires.

Elle avait été assise là, avec Lexa, Sybil et Adonis. Il se souvenait de s'être demandé si Adonis lui plaisait et si elle rentrerait avec lui, mais il avait su tout de suite qu'il ne la laisserait pas partir, parce que son besoin de la faire sienne, de la marquer, l'avait presque poussé à ses côtés. Il avait été à la fois émerveillé et perturbé par son besoin féroce de la posséder et il était retourné aux Enfers où il avait découvert que son destin était tissé au sien, qu'elle était son destin. Et même maintenant, malgré toute cette tristesse et cette angoisse, il n'aurait pu espérer qu'il en soit autrement.

Il soupira et frottait un point juste au-dessus de son cœur qui lui paraissait tendu et noué quand son téléphone sonna. C'était Antoni et il répondit, paniqué, car son appel était sans doute en lien avec Perséphone.

– Oui ?

– Ha… Hadès ? dit Antoni.

– Qui d'autre, Antoni ? gronda-t-il, déjà agacé.

Le cyclope rit nerveusement.

– Bien sûr, Milord. Pardon, Milord. C'est juste que… j'étais en route pour aller chercher Perséphone, vous savez ? À La Perle, où elle a insisté pour aller après le travail, et… euh… elle n'est plus là.

– Plus là ? répéta Hadès.

– Elle s'est… volatilisée. Zofie dit qu'elle était là et que, l'instant d'après, elle avait disparu.

– Merde, marmonna Hadès.

Il n'avait pas pensé au fait que Zofie ne pourrait pas suivre quand Apollon choisirait de mettre en œuvre son contrat avec Perséphone.

– Où est Zofie ?

– Elle est… avec moi.

Hadès resta silencieux tout en essayant de localiser Perséphone à travers sa magie, mais la connexion était morte, ce qui ne fit que l'agacer davantage.

– Que… qu'est-ce que vous voulez qu'on fasse ? demanda Antoni.

– Il est probable que vous ne puissiez rien faire, répondit Hadès.

Il essaierait d'envoyer l'équipe d'Ilias à sa recherche.

Il y avait de nombreuses boîtes de nuit où Apollon avait l'habitude d'aller.

– On est désolés, Milord, dit Antoni.

Il soupira, découragé.

– Comment va Zofie ? parvint-il à dire.

– Ah, eh bien, elle… je crois qu'elle s'attend à être… assassinée.

– Dis-lui que son heure n'est pas encore venue, répondit Hadès avant de raccrocher.

Il vida tout l'air de ses poumons pour se calmer, mais il était moins en colère envers Perséphone qu'envers la situation dans laquelle elle s'était mise. Elle était à la merci d'un autre dieu et il avait beau détester ça, il savait qu'elle le détestait encore plus.

Hadès demanda à Ilias d'envoyer quelques-uns de ses hommes dans différents clubs pour trouver Apollon et il fit de son mieux pour s'occuper en attendant que la magie de Perséphone revienne à la vie. Quand ce fut le cas, il se téléporta et apparut dans sa chambre. Il entendit des voix dans le salon : Sybil, Zofie et Antoni.

– Qu'est-ce qu'Apollon t'a obligée à faire ? demanda Sybil.

Hadès retint son souffle en attendant sa réponse.

– Il voulait que je juge un concours de chant, répondit Perséphone. Et il a fait un caprice quand je ne l'ai pas désigné comme vainqueur.

Hadès ressentit de la fierté en entendant qu'elle avait refusé d'élire Apollon comme vainqueur, même s'il angoissa rapidement en pensant à la vengeance du dieu de la Musique.

– Dis-moi que tu n'as pas fait ça, Perséphone, dit Sybil d'un ton choqué. Apollon n'aime pas perdre.

– Eh bien, il n'a pas eu le choix ce soir, répondit-elle fièrement. Il n'arrivait pas à la cheville de Marysas. Je ne crois pas qu'il me redemandera de le juger de sitôt. Il a fini la soirée avec un coup de pied entre les jambes.

Hadès esquissa un sourire.

Elle était clairement tout l'inverse de Leucé.

Il y eut un silence.

– Des nouvelles de Lexa ? demanda Perséphone.

La question avait été posée avec angoisse, comme si elle craignait la réponse, et même si elle savait que ce ne serait pas la mort.

– Elle dormait quand je suis allée la voir, répondit Sybil.

Il y eut un autre silence au cours duquel il s'impatienta de la voir. Il n'avait pas la moindre idée de ce qu'elle avait subi lorsqu'elle avait été face à Apollon, qui l'avait kidnappée pour faire ce qui lui plaisait ; il n'avait pas idée du stress et de l'angoisse qu'elle éprouvait après la… *guérison*… de Lexa… Mais ça n'avait pas l'air bien parti.

– Je vais me coucher, dit-elle au bout d'un moment. À demain.

Elle le vit dès qu'elle entra dans sa chambre. Elle n'avait pas l'air surprise ni hésitante à être seule avec lui, elle referma sa porte.

– Ça fait longtemps que tu es là ?

– Non, répondit-il.

Elle marqua une pause tandis qu'elle jetait son sac sur son lit.

– Tu sais ce qui s'est passé ?

– J'ai entendu, oui.

Elle déglutit et parla d'une voix douce.

– Tu es en colère ?

– Oui, mais pas contre toi.

Il avança vers elle, se rapprochant suffisamment pour la toucher. Il posa ses mains sur ses bras et les remonta sur ses épaules, puis sur ses joues. Sa peau était chaude et elle sentait la vanille et la lavande, un parfum doux et agréable.

Il avait envie de l'attirer contre lui et d'enfouir son visage dans ses cheveux. Il avait envie de l'embrasser et de lui faire l'amour. Il avait envie de lui promettre des choses qui étaient d'un autre monde.

– Je ne te sentais plus, dit-il en la dévisageant.

Il voulait savoir comment elle avait fait, comment elle avait coupé son lien avec sa magie.

– Je ne te trouvais nulle part.

– Je suis là, Hadès. Je vais bien, chuchota-t-elle.

Elle le regarda dans les yeux et posa ses mains sur ses avant-bras.

Bien.

Elle allait bien.

Le mot sonnait faux dans sa tête, et il la lâcha pour allumer la lumière. Quand il se retourna vers elle, elle plissait les yeux.

– Tu ne sauras jamais combien ça a été difficile pour moi, dit-il.

Il ne savait même pas de quoi il parlait, de Lexa ou d'Apollon ou de la distance qu'il sentait entre eux, comme un abîme noir qui s'ouvrait à leurs pieds. Apparemment, Perséphone savait de quoi il parlait, car elle avait une réponse.

– Aussi difficile que quand j'ai dû supporter Menthé et Leucé, j'imagine, sauf qu'Apollon n'a jamais été mon amant.

Hadès la fusilla du regard. Il n'aimait pas que Perséphone utilise le nom d'Apollon et le terme amant dans une même phrase, et s'il l'avait pu, il aurait ôté ces mots de sa bouche et les aurait crachés sur le sol.

– Tu n'es pas venue aux Enfers.

Il n'avait pas voulu que ça sonne comme une accusation, mais ce fut le cas. Quand elle était en colère, elle semblait éviter d'y aller. Elle croisa les bras, comme pour se protéger de ses propos.

– J'étais occupée.

– Tu manques aux âmes, Perséphone.

Tu me manques.

– Ne les punis pas parce que tu es en colère contre moi.

Elle lui lança un regard assassin.

– Ne me fais pas la leçon, Hadès. Tu n'as pas idée de ce que j'ai enduré.

– Bien sûr que non, gronda-t-il. Ça impliquerait que tu me parles.

– Tu veux dire, comme tu me parles, toi ? Je ne suis pas la seule à avoir des problèmes de communication, Hadès.

Il fit un pas en arrière.

– Je ne suis pas venu pour me disputer ni te faire la leçon. Je suis venu voir si tu allais bien.

– Mais pourquoi venir ? Antoni te l'aurait dit.

Elle aurait sans doute préféré ça, d'ailleurs. Il détourna le regard et fronça les sourcils.

– Je n'avais pas le choix. Il fallait que je le voie de mes propres yeux.

Elle fit un pas vers lui.

– Hadès, je…

– Je dois partir, dit-il. Je suis en retard pour une réunion.

Et si c'était la vérité, il savait qu'il cherchait surtout à la fuir.

* * *

Hadès se téléporta au Bosquet qui lui appartenait, mais était dirigé par Ilias. Il préférait l'anonymat et il opérait de la même façon avec les autres restaurants qu'il possédait, ainsi que quelques pubs et cafés, et même quelques food-trucks. S'il y avait une chose qu'Hadès avait apprise au cours de sa vie, c'était que les gens parlaient davantage quand ils avaient à boire ou à manger. C'était un très bon moyen d'obtenir des informations sur ce qui se passait en Nouvelle Grèce.

Il se manifesta à côté d'Ilias qui se tenait dans l'ombre du restaurant en rooftop, d'où il observait le service. Les serveurs s'affairaient avec des plateaux de boissons et des assiettes remplies de nourriture, et il y avait un doux brouhaha qui allait et venait alors que les clients parlaient et mangeaient. Le bruit était le seul signe que le restaurant était plein à craquer, car toutes les tables étaient cachées dans des recoins entourés de fleurs et de plantes.

– Pile à temps, remarqua Ilias en regardant Hadès.

Il hocha la tête en direction d'un serveur, qui escortait deux individus à une table cachée.

L'un était Thésée.

L'autre était Ariadne.

– Choquant, dit Hadès d'une voix monocorde.

Il était plus déçu que surpris. Il se demandait, maintenant, ce qu'avait cherché la détective en le suppliant de l'aider.

– Ils sont brièvement sortis ensemble, expliqua le satyre. Mais il semblerait que Thésée ait été davantage intéressé par la sœur d'Ariadne, Phèdre.

C'était la première fois qu'Hadès entendait parler de la sœur d'Ariadne, et si c'était le cas, pourquoi ces deux-là étaient-ils ensemble au Bosquet ?

– Merci, Ilias, dit Hadès en invoquant son Charme pour se mouvoir sans être vu entre les jardins, les alcôves luxuriantes et les canopées feuillues.

Il trouva le couple à une table nichée sous un kiosque de vignes.

– J'ai besoin d'un service, disait Thésée.

– Je suis sûre qu'on peut trouver un arrangement.

Il ignora son commentaire et poursuivit.

– J'ai besoin que tu m'aides à effacer les soupçons que tes collègues pourraient avoir sur mon implication avec les Impies.

– Pourquoi ? demanda Ariadne.

– La rumeur veut qu'ils s'apprêtent à devenir plus... virulents.

Elle ne lui demanda pas ce qu'il voulait dire, mais Hadès pensa qu'il savait, et il n'aimait pas ça. Les Impies étaient des mortels qui ne vénéraient pas les dieux. C'était plus un système de croyance qu'une institution, même si certains avaient choisi de se réunir sous la bannière de la Triade, une organisation qui, par le passé, avait terrorisé le public afin de prouver que les dieux étaient passifs. Depuis que Thésée était à la tête de l'organisation, ils faisaient semblant d'avoir mis de côté leurs stratégies agressives afin de paraître paisibles. Toutefois, en entendant la demande de Thésée, Hadès supposa qu'il avait trouvé un autre moyen de mettre en œuvre sa violence et qu'il ne souhaitait pas que le lien soit connu du public.

– Comment je suis censée être responsable de ce que pensent les gens, Thésée ?

– C'est possible. Je le fais constamment.

– Comme tu l'as fait avec ma sœur ?

Le demi-dieu ne réagit pas, même si Hadès était persuadé qu'elle avait dit ça comme une insulte.

– Puisque tu parles d'elle, j'aimerais te rappeler ce qui est en jeu.

– Tu me dois déjà une rencontre avec elle, Thésée, dit-elle en se penchant sur la table pour parler moins fort. Je t'ai aidé à trouver les Grées, après tout.

– Et elles ont été inutiles, dit-il.

– Comme toi ! rétorqua-t-elle d'un ton amer.

Thésée la fusilla du regard.

– Ce n'est pas moi qui échoue constamment.

– Je n'échoue pas, c'est juste que les résultats ne te plaisent pas.

– Alors tu ne dois pas avoir envie de voir ta sœur.

Elle lui lança un regard assassin, mais Hadès remarqua que Thésée la dévisageait, les yeux rivés sur sa bouche. C'était un regard prédateur, et après tout ce qu'il lui avait dit ce soir, Hadès avait envie de lui arracher les yeux et de les lui faire bouffer.

– Fais plutôt quelque chose d'utile avec ta bouche et fais ce que je te dis, dit Thésée.

Un silence tendu et plein de haine s'ensuivit, puis Ariadne reprit la parole.

– Si je fais ce que tu veux, quand pourrai-je voir ma sœur ?

– Ça dépend entièrement de toi, répondit-il.

Hadès n'appéciait pas les menaces proférées par Thésée sur la sœur d'Ariadne, ni sur Ariadne d'ailleurs. C'était comme si Thésée l'avait emprisonnée et ne laissait Ariadne voir sa sœur que quand elle faisait précisément ce qu'il lui disait. Connaissant la détective, il était peu probable qu'elle revoie sa sœur. Ariadne n'était pas du genre à se laisser manipuler.

Il se demanda pourquoi elle était venue le voir à propos des disparitions de femmes. Pensait-elle trouver sa sœur parmi les Ménades de Dionysos ?

Hadès fronça les sourcils et retourna auprès d'Ilias, qu'il trouva en train de diriger son équipe en cuisine. Il ignora le fait que les bruits de vaisselle et les conversations s'étaient tus en sa présence.

– Thésée détient la sœur d'Ariadne, dit Hadès. Découvre pourquoi, et qui elle est.

Ilias hocha la tête sans interrompre sa tâche qui consistait à enrouler des couverts dans des serviettes noires.

– Et garde un œil sur eux, surtout sur Ariadne, dit Hadès.

Il se mordit la lèvre en pensant à la détective. Plus Thésée la menait par le bout du nez, moins il aurait besoin d'elle. Connaissant le demi-dieu, il devait déjà prévoir comment se débarrasser d'elle. Elle en savait trop et il ne pouvait pas user de son charme sur elle, ce qui impliquait qu'il ne pouvait la garder avec lui trop longtemps.

– Bien sûr, dit Ilias.

– Eh ! Vous ne pouvez pas aller là ! cria quelqu'un, coupant court à leur conversation.

Il crut d'abord qu'Ariadne l'avait repéré, d'une façon ou d'une autre, mais c'est Leucé qui déboula dans la cuisine.

– Hadès !

Il ne sut si elle était surprise ou soulagée de le voir. Il la regarda marcher vers lui, les yeux écarquillés, à bout de souffle.

– Qu'est-ce que tu veux, Leucé ?

Il était encore en colère contre elle au sujet de L'Iniquité, sans parler du fait qu'il restait convaincu qu'elle œuvrait pour s'immiscer entre Perséphone et lui.

– Je… tu peux me ramener chez moi ?

Hadès et Ilias se regardèrent.

– Pourquoi ? demanda le dieu.

– Je… j'ai peur…

– Tu as peur ? répéta-t-il.

Leucé était beaucoup de choses, mais elle n'avait jamais peur de rien.

– Quand je rentrais à la maison depuis L'Iniquité, j'ai eu l'impression qu'on me suivait, dit-elle.

Elle n'avait sans doute pas tort. De temps en temps, il arrivait que quelques vilains personnages traînent devant L'Iniquité dans le but de suivre des clients ou des membres du club jusqu'à des ruelles sombres. En général, ils cherchaient à obtenir une obole pour avoir accès au club.

– Je me suis arrêtée ici parce que j'ai pensé qu'Ilias pourrait m'aider, dit-elle en regardant le satyre.

– Je peux la ramener, Hadès, ce n'est rien.

– Non.

Il préférait que le satyre surveille Thésée et Ariadne, c'était plus simple s'il ramenait Leucé chez elle. Il n'avait aucune envie de passer du temps avec elle, mais il aurait détesté découvrir qu'il lui était arrivé quelque chose.

– Surveille-les, rappela-t-il à Ilias avant de sortir de la cuisine avec Leucé pour l'escorter dans l'ascenseur.

Ils ne se parlèrent pas en arrivant au rez-de-chaussée et en sortant dans la rue. Hadès regarda autour de lui, il ne vit personne bouger dans l'ombre, mais il ne pouvait être sûr que la personne qui suivait Leucé n'avait pas pris de l'avance pendant qu'elle était dans le restaurant.

– Hadès, attends ! lança Leucé.

L'instant d'après, il la sentit saisir sa main. Son contact lui glaça le sang et il retira brusquement sa main.

– Ne me touche pas, dit-il.

– Pardon, j'essayais juste de te suivre.

Hadès ne répondit rien, mais il ralentit, lui permettant de marcher à côté de lui. Le martèlement régulier de ses talons lui tapait sur les nerfs.

– J'espère que tu as pardonné à Perséphone d'être allée à L'Iniquité.

– Il n'y avait rien à pardonner, répondit-il.

– Alors tu m'as pardonné aussi ?

Hadès ne répondit rien, car la réponse était non.

Leucé s'esclaffa.

– Pourquoi tu n'arrives pas à être aussi compréhensif avec moi ? Pourquoi tu ne l'étais pas quand on était ensemble ?

Hadès grimaça.

– Je n'ai aucune envie de me replonger dans mon passé avec toi, Leucé.

– Tu as changé pour elle.

– Tu ne penses ça que parce que tu es partie si longtemps, dit-il. Tu ne sais rien de moi. Plus maintenant.

– Je… je ne dis pas ça parce que je suis en colère. Je le dis parce que j'apprécie Perséphone. En dépit de ce que tu penses, je ne lui veux pas de mal.

– Peut-être que si tu admettais que Déméter t'a ramenée à la vie, je serais plus enclin à te croire.

– Si tu veux plus de réponses, tu vas devoir faire mieux pour me protéger, Hadès, répondit-elle.

Ces propos le firent réfléchir et il se demanda de quoi elle parlait, ou plutôt de quoi elle avait peur. Ils ne dirent plus rien jusqu'à ce qu'ils arrivent à l'appartement de Leucé. Elle déverrouilla la porte et entra.

– Si protéger Perséphone impliquait de te protéger aussi, je ferais n'importe quoi, dit Hadès.

– Tu peux commencer par me trouver un autre boulot, dit-elle avant d'esquisser un minuscule sourire triste. Mais j'en ai déjà trop dit.

Elle lui claqua la porte au nez.

Avant de retourner aux Enfers, Hadès s'arrêta dans la chambre de Perséphone, prévoyant de lui raconter sa soirée, notamment le fait qu'il avait raccompagné Leucé chez elle. Mais quand il se manifesta, il la trouva endormie. Il l'avait vue si fatiguée plus tôt qu'il ne voulut pas la réveiller. Il lissa ses cheveux, respira son parfum sucré et l'embrassa sur le front.

– Je t'aime, chuchota-t-il avant de disparaître.

Chapitre XXIII

UN JEU DE FIERTÉ

– Ça ne va vraiment pas vous plaire, dit Ilias en déposant un exemplaire du *Delphi Divine* sur le bar devant lui, le lendemain matin.

Hadès sentit tout de suite sa gorge et son estomac se nouer. Bizarrement, il savait ce qui l'attendait avant même d'avoir lu le gros titre.

HADÈS VU EN PUBLIC
AVEC UNE FEMME MYSTÈRE

Sous le titre, il y avait une photo, prise au moment où Leucé tendait la main vers la sienne. C'était comme si la personne avait attendu pour prendre le cliché et, dessus, Hadès avait l'air de lui donner la main et de la tirer dans la rue d'un pas pressé. On pouvait supposer beaucoup de choses en voyant cette photo, mais tout ce qui comptait pour Hadès, c'était que Perséphone sache la vérité.

Il fixa la photo et scruta le visage de Leucé, dont les traits étaient impassibles comme un masque, tout l'inverse de son apparence lorsqu'ils avaient été face à face hier soir.

Je t'aiderai quand tu admettras que Déméter t'a ramenée à la vie.

Eh bien, si ce n'était pas une putain de preuve…

Elle lui avait tendu un piège.

Une pique noire et pointue jaillit au bout de son doigt et il s'en servit pour déchiqueter le visage de Leucé avant de se lever.

– Je reviens, dit-il à Ilias avant de se téléporter.

Il se manifesta au sixième étage de l'Acropole, à l'entrée du *New Athens News*. Quand elle le vit, la jeune femme blonde à l'accueil se leva en poussant un petit cri.

– Je peux… ? commença-t-elle.

– Non, grogna Hadès.

Il avait déjà repéré Perséphone qui se leva, vêtue de noir. Elle était à couper le souffle, et sa colère et sa peine le heurtèrent de plein fouet.

Il déglutit pour ravaler sa peur en marchant vers elle.

– Tu devrais t'en aller, chuchota-t-elle d'un ton furieux alors que tout l'étage s'était tu.

– Il faut qu'on parle, dit-il.

Elle se pencha en avant, le regard noir, déterminée à ne pas écouter ses explications. À l'évidence, elle avait déjà décidé ce qu'elle allait croire, et une douleur vive dans sa poitrine sembla ralentir les battements de son cœur.

– Non, déclara-t-elle d'un ton ferme.

– Alors tu le crois ? L'article ?

– Je pensais que tu avais une réunion, dit-elle.

C'était la première fois qu'il entendait dans sa voix combien elle était blessée.

– C'était le cas, répondit-il, énervé qu'elle ne croie pas.

– Et tu as oublié de mentionner que c'était avec Leucé ?

– Ce n'était pas avec Leucé, Perséphone.

Elle fuit son regard et contracta sa mâchoire.

– Je n'ai pas envie d'entendre ça maintenant. Il faut que tu partes.

Elle fit le tour de son bureau et le précéda vers l'ascenseur. Il lui emboîta le pas.

– Quand est-ce qu'on va en parler ?

– Pourquoi en parler ? répondit-elle en appuyant frénétiquement sur le bouton d'appel de l'ascenseur. Je t'ai demandé d'être honnête avec moi quand tu es avec Leucé. Tu ne l'as pas été.

– Je suis venu te voir dès que j'ai raccompagné Leucé chez elle, mais je m'en voulais de te réveiller. Quand je t'ai vue hier, tu avais l'air épuisée.

Elle se tourna brusquement vers lui.

– Je suis épuisée, Hadès. Et je suis lassée de tes excuses, j'en ai marre.

Elle mentait. En partie, en tout cas. Elle n'en avait pas marre de lui.

– Maintenant, va-t'en !

Elle désigna les portes de l'ascenseur qui s'ouvraient, mais si elle pensait qu'il allait partir sans parler de ça, elle avait tort.

Il lui saisit le poignet, puis la souleva pour l'attirer dans l'ascenseur avec lui, choisissant un étage au hasard pour que les portes se ferment. Une fois seuls, il bloqua la cabine avec sa magie.

Il reposa Perséphone par terre sans lâcher sa taille et il se colla à elle en appuyant une main sur le mur.

– Lâche-moi, Hadès ! Tu me fais honte, gronda-t-elle.

Sa poitrine se serra en entendant sa voix fatiguée et abattue. Elle avait posé ses mains sur son torse, comme pour le repousser, mais elle ne le fit pas.

– Pourquoi tu fais ça ?

– Parce que je savais que tu allais tirer les mauvaises conclusions. Je ne couche pas avec Leucé.

Elle pâlit et le poussa en arrière.

– Il y a d'autres façons de tromper, Hadès !

– Eh bien, je n'en pratique aucune !

Une horrible nausée s'empara de lui à l'idée qu'elle pensait qu'il l'avait trompée. Il lui sembla pourtant qu'après avoir entendu sa réponse, elle avait perdu l'énergie pour se battre. Elle était immobile devant lui, les yeux rivés sur son torse.

– Perséphone. Perséphone, s'il te plaît.

– Lâche-moi, Hadès, dit-elle à voix basse.

Il avait envie de la toucher, de la soulever pour regarder dans ses yeux. Pour la supplier de ne pas penser ce qu'elle pensait. Mais il comprit qu'elle n'était pas prête à entendre quoi que ce soit et, s'il n'avait pas voulu lui laisser le temps de penser, d'agoniser, de se demander ce qui s'était réellement passé, ce n'était pas comme ça qu'il voulait avoir cette conversation. Pas de force.

– Si tu ne veux pas m'écouter maintenant, est-ce que tu peux me laisser m'expliquer plus tard ?

– Je ne sais pas, chuchota-t-elle.

– S'il te plaît, Perséphone. Laisse-moi une chance de m'expliquer.

– Je te tiens au courant, dit-elle d'une voix qui trahissait des larmes imminentes.

– Perséphone…

Il voulut lui caresser la joue, mais elle tourna la tête. La douleur qui les séparait était étrange, et elle allait au-delà de Leucé. Il finit par reculer pour lui accorder de l'espace. Elle refusa de le regarder, rivant ses yeux furieux et larmoyants sur le mur de l'ascenseur. Hadès étudia néanmoins son profil – la ligne de son nez, la forme de sa bouche et les boucles de ses cheveux autour de ses oreilles et de son cou, comme les vrilles de la magie ténébreuse d'Hadès qui embrasait son visage.

Il mémorisa ses traits comme si c'était la dernière fois qu'il la voyait, puis, sans un mot, il partit.

* * *

Hadès se retrouva sur l'île de Lemnos, à frapper à la porte d'Aphrodite.

Il détestait ce qu'il s'apprêtait à faire, mais Hécate lui avait demandé plusieurs fois ses intentions et, si Aphrodite ne donnait pas l'impression de gérer sa relation avec Héphaïstos, elle restait la déesse de l'Amour, et elle pourrait sans doute l'éclairer.

En tout cas, elle pourrait au moins lui dire quoi éviter.

Il regarda par la vitre de la porte, cherchant un signe qu'Aphrodite était là, ou bien Lucy, la créature animatronique qu'Héphaïstos avait inventée et qui était bien plus réelle que ce n'était nécessaire, mais l'entrée était déserte.

Il frappa de nouveau et soupira.

– Je sais que t'es là, grogna-t-il.

Un bâillement retentit derrière lui et il se retourna, découvrant Aphrodite qui s'étirait. Elle portait des vêtements couleur pêche et ses cheveux blonds tombaient en vagues dans son dos.

– Qu'est-ce qu'il y a, Hadès ? Je suis fatiguée.

Maintenant qu'il était face à elle, il se sentait très bête et avait envie de partir.

– C'était une erreur, dit-il. Je... pardon.

Il allait partir, mais Aphrodite se téléporta plus près de lui pour l'en empêcher.

– Est-ce que tu viens de t'excuser, Hadès ? demanda-t-elle, esquissant un sourire car il ne répondait pas. Tu dois avoir de sérieux problèmes. Viens.

Elle l'emmena le long d'un sentier pavé qui longeait sa maison jusqu'à un patio qui surplombait l'océan. Il avait vu l'eau prendre diverses couleurs lors de ses visites – bleu marine, verte, dorée et orange –, mais aujourd'hui, elle scintillait sous le soleil et ressemblait à des millions de diamants. C'était presque douloureux à regarder.

Aphrodite marcha jusqu'à un transat où elle devait être allongée avant l'arrivée d'Hadès, car il y avait un livre ouvert sur la table ainsi qu'un grand chapeau de paille et une boisson rose bonbon.

– Je te dirais bien de t'asseoir, dit-elle, mais je doute que tu sois assez à l'aise pour le faire.

Elle avait raison. Il préféra rester debout, les mains dans les poches, le regard rivé sur l'horizon, plissant les yeux pour se protéger du soleil.

– Je sais que tu n'es pas venu jusqu'à Lemnos pour admirer la vue, dit Aphrodite. Dis-moi pourquoi tu es là pour qu'on puisse retourner chacun à ses occupations.

Malgré des propos quelque peu méprisants, Hadès savait qu'elle était trop intriguée par sa visite pour se montrer impatiente.

– Comme si ton agenda était rempli, rétorqua-t-il.

– Si tu comptes me supplier de t'aider, tu pourrais au moins respecter mon emploi du temps.

– Je ne suis pas venu te supplier.

– Peut-être pas, dit-elle. Mais si tu continues de procrastiner, tu vas te retrouver à genoux avant de pouvoir partir.

Hadès grinça des dents et finit par céder.

– J'ai merdé, dit-il avant de soupirer et de continuer. J'ai besoin de conseils.

Le regard d'Aphrodite pétilla et elle eut l'air amusée jusqu'à ce qu'il commence à lui expliquer ce qui s'était passé entre Perséphone et lui : son besoin désespéré de sauver sa meilleure amie, le contrat avec Apollon, la colère et la douleur qui avaient résulté de tout ça…

Aphrodite connaissait la douleur qui naissait quand on perdait quelqu'un et elle la comprenait du point de vue de l'amour – toutes les formes d'amour, pas seulement l'amour romantique – car l'amour ne prenait pas fin en même temps que la vie. Il perdurait même en l'absence de la personne disparue.

– Je ne sais même pas par où commencer pour réparer la situation. Elle avait raison. J'aurais pu la soutenir davantage et la préparer à la décision de Lexa ainsi qu'à l'arrivée de Thanatos, mais je ne l'ai pas fait. J'ai abordé la situation comme je le ferais pour n'importe quel mortel, alors que c'était différent, puisque c'était Perséphone.

Il se passa les mains dans les cheveux, frustré, et ceux-ci tombèrent sur son visage en se détachant de leur élastique.

– Tu lui as dit que tu es désolé ?

Il la regarda dans les yeux.

– J'ai essayé, mais elle n'a pas voulu l'entendre. J'ai envie de faire quelque chose.

– Parfois, Hadès, les grands gestes sont moins importants que les mots, répondit Aphrodite.

Il fronça les sourcils, déçu par sa réponse.

– C'est bizarre que tu me donnes un tel conseil alors que tu n'arrives pas à parler à Héphaïstos.

La bouche d'Aphrodite se pinça et son regard noircit. Ce fut sa seule mise en garde, puis Hadès se retrouva à genoux. Il leva la tête et trouva la déesse de l'Amour à quelques centimètres de lui, tenant une canne dorée plus haute qu'elle. C'était l'arme qu'elle venait d'utiliser pour le mettre à terre, et elle en dirigea la pointe sur son visage.

– Tu n'as pas besoin d'aimer ce que je dis, dit-elle, mais tu me dois le respect.

Hadès hocha la tête.

– C'est juste. Pardon.

C'était la seconde fois qu'il s'excusait auprès d'elle aujourd'hui, il n'était clairement pas dans son état normal. Il se releva lentement et attendit pour parler, doutant toujours du fait que les mots suffisent à convaincre Perséphone qu'il était désolé.

– C'est juste que… je ne peux pas imaginer qu'elle veuille avoir de mes nouvelles.

Il n'avait aucune raison de le croire après leur dernière rencontre, qui s'était mal terminée.

– Peut-être qu'elle a juste besoin de temps, dit Aphrodite. Je ne peux pas prétendre savoir ce qu'elle pense ni répondre à sa place. Prévois quelque chose de grandiose et de beau, mais souviens-toi que la seule façon d'avancer est de lui demander ce qu'elle veut.

Hadès hocha la tête puis, au bout d'un moment, il la regarda dans les yeux.

– J'ai des chances de te convaincre de ne plus jamais parler de ça ?

– Aucune, répondit-elle avec un sourire diabolique.

* * *

Au fil de la journée, Hadès repensa à sa conversation avec Perséphone et aux propos d'Aphrodite. Le conflit était si grand qu'il ne savait pas quoi faire ; mais il espérait que Perséphone finirait par le laisser expliquer ce qui s'était passé avec Leucé.

Hadès n'avait pas encore décidé quoi faire de la nymphe. Il ne pouvait pas se débarrasser d'elle. Même si elle était blessée par l'article du *Delphi Divine*, il savait que Perséphone n'approuverait pas qu'il congédie Leucé et, s'il était convaincu qu'elle travaillait avec Déméter, cela signifiait sans doute qu'elle n'avait pas eu le choix, même après qu'Hadès avait proposé de la protéger.

Il commençait à réfléchir à un plan d'attaque quand Hermès apparut dans son bureau, vêtu de blanc. Sa chemise était à moitié déboutonnée et il avait l'air émoustillé.

Hadès haussa un sourcil et s'apprêtait à commenter son accoutrement quand le dieu de la Ruse parla.

– On a besoin de toi, dit-il.

Hadès fronça les sourcils et les prochaines paroles d'Hermès le firent se lever d'un bond.

– C'est Perséphone.

Il n'avait pas besoin d'en dire davantage. Ils se téléportaient déjà et apparurent devant un salon aux canapés blancs. L'air était rempli d'une fumée blanche étouffante qui prenait les couleurs de l'arc-en-ciel au rythme de la musique. Hadès connaissait ce club ; c'était Les Sept Muses, il appartenait à Apollon. D'ailleurs, le dieu était assis sur l'un des canapés et avait l'air de s'ennuyer. Perséphone était allongée sur le divan d'en face, dans une position bizarre, comme si elle s'était écroulée à cet endroit. Ses yeux étaient fermés et elle n'était vêtue que de fils et de feuilles dorés. La robe lui plaisait, mais il aurait préféré être le seul à voir Perséphone dans cette tenue. Il lui fallait une fichue couverture, mais il ne put faire mieux que d'invoquer son Charme pour rendre le carré VIP invisible.

Hadès grinça des dents, ça devait faire partie de son fichu contrat avec Apollon.

– Qu'est-ce qui s'est passé ? demanda-t-il.

– À ton avis ? répondit Apollon. Elle a trop bu.

Hadès fusilla du regard le dieu parfaitement sobre. Perséphone n'avait pas eu le temps de forger sa tolérance à l'alcool comme eux. Elle pouvait encore s'enivrer, même si contrairement aux mortels, son corps s'en remettait plus vite.

– J'ai essayé de la convaincre de partir après la première fois qu'elle a vomi, mais elle a refusé, dit Zofie.

Il regardait Perséphone qui ouvrait les yeux. Elle ne sembla pas comprendre où elle était et elle fronça les sourcils.

– Te voilà, Sephy, dit Hermès en s'asseyant à côté d'elle. Tu nous as inquiétés.

Elle continuait de le regarder et Hadès se demanda si elle avait entendu Hermès. Elle finit par lever les yeux vers Hadès.

– Pourquoi tu l'as appelé ? Il me déteste.

La détester ? Son sang se glaça. Quand lui avait-il donné l'impression de la détester ? Il avait été à son bureau et l'avait suppliée d'écouter ses explications au sujet de Leucé. Il soupira et tâcha de se rappeler qu'elle n'était pas en possession de tous ses moyens. Quand même, ses propos le rongeaient.

– C'est Zofie qu'il faut accuser, dit Hermès.

Hadès interrogea Hermès du regard, il supposa que Zofie étant Aegis, elle avait insisté pour qu'Hermès aille chercher de l'aide. Il fut soulagé que l'Amazone les ait accompagnés. Sans elle, Perséphone serait sans doute restée allongée là, à la vue de tout le monde.

Il posa un genou à terre à côté d'elle.

– Tu peux marcher ? Je préférerais ne pas avoir à te porter.

Elle fronça les sourcils une fois de plus et parut vexée, mais sa colère prit vite le dessus et elle s'assit sur le canapé. Il voulut lui donner le verre d'eau que Zofie lui avait tendu, mais elle refusa.

– Si tu ne veux pas qu'on te voie avec moi, pourquoi tu ne te téléportes pas ?

À l'évidence, elle avait oublié le vertige que lui procurait la téléportation.

– Si je me téléporte, tu risques de vomir. Et on me dit que ça t'est déjà arrivé une fois, ce soir.

Hadès se releva en même temps qu'elle. Elle vacilla et il la rattrapa par la taille. Elle se laissa aller contre lui un instant et il apprécia qu'elle appuie sa tête contre son torse, mais lorsqu'il la serra plus fort, elle le repoussa.

Hadès rougit de frustration, conscient qu'il échouait à garder un visage impassible. Il sentait la force de son regard glacial jusque dans son cœur.

– Allons-y, dit-elle en lui tournant le dos.

Elle marcha la tête haute jusqu'à la sortie du club, et Hadès lança un regard noir à Apollon, Hermès et Zofie avant de lui emboîter le pas.

Antoni l'attendait et ouvrit la portière dès qu'il les vit sortir de la boîte de nuit, leur souriant malgré leur mauvaise humeur.

– Milady.

– Antoni, dit-elle en hochant brièvement la tête.

Ce n'était pas le salut chaleureux qu'elle avait l'habitude d'offrir à tout le monde, excepté à Hadès. Il la regarda se pencher et ramper à quatre pattes sur la banquette arrière de la Lexus. Heureusement, il avait continué à les couvrir de Charme, sinon le monde entier aurait vu ses fesses.

Dès que la portière fut refermée, ils se retrouvèrent emprisonnés dans leur colère. En général, il aurait évacué sa colère physiquement, mais il y avait de nombreuses raisons pour lesquelles il ne pouvait pas le faire maintenant, l'une étant que Perséphone n'était pas sobre. Ça ne l'empêcha pas de fantasmer au sujet de ce qu'il lui ferait, ce qui était à la fois satisfaisant et atroce.

Il remua, dur comme fer. Il se sentit soulagé quand ils arrivèrent à Nevernight car il allait bientôt sortir de l'habitacle suffoquant où leurs émotions étaient trop intenses et trop lourdes. Perséphone dut penser la même chose parce qu'elle sortit de la voiture avant même qu'Antoni n'ait pu ouvrir la portière. Hadès la suivit de près, mais pas assez pour empêcher Perséphone de s'effondrer sur le trottoir bétonné.

– Milady !

– Je vais bien, dit-elle, mais le cyclope lui offrit sa main pour l'aider à se relever.

Quand elle s'assit, ils virent tous les deux qu'elle s'était fait mal au genou. C'était plus qu'une égratignure, de grosses gouttes de sang coulaient sur son mollet. Elle regarda la blessure, fronça les sourcils, puis leva les yeux vers eux.

– Ce n'est rien. Je ne le sens même pas.

Elle essaya de se lever à deux reprises et Antoni se plaça derrière elle pour la rattraper au cas où elle tomberait. Quand il devint évident qu'elle ne parviendrait pas à se lever toute seule, elle prit une grande inspiration.

– Vous savez quoi, je pense rester ici quelques minutes.

Ça devenait ridicule. Hadès comprenait qu'elle n'ait pas envie qu'il la touche, mais il n'allait pas attendre dans la rue qu'elle décuve, surtout qu'elle était blessée. Il la prit dans ses bras et l'emmena dans Nevernight, hochant la tête en direction de Mekonnen qui leur tint la porte ouverte.

Il l'emmena en bas, le club était vide, il avait fermé depuis presque trois heures. Perséphone était sortie plus tard qu'à son habitude. Il passa derrière le bar et l'assit sur le comptoir, puis il attrapa un verre et le remplit d'eau.

– Qu'est-ce que tu fais ?

– Bois, dit-il en lui mettant le verre dans les mains.

Il fut soulagé qu'elle obéisse, ce qui lui permit de se concentrer sur son genou. Cette plaie ne l'inquiétait pas autant que celles qu'elle se faisait elle-même en se perforant le corps avec des épines.

Il enleva sa veste et remplit un autre verre pour nettoyer sa blessure. Il aurait utilisé sa magie pour la guérir, mais il fallait d'abord nettoyer la plaie, alors il se mit au travail en pressant un chiffon sur son genou pour enlever les saletés. Quand il eut fini, il la guérit, éprouvant un soulagement étrange en la voyant entière à nouveau.

– Merci, chuchota-t-elle.

Ça faisait longtemps qu'il n'avait pas entendu ces mots. Il recula pour s'appuyer contre l'autre plan de travail et il croisa les bras. Il la scruta dans sa robe de dentelles et de feuilles. Elle était plus que sublime et s'il adorait sa tenue, une part de lui avait envie de hurler à l'idée que tant de personnes l'aient vue ainsi avant lui.

– Tu essaies de me punir ?

– Quoi ? répondit-elle en fronçant les sourcils.

– Tout ça. La robe, Apollon, l'alcool ?

Elle baissa les yeux sur ses cuisses, puis les replongea dans les siens.

– Tu n'aimes pas ma tenue ?

Ce n'est pas ce que j'ai dit, pensa-t-il en la dévisageant. Il remarqua alors son air défiant quand elle descendit du bar et saisit le bas de sa robe.

Hadès se crispa...

– Qu'est-ce que tu fais ?

– J'enlève ma robe.

– Je vois ça, dit-il en essayant de ne pas sourire. Pourquoi ?

– Parce que tu ne l'aimes pas.

– Je n'ai pas dit que je ne l'aimais pas, répondit-il d'une voix grave.

Mais il n'allait pas l'arrêter et, quand elle se tint nue devant lui, il promena son regard de son sexe jusqu'à ses seins ronds et lourds, et il en eut l'eau à la bouche.

– Pourquoi tu ne portais rien sous cette robe ? demanda-t-il.

Il avait beau trouver ça hyper sexy, il ne perdit pas de vue où elle était avant de se retrouver ici.

– Je ne pouvais pas, tu n'as pas vu ?

Oh si, il avait vu.

– Je vais tuer Apollon, marmonna-t-il.

– Pourquoi ? demanda-t-elle d'un air confus.

– Pour le fun.

Elle éclata de rire et son regard pétilla.

– Tu es jaloux.

– Ne me cherche pas, Perséphone !

Il tuerait vraiment Apollon, ce qu'il n'avait pas envisagé de faire parce que son existence était bien plus cruelle qu'une vie aux Enfers. Il se tourna et saisit une bouteille de whiskey sur l'étagère, dévissa le bouchon et but une grande gorgée.

– Ce n'est pas comme si Apollon le savait, déclara Perséphone. C'est Hermès qui a suggéré cette robe.

Hadès serra si fort la bouteille dans sa main qu'elle se brisa et le sol se couvrit de verre et de whiskey.

– Putain de merde !

Hadès était parfaitement au courant des préférences sexuelles d'Hermès qui, si elles n'étaient pas limitées, n'incluaient sans doute pas Perséphone. Il n'empêche qu'il n'aimait pas les libertés que le dieu prenait.

Meilleur ami, tu parles !

– Est-ce que ça va ? demanda Perséphone.

Hadès la regarda dans les yeux.

– Tu m'excuseras d'être un peu à cran, mais on m'a imposé un vœu de chasteté.

Elle leva les yeux au ciel, et lui grinça des dents.

– Personne n'a dit que tu ne pouvais pas me baiser.

– Attention, déesse. Tu ne sais pas ce que tu dis.

– Je pense savoir ce que je dis, Hadès. Ce n'est pas comme si on n'avait jamais couché ensemble.

Il pourrait la baiser. Il le ferait. Fort. Vite. Sans merci. Il la tournerait face au bar et la prendrait par-derrière pour pouvoir la contrôler. Il prendrait ses cheveux dans ses mains et s'en servirait pour diriger son corps. Il la plierait à sa volonté jusqu'à ce qu'il jouisse.

Il ne s'agirait pas d'elle. Il ne serait question que de lui et de son agressivité, or ce n'était pas ce qu'il voulait, même s'il avait envie d'elle.

– Est-ce que tu mouilles ? demanda-t-il d'une voix grave.

Il la vit frémir de tout son corps, mais elle haussa le menton en signe de défiance.

– Pourquoi tu ne viens pas le découvrir ?

Il prit de grandes respirations jusqu'à ce que ses poumons soient remplis de la magie et de l'excitation de Perséphone. Il retint alors son souffle et empoigna le comptoir derrière lui. Cette nuit était un putain de défi. Pourquoi fallait-il qu'elle soit excitée maintenant ? Pourquoi ne le rejetait-elle pas maintenant ?

– Pourquoi tu n'as pas laissé Apollon voir Hyacinthe après sa mort ?

Nom d'une Moire !

– Tu sais vraiment tuer l'ambiance, chérie, je dois te l'accorder.

Il prit une autre bouteille sur l'étagère et quand il se retourna, elle avait enfilé sa veste. Il avait beau adorer qu'elle soit nue et en talons, la voir dans ses vêtements trop grands pour elle ne le laissait pas insensible pour autant. La veste l'engloutissait presque, un peu comme il avait envie de le faire maintenant.

– Il dit que tu es responsable de la mort de Hyacinthe.

Même les dieux éprouvaient parfois de la colère déplacée envers d'autres dieux. Il avait cessé de compter le nombre de fois où les Olympiens lui en avaient voulu pour la mort de leur héros, d'un amant ou d'un ennemi qu'ils n'avaient pas fini de torturer.

– C'est vrai. Comme tu penses que je suis responsable de l'accident de Lexa.

Dire ça faisait probablement de lui un enfoiré, mais c'était la vérité, et elle le savait, malgré sa réponse.

– Je n'ai jamais dit que je t'en croyais responsable.

– Tu m'en veux de ne pas avoir aidé. Apollon a fait la même chose.

Il s'attendait à ce qu'elle le contredise, mais elle se contenta de soupirer.

– Je ne… je n'essaie pas de me disputer avec toi. Je veux juste connaître ta version.

Il but une gorgée à la bouteille avant d'expliquer la vérité qui se cachait derrière sa rivalité avec Apollon. Ça avait commencé bien avant Leucé qui, finalement, n'était qu'une victime collatérale. Elle avait été piégée au milieu d'une rivalité divine, tout comme elle l'était maintenant. Hadès grimaça de constater que la vie ne changeait jamais vraiment.

– Apollon n'a pas demandé à voir son amant, commença-t-il.

Il réalisa soudain combien il lui était difficile de parler de ça, de ressasser un passé qu'il avait enfoui profondément et qu'il avait eu envie d'oublier.

– Il a demandé à mourir, conclut-il.

Hadès se souvenait très bien de ce jour. Apollon était à l'entrée des Enfers située au Lac de Lerne et il hurlait son nom. Quand Hadès l'avait vu, n'ayant eu d'autre choix, le dieu de la Musique lui avait demandé de lui ôter la vie.

– Bien sûr, c'était un souhait auquel je ne pouvais pas accéder.

À l'époque, Hadès avait cru qu'Apollon n'était pas en mesure de prendre des décisions et qu'il regretterait son sacrifice ; mais il n'en était plus si sûr, à présent.

– Je ne comprends pas. Apollon sait qu'il ne peut pas mourir. Il est immortel. Même si tu le blessais…

– Il voulait être jeté au Tartare pour être déchiqueté par les Titans. C'est le seul moyen de tuer un dieu.

Du moins ça devrait l'être, se dit-il en repensant aux Grées. Quelqu'un avait réussi à les tuer sans la toute-puissance des dieux. Un sentiment étrange lui tordit les entrailles, mais il l'ignora pour se concentrer sur Perséphone.

– Il était fou de rage, bien évidemment, et il s'est vengé de la seule façon qu'il a pu, en couchant avec Leucé.

Perséphone écarquilla les yeux, bouche bée.

– Pourquoi tu ne me l'as pas dit ?

– J'ai tendance à vouloir oublier cette partie de ma vie, Perséphone.

Même si, apparemment, on ne lui accordait pas ce vœu.

– Mais je… je n'aurais pas…

– Tu as déjà rompu une promesse que tu m'avais faite. Je ne pense pas que le récit de ma trahison t'aurait empêchée de demander l'aide d'Apollon.

Il vit que ses mots l'avaient blessée et la culpabilité l'envahit. Peut-être qu'être sincère avec elle aurait influencé ses actions, mais il ne lui en avait pas laissé la chance.

Il posa la bouteille et se décolla du bar.

– Tu dois être fatiguée. Je peux t'emmener aux Enfers, ou Antoni peut te ramener chez toi.

Il lui offrait les deux options, ne sachant pas laquelle elle choisirait.

– Qu'est-ce que tu veux, toi ?

Toi, bien sûr, pensa-t-il avant de la mettre face à son choix.

– Ce n'est pas à moi de décider.

Elle fuit son regard, et il sut qu'il s'était trompé.

– Mais puisque tu me le demandes… je te veux toujours avec moi. Même quand je suis en colère.

Elle eut l'air un peu triste.

– Alors je viens avec toi.

Il se rapprocha d'elle, en faisant craquer le verre sous ses pieds, et il l'attira contre lui. Malgré leur proximité, il y avait encore énormément de distance entre eux. Il s'en contenterait pour l'instant.

Pour cette nuit, au moins, elle serait à la maison.

Chapitre XXIV

RÉPONSES

Hadès aurait dû savoir qu'il n'arriverait pas à dormir. Il parvint juste à se reposer car, pour la première fois depuis une éternité, Perséphone était à ses côtés. Il finit par se lever à contrecœur et sortit de leur chambre. Dans les couloirs, il passa devant des employés chargés de bouquets de fleurs et de guirlandes feuillues, et l'odeur de nourriture embaumait l'air. Il suivit l'agitation et trouva Hécate dans la salle de bal, occupée à donner des instructions sur l'emplacement des tables et des fleurs.

– Qu'est-ce qui se passe ? demanda-t-il.

– C'est la Fête du Solstice, dit-elle.

Bien sûr. Il avait oublié. En général, ces festivités se tenaient dans la Vallée d'Asphodèle, mais Perséphone avait insisté pour les déplacer au palais et ça avait commencé avec le Bal de l'Ascension.

– Tu te joindras à nous ? demanda la déesse.

– Je vais essayer.

– Perséphone voudra que tu sois là.

Hadès n'en était pas si sûr, mais il ferait sincèrement un effort.

Il laissa Hécate vaquer à ses occupations et se rendit aux écuries pour libérer Orphnée, Aithon, Nictée et Alastor de leurs enclos. Il les suivit dans le pré et, à la dernière minute, il monta sur Alastor et galopa à travers son royaume. Il n'avait pas de destination particulière en tête, mais ça faisait longtemps qu'il n'avait pas existé quelque part, simplement et sans attentes, et c'est ce qu'il espérait faire maintenant.

Alastor galopa fort et vite jusqu'à la limite des Enfers, là où une falaise à pic rencontrait l'océan Aléonien. Hadès envisagea de sauter dans ses eaux froides, juste pour se sentir lavé du chaos qui accablait son corps depuis plusieurs semaines. Aussi tentante que fût cette pensée, il resta en selle et, peu de temps après, il fit faire demi-tour à Alastor. Ils repartirent vers le palais et Hadès descendit du cheval pour le laisser courir en liberté dans son royaume.

C'est là qu'Hermès apparut.

Hadès ne dit rien, toujours agacé de la veille. Il était particulièrement énervé que le dieu de la Ruse ait choisi la robe de Perséphone.

– Je suis venu te dire que je suis désolé, dit Hermès.

Hadès ne dit pas un mot et il ne s'arrêta pas non plus, poursuivant son chemin vers le palais.

– Ne fais pas ça, Hadès, dit Hermès en lui emboîtant le pas. La robe était pour ton bénéfice, et tu le sais.

Il détestait que le dieu sache pourquoi il était aussi énervé.

– Pour mon bénéfice ? rétorqua Hadès. Comment, alors que je suis le dernier à l'avoir vue ?

– Ben, c'est le but, non ?

– Tu crois vraiment que je n'ai pas envie de baiser avec Perséphone ? cracha-t-il en faisant volte-face.

Ce n'était même pas la robe qui le mettait en colère, c'était la raison qui était derrière. Elle était censée le rendre jaloux et faire en sorte que Perséphone lui manque.

– Il n'est pas question que de sexe entre nous et, d'ailleurs, si tu veux tout savoir, c'est tout *sauf* le sexe qui est le problème, en ce moment.

Hermès baissa les yeux.

– Écoute, Hadès. Je ne voulais pas empirer la situation. Je veux juste que tu saches que je voulais aider… et, oui, la robe était censée véhiculer un message, mais j'ai pensé que ça t'aiderait à voir ce qui compte le plus.

– Et c'est quoi ?

– La femme sous la robe, imbécile.

– Je le sais, espèce de débile ! Tu n'avais pas besoin de la couvrir de dentelle pour que je reçoive le message.

– Et si c'était ce qu'elle voulait ? demanda Hermès.

Hadès le dévisagea.

– Ne sois pas toxique pour des choses qui ne comptent pas. Tu vas passer à côté de ce qui est vraiment important, c'est-à-dire qu'elle t'aime.

Hermès secoua la tête et continua.

– On est nombreux à t'aimer, mais tu ne rends pas la tâche facile, surtout quand t'es comme ça.

– Comme quoi ?

– Comme *ça* ! insista Hermès en gesticulant. Taciturne.

– Je ne suis pas taciturne, répondit Hadès en croisant les bras.

– Tu l'es, et parfois c'est canon, mais là, c'est juste pathétique.

– Retire ça tout de suite !

– Je le retirerai, acquiesça Hermès, mais seulement quand tu auras accepté que tu mérites mieux que la solitude.

* * *

Hadès était encore énervé par les propos d'Hermès quand Ilias le convoqua à Nevernight, l'ayant informé que quelqu'un de la police souhaitait lui parler. Il crut d'abord que c'était Ariadne, mais c'est un homme qu'il trouva dans son bureau.

Il était petit, corpulent, le crâne dégarni, et il se tenait debout, les mains glissées dans la ceinture épaisse où étaient fixés son arme, ses recharges, un Taser et des menottes. Il portait également un dossier cartonné.

– Lord Hadès, dit-il. Merci de me recevoir.

– Qu'est-ce que je peux faire pour vous ? demanda le dieu en regardant Ilias, qui se tenait près de la porte.

– Je suis le capitaine Baros. Je crois que l'une de mes détectives vous a rendu visite, récemment.

– Mais encore ? répondit Hadès pour ne pas trahir Ariadne, puisqu'il soupçonnait qu'elle était venue sans que cet homme ne le sache. Je vois beaucoup de gens…

Le détective fronça les sourcils avant de tirer du dossier un portrait officiel d'Ariadne dans son uniforme.

– Détective Ariadne Alexiou. Elle a disparu.

Hadès regarda de nouveau Ilias, dont le visage se crispa. Ils pensèrent tous deux la même chose. Thésée avait-il décidé de se débarrasser de la détective plus tôt que prévu ?

– C'est très fâcheux, dit Hadès.

Il ne souhaitait pas admettre qu'il la connaissait. Quelque chose clochait dans cette histoire et ça n'avait rien à voir avec la disparition d'Ariadne.

– Pourquoi vous êtes venu me voir ?

– Une intuition, répondit le capitaine. Vous voyez, elle enquêtait sur des disparitions qui ont eu lieu à Nouvelle Athènes, et peu de temps avant de se volatiliser, elle a demandé la permission de demander l'aide d'un dieu. C'était votre aide, en particulier, qu'elle voulait.

La dernière phrase était prononcée comme une accusation et ça ne plut pas à Hadès.

– Je suis parfaitement au courant du dédain qu'éprouve le Département de Police Hellénique envers les dieux, dit Hadès, donc il est peu probable que vous ayez accédé à une telle requête, n'est-ce pas ?

– En effet, répondit simplement le capitaine.

– Alors qu'est-ce qui vous fait penser qu'elle est venue me voir ?

– Ariadne est… difficile.

– Difficile ou déterminée ?

– Ignorer les ordres ne donne une bonne image à personne, Lord Hadès.

– Et surtout pas à vous. Ça donne l'impression que vous n'avez pas de contrôle sur votre équipe. Est-ce que c'est pour ça que vous êtes ici, Capitaine ?

Le mortel le fusilla du regard.

– Je suis ici parce que j'aimerais retrouver ma détective et que je sais, en fait, qu'elle est venue vous voir alors que je le lui ai interdit. Qu'est-ce que vous avez à répondre à ça ?

– Vous m'accusez de mentir, Capitaine ? demanda Hadès sans lui laisser le temps de répondre. Prenez garde à ce que vous dites, car il s'avère que je connais quelques vérités à votre sujet et que je n'aurai pas peur de les révéler.

Le détective continua de l'assassiner du regard pendant quelques secondes, puis il finit par reprendre la photo d'Ariadne.

– Je vous laisse ma carte.

– Pas la peine. Je sais où vous trouver.

Le capitaine partit sans un mot, comme s'il sentait le regard d'Hadès dans son dos. Une fois seuls, Hadès regarda Ilias.

– Je croyais que je t'avais dit de la surveiller, dit Hadès.

– C'est ce que j'ai fait, répondit le satyre d'un ton défensif. Ce n'était pas Thésée.

Alors qui ? Une seule autre personne s'intéressait suffisamment à la détective pour être responsable de sa disparition.

– Dionysos.

* * *

La théorie d'Hadès était que Dionysos avait découvert qu'Ariadne collaborait avec Thésée – sans doute faisait-il suivre la détective par ses Ménades depuis sa visite à Bakkheia. Hadès décida de ne pas perdre de temps en arrivant à la manière des mortels, choisissant plutôt de se téléporter directement dans le bureau du dieu.

– Quel manque de courtoisie, dit Dionysos quand Hadès apparut.

– C'est toi qui as Ariadne ? demanda Hadès.

– Si quelqu'un pouvait contrôler cette grande bouche infernale…

– Je ne t'ai pas demandé de lister les traits que tu admires chez elle, l'interrompit Hadès. Est-elle avec toi ?

Dionysos lui lança un regard noir.

– C'est à moi qu'il appartient de la punir. Pas à toi.

– Elle ne mérite pas ton châtiment, dit Hadès.

– Elle m'a trahi.

– Tu ne peux pas lui en vouloir pour la mort des Grées. Je doute que ce soit elle qui ait tenu le poignard, mais elle peut nous dire qui c'était.

– Je ne suis pas un enfant, Hadès ! Je connais sa valeur.

– C'est toi qui dis ça, alors que tu refuses de choisir ton camp.

Le dieu de la Vigne s'énerva.

– Je t'ai laissé entrer, non ? rétorqua-t-il. Est-ce que ce n'est pas choisir un camp ?

– C'est un début, admit Hadès.

– Viens, gronda le dieu du Vin en passant devant Hadès.

Ils sortirent du bureau pour prendre l'ascenseur menant au sous-sol.

– Pas de donjon ? demanda Hadès en regardant Dionysos, qui semblait à cran.

– Non, répondit-il sans son sarcasme habituel.

Hadès haussa un sourcil, mais ne dit rien.

Une fois au sous-sol, Hadès fut surpris de trouver Ariadne dans la salle commune avec les autres Ménades, même si elle gardait ses distances, occupée à lire dans un grand fauteuil à l'écart des autres. Il avait pensé la trouver dans un des dortoirs, mais il dut admettre que ce n'était sans doute pas une bonne idée, puisque c'est là que les Grées avaient été kidnappées. Au moins, entourée de gens, il y aurait des témoins.

Ariadne leva la tête à leur arrivée et se crispa.

– Qu'est-ce que vous voulez ? cracha-t-elle.

Hadès leva les yeux au ciel.

– Je vois que vous n'avez pas perdu votre hargne.

Elle lui offrit un sourire malicieux.

– Ça n'a pas l'air de vous décourager.

– Pas quand vous avez les réponses à mes questions, dit Hadès.

– Je ne vois pas en quoi vous pensez que je peux vous être utile.

– Ah non ? Les Grées ?

Il y eut un silence, Ariadne les dévisagea, puis ses yeux se mirent à larmoyer.

– Je vous déteste, siffla-t-elle. Vous pensez qu'il ne saura pas que vous m'avez prise ? Vous pensez qu'il ne devinera pas ce que vous voulez ?

– Je vous ai dit que je vous protégerais, rétorqua Dionysos.

– Et ma sœur ? hurla-t-elle d'une voix torturée.

Hadès vit Dionysos tourner la tête, la mâchoire crispée. Ils avaient clairement discuté du genre d'information qu'elle était prête à offrir.

– Où est votre sœur ? demanda Hadès, réalisant qu'il ne savait toujours pas pourquoi Thésée semblait l'avoir fait prisonnière.

– Sa sœur est mariée à Thésée, répondit Dionysos à sa place. Et il l'utilise pour manipuler Ariadne.

Ça expliquait pourquoi elle devait mériter de la voir.

– Ce qu'elle ne semble pas comprendre, c'est qu'on ne peut rien faire pour elle, dit Dionysos.

– Vous non, dit Ariadne. Mais moi oui, et le seul moyen de m'en assurer, c'est de ne rien vous dire.

– Vous croyez vraiment que Thésée vous laissera voir sa femme ?

– Ne l'appelez pas comme ça ! grogna-t-elle.

– Dites-moi, insista Dionysos. Depuis quand vous ne l'avez pas vue ?

Ariadne ne répondit pas, le dieu du Vin reposa la question et, cette fois, la détective se mit à hurler.

– Trois ans ! Trois ans, espèce d'enfoiré ! Et maintenant, à cause de vous, je ne la reverrai plus jamais !

Un silence suivit la crise d'Ariadne, dont Hadès ne pouvait pas lui en vouloir. Il sentait l'amour qu'elle avait pour sa sœur, qui faisait trembler son corps et lui cassait la voix, et il voulait faire tout ce qui était en son pouvoir pour s'assurer qu'elle la reverrait.

– Peut-être que vous auriez dû y penser avant de venir ici avec l'intention de localiser les Grées, dit Dionysos, qui ne savait pas quand se taire.

– Ce n'est pas le cas ! siffla-t-elle. Je suis venue parce que j'espérais que vous m'aideriez à trouver ma sœur, mais quand j'ai compris à quel point vous étiez *difficile*, j'ai décidé qu'il valait mieux que j'obéisse aux instructions de Thésée.

Hadès les regarda l'un après l'autre et finit par s'agenouiller.

– Écoutez, Ariadne, on peut vous aider à retrouver votre sœur, mais je dois d'abord vous demander… est-ce qu'elle a envie d'être sauvée ?

– Elle ne sait plus ce qu'elle veut, répondit-elle.

– Ce n'est pas ce que j'ai demandé, insista Hadès.

– Il abuse d'elle, rétorqua-t-elle.

– Ariadne, dit Hadès d'une voix calme, alors que son cœur se brisait sincèrement pour elle. Vous savez qu'on ne peut pas sauver quelqu'un qui n'a pas envie d'être secouru.

La détective enfouit son visage dans ses mains, de profonds sanglots secouèrent son corps. Elle leva la tête au bout d'un long moment.

– Vous m'aidez à la récupérer, qu'elle le veuille ou non, dit Ariadne. Et je vous donnerai l'information dont vous avez besoin.

Hadès regarda Dionysos, qui se tenait un peu à l'écart, la bouche pincée. Hadès n'attendit pas qu'il acquiesce pour répondre.

– Deal.

Il fallut encore plusieurs minutes à Ariadne pour commencer son récit, et quand ce fut le cas, tout devint logique.

– Thésée savait déjà que c'était vous qui aviez les Grées. Il avait juste besoin de vous distraire assez longtemps pour qu'Héra les kidnappe.

L'humeur de Dionysos s'assombrit en entendant le nom d'Héra, et Hadès savait pourquoi. La déesse des Femmes était le fléau de son existence depuis l'Antiquité. Elle l'avait rendu fou grâce à un sort, le faisant errer dans le monde, sans fin et sans énergie. Elle était également responsable de la mort de sa mère, Sémélé.

– Alors la femme dans les toilettes… commença Dionysos, c'était prévu ?

– Non ! Je n'aurais jamais osé… répondit Ariadne en soupirant. Je sais ce que vous devez penser de moi, mais Thésée ne contrôle pas tous les aspects de ma vie. J'avais mes propres motivations pour venir ici.

– Parce que vous pensiez que je faisais dans le trafic de femmes, répondit Dionysos d'un ton acerbe.

– Je suis venue parce que je pensais que vous pourriez m'aider, cracha-t-elle, faisant taire Dionysos qui fut choqué.

Ariadne ajouta d'une voix calme.

– Il n'est pas au courant pour Méduse, et je ne le lui ai pas dit. Je ne supporterais pas de mettre une autre femme en danger.

Hadès dut admettre qu'il était soulagé de l'entendre ; ils avaient peut-être un avantage sur le demi-dieu.

– Quand elles sont arrivées sans œil, il était en colère, mais il les a gardées en vie un moment. Il a seulement décidé de les tuer quand il a cru que vous réussiriez à les secourir, dit-elle en regardant Hadès. Héra lui a permis d'avoir du venin d'Hydre et il a pensé que tuer les Grées serait un moyen de savoir quelle dose était nécessaire pour tuer une divinité. Bien sûr, ce n'est pas Thésée qui a commis les meurtres, il a envoyé ses soldats le faire.

– Qui sont ces soldats ?

– La plupart sont des demi-dieux, répondit-elle. Il y a des mortels, aussi, mais ils ne lui sont utiles que pour convaincre le public que les Impies agissent seuls.

D'autres demi-dieux, pensa Hadès. Il y en avait beaucoup, éparpillés dans toute la Nouvelle Grèce, et il ne doutait pas que la plupart d'entre eux ressentaient une grande rancœur envers leur parent divin.

– Il veut renverser les Olympiens, dit-elle. Même ceux qui sont dans son camp aujourd'hui.

– Vous connaissez son prochain coup ? demanda Dionysos. S'il avait prévu de se servir des Grées comme arme et qu'elles sont devenues ses victimes, quelle est la suite ? Il aura besoin de nouvelles armes et de nouvelles cibles.

Ariadne secoua la tête et Hadès fronça les sourcils. S'il n'était pas surpris par ce qu'elle avait dit, ses informations s'accompagnaient d'un sentiment de terreur.

Le pire était peut-être qu'il allait devoir le dire à Zeus, même si la seule chose que ça apporterait serait d'avoir du pouvoir contre Héra, qui pensait encore avoir l'ascendant sur Hadès avec ses travaux.

Elle était sur le point de découvrir que c'était tout à fait l'inverse.

Dionysos tourna la tête vers Hadès.

– Je vais envoyer les Ménades pour enquêter. Peut-être qu'elles pourront découvrir son prochain coup, dit-il avant de s'adresser à Ariadne. Et commencer à prévoir la fuite de Phèdre.

– Je croyais que tu ne choisissais pas ton camp, répondit Hadès.

– Ouais, ben, que celui qui se range du côté d'Héra aille se faire foutre ! lança-t-il.

Chapitre XXV

LA FORÊT DU DÉSESPOIR

Il était tard lorsqu'Hadès arriva aux Enfers, où il trouva Perséphone qui l'attendait. Quand il entra dans leur chambre, elle se tourna vers lui, vêtue d'une robe de bal qui lui arrivait aux pieds. Elle était noir et or, avec de longues manches fendues, on aurait dit une cape. Elle portait une couronne aux bords dentelés, noire, incrustée de diamants et de perles. Elle était semblable à la sienne, et il savait que c'était intentionnel. Hécate était sans doute derrière cette création.

Malgré son regard triste, elle lui coupa le souffle. Elle avait l'air d'une reine, de sa reine.

– Je ne pensais pas que tu serais réveillée, dit-il.

Il pensait qu'elle serait épuisée d'avoir fait la fête avec les âmes. Au lieu de ça, elle avait le regard scintillant et presque lubrique, et son bas-ventre se crispa d'excitation.

– Tu étais où ? demanda-t-elle.

– J'avais des choses à régler, dit-il.

Lui expliquer ce qui s'était passé avec Dionysos et Ariadne prendrait trop de temps. Cela jetterait la lumière sur une toute nouvelle partie de ce monde qui, s'il serait heureux de lui en faire part un jour, était encore trop incertain.

Heureusement, elle n'insista pas.

– Est-ce que c'était plus important que ton propre royaume ?

– Tu es en colère que je ne sois pas venu à ta fête.

Il fronça les sourcils, en partie parce qu'elle savait pourquoi il assistait rarement aux fêtes. Il mettait les gens mal à l'aise, même si elle avait envie de croire que ce n'était pas vrai.

– Oui, je suis en colère. Tu aurais dû être là.

– Les morts fêtent tout. Je ne raterai pas la prochaine.

– Si c'est comme ça que tu vois les choses, j'aurais préféré que tu ne viennes pas du tout.

Hadès fronça les sourcils. À l'évidence, elle cherchait une réponse qu'il ne pouvait pas lui donner.

– Qu'est-ce que tu attends de moi ?

– Je me contrefiche qu'ils fassent tout le temps la fête. Ce qui compte pour eux devrait compter pour toi. Ce qui compte pour moi devrait compter pour toi.

– Perséphone…

– Non ! gronda-t-elle.

Il se tut, réprimant l'éclat de frustration qui jaillit en entendant son ordre.

– Je comprends que tu ne puisses pas deviner ce que je ne te dis pas, mais j'attends de toi que tu t'intéresses aux choses dont je te parle, pour moi, mais aussi pour ton peuple. Tu n'as pas posé une seule question à propos de la Fête du Solstice, pas même après que je t'ai demandé si on pouvait l'organiser dans la cour.

Il la dévisagea en silence pendant un long moment. Il était vrai qu'il n'avait pas pris ça au sérieux. Même après le rappel d'Hécate, il avait écarté l'importance de sa présence, et pour ça, il se sentait honteux.

– Je suis désolé, dit-il enfin.

– Tu ne l'es pas. Tu le dis seulement pour me calmer, et je déteste ça. C'est pour ça que tu veux une reine ? Pour ne pas avoir à être présent à ces événements ?

– Non, c'est toi que je voulais. C'est pour ça que je voulais que tu sois ma reine. Il n'y a aucune autre raison.

Est-ce qu'il avait plus de respect pour elle parce qu'elle aimait son royaume et son peuple ? Oui, mais ces caractéristiques découlaient de sa compassion et de sa gentillesse, et c'était pour ça qu'il l'aimait.

Au bout de quelques secondes, elle soupira et ferma les yeux.

– Écoute, Hadès. Si tu ne veux plus… de ça, j'ai besoin de le savoir.

Il la dévisagea, confus, et attendit qu'elle le regarde de nouveau.

– Quoi ?

– Si tu ne veux plus de moi, si tu penses que tu ne peux pas me pardonner, on ne devrait plus être en couple. Au diable les Moires !

C'était dit, et les mots pesèrent dans l'air autour d'eux. Hadès passa quelques secondes à les digérer avant de s'approcher d'elle.

– Je n'ai jamais dit que je ne te voulais plus. Je pensais avoir été clair, hier.

– Alors, tu veux me baiser ? Ça ne veut pas dire que tu veux une vraie relation. Ça ne veut pas dire que tu me referas confiance un jour.

Il s'arrêta devant elle, un géant comparé à elle, mais elle lui tint tête, soutenant son regard avec des yeux noirs.

– Je tiens à être parfaitement clair. J'ai envie de te baiser, oui. Mais surtout, je t'aime, d'un amour profond et infini. Si tu me quittais aujourd'hui, je continuerais de t'aimer. Je t'aimerai pour toujours. C'est ça notre destin, Perséphone. Au diable les fils des Moires, et les couleurs… et au diable tes incertitudes.

– Je n'ai pas d'incertitudes, gronda-t-elle. J'ai peur, espèce d'idiot !

– De quoi ? Qu'est-ce que j'ai fait ?

– Je ne parle pas de toi ! Dieux, Hadès. Je pensais que tu comprendrais mieux que quiconque !

Il étudia son profil quelques instants, ses yeux furieux et brillants et sa bouche pincée.

– Parle-moi, la supplia-t-il.

Il fallut à Perséphone plusieurs tentatives avant de réussir à parler.

– Toute ma vie, j'ai voulu connaître l'amour. J'ai voulu qu'on m'accepte, parce que ma mère m'a toujours fait croire que ça se méritait. Si je répondais à ses attentes, j'avais son acceptation. Sinon, elle me rejetait. Tu veux une reine, une déesse, une maîtresse. Je ne peux pas être ce que tu veux. Je ne peux pas… répondre à tes… attentes !

Hadès dut avouer qu'il était stupéfait. Il n'avait jamais imaginé que le fait de l'appeler sa reine serait accompagné d'une telle pression.

Il lui fit tourner la tête vers lui et elle plongea ses yeux larmoyants dans les siens.

– Perséphone… À quoi penses-tu lorsque tu penses à une reine ?

– Je ne sais pas. Je sais seulement ce que je voudrais voir chez une reine.

– Alors, que voudrais-tu voir chez une reine ?

– De la gentillesse… de la compassion… qu'elle soit présente.

Le dernier mot lui était destiné.

– Et tu ne penses pas être toutes ces choses ?

Il effleura ses lèvres avec son pouce. Il avait envie de l'embrasser, parce que ça faisait très longtemps qu'il ne l'avait pas fait. Il voulait la réconforter et lui promettre qu'il n'y avait pas de titre auquel elle devait se mesurer, parce qu'elle suffisait déjà largement.

– Je ne te demande pas d'être une reine. Je te demande d'être toi-même. Je te demande de m'épouser. Le titre vient avec le mariage. Il ne change rien.

– Est-ce que tu me redemandes de t'épouser ? demanda-t-elle lentement et à voix basse.

– Tu acceptes ?

Elle le regarda dans les yeux et il devina sa réponse, même quand les larmes coulèrent sur ses joues. Jamais il n'avait été aussi tiraillé, aussi désespéré de l'entendre dire oui tout en sachant qu'il accepterait son refus. Elle lui avait montré ce soir à quel point elle était prête à défendre son peuple, qu'elle l'avait adopté comme son peuple, et il savait que ça voulait dire qu'elle l'aimait.

– Ma chérie, tu n'es pas obligée de répondre maintenant, chuchota-t-il. Nous avons le temps, l'éternité, en fait.

Il l'embrassa, enfin, et son soulagement fut instantané, même s'il fut vite écrasé par un besoin tout-puissant d'être en elle. Elle le toucha, glissant ses mains sur son ventre et sa verge avant de déboutonner son pantalon pour empoigner sa chair nue. Il poussa un grognement, savourant de la sentir sur lui.

Il mordilla ses lèvres, puis promena sa langue sur sa mâchoire et son cou, et plus elle respirait et gémissait fort, plus il titillait et suçait sa peau. C'est pour cela qu'il fut surpris quand elle le repoussa. Elle prit le temps de le dévorer des yeux, puis elle posa sa main à plat sur son ventre et le fit reculer jusqu'à ce qu'il sente son lit contre ses jambes.

– Assieds-toi, ordonna-t-elle.

Il obéit, elle retira sa couronne et la posa sur la table, puis elle s'agenouilla en soutenant son regard.

– Tu as l'air d'une putain de reine.

C'était toujours le cas, en fait.

Elle sourit en lui répondant.

– Je suis ta reine.

Elle prit sa verge pour la branler et il retint son souffle.

– Perséphone.

Son nom lui semblait rauque sur sa langue, et si ses caresses étaient délicieuses, sa bouche l'était plus encore. Elle se referma sur son gland et sa langue tourna autour, avant de le prendre entièrement.

Il empoigna ses cheveux et les dégagea de son visage pour la regarder l'avaler. Elle était chaude et mouillée, et la pression de sa bouche était très différente de celle de son sexe. L'acte était hypnotique et lui donnait l'impression qu'elle était dans tout son corps alors qu'elle n'en touchait qu'une seule partie. À peine eut-il joui qu'il la releva en dévorant sa bouche et en la débarrassant de sa robe. Dès qu'elle fut nue entre ses mains, il l'allongea sur le lit et se redressa pour se déshabiller à son tour.

Elle le regarda depuis le lit et lui ne la quitta jamais des yeux, admirant son corps à la lumière de la cheminée, blottie dans la pénombre de leurs draps. Sa bouche avait beau avoir été exquise, il avait hâte d'être en elle.

Il s'étendit sur elle et pressa son poids contre son corps. Il n'y avait rien de meilleur que de sentir sa peau contre la sienne, rien ne lui donnait plus l'impression d'être à sa place, chez lui. Elle posa sa paume sur sa joue, puis elle enroula des mèches sur ses doigts.

– Pourquoi veux-tu te marier ? demanda-t-elle.

Il ne savait pas comment prendre sa question, même s'ils n'avaient jamais parlé de leur perception du mariage ; peut-être que c'était justement là, le problème. Il lui avait demandé deux fois de l'épouser sans savoir ce qu'elle en pensait. Décidément, il était vraiment idiot.

– Tu n'as pas toujours rêvé de te marier ? demanda-t-il.

Il était curieux, maintenant, même s'il supposait qu'elle n'avait jamais cru que ce serait possible, étant donné que sa mère n'avait pas dû l'encourager à se projeter au-delà de ses murs en verre.

– Non, répondit-elle. Tu n'as pas répondu à ma question. Pourquoi le mariage est-il si important pour toi ?

– Je ne sais pas, admit-il. C'est devenu important quand je t'ai rencontrée.

Ils se regardèrent dans les yeux quelques instants avant de s'embrasser et qu'Hadès s'enfouisse brusquement en elle.

Il entama de lents allers-retours, mais plus elle s'agrippait à lui, plus il la prenait fort.

– C'est tellement bon, dit-il en pressant sa bouche contre sa peau pour la sucer et la mordiller. Prends-moi plus profond, chérie.

Il passa son bras sous sa jambe pour la soulever et l'ouvrir davantage à lui. Elle poussa un cri aigu et enfonça sa tête dans l'oreiller. Elle planta ses ongles dans la peau de son dos et le griffa si fort qu'il sut qu'il en garderait la trace.

– Plus fort ! ordonna-t-elle.

Il obéit, désarmé de regarder son plaisir. Il s'y accrocha et ne changea rien jusqu'à ce qu'il la sente se contracter autour de lui.

– Jouis, chérie.

Sentir son orgasme déclencha le sien. Tout son corps tressauta.

À bout de souffle, il se baissa pour l'embrasser, puis il roula sur le dos en l'entraînant avec lui.

– Dieux, tu m'as manqué, dit Perséphone en l'embrassant sur le torse.

Il gloussa et baissa les yeux sur elle alors qu'elle levait les siens sur lui. Il sentit qu'elle avait quelque chose à dire et il comprit pourquoi quand elle prit la parole.

– Tu allais me parler de Leucé.

– Hmmm, oui, dit-il en l'attirant de sorte qu'elle soit allongée sur lui, les bras croisés sur son torse. J'avais une réunion avec Ilias, dans mon restaurant. Je ne savais pas que Leucé était là. Elle m'a couru après quand je partais et elle m'a pris la main. Une vieille habitude.

Il ne savait pas pourquoi il avait ajouté la fin, parce qu'il n'était plus sûr que ça ait été une habitude. Perséphone ne sembla pas apprécier non plus car elle plissa les yeux en le regardant, mais il plaqua un doigt sur sa bouche et lui sourit.

– J'ai retiré ma main et j'ai continué de marcher. Elle voulait un autre travail.

C'était à moitié vrai, mais il ne voulait pas entrer dans les détails du mensonge de Leucé. Il attendrait de pouvoir le lui prouver.

– C'est tout ?

– Je le crains, oui.

Elle baissa la tête et il la serra contre lui.

– Je me sens stupide.

– On est tous jaloux, parfois. J'aime quand tu es jalouse… sauf quand j'en viens à croire que tu vas me quitter.

Elle se redressa pour le chevaucher, posant ses paumes sur son torse. Son regard brillait dans la lumière tamisée et ses joues étaient rouges. Il aimait la voir comme ça, et être allongé sous elle.

– J'étais en colère, c'est vrai, mais… te quitter ne m'a jamais traversé l'esprit.

Il l'étudia un moment avant de s'asseoir à son tour en s'appuyant sur les mains alors qu'elle enlaçait son cou.

– Je t'aime. Même si les Moires démêlaient notre destin, je trouverais un moyen de revenir à toi.

– Tu penses qu'elles t'entendent ? chuchota-t-elle.

Hadès lui sourit.

– Si c'est le cas, elles peuvent prendre ça pour une menace.

Elle éclata de rire et leurs bouches fusionnèrent. Hadès se rallongea, Perséphone s'empara de son érection, la plaçant à l'entrée de son sexe avant de s'asseoir dessus. Il retint son souffle en la regardant bouger, posant ses mains sur lui de sorte que ses seins suivent le roulement de ses hanches. Il les empoigna alors qu'elle se dressait et se rasseyait et quand elle fut trop fatiguée pour bouger, elle s'allongea sur le côté et Hadès la prit dans cette position jusqu'à ce qu'ils jouissent tous les deux.

* * *

Hadès se réveilla en ayant faim, ce qui n'était pas habituel. En général, lorsqu'il éprouvait cette sensation, il la faisait taire en buvant un verre, mais ce soir, il se surprit à se lever. Perséphone dormait, et il longea les couloirs jusqu'à la cuisine où il découvrit des tonnes de restes de la Fête du Solstice. Il pensait avoir envie de salé, mais en fouillant parmi les nombreux plats, il trouva quelque chose à quoi il ne s'attendait pas.

Du gâteau.

Il se souvint de son combat précédent avec le monstre brûlant de Perséphone. Il n'avait jamais pu le goûter et, si celui-ci n'était pas une création de la déesse, c'était quand même du chocolat et c'était quand même du gâteau. Il regarda autour de lui dans la cuisine qui, techniquement, lui appartenait, mais qui n'était pas vraiment la sienne. C'était celle de Milan, et le résultat était qu'il n'était pas foutu de savoir où était rangée la vaisselle. Il se mit en quête d'une assiette ou d'une sorte de bol pour y déposer le gâteau, mais quand il trouva une fourchette, il décida de manger directement dans le plat.

Il piqua dans le gâteau léger et nuageux et son estomac gargouilla encore plus fort. Soudain une sensation horrible dégoulina dans son dos et il se figea. C'était comme si son corps était attaqué par une force invisible. Des frissons couvrirent ses bras et il sentit un poids sur son torse qui empêchait ses poumons de se remplir. Il ne pouvait plus respirer, plus déglutir, plus bouger.

Perséphone.

Il lâcha le gâteau et sortit en courant de la cuisine pour regagner leur chambre, mais il trouva le lit vide. Il remarqua la porte ouverte du balcon, d'où il sentit la magie de Perséphone exploser. C'était le seul moyen de la décrire. Elle explosa comme une bombe et les ondes de choc résonnèrent dans tout son royaume. Jamais il n'avait senti une chose pareille, et sa magie n'était pas prête à affronter un tel pic de surtension.

Son royaume commença à faner. Même le jardin à ses pieds sanglotait, les branches des arbres penchaient vers le sol, les fleurs se désintégraient sous le poids de la magie de Perséphone. En quelques minutes à peine, les Enfers se transformèrent en un désert de sable noir et rêche qui s'étendait sur des kilomètres, seulement interrompu par des rivières mornes et les montagnes oppressantes du Tartare.

Qu'est-ce qui se passe ? pensa Hadès.

Elle avait mis à nu la véritable nature de son royaume et, pendant ce temps, un vent violent portait sur lui un sanglot angoissé, comme son monde.

Son cœur se mit à battre plus fort. Sa magie lui coupait le souffle.

Perséphone.

Il se téléporta depuis le balcon et la trouva au Tartare, dans la Forêt du Désespoir. Il sentit comme de l'acide couler dans sa gorge en imaginant l'horreur qu'elle avait dû découvrir ici. C'était un endroit du Tartare qui se nourrissait de la peur des âmes. Quoi qu'elle ait vu ici, ce serait bien réel, pour elle. Au point qu'elle tremblait d'une énergie si violente qu'il la sentait vrombir dans le sol sous ses pieds.

S'il ne l'arrêtait pas, elle détruirait son royaume.

– Perséphone ! cria-t-il, désespéré.

– Je t'interdis de dire mon nom !

Il pâlit en entendant sa voix, qui n'était plus qu'un horrible écho traversant l'espace qui les séparait.

– Perséphone, écoute-moi !

Il fit un pas vers elle.

– Non ! hurla-t-elle alors que le sol se fendait entre eux, créant un ravin profond qui les sépara.

– Perséphone, s'il te plaît !

Si elle n'arrêtait pas d'elle-même, il serait obligé d'utiliser ses pouvoirs contre elle, et c'était bien la dernière chose qu'il souhaitait.

Mais plus il disait son nom, plus il la suppliait, plus elle agonisait et était en colère. Elle hurla et il ne savait pas si c'était de rage ou à cause de la force de sa magie. Ce soir, cela ressemblait davantage à une guerre. Il était face à une déesse prête à donner la mort, sourde aux prières.

Horrifié, il regarda Perséphone joindre les mains, et la magie qu'elle avait aspirée des Enfers, sa magie, se rassembla dans ses paumes. Elle les tourna vers l'extérieur et toute cette force le percuta. Il fut projeté en arrière et lorsqu'il atterrit, il lâcha son Charme.

C'était un cauchemar.

Sa poitrine et son cœur le faisaient souffrir, à la fois à cause de la chute mais aussi à cause de ce qu'il s'apprêtait à faire. Il invoqua sa magie et elle s'arracha de lui, en se précipitant sur Perséphone, qui leva les mains et poussa un cri angoissé et enragé. Des volutes de fumée noire se figèrent, suspendues dans les airs, vibrantes et tiraillées entre leurs magies respectives.

Il y eut un court silence assourdissant, qui retentit contre les tympans d'Hadès jusqu'à ce qu'il entende un clac puis, soudain, sa magie revint vers lui à toute vitesse. Il parvint à réagir assez vite pour en reprendre le contrôle et réduire la fumée en cendres qui s'envolèrent dans le vent furieux de Perséphone.

– Arrête ! dit-il. Perséphone, c'est de la folie !

Et ça l'était, tout était fou dans cette histoire. Quelques semaines auparavant, Perséphone était incapable de contrôler sa magie. Elle jaillissait d'elle sous la forme d'épines, la laissant déchiquetée et ensanglantée, et voilà que maintenant, nourrie par l'horreur qu'elle voyait dans la Forêt du Désespoir, elle retournait la magie d'Hadès contre lui ? C'était insensé.

C'était dangereux.

Elle prit la parole, et malgré le rugissement de sa magie, sa voix résonna comme un sort.

– Tu réduirais le monde en cendres pour moi ? dit-elle alors qu'une énergie à la fois sauvage et volatile se rassemblait autour d'elle. Je vais le détruire pour toi.

Le ciel s'ouvrit et des racines qui ressemblaient à des arbres géants fendirent l'air pour frapper le sol. La terre trembla et des débris se répandirent dans tous les Enfers.

Merde, merde, merde.

Hadès ne faisait qu'aggraver la situation. Perséphone était incapable d'entendre quoi que ce soit en dehors de sa propre douleur – mais quelle que soit sa force, ça ne serait pas comparable à côté de ce qu'elle ressentirait quand tout serait fini.

– Hécate !

La déesse de la Magie apparut aux côtés d'Hadès, ses robes s'agitant dans le vent. Elle leva la main pour protéger ses yeux des débris.

– Qu'est-ce qui s'est passé ?

– Je ne sais pas. J'ai senti son angoisse et je suis venu dès que possible.

Perséphone parut devenir plus forte encore. Les racines qu'elle avait invoquées grossirent et s'enfoncèrent dans le sol en s'enroulant autour des arbres et des montagnes, les écrasant jusqu'à ce que tout ne soit plus que poussière. Hadès essaya de la contrer, ordonnant à sa magie de s'enrouler autour de celle de Perséphone comme des lianes, alors que les pouvoirs d'Hécate se mêlaient aux leurs. Elle ne s'en servit pas pour attaquer Perséphone mais pour projeter un bouclier au-dessus d'eux afin de tenter de contenir les dégâts de Perséphone. Mais en même temps, la magie d'Hécate avait un poids. Même Hadès la sentait peser sur lui, ses épaules tremblaient et sa concentration diminuait. Il serra les dents face à cette intrusion et sut que Perséphone en faisait autant. La force de sa magie fut interrompue, il y eut comme un fléchissement, une cassure, et des larmes se mirent à couler sur ses joues alors qu'elle plongeait son regard dans celui d'Hécate.

– Qu'est-ce que tu fais ? demanda-t-il.

Mais Hécate ne répondit pas, trop concentrée sur Perséphone. Tout à coup, sa magie disparut et un silence atroce suivit, comme si elle avait réellement aspiré toute la vie de son royaume.

Perséphone vacilla et Hécate se téléporta pour l'attraper, pile quand elle vomit à ses pieds.

– Ce n'était pas réel, dit la déesse de la Magie en dégageant les cheveux du visage de Perséphone. Ma chère, mon amour, ma douce.

Hadès regarda Perséphone enfouir sa tête contre la poitrine d'Hécate.

– Je ne peux pas l'oublier. Je ne peux pas vivre avec ça.

– Chhut, susurra Hécate tandis qu'elle tournait la tête vers lui.

Elle le regarda et, pour la première fois depuis que tout ça avait commencé, il vit ce qui avait déclenché la rage de Perséphone.

Lui.

Hadès eut envie de vomir.

Son estomac se noua et sa gorge se resserra tandis que la vision de Perséphone remplissait son esprit : Leucé dans ses bras, appuyée contre un arbre, leurs bouches collées dans un baiser passionnel.

Il savait comment fonctionnait la forêt, puisqu'il l'avait créée comme moyen de torture. Les âmes condamnées ici vivaient constamment leurs plus grandes peurs. Elles leur paraissaient réelles car, d'une certaine façon, elles l'étaient.

Si elle était tombée entre Leucé et lui, elle n'aurait eu aucune raison de croire que ce qu'elle voyait n'existait pas. Ça ne lui aurait pas traversé l'esprit, la forêt fonctionnait comme ça.

Il regarda Hécate se lever, Perséphone dans les bras.

– Je l'emmène au palais pendant que tu rétablis l'ordre, dit-elle.

Il ne la contredit pas. Il aurait préféré s'occuper de Perséphone, mais il savait qu'elle n'aurait pas envie d'être avec lui, pour le moment, alors il laissa Hécate partir et il se concentra pour remettre son royaume en place.

Il aurait pu le faire en quelques secondes, mais il prit son temps, réduisant en cendres les racines que Perséphone avait fait venir aux Enfers, aplatissant le sol qu'elle avait retourné, puis il invoqua sa magie et créa des collines rondes et luxuriantes, des forêts denses et des jardins immenses remplis de fleurs.

Quand il eut fini, il rentra au palais et trouva Hécate dans sa chambre. Elle était assise à côté du lit pendant que Perséphone dormait.

– Comment elle va ? demanda-t-il.

– Elle est épuisée, répondit-elle. Elle vient juste d'arrêter de trembler.

Hadès fronça les sourcils de plus belle.

– Je ne comprends pas comment elle s'est retrouvée dans la forêt.

– Un sortilège, dit Hécate.

– Un sortilège, répondit Hadès.

– Oui je pense, la peur sonnait faux, aussi.

– Comment ça ? demanda-t-il.

Hécate continuait de regarder Perséphone en parlant.

– Perséphone n'a pas peur que tu la trompes avec Leucé. Elle te fait confiance. Sa plus grande peur est de perdre Lexa. Ce qui me fait penser que tout ça était censé vous déchirer.

Hadès y réfléchit un moment.

– Est-ce que Leucé était à la fête, ce soir ?

– Il me semble, dit Hécate. C'est pour ça que la peur me semble erronée. Même cette photo dans le *Delphi Divine* ne l'a tellement pas inquiétée qu'elle a quand même invité Leucé ce soir.

– Tu dis que c'était un sortilège ? demanda Hadès.

– Une potion, à mon avis. Probablement faite par un Mage.

Hadès était certain que Leucé était impliquée d'une façon ou d'une autre. Son double jeu s'apprêtait à prendre fin. Il quitta la chambre et se dépêcha de sortir dans son royaume restauré où il appela Hermès, qui apparut presque aussitôt, comme s'il attendait la convocation d'Hadès.

– T'as appelé, BG de la Mort ? dit-il avec un immense sourire qui disparut dès qu'il le vit. Tu fais peur à voir.

Hadès n'en doutait pas.

– Trouve Leucé, dit-il.

– Oh, non… Qu'est-ce qu'elle a fait, cette fois ?

– Rien qu'elle n'a pas déjà fait, répondit Hadès. Mais elle s'en est prise au mauvais dieu.

– Je vais la localiser.

– Pas seulement ça : amène-la-moi.

Hermès hocha la tête et disparut.

Une fois seul, Hadès respira profondément et s'éloigna du palais pour marcher dans ses jardins. Il avait hâte que Perséphone se réveille, pour lui parler de ce qu'elle avait vu et la supplier de lui pardonner. Même s'il n'avait rien fait de mal, il avait créé le monstre qui l'avait affectée de façon si cruelle et, pour cela, il s'en voulait.

Il contourna le mur de pierres qui séparait le jardin, sous le balcon de sa chambre, et les Prés d'Asphodèle et se retrouva nez à nez avec Perséphone.

Elle était pâle et vêtue de blanc. N'ayant pas l'énergie de maintenir son Charme, elle était dans sa forme divine et, sous le ciel terne des Enfers, elle avait l'air à la fois sublime et hantée.

Pendant un moment, il ne put que la regarder. Tant de fois par le passé, Hadès avait craint qu'elle disparaisse sous ses yeux et que chaque moment qu'ils avaient partagé ne soit qu'une torture des Moires qui l'auraient tissée dans sa vie juste pour l'en arracher, et il ne l'avait jamais ressenti aussi fort qu'en cet instant.

Il déglutit difficilement avant de prendre la parole.

– Tu vas bien ?

Elle le dévisagea, ses cheveux dorés scintillèrent sous la brise, et elle rougit soudain.

– Ça ira mieux bientôt, dit-elle.

Le silence qui suivit fut moins pesant et Hadès espéra qu'il ne serait pas trop difficile de guérir des événements de la veille.

– Est-ce que je peux me joindre à toi ? demanda-t-il.

– C'est ton royaume.

Il fronça les sourcils car sa réponse était moins enthousiaste qu'il l'espérait, mais il ne pouvait pas lui en vouloir de prendre ses distances après ce qu'elle avait vu. Elle se dirigea vers l'endroit d'où il venait, et il marcha à ses côtés. Il avait envie de la toucher, ou au moins de lui tenir la main, mais il savait qu'il cherchait du réconfort, qu'il voulait savoir que tout irait bien entre eux, et il ne s'attendait pas à ce qu'elle soit prête pour ça.

Il ferma les poings et ils marchèrent en silence jusqu'au bout du jardin. Ils étaient face au Pré d'Asphodèle et la tension était si grande qu'Hadès ne put plus le supporter.

Il se tourna vers elle et, si elle n'en fit pas de même, elle tourna la tête pour le regarder.

– Perséphone, murmura-t-il en rêvant de la toucher, je… je ne sais pas ce que tu as vu, mais il faut que tu saches… tu dois savoir, que ce n'était pas vrai.

D'ailleurs, c'était la réalité. Hécate avait tiré les souvenirs de l'esprit de Perséphone et ceux-ci avaient passé le filtre de sa douleur, de son angoisse, de son traumatisme. Il ne saurait jamais vraiment ce qu'elle avait vu, seulement la manière dont ça l'avait affectée. Et d'une certaine façon, c'était encore pire.

– Est-ce que tu veux que je te dise ce que j'ai vu ? demanda-t-elle d'une voix rauque. Je vous ai vus ensemble, Leucé et toi. Tu la tenais, tu lui faisais l'amour comme si tu étais assoiffé d'elle.

Elle ferma fort les yeux et se mit à trembler.

– Tu prenais du plaisir avec elle. Savoir qu'elle a été ta maîtresse est une chose, mais… le voir a été… dévastateur, et j'ai voulu détruire tout ce que tu aimais, expliqua-t-elle, alors que sa voix se cassait et que les larmes coulaient sur ses joues. J'ai voulu que tu me voies démanteler ton monde. J'ai voulu t'anéantir, toi.

Ses paroles étaient comme des griffes plantées dans sa chair, et malgré ses réticences à la toucher, il tendit la main, souhaitant la regarder dans les yeux.

– Perséphone…

Elle ouvrit des yeux remplis de larmes.

– Il faut que tu saches que ce n'était pas vrai.

– Ce n'est pas l'impression que j'ai eue hier.

Là résidait toute l'horreur de la chose, la torture de la chose.

– Je t'enlèverais ce souvenir si je le pouvais, déclara-t-il.

Il le pensait. Il le lui prendrait pour qu'elle ne ressente plus la douleur d'une trahison qu'il n'avait pas commise, pour qu'elle ne le regarde plus comme elle le regardait maintenant, une ombre de suspicion dans les yeux.

Mais, malgré les doutes qui tourbillonnaient dans son regard, elle se rapprocha de lui.

– Tu le peux. Embrasse-moi, chuchota-t-elle.

Il hésita d'abord, mais il en avait également très envie et il effleura sa bouche avec la sienne. Il voulait être tendre, mais Perséphone ne laissa pas de place aux caresses délicates. Elle empoigna sa nuque et plaqua sa bouche contre la sienne. Hadès l'attira contre lui, agrippant sa robe pendant que les mains de Perséphone descendaient jusqu'à sa verge, qui était devenue longue et épaisse après leur long baiser. Hadès recula pour prendre une inspiration gutturale, mais Perséphone ne le lâcha pas et il se sentit chaud dans ses mains, malgré l'épaisseur des tissus qui les séparaient.

– Aide-moi à oublier ce que j'ai vu dans la forêt, supplia-t-elle. Embrasse-moi. Aime-moi. Ruine-moi.

Elle n'avait jamais besoin de le lui demander, mais il savoura l'invitation. Ils s'étaient déshabillés en s'embrassant et Hadès mit la main entre ses jambes, taquinant son sexe chaud avant de prendre sa cuisse sur sa hanche et de glisser deux doigts en elle. Elle gémit, à bout de souffle, enlaçant son cou pour ne pas perdre l'équilibre, mais Hadès garda une main sur sa taille et bougea lentement. Leurs visages n'étaient qu'à quelques millimètres l'un de l'autre et il l'observa perdre le contrôle, comme si elle ne pouvait plus maîtriser les réactions de son corps. Elle pencha la tête en arrière et ouvrit la bouche, les yeux vers le ciel, et quand elle fondit contre lui, il s'agenouilla par terre avec elle.

Il la détailla ouvertement alors qu'elle s'allongeait sur les robes d'Hadès, au milieu des herbes hautes qui bruissaient autour d'eux. Nue, les cheveux brillants, baignant dans sa lumière, elle semblait irréelle.

– Tu es sublime, murmura-t-il. Si je le pouvais, je nous garderais à jamais figés dans cet instant pour te contempler, offerte à moi.

Elle baissa la tête et si ses yeux étincelaient, ils avaient quelque chose de ténébreux qui embrasa son sang.

– Tu ne préfères pas passer à l'étape suivante et t'enfouir en moi ?

Il esquissa un sourire en coin. Quand il avait parlé de cet instant, il l'entendait dans sa totalité.

– Tu es pressée, chérie ?

– Toujours.

Il rampa à quatre pattes pour être entre ses cuisses, qu'il embrassa jusqu'à son sexe. Elle était douce contre sa langue, merveilleuse à voir, glorieuse, lumineuse. Elle ondulait sous lui alors que sa bouche et sa main la rapprochaient de l'orgasme.

Quand elle ne put plus contrôler son corps ni les sons qui s'échappaient de sa bouche, il sut qu'il la tenait et il insista jusqu'à ce qu'elle jouisse.

– Hadès, susurra-t-elle, alors que ses jambes ramollissaient et qu'elle plongeait ses mains dans ses cheveux pour les tirer et l'obliger à remonter jusqu'à sa bouche.

Il l'embrassa longtemps et la chaleur monta entre eux, même lorsqu'il s'arrêta pour la regarder dans les yeux.

– Il n'y a pas de plus grande torture que de sentir ton angoisse.

Une part de lui détestait remettre ça sur le tapis, surtout après les efforts qu'il avait faits pour lui faire oublier ce qu'elle avait vu, mais il savait également qu'il était impossible d'oublier la Forêt du Désespoir.

– Je savais que j'étais responsable, d'une façon ou d'une autre, et je ne pouvais rien y faire.

Perséphone ne devait pas avoir envie de parler de ce qui s'était passé, parce qu'elle toucha ses lèvres en léchant les siennes.

– Tu peux faire quelque chose, maintenant.

Elle se cambra et saisit sa queue, qu'elle branla fermement, déclenchant une vague de plaisir qui lui monta à la tête. Soudain, il comprit. Il faudrait qu'ils en parlent tôt ou tard, mais pour l'instant, ils avaient surtout besoin de faire l'amour.

Il s'installa entre ses jambes et la pénétra. Ses premiers coups de bassin étaient longs et profonds, et sa récompense était de regarder Perséphone, à bout de souffle. Toutefois, il eut du mal à garder ce rythme alors que ce dont il avait envie, c'était de baiser. S'ils devaient créer un moment mémorable pour effacer que ce qui s'était passé au Tartare, ce devait être différent.

Leurs gestes changèrent. Hadès l'embrassa et la pénétra plus fort et Perséphone planta ses ongles dans sa peau. Ni l'un ni l'autre ne retinrent leurs cris de passion, de plaisir… et de douleur.

C'était leur moyen de libérer et de digérer leurs émotions, et c'était brutal, sauvage et désespéré.

Perséphone jouit la première et tout son corps se contracta autour de lui, même ses ongles, qui lui percèrent la peau.

– Putain !

Il retint son souffle en serrant les dents, mais ce n'était pas parce qu'il avait eu mal. C'était parce que c'était si bon qu'il eut soudain besoin de jouir en elle, de s'approprier ce moment. Il lui prit les mains et les leva au-dessus de sa tête. Bouger en elle était une euphorie en soi et la pression s'accumula dans sa verge et dans sa gorge jusqu'à ce qu'il jouisse si fort qu'il s'effondra sur elle.

Ils restèrent immobiles un long moment, reprenant leur respiration. Perséphone l'enlaça et lui caressa le dos. Elle cherchait peut-être des égratignures, mais elles avaient déjà guéri. Une fois calmé, il s'appuya sur les coudes et regarda Perséphone.

– Tu vas bien ? demanda-t-il en dégageant son visage.

– Oui, chuchota-t-elle.

– Est-ce que… je t'ai fait mal ?

Il venait de réaliser qu'il avait un peu perdu la tête à un moment donné, mais elle sourit et effleura sa joue du bout des doigts.

– Non, dit-elle. Je t'aime.

Ses mots lui apportèrent un soulagement inouï. Il avait dit que les mots n'avaient pas d'importance, mais c'était avant que Perséphone ne prononce ceux-là.

– Je n'étais pas certain de t'entendre à nouveau dire ça, admit-il.

Il fut surpris par la réaction de Perséphone, qui se mit aussitôt à pleurer.

– Je n'ai jamais cessé de t'aimer, chuchota-t-elle.

– Chhhut, ma chérie. Je n'ai jamais cessé d'y croire.

Ses propos ne la calmèrent pas et son corps se mit à trembler. Peut-être en avait-elle besoin, c'était une autre forme de libération. Il la prit dans ses bras et la porta à l'intérieur, où il l'étendit sur le lit et l'embrassa jusqu'à ce qu'elle se calme.

– Je t'aime, dit-il, parce qu'il ne lui avait pas encore répondu. Je suis désolé.

Elle secoua la tête.

– Ça n'a pas été facile.

C'était vrai pour elle comme pour lui.

Il se baissa pour l'embrasser sur le front et il s'installa entre ses cuisses. Ils venaient de jouir dehors, mais il avait envie de lui faire l'amour et il souhaitait que ce soit à la fois délicat et désespéré.

Elle écarta les jambes et il se glissa en elle, mais il se figea quand quelqu'un frappa à la porte. Il croisa le regard de Perséphone et sourit.

– Entrez ! dit-il, et Perséphone écarquilla les yeux.

– Hadès !

Il gloussa et roula sur le côté avant de s'asseoir et elle en fit de même, se couvrant avec la couverture alors que la porte s'ouvrait sur Hermès.

– Salut Sephy, dit-il d'un ton chaleureux en souriant d'un air gêné.

– Hermès, dit Hadès.

Le dieu de la Ruse le regarda et son sourire s'étira avant de céder la place à un air sérieux.

– Ah ouais, on a trouvé la nymphe, Leucé.

– Fais-la entrer, ordonna Hadès.

Elle apparut devant leur lit, pâle, l'air affolée.

– S'il te plaît… sanglota-t-elle.

– Silence !

La voix d'Hadès fouetta l'air et Leucé se tut immédiatement, les larmes continuaient de couler sur ses joues.

– Tu vas dire la vérité à Perséphone. Est-ce toi qui l'as envoyée dans la Forêt du Désespoir ?

Elle pleura de plus belle en entendant la question, et elle hocha la tête. Une toute petite part de lui eut pitié de Leucé, pas pour ce qu'elle avait fait à Perséphone mais parce qu'elle avait l'air sincèrement désolée.

– Pourquoi ? demanda Perséphone.

Hadès s'en voulut de ce qu'il lui faisait subir, mais il fallait qu'elle sache.

– Pour vous séparer, chuchota Leucé en regardant ses pieds.

Hadès ne parvint pas à savoir ce que pensait Perséphone, mais il supposa qu'elle était sous le choc.

– Pourquoi ?

Leucé pressa sa bouche fermée et secoua la tête en pleurant encore plus fort.

– Tu vas répondre, ordonna Hadès.

La nymphe s'écroula sur le sol.

– Elle me tuera.

– Qui ? demanda Perséphone, regardant tour à tour Hadès et Leucé.

– Ta mère, répondit Hadès. Elle parle de ta mère.

Perséphone écarquilla les yeux en interrogeant Leucé.

– Est-ce que c'est vrai ?

Hadès n'aimait pas entendre le ton surpris de sa voix. La déesse avait pris Leucé sous son aile. Non seulement elle l'avait invitée chez elle mais elle avait proposé de lui servir de mentor. Même si Leucé ne l'avait pas souhaité, elle avait quand même trahi Perséphone.

– J'ai menti quand j'ai dit que je ne me rappelais pas qui m'avait réveillée, dit Leucé. Mais j'avais peur. Déméter n'a pas cessé de me rappeler qu'elle me referait prisonnière si je ne lui obéissais pas. Je suis tellement désolée, Perséphone. Tu as été si gentille avec moi, et je t'ai trahie.

Il y eut un court silence durant lequel même Hermès ne dit rien ; resté à l'écart, il observait la scène. Mais Perséphone finit par bouger et s'envelopper dans les draps en se levant du lit, exhibant en même temps le corps nu d'Hadès, mais il s'en moquait. Il la regarda marcher vers Leucé et s'agenouiller devant elle.

Il avait envie de protester. La seule personne devant laquelle Hadès s'agenouillerait, c'était elle ; mais Perséphone n'était pas comme lui, et elle n'avait pas besoin de l'être.

– Je ne t'en veux pas de craindre ma mère. J'ai eu peur d'elle pendant très longtemps, moi aussi. Je ne la laisserai pas te faire de mal, Leucé.

Perséphone avait parlé sur un ton compréhensif qu'Hadès ne partageait pas, mais sa gentillesse réconforta Leucé et la nymphe s'effondra contre elle en pleurant. Hadès regarda la scène étrange avec des sentiments partagés. D'un côté, c'était ce à quoi il s'attendait avec Perséphone, mais il en voulait à Leucé et il était frustré qu'elle puisse être pardonnée si facilement. En même temps, sans doute avait-elle été suffisamment punie par lui.

– Hermès, dit Perséphone, une fois Leucé calmée. Tu peux emmener Leucé dans ma suite ? Elle mérite un peu de repos.

Il ricana et esquissa une révérence.

– Oui, Milady.

Perséphone se releva en même temps que Leucé et la prit dans ses bras avant qu'Hermès ne l'escorte hors de leur chambre. Quand ils furent partis, Perséphone regarda Hadès, baissant les yeux sur sa chair nue, comme si elle réalisait seulement maintenant qu'il était nu depuis tout ce temps.

Elle posa les yeux sur son visage.

– Quoi ? demanda-t-elle, sans doute parce qu'il la dévisageait en souriant.

– Je t'admire, c'est tout.

Elle haussa un sourcil et son regard s'assombrit un instant, puis elle soupira.

– Je suppose qu'on devrait invoquer ma mère aux Enfers.

– Tu veux l'appeler maintenant ? Peut-être qu'on devrait faire l'amour pour qu'elle n'ait aucune raison de penser que ses manigances ont marché, proposa-t-il.

– Hadès ! gronda Perséphone d'un ton enjoué.

Il l'attira entre ses jambes et elle lâcha le drap qui se colla contre lui, puis ils s'allongèrent dans le lit, sombrant une fois de plus dans leur folie.

TROISIÈME PARTIE

« Ce que nous étions hier,
ce que nous sommes aujourd'hui,
demain nous ne le serons plus. »
Ovide, *Les Métamorphoses*

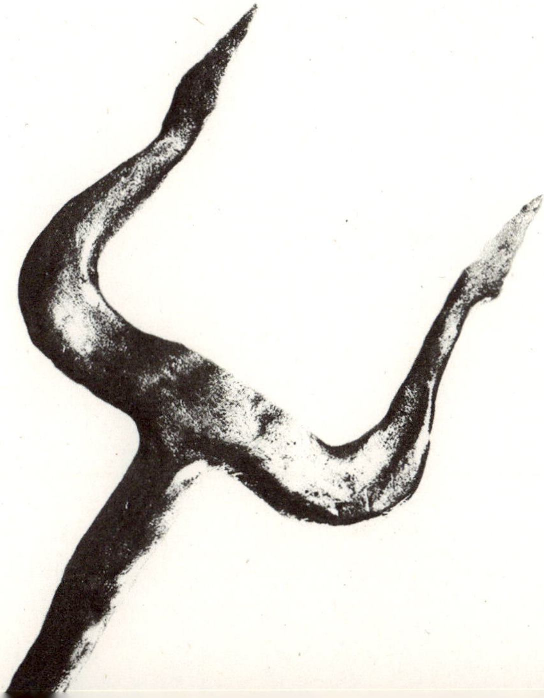

Chapitre XXVI

LA LOI DU PLUS FORT

Plus tard, ils s'habillèrent et envoyèrent Hermès chercher Déméter.

– Tu as envie qu'elle me défigure ? demanda Hermès. Elle va me sauter dessus quand je vais lui dire que tu exiges qu'elle vienne aux Enfers.

– Alors ne lui dis pas que l'ordre vient d'Hadès, répondit Perséphone. Dis-lui que c'est moi qui l'ordonne.

– Ça marche, Sephy, dit-il, amusé, avant de partir.

– Tu es nerveuse ? demanda Hadès alors qu'ils se rendaient main dans la main vers la salle du trône, où ils allaient recevoir la mère de Perséphone.

Hadès pensait que c'était la deuxième meilleure option, la première étant leur chambre, mais Perséphone avait refusé. Pour être honnête, il avait hâte d'y être et de voir Perséphone, radieuse dans sa forme divine, drapée d'un péplos blanc, incarner celle qu'elle était faite pour être : une déesse et une reine.

– Non, dit-elle en le regardant.

Leurs regards se croisèrent, un sourire chaleureux s'étira sur son visage. Il avait l'impression que ça faisait longtemps qu'elle ne l'avait pas regardé comme ça et sa gorge se noua.

Il sourit en retour et serra plus fort sa main. C'était tout ce qu'il parvint à faire à cet instant. S'il commençait à la toucher et à l'embrasser, il ne s'arrêterait plus.

– Souviens-toi de ce que je t'ai appris dans la clairière, dit-il.

– Avec tes mains ou avec ta bouche ? rétorqua-t-elle d'une voix suave.

– Les deux, si ça t'aide avec ta magie. En plus, je prendrai beaucoup de plaisir à savoir que tu penses à ma bouche pendant que tu remets ta mère à sa place.

Ils entrèrent dans la salle du trône qui, s'il y faisait sombre, n'avait pas cette lumière rouge qui avait rendu les plaies de Perséphone si horribles à voir. Au lieu de ça, les hauts plafonds étaient illuminés par les Lampades d'Hécate.

Leucé attendait déjà au pied des marches qui menaient à l'estrade, où deux trônes siégeaient désormais, et plus seulement celui d'Hadès. Son siège d'obsidienne tranchante était désormais accompagné du trône en ivoire blanc et lisse de Perséphone, décoré de fleurs en or. Perséphone s'adressa à Hadès en le découvrant.

– Tu as raté une occasion, Lord Hadès.

Il haussa un sourcil interrogateur.

– J'aurais pu m'asseoir sur tes genoux.

Il sourit et l'escorta en haut des marches.

– C'est une suggestion ou un ordre, ma reine ? demanda-t-il

– Quelque chose à envisager, répondit-elle. Pour la prochaine fois, peut-être. J'ai peur qu'on ait poussé ma mère trop loin avec notre requête.

– Elle a peu de pouvoirs ici, ma chérie.

Hadès l'invita à s'asseoir et en fit de même.

– Viens à côté de moi, Leucé, dit Perséphone.

La nymphe obéit et se mit à trembler, arrachant une grimace à Perséphone. Sa déesse avait bien plus de sympathie pour Leucé qu'il n'en avait lui-même, mais il n'était pas surpris. C'était dans sa nature. Perséphone savait également ce que c'était de vivre sous le regard constamment critique de Déméter.

– Elle va se venger, dit la nymphe d'une voix tremblante. J'en suis sûre.

– Oh, je n'en doute pas, répondit Perséphone sans la moindre trace de peur dans sa voix. C'est ma mère, après tout.

Une trépidation étrange régnait, qui n'était pas déplaisante, mais plutôt libératrice. Hadès se rendit compte qu'il désirait se présenter unis à la mère de Perséphone, et lui montrer qu'ils étaient plus forts que ses manigances et ses jeux.

– Hermès est revenu, leur dit-il quand il sentit la magie du dieu faire irruption.

Elle était comme un mélange d'agrumes et de draps frais et elle se mêla à celle de Déméter, qui aurait dû sentir la fleur morte mais sentait plutôt les fleurs des champs.

Les portes à l'autre bout de la salle s'ouvrirent et Déméter précéda Hermès pour entrer. Malgré son pas déterminé, elle marqua un temps d'arrêt. L'air devint lourd et se chargea de sa colère. Ça faisait longtemps qu'Hadès ne l'avait pas vue, mais il remarqua que rien n'avait changé chez elle, si ce n'était qu'elle semblait encore plus en colère qu'avant. Il se demanda si elle pensait qu'elle avait été convoquée pour récupérer sa fille, alors qu'elle la trouvait à ses côtés, une reine pour son roi. Son regard froid le quitta pour s'arrêter sur Perséphone.

– De quoi s'agit-il ? demanda-t-elle d'un ton amer et exigeant qu'elle avait dû employer avec Perséphone depuis l'enfance.

Pourtant, si ça avait effrayé Perséphone, ce n'était plus le cas désormais.

– Mon amie me dit que tu l'as menacée, répondit Perséphone alors que Leucé tremblait d'être scrutée par Déméter.

– Tu crois la pute d'Hadès plutôt que moi ?

– Tu te montres méchante, gronda Perséphone. Excuse-toi.

– Je ne ferai rien de la so…

– J'ai dit excuse-toi, répéta Perséphone.

Sa voix résonna dans la salle et Déméter s'effondra sur le sol dans un craquement retentissant.

Hadès sentit la magie de Perséphone s'élever et, si Déméter avait dû la sentir aussi, elle ne l'avait sans doute pas perçue comme une menace, ce qui se vit à son expression choquée quand elle se retrouva à genoux devant eux.

Sa surprise se changea vite en colère, si forte que quand elle parla, l'air vibra et crépita.

– Alors, c'est ainsi que ça va se passer ?

– Tu pourrais mettre fin à ton humiliation. Il te suffit de… t'excuser.

Hadès avait du mal à rester impassible, il n'avait jamais été témoin d'une scène aussi divertissante de toute sa vie : Déméter à genoux, dans son royaume, furieuse.

Déméter avait pâli en entendant la proposition de Perséphone.

– Jamais !

Elle essaya de se lever et d'envoyer ses pouvoirs, sans doute pour rompre le sort de Perséphone et invoquer une magie destructrice, mais quoi qu'elle ait voulu faire, elle ne réussit pas. Perséphone parvint à maintenir Déméter à terre, Hadès gardait sa magie prête à la défendre si Perséphone faiblissait.

Perséphone se leva et avança vers sa mère qui continuait à envoyer sa magie suffocante pour se libérer de l'emprise de sa fille. En approchant, ses pouvoirs devinrent plus forts et plus lourds, enfonçant Déméter dans le sol, comme si celui-ci était fait de terre et non de pierre.

– Je vois que tu as appris à te contrôler, ma fille, dit Déméter en dissipant sa magie.

Hadès vit que ces mots firent trembler Perséphone et il se demanda si la déesse avait peur.

C'était le cas d'Hadès, il n'avait pas peur de Perséphone mais pour elle.

Il repensa à la magie qu'elle avait déclenchée au Tartare. Son angoisse avait nourri ses pouvoirs qui avaient dominé Hadès. Maintenant, elle dominait Déméter.

C'était une idée effrayante, terrible, car si elle était une menace pour eux, elle représenterait une menace pour tout le monde – y compris pour Zeus. Et son frère aimait se débarrasser des menaces.

– La seule chose que tu as eu à faire, depuis toujours, c'est t'excuser, dit Perséphone d'une voix calme mais autoritaire. On aurait pu rester en bons termes.

– Pas tant que tu es avec lui, cracha Déméter d'une voix pleine de haine.

Hadès avait toujours su que la déesse de la Moisson n'approuverait pas son union avec Perséphone, mais elle avait été encore plus loin en faisant une croix sur sa relation avec sa propre fille, tout ça à cause du choix que celle-ci avait fait.

– J'ai pitié de toi, dit enfin Perséphone. Tu préfères être seule qu'accepter quelque chose qui te fait peur.

– Tu renonces à tout pour lui.

Au contraire, elle s'était battue pour tout conserver et être avec lui.

– Non, mère, Hadès n'est qu'une des nombreuses bonnes choses que j'ai acquises en quittant ta prison.

Tout en prononçant ces mots, elle fit un pas en arrière et libéra Déméter de sa magie. Ce fut si soudain que la déesse n'y était pas prête et elle faillit s'écrouler sur le sol.

Hadès la regarda lever les yeux sur sa fille, le visage dénué d'affection, et son cœur se brisa. Il savait qu'il ne comprendrait jamais réellement ce que ça signifiait de vivre sous le joug d'une mère comme Déméter, une mère capable de donner et de reprendre son amour à sa guise, mais il supposait que ça avait poussé Perséphone à manquer d'estime de soi. Sans doute était-ce pour ça qu'elle avait autant de doutes au sujet de leur relation.

Il oubliait parfois le bagage qu'elle traînait derrière elle et que son besoin d'être rassurée ne voulait pas forcément dire qu'elle avait des doutes, mais seulement qu'elle avait besoin de réconfort. Tout ça à cause de sa mère.

Il se surprit à détester encore plus Déméter.

– Regarde-moi bien, mère, car tu ne me reverras plus jamais.

L'expression de Déméter changea et un petit sourire se dessina sur ses lèvres.

– Ma fleur… tu me ressembles plus que tu ne l'imagines.

Hadès observait Perséphone et, en entendant les mots de sa mère, il la vit se crisper et serrer les poings. Il avait beau détester ces propos, il savait qu'elle craignait qu'ils soient vrais.

Tu n'es pas comme elle et tu ne le seras jamais, pensa-t-il.

Déméter disparut, mais le silence qu'elle laissa prit toute la place. Ce fut Leucé qui le rompit, s'avançant d'abord lentement vers Perséphone avant de se précipiter pour la prendre dans ses bras.

– Merci, Perséphone.

La déesse la serra contre elle et, malgré son sourire, Hadès sut que cet affrontement l'avait changée.

Hermès était encore là et il observait Perséphone avec un regard fier et gentil. Il chercha ensuite le regard d'Hadès, qui sut qu'ils étaient d'accord au sujet de ce qui venait de se passer.

Déméter n'était plus la famille de Perséphone. Ils l'étaient, eux, et ils feraient n'importe quoi pour la protéger et lui donner ce qu'elle n'avait jamais eu, même face à la guerre.

* * *

Si Perséphone parut plus confiante dans les jours qui suivirent la confrontation avec sa mère, elle était également plus angoissée. Hadès savait que c'était surtout à cause de Lexa, qui resta à l'hôpital pendant encore deux semaines. Perséphone était heureuse qu'elle en sorte, mais Hadès craignait qu'elle s'attende à ce que tout redevienne normal. Il n'était pas sûr qu'elle comprenait qu'elle vivait dans un nouveau monde, un monde où Lexa ne serait plus jamais comme avant.

– Tu penses que Lexa pourra aller au gala ? demanda Perséphone un soir alors qu'ils étaient assis dans la bibliothèque.

Le gala était organisé par la Fondation Cyprès et permettrait d'illustrer les accomplissements du travail caritatif qu'elle faisait. Avant son accident, Lexa jouait un rôle dans l'organisation de l'événement et si Hadès aurait voulu qu'elle soit présente, il ne savait pas si elle serait prête pour une soirée aussi intense, et c'est ce qu'il dit à Perséphone.

Elle resta silencieuse un moment et quand elle reprit la parole, sa voix était chargée d'émotion.

– Combien de temps, tu crois ? Avant qu'elle soit…

Elle ne termina pas sa phrase, mais il comprit qu'elle voulait savoir combien de temps Lexa mettrait à redevenir normale.

Il se leva et vint s'agenouiller devant elle pour la regarder dans les yeux.

– Chérie…

– Je sais, dit-elle alors que ses larmes coulaient sur ses joues. Tu n'as pas à le dire.

Alors il ne dit rien.

Hadès aurait aimé être entièrement concentré sur Perséphone, pourtant il était distrait. Depuis la mort des Grées, il avait demandé à Ilias d'essayer de déterminer les contacts de Thésée sur le marché noir. Il souhaitait découvrir quelles reliques le demi-dieu avait réussi à obtenir ou cherchait à trouver. En attendant, Hadès devait s'occuper d'Héra, et il décida de le faire via Zeus. Il n'était pas prêt à informer Zeus de l'alliance d'Héra avec Thésée… à moins qu'elle ne refuse son ultimatum.

Hadès trouva Zeus chez lui, à Olympia, qui était une version moderne d'Olympe. Tous les dieux possédaient des maisons aux deux endroits, même Hadès, qui répugnait néanmoins à s'en servir. Il trouva le dieu du Ciel dans son jardin, un club de golf dans ses énormes mains, en train d'essayer de frapper la petite balle blanche. Ses premiers swings ne firent que projeter de l'herbe et de la terre. Quand il frappa enfin la balle, un bruit de tonnerre retentit quand elle fendit l'air, fonça au loin, bien plus loin que le trou. Sans doute avait-elle atterri dans l'océan, devenant ainsi la propriété de Poséidon.

Zeus poussa un grognement de frustration, signe que le club allait bientôt suivre la trajectoire de la balle.

– Tu as un nouveau passe-temps ? demanda Hadès.

Zeus se retourna brusquement et sa grimace se changea en surprise joyeuse, même si Hadès savait qu'il était peu probable que son frère soit heureux de le voir. Le faciès de Zeus était tout un art et il le maîtrisait de façon si experte que personne ne connaissait ses véritables pensées ou ses sentiments. D'ailleurs, Hadès n'avait jamais été aussi près de découvrir le vrai Zeus que dans les instants qui précédaient son apparition.

– Frangin, tonitrua Zeus. À quoi dois-je cet honneur ?

– Je t'ai apporté quelque chose, dit Hadès.

Quand il mit la main dans sa poche pour en sortir l'écrin, son estomac se noua douloureusement. Une part de lui avait envie de garder l'œil, mais une part plus importante savait qu'il servirait de garantie pour son avenir avec Perséphone.

Si Hadès n'était toujours pas sûr de comment l'œil fonctionnait ni si la vision qu'il lui avait montrée était vraie, donner à Zeus n'importe quoi possédant un tant soit peu de pouvoir l'inquiétait. Et c'était sans parler du fait que l'œil était conscient. Est-ce qu'il en voudrait à Hadès pour cet échange ? Se vengerait-il en montrant à Zeus une chose qui détruirait tout son monde ?

Il tendit la petite boîte à Zeus.

– Je crains qu'une mauvaise nouvelle n'accompagne mon geste, dit-il. J'ai trouvé les Grées assassinées. Elles ont été tuées avec une lame trempée dans du sang d'Hydre. Je crains que ce ne soit que la première de nombreuses morts divines.

Hadès en était certain, en fait, et il était curieux de savoir ce que son frère ferait. Il attendit que Zeus digère l'information, les yeux rivés sur l'écrin ouvert.

Au bout d'un moment, il le referma et le garda dans sa main, qu'il posa sur le manche du club de golf.

– Qui est responsable ?

– Je soupçonne la Triade.

Zeus ne dit rien, mais Hadès savait ce qu'il pensait de l'organisation impie. Il avait beau les détester, il ne les percevait pas comme une véritable menace.

– On devrait convoquer le Conseil, dit Hadès.

– Non, rétorqua brusquement Zeus, et Hadès le fusilla du regard.

– Non ? Tu l'as convoqué pour moins que ça.

Y compris les vaches d'Hélios.

– Pour quelle raison je devrais invoquer le Conseil ?

– Pour mettre les dieux en garde, gronda Hadès.

– Les Grées étaient aveugles, dit Zeus. Elles avaient un désavantage. Tu ne penses pas sincèrement qu'un autre dieu se ferait avoir par ce petit tour de passe-passe ?

– Un tour de passe-passe ? Les Grées sont mortes, Zeus.

Hadès ne savait pas combien de fois il devrait le dire pour que Zeus comprenne. Les Grées, des êtres divins, avaient été assassinées.

– Tu ne penses pas sérieusement que la Triade s'arrêtera à ces trois morts ? Ils vont essayer de nouveau, et ils chercheront d'autres moyens de reproduire ce qu'ils ont fait.

– Et qui sera leur prochaine cible ? Héphaïstos, peut-être ? Je parie qu'Aphrodite les remercierait.

Hadès grinça si fort des dents que sa mâchoire craqua.

– Alors c'est ta réponse ? Face à la mort de divinités ?

Hadès avait l'habitude de ne rien attendre de son frère, mais il avait fait une exception. Il avait cru que le roi des dieux, responsable du bien-être de tout et de tout le monde sur Terre, serait outré par la mort des Grées. Au lieu de ça, il semblait penser que la Triade avait fait preuve de gentillesse envers les trois sœurs en mettant fin à leurs vies.

Zeus regarda Hadès et posa la main sur son épaule.

– Ne t'inquiète pas, frangin. Si c'était toi, je convoquerais immédiatement le Conseil.

Hadès supposa que c'était censé être une sorte de compliment, et il dégagea sa main de son frère.

– Agir ne servira à rien quand tu seras mort, Zeus.

– Si des divinités meurent, peut-être qu'elles ne méritent pas d'être divines, rétorqua Zeus en se concentrant à nouveau sur son practice.

Il écarta les pieds, saisit son club et fit apparaître une balle blanche. Il la frappa du premier coup avec une détonation qui résonna autour d'eux, puis il protégea ses yeux de la lumière avec sa main afin de suivre sa trajectoire, mais elle était déjà hors de sa vue. Hadès avait envie de lui dire qu'il était censé viser le drapeau, au loin, mais il avait l'impression que son frère avait décidé de jouer différemment ; surtout parce qu'il ne savait pas jouer comme il fallait.

– C'est la loi du plus fort, Hadès, dit-il enfin. Ça l'a toujours été, et ce sera toujours le cas.

Chapitre XXVII

UNE PROPOSITION

Hadès quitta Olympia pour se rendre à Nevernight. La seule chose qui calmait sa colère envers son frère était de penser à ce qu'il avait prévu pour Perséphone, ce soir-là. Il avait décidé de lui montrer un peu plus des Enfers, et de lui-même. Il espérait que ce serait salvateur et que ça pourrait l'inciter à confier plus de choses à la déesse, des choses plus difficiles. Toutefois, ses pensées furent interrompues quand il apparut sur la piste de danse et sentit qu'il n'était pas seul.

Héra.

Il se tourna vers elle.

– Hadès… ronronna-t-elle.

– Non, rétorqua-t-il.

Il en avait fini avec ses travaux. La déesse eut l'air surprise, puis elle rougit de colère.

– Tu oublies que je tiens les rênes. C'est moi qui décide de ton avenir avec ta très chère Perséphone.

– À ta place, j'y réfléchirais à deux fois avant de décider de mon destin, Héra. Parce que c'est moi qui décide du tien.

Elle pâlit.

– Comment ça ?

– Je n'avais pas envie de m'en mêler quand tu as décidé de renverser Zeus, encore une fois, mais depuis, j'ai découvert ton alliance avec Thésée. Et maintenant, je n'ai d'autre choix que de choisir mon camp.

– Tu veux dire que tu es avec Zeus ? répondit-elle en lui lançant un regard noir.

– Non. Je ne suis dans le camp de personne, sauf le mien.

– Pourquoi ne suis-je pas surprise ? cracha-t-elle. Tu n'as toujours été loyal qu'envers toi-même.

– Faux, dit Hadès. Je suis extrêmement loyal envers ceux à qui je tiens, mais tu n'en fais pas partie. Peut-être que tu dirais la même chose si tu tenais vraiment à qui que ce soit.

Elle haussa le menton.

– Alors, tu vas faire quoi maintenant ? Tu vas le dire à Zeus ? Pour qu'il me pende dans le ciel ?

– Non, mais je veux ta Faveur en échange du secret, et j'aimerais l'utiliser maintenant.

– Laisse-moi deviner. Tu veux que je bénisse ton mariage ?

– Je ne veux pas seulement ta bénédiction, dit Hadès. Je veux que tu le défendes.

La déesse eut du mal à déglutir, Hadès savait qu'elle évaluait ses options. Elle avait été punie par Zeus autrefois, mais aujourd'hui c'était différent et elle le savait. Elle avait aidé Thésée à tuer trois divinités et quand Zeus l'apprendrait, il était probable qu'il appelle les Furies pour mettre en œuvre un châtiment divin. La seule raison pour laquelle Hadès ne l'avait pas fait, c'était parce que Zeus était le seul à pouvoir punir sa reine.

– Très bien, dit-elle enfin. Tu as ma bénédiction.

Hadès ne la remercia pas. Il se dirigea vers les escaliers, mais il s'arrêta pour la regarder et la mettre en garde une dernière fois.

– Ce n'est pas une guerre à laquelle tu survivras, Héra.

Restait à voir si elle le croirait ou pas.

* * *

Hadès rentra aux Enfers et enfila les vêtements qu'Hermès lui avait choisis. Il avait redouté de lui demander de l'aide, conscient que le dieu réagirait avec un enthousiasme énorme, ce qui fut le cas, même si Hermès avait fait le difficile.

– Tu as besoin de mon aide ?

– Oui, Hermès. J'ai besoin de ton aide.

– En matière de mode ?

Hadès ne voyait pas ça comme une question de mode. Il voulait être habillé de façon plus décontractée, et il ne possédait pas ce genre de vêtements. Mais il savait qu'Hermès n'apprécierait pas qu'il dénigre sa mission.

– Oui, répondit-il en essayant de garder son calme.

– Hmmm. Je pourrais peut-être trouver un moment mais… c'est dommage parce que j'ai *toujours* le temps de rendre service à mes meilleurs amis.

Hadès le fusilla du regard et Hermès haussa les sourcils.

– Perséphone est ta meilleure amie. Et c'est pour elle que je fais ça.

– Mais Perséphone, elle, admet qu'elle est ma meilleure amie.

– Ça a la même valeur quand c'est moi qui le dis ?

– C'est comme dire « je t'aime », expliqua Hermès. Même si je le sais, ça fait du bien de l'entendre.

Il y eut un long silence, puis Hadès marmonna.

– Tu es mon meilleur ami, Hermès.

– Pardon ? Je ne t'ai pas entendu.

– Tu es mon meilleur ami, répéta Hadès à toute vitesse.

– Ah, une dernière fois, avec un peu d'amour, cette fois.

Hadès lui lança un regard assassin, mais obéit.

– Tu es mon meilleur ami.

Hermès sourit jusqu'aux oreilles.

– Je te trouve ça pour ce soir.

Et il avait tenu parole, il lui avait choisi une chemise noire, un pantalon noir et une paire de bottes d'équitation. Une fois habillé, Hadès se rendit à la bibliothèque et attendit que Perséphone rentre aux Enfers.

Heureusement, il n'eut pas à attendre longtemps. Quand elle le vit, elle marqua une pause, l'air surprise.

– C'est quoi cette tenue ? demanda-t-elle en souriant.

– J'ai une surprise pour toi.

– C'est réussi, c'est clairement une surprise.

Hadès esquissa un sourire, ne sachant comment interpréter sa réaction. Est-ce qu'elle aimait ces vêtements ? Peut-être qu'il aurait simplement dû mettre son costard, même si pour monter à cheval, ça aurait clairement été désagréable. Il préféra ne pas lui poser la question.

– Allez, viens.

Il lui prit la main et l'emmena dehors, où Alastor et Aithon les attendaient. De ses quatre chevaux noirs, ces deux-là n'auraient pas pu être plus différents. Aithon était impatient et redoutait d'être enfermé dans les écuries la nuit. Alastor, lui, était calme et préférait être seul. Malgré cela, Hadès savait qu'il était le meilleur cheval pour Perséphone, étant donné sa nature loyale et douce.

– Oh ! Ils sont magnifiques ! dit Perséphone.

Les chevaux apprécièrent son compliment et hennirent en hochant la tête. Hadès comprenait, lui aussi aimait les compliments de Perséphone.

– Ils te disent merci, dit-il en riant. Tu veux monter ?

– Oui ! s'exclama-t-elle avec un enthousiasme auquel il ne s'était pas attendu et qui lui fit plaisir. Mais… je n'ai jamais…

– Je vais t'apprendre, dit-il avant de prendre ses mains pour l'inviter à approcher.

– Voici Alastor.

– Alastor, dit-elle en lui caressant le museau.

L'étalon baissa la tête, l'invitant à la lui gratter, ce que Perséphone fit en gloussant joyeusement.

– Tu es sublime.

Aithon poussa un grognement.

– Attention, Aithon va être jaloux.

Perséphone rit et tendit la main pour caresser Aithon.

– Oh, mais vous êtes tous les deux sublimes.

– Attention, c'est moi qui vais être jaloux, dit Hadès avant de prendre les rênes d'Alastor.

– Mets ton pied dans l'étrier, dit-il. Prends appui dessus et jette ton autre jambe par-dessus, puis assieds-toi doucement.

Elle écouta ses instructions et lorsqu'elle fut installée, il poursuivit.

– Si tu as peur, enfonce ton poids, penche-toi en arrière et gaine tes jambes, mais mes chevaux t'écouteront. Si tu leur dis d'arrêter, ils le feront. Dis-leur de ralentir, et ils s'exécuteront.

– Tu leur as appris ? demanda-t-elle en tenant les rênes d'une main pour caresser la crinière d'Alastor.

– Oui, répondit-il en montant Aithon.

Cela dit, ça n'avait pas été difficile. Les quatre étalons étaient divins, et ça faisait longtemps qu'ils étaient ensemble. Ils connaissaient les humeurs d'Hadès autant qu'il connaissait les leurs. Il n'avait même pas besoin de parler.

– Ne t'inquiète pas, Alastor sait qui il porte. Il prendra soin de toi.

Ils partirent au pas, se promenant dans les prés et les jardins au-delà du palais. Alastor et Aithon avançaient côte à côte et Hadès ne pouvait pas s'empêcher de regarder Perséphone qui tenait les rênes délicatement enroulées dans ses mains. Ses cheveux brillaient à la lumière de son royaume. Elle était belle, heureuse, et elle souriait. Le cœur d'Hadès s'emballa de la voir ainsi.

– C'est une surprise merveilleuse, dit-elle.

– Ce n'est pas fini, répondit-il avec un frisson d'excitation.

Ils traversèrent la clairière d'Hécate, où Alastor et Aithon ne furent distraits que quelques instants par les champignons sauvages de la sorcière avant de repartir en contournant les montagnes lugubres du Tartare.

– Comment était ta journée ?

Hadès ne posait pas souvent cette question, surtout parce qu'il ne souhaitait pas qu'on la lui retourne. Il n'avait jamais de bonne réponse à donner, de toute façon, et cela lui offrait de nouvelles occasions d'omettre la vérité, ce qui aggravait sa culpabilité au sujet des choses qu'il pensait devoir cacher, c'est-à-dire la vérité au sujet de lui-même et de sa vie. Poser cette question maintenant était un progrès, un moyen de repartir à zéro et d'être plus transparent.

– Bonne, dit Perséphone avant de marquer une pause. Lexa a préparé le café ce matin. Il n'était pas comme avant, mais je crois que c'est un signe que ça va aller.

Hadès ne dit rien, car l'état de Lexa était encore beaucoup trop incertain. Le simple fait qu'elle soit sortie de l'hôpital était un exploit. Maintenant qu'elle était rentrée, elle allait devoir affronter la réalité de la routine, et c'était parfois plus difficile que d'être enfermé à l'hôpital.

Perséphone ne lui demanda pas comment s'était passée sa journée, et il se demanda si elle voyait un intérêt à le faire ou si elle présumait qu'il ne serait pas sincère avec elle.

Ils s'enfoncèrent dans les Enfers, traversant des paysages tantôt montagneux tantôt boisés ou encore remplis de fleurs pourpres et roses. Les pétales semblaient presque incandescents contre les montagnes noires du Tartare.

– À quelle fréquence tu… changes les Enfers ? demanda-t-elle.

– Je me demandais quand tu allais me poser cette question.

– Alors ? insista-t-elle en haussant un sourcil.

– Quand l'envie me prend, répondit-il.

Parfois, il les changeait après le départ d'une divinité, au cas où elle trouverait le moyen de revenir. Mais, en général, il préférait agrandir son royaume. Il créait de nouveaux espaces à Asphodèle pour les âmes, parce que les besoins des âmes évoluaient en même temps que le royaume des mortels changeait. Les Élysées représentaient un autre défi et devaient souvent changer, car les âmes qui s'y trouvaient étaient là pour guérir. En dehors de ça, son royaume changeait à sa guise, et bientôt à la guise de Perséphone.

– Peut-être que quand ma magie sera moins terrifiante, j'essaierai.

– Chérie, rien ne me ferait plus plaisir.

Le champ qu'ils avaient traversé rétrécit et les mena à un sentier qui serpentait entre d'autres montagnes boisées. Ils étaient de l'autre côté du Tartare, près des Champs Élysées. La solitude qui recouvrait le lieu de repos parvint jusqu'à eux et Hadès la sentit dans son cœur. C'était un calme agréable qu'il n'avait pas ressenti depuis longtemps. Ils étaient presque arrivés et quand il entendit la cascade, Hadès s'arrêta et descendit pour rejoindre Perséphone. Elle passa sa jambe par-dessus la croupe du cheval, il saisit sa taille pour l'aider à descendre. Il ne desserra pas son étreinte, même lorsqu'elle fut par terre.

– Tu es ravissante aujourd'hui, dit-il en l'admirant. Est-ce que je te l'ai dit ?

– Pas encore, répondit-elle en souriant et en se mettant sur la pointe des pieds. Redis-le-moi.

Il répondit avec un baiser. Il s'était réchauffé pendant leur balade à cheval et il était désormais bouillant, mais s'il avait très envie de canaliser cette chaleur pour la libérer en elle, il recula et effleura son nez avec le sien.

– Tu es ravissante, ma chérie, chuchota-t-il.

Il lui prit la main et la guida à travers bois jusqu'à une cascade qui se déversait dans un lac scintillant. Le ciel d'Hadès traversait la canopée au-dessus d'eux, mais ils étaient plutôt dans l'ombre.

Perséphone poussa un cri aigu.

– Hadès… c'est merveilleux.

Hadès n'avait pas cessé de l'admirer et quand elle leva enfin les yeux vers lui, ils s'étreignirent à nouveau et leurs bouches se rencontrèrent. Hadès saisit ses hanches en ondulant contre elle, coinçant sa verge dure et pulsante entre eux.

– Hadès, chuchota-t-elle.

Il avait arrêté de l'embrasser juste assez longtemps pour les débarrasser de leurs vêtements et l'allonger par terre.

Il put alors aduler son corps avec sa bouche. Il aimait tout chez elle, l'espace entre ses cuisses, son ventre, ses seins… Quand ils furent tous deux suffisamment excités, il nicha son érection contre elle et fit rouler ses hanches.

Glisser en elle était presque surnaturel. Son sexe enfla et se contracta autour de lui et il se figea, les avant-bras de part et d'autre de son visage. Elle resta immobile un instant, la tête en arrière, le menton vers le ciel, puis elle sembla se détendre et elle soupira en ouvrant les yeux.

Elle chercha son regard et tout ce qu'Hadès vit en plongeant les yeux dans les siens, c'était sa reine.

– Épouse-moi, chuchota-t-il alors qu'elle effleurait son visage du bout du doigt.

Il le lui avait déjà demandé deux fois, mais cette fois lui paraissait différente. Elle lui paraissait *juste*, et il supposa qu'il en allait de même pour elle, car elle répondit par un petit *oui*.

Ils se sourirent et il l'embrassa avant d'avancer le bassin pour s'enfoncer profondément en elle. Il se sentait presque puissant lorsqu'elle remuait ainsi sous lui, puissant mais humble, parce qu'elle l'autorisait à le faire. Elle lui permettait de la pousser vers l'orgasme, et quand il eut joui à son tour, il remarqua que des larmes avaient coulé sur ses joues.

Il se baissa pour les embrasser.

– Ma chérie, pourquoi pleures-tu ?

– Je ne sais pas, dit-elle en levant la main pour essuyer ses larmes.

Elle rit de nouveau et Hadès pensa comprendre un peu de ce qu'elle ressentait : c'était une joie comme jamais il n'en avait ressenti auparavant. Et s'il avait l'impression que c'était une victoire, il savait aussi qu'il avait beaucoup à perdre.

– Je t'aime, dit-il avant de la soulever pour l'emmener dans le lac.

Ensuite, ils se rhabillèrent et se mirent en route pour le palais.

Contrairement à l'aller, le retour se fit en silence. Pour la première fois depuis longtemps, Hadès se sentait léger. Ici, maintenant, il avait l'impression que rien d'autre n'existait : ni les travaux d'Héra ni la mort des Grées. Il ne pensa pas à Thésée ni même à Zeus. Ce n'était pas pour toutes ces choses qu'il se battait – il se battait *contre* elles.

C'était pour Perséphone qu'il se démenait, pour l'amour qu'elle inspirait dans son cœur, pour ces sentiments qu'il ne pensait pas connaître un jour, et encore moins de façon si profonde. Il savait que les choses changeaient. Il le sentait dans les fils qui ondulaient sous son Charme, mais il espérait que, quoi que les Moires fussent en train de tisser, cela inclurait un futur pour Perséphone et lui.

Même si cet avenir conduisait à la tourmente.

Quand le palais fut en vue, Hadès remarqua que Thanatos les attendait et son humeur devint aussitôt lugubre. Le bonheur qu'il avait ressenti depuis le début de la soirée disparut tellement vite qu'il se sentit tremblant. Lorsqu'il avait pensé à la tourmente, il ne pensait pas que cela arriverait aussitôt, mais il savait ce que cela signifiait.

Il savait.

Et son cœur se brisait déjà pour Perséphone.

Quelques pas de plus, et ils étaient assez près de Thanatos pour voir son visage anéanti. Il était toujours pâle, mais sa peau avait aujourd'hui une lueur jaune qui lui donnait un air malade, et même le creux de ses joues semblait plus profond, ses yeux plus enfoncés. Hadès descendit de son cheval et aida Perséphone à en faire de même. Il remarqua qu'elle n'arrivait pas non plus à quitter Thanatos des yeux. Son appréhension était aussi grande que la sienne.

Ils avancèrent et Hadès garda une main sur le creux des reins de Perséphone, au cas où elle s'effondrerait.

– Thanatos, dit Hadès.

– Milord… Milady, répondit le dieu en déglutissant.

Il essaya par deux fois de parler, mais les mots refusaient de quitter sa bouche.

– Je ne sais pas comment te dire ça, admit-il enfin.

Il était rare que Thanatos n'ait pas les mots pour parler. Il était rare qu'il n'arrive pas à offrir son réconfort dans des moments difficiles, et le fait qu'il n'y arrive pas maintenant montrait combien il tenait vraiment à Perséphone et à son amie.

Il lui fallut encore quelques secondes pour réussir à parler, au cours desquelles Perséphone s'était déjà mise à trembler.

– C'est Lexa, dit-il enfin.

Un sanglot jaillit de la gorge de la déesse et Hadès l'attira contre lui pour la serrer dans ses bras alors que Thanatos continuait.

– Elle est partie.

Chapitre XXVIII

LE CHEMIN DES ÉLYSÉES

Hadès avait regardé de nombreuses personnes mourir et de nombreuses personnes perdre quelqu'un. Mais rien n'était comparable au fait de voir la personne qu'on aime perdre un être cher.

C'était un sentiment qu'il avait du mal à expliquer. C'était comme si quelqu'un avait empoigné son cœur, comme pour le serrer dans sa paume, et qu'il n'y avait aucune libération, aucun moyen de se débarrasser de sa prise. C'était constant, permanent et sans espoir.

– Perséphone, dit Hadès, mais son regard était flou.

Elle avait vite arrêté de pleurer après le premier sanglot, et elle était désormais silencieuse et distante. S'il voulait lui accorder le temps de digérer, il avait besoin de son attention pendant encore quelques moments.

– Perséphone, répéta-t-il en touchant son visage.

Quand elle croisa son regard, elle fondit à nouveau en larmes.

– Ma chérie, chuchota-t-il tendrement en essuyant ses larmes, ce qui était inutile. On n'a pas beaucoup de temps.

Il la prit dans ses bras et se téléporta sur les berges du Styx, où Charon arriverait bientôt.

En entendant le clapotis de l'eau, elle recula et regarda à l'horizon.

– Hadès, qu'est-ce qu'on…

Elle ne finit pas sa phrase car elle vit la barque de Charon fendre l'eau à travers les vagues noires, ses robes ressemblaient à un phare contre les ténèbres. Il n'y avait qu'une autre silhouette dans la barque, avec lui, une femme qui avait l'air bien plus jeune dans le paysage des Enfers que dans le monde des vivants.

– Lexa… chuchota Perséphone.

Elle se tint au bord du ponton, si près que quand Charon s'y amarra, Lexa eut à peine la place pour sortir de la barque, mais elle semblait tout aussi excitée de voir Perséphone. Elles se tinrent l'une l'autre en pleurant, et Hadès les laissa faire, car après cet instant, rien ne serait plus jamais comme avant.

Ni pour Lexa ni pour Perséphone.

Hadès essaya de ne pas écouter leur conversation, mais c'était inévitable car il était tout près. Elles se firent des excuses et se firent part de leur douleur, et la peur revint quand Perséphone se tourna vers lui.

– Où va-t-elle ?

Elle allait guérir aux Champs Élysées car elle s'était ôté la vie – pour cela, elle devait boire l'eau du Léthé, ce qui signifierait qu'elle n'aurait plus aucun souvenir de son vivant. De rien ni de personne, y compris de Perséphone.

Il savait que Perséphone lui avait posé la question dans l'espoir qu'il dise autre chose, mais comme il ne dit rien, elle comprit. Il attendait sa colère, mais Lexa ne lui laissa pas le temps de la ressentir.

– Seph… ça va aller.

– Pourquoi ? demanda Perséphone, tremblante.

Lexa ouvrit la bouche pour répondre, mais elle secoua la tête. Sans doute ne comprenait-elle pas elle-même sa décision. En vérité, son âme avait tant voulu rester aux Enfers, la première fois, qu'elle n'avait pas supporté de retourner dans un monde qu'elle ne désirait plus, malgré son amour pour Perséphone.

– C'est ma faute, gémit Perséphone alors que Lexa joignait ses mains sur sa poitrine.

– Perséphone, c'était mon choix. Je suis désolée que ça se soit passé comme ça, mais mon existence dans le monde des vivants était révolue. J'ai accompli ce que je devais faire.

– C'est-à-dire ?

– T'aider à t'émanciper, dit-elle en souriant.

Perséphone secoua la tête et s'effondra contre Lexa. Elle n'était pas prête à l'entendre, mais le jour viendrait où elle comprendrait l'impact qu'aurait laissé la mort de son amie. Elle verrait combien elle était forte, en vérité.

Ils restèrent ensemble jusqu'à ce que Thanatos arrive pour escorter Lexa au Léthé. Cette fois, il put offrir les bienfaits de sa magie et un sentiment de calme recouvrit tout le monde, même au moment où Lexa hésita.

– Je… où je vais ? demanda-t-elle.

– Tu vas boire l'eau du Léthé, expliqua Hadès. Puis Thanatos t'emmènera aux Champs Élysées pour que tu guérisses.

Hadès vit le regard de Lexa briller lorsqu'il parla de guérison. Elle était prête.

– Je te rendrai visite tous les jours, jusqu'à ce qu'on soit à nouveau meilleures amies.

La promesse de Perséphone brisa un peu le cœur d'Hadès, mais il n'avait aucun doute quant au fait qu'elle s'y tiendrait, même si ce devait être difficile.

– Je sais, chuchota Lexa.

Et pour la première fois depuis son arrivée, ses yeux se remplirent de larmes. Thanatos lui prit la main et elle parut réconfortée par sa présence. Elle se laissa guider et quand ils furent hors de leur vue, Hadès et Perséphone repartirent au palais.

* * *

Une fois dans sa chambre, Hadès encouragea Perséphone à se reposer. Quand elle fut endormie, il partit à la clairière d'Hécate, qui l'invita pour le thé. Il avait l'impression d'être un géant dans son chalet, à peine capable de s'asseoir à sa table. Elle lui servit un mélange de plantes qui, d'après elle, aidait à apaiser les nerfs.

– J'ai appris que notre chère Perséphone avait eu une soirée éprouvante, dit-elle.

Hadès hocha la tête en repensant à sa journée. Ils étaient passés d'un extrême à un autre : un bonheur inouï suivi d'une tristesse atroce. Hadès oscillait entre ces deux souvenirs et une part de lui se détestait pour tout ça, se sentait coupable pour la mort de Lexa. S'il avait été moins réticent à parler, peut-être que tout ça ne serait pas arrivé.

Hécate frappa la table, le tirant de ses pensées. Il leva la tête vers elle, légèrement agacé.

– Arrête ça, dit-elle en posant une tasse fumante à côté de sa main.

Elle sentait la camomille, la lavande et la menthe.

– Je croyais qu'on…

– Je n'ai pas besoin de lire dans tes pensées pour savoir quand tu rumines, Hadès. Ce qui est fait est fait. Aucune décision ne peut nous faire remonter le temps, seulement nous faire avancer. Pour le moment, Perséphone a besoin d'un… *petit ami…* attentionné.

Hécate sembla tressauter en prononçant ce mot et, en dépit de tout ce qui se passait, Hadès sourit.

– D'un fiancé, tu veux dire.

– Pardon ? demanda-t-elle en clignant des yeux.

– Son fiancé, répéta-t-il. Perséphone a accepté de m'épouser.

Un sourire se dessina lentement sur la bouche d'Hécate.

– Tu es en train de me dire que je vais pouvoir organiser un mariage ? s'exclama-t-elle.

– Je pense que tu dois en parler à Perséphone, mais je ne pense pas qu'elle refusera.

– Fiancés, dit-elle comme si elle n'y croyait pas, se laissant tomber sur sa chaise.

– Oui, acquiesça Hadès, amusé par sa réaction.

– Mariés.

– Un jour, oui, dit-il en espérant qu'il n'attendrait pas trop longtemps.

– Je ne pensais pas que ce jour viendrait.

– Quel manque de foi… répondit Hadès, alors qu'il n'en avait pas été certain non plus.

– On ne peut pas dire que tu sois le dieu le plus charmant ni le meilleur en matière de communication, dit Hécate. Et puis, tu es alcoolique, aussi.

– Est-ce que je suis bon pour quoi que ce soit, au moins ? demanda-t-il.

Elle lui sourit.

– Pour apprendre.

* * *

Hadès resta environ une heure avec Hécate avant de rentrer à son bureau, où Thanatos le rejoignit pour lui donner des nouvelles de Lexa. Tout s'était bien passé, heureusement. Parfois, après avoir bu dans la Léthé, les âmes devenaient hostiles et s'en prenaient au dieu, mais Lexa avait été plaisante et calme, presque timide.

– Je crains que Perséphone ne doive attendre avant de pouvoir rendre visite à Lexa, dit Thanatos.

– Je le lui dirai, répondit Hadès. Merci, Thanatos, d'avoir pris soin d'elle.

Il remarqua que les joues du dieu s'empourpraient légèrement et il ouvrit la bouche pour répondre, mais il se contenta finalement de hocher la tête avant de partir.

C'est là, enfin seul, qu'Hadès fut rattrapé par les événements de la journée et qu'une agitation frénétique le saisit. Ses pensées se mirent à virevolter dans sa tête, comme les flammes dans la cheminée, devant lui.

Cette fois, au lieu de se sentir coupable à l'idée de ce qu'il aurait pu faire pour éviter la mort de Lexa, il éprouva de la peur. Il avait peur que Perséphone lui en veuille, peur que lorsqu'elle aurait eu le temps de réfléchir au déroulement des choses, elle voie qu'il avait failli.

La culpabilité lui brûla les yeux et quand la porte s'ouvrit, il se crispa. Une part de lui était prête pour sa colère, une autre craignait de voir le poids de sa tristesse et de se briser lui aussi en la découvrant.

Il la sentit marcher vers lui, un peu hésitante, et il fut surpris par sa question.

– Tu vas bien ?

Il déglutit pour tenter de ravaler le nœud dans sa gorge. C'était lui qui aurait dû lui poser cette question.

– Oui, et toi ?

– Oui. Hadès…

Il comprit qu'elle attendait qu'il la regarde, alors il inspira plusieurs fois et repoussa les larmes qui menaçaient de couler. Quand enfin il tourna la tête vers elle, il ne vit ni la rancœur, ni la colère, ni la haine qu'il s'attendait à voir. Il vit simplement… Perséphone, belle, pure et ouverte.

– Merci pour aujourd'hui.

Sa reconnaissance le mit mal à l'aise. Il avait seulement cherché à se rattraper pour toutes les erreurs qu'il avait commises avant.

– Ce n'était rien, dit-il en se tournant à nouveau vers le feu.

Perséphone tendit la main pour l'arrêter et il soutint son regard. Il comprit alors que s'il voulait lui accorder de l'espace, elle lui demandait justement l'inverse.

– C'était tout, corrigea-t-elle alors que son regard s'embrasait.

Il baissa la tête pour s'emparer de sa bouche et ils s'agenouillèrent devant la cheminée. Les flammes réchauffèrent leur peau. Hadès prit son temps avec elle, comme dans les montagnes, et c'est quand il glissait lentement en elle qu'elle parla.

– Tu avais raison, dit-elle en écartant les jambes et en se cambrant.

– Je ne le voulais pas, répondit-il en commençant les va-et-vient.

– J'aurais dû t'écouter.

– Chhhut, murmura-t-il avant de l'embrasser. Ne parle plus de ce que tu aurais dû faire. Les choses sont ainsi ; tout ce qu'on peut faire, à présent, c'est avancer.

Il avait conscience qu'il lui fallait suivre les conseils d'Hécate, les propos réussirent à l'apaiser, et ils bougèrent bientôt ensemble, vite et fort, et quand Perséphone se mit à gémir son nom, son désir d'elle n'eut plus de limite. Il saisit ses hanches et percuta son bassin, savourant de sentir ses ongles le griffer, et il jouit si fort en elle qu'il s'effondra.

Ils restèrent un moment comme ça, ne bougeant que pour se rapprocher du feu, dont ils s'étaient éloignés pendant leur partie de jambes en l'air.

– Je vais démissionner du *New Athens News*, dit-elle.

– Ah ?

C'était la première fois qu'il l'entendait parler de ce projet, mais il ne pouvait pas désapprouver. Il détestait Kal Stavros et, même s'il ne pensait pas que le mortel l'embêterait de nouveau, il préférerait largement qu'elle ne travaille plus pour lui.

– Je veux lancer une communauté en ligne et un blog. Je vais l'appeler *Le Porte-Parole*, ce sera un lieu où tout le monde pourra sortir du silence.

Il sourit, conscient que c'était ce qui la passionnait : permettre à ceux qui n'étaient pas entendus d'être écoutés, comme ça avait été son cas toute sa vie.

– Tu as l'air d'y avoir beaucoup réfléchi, dit-il.

– En effet.

Il glissa sa main sous son menton et l'obligea à le regarder dans les yeux.

– Comment je peux t'aider ?

– En m'offrant ton soutien.

Il hocha la tête et caressa sa joue avec son pouce.

– Tu l'as.

– Et j'aimerais engager Leucé comme assistante.

Il haussa un sourcil, même s'il n'était pas surpris.

– Je suis sûr qu'elle sera ravie.

– Et… j'ai besoin de ta permission.

Il faillit éclater de rire en attendant d'entendre ses requêtes, mais il était intrigué, incapable d'imaginer pourquoi elle aurait besoin de sa permission – même s'il dirait oui à tout.

– Ah bon ?

– Je veux que mon premier article raconte notre histoire. Je veux dire au monde comment je suis tombée amoureuse de toi. Je veux être la première à annoncer nos fiançailles.

Sa poitrine se gonfla en l'entendant parler et, bien qu'il n'ait jamais envisagé d'offrir un aperçu de sa vie à qui que ce soit, il le ferait volontiers pour Perséphone.

– Hmmm… dit-il en faisant mine d'y réfléchir. J'accepte, mais à une condition.

– Laquelle ?

– Moi aussi, je veux dire au monde comment je suis tombé amoureux de toi.

Elle sourit et éclata de rire. Il s'empara de sa bouche et quand elle s'installa à cheval sur lui, il la laissa le prendre sans hésitation.

***

Hadès n'avait assisté qu'à peu d'obsèques mortelles, et quand il le faisait, c'était souvent caché sous son Charme. Mais celles-ci étaient différentes puisque c'étaient celles de Lexa. Il accompagnait Perséphone car elle le lui avait demandé. C'était une affaire sordide et la plupart des gens étaient habillés en noir.

– Elle aurait détesté ça, dit Perséphone. Elle aurait préféré une fête.

Hadès caressa sa tête et l'embrassa sur la tempe.

– Les obsèques sont pour ceux qui restent.

L'angoisse de Perséphone augmenta bientôt et Hadès n'eut pas besoin de regarder pour savoir ce qui l'affectait. C'étaient les mortels ; ils savaient qui il était, et ils ne comprenaient pas pourquoi il avait laissé Lexa mourir. Hadès sentait leurs regards de colère, mais tout ce qui comptait pour lui, c'était ce que Perséphone ressentait.

– Tu ne pourras jamais leur faire comprendre, dit-il pour essayer de la calmer.

Elle le dévisagea et il comprit qu'elle était triste pour lui, et pas seulement pour Lexa.

– Je ne veux pas qu'ils pensent du mal de toi.

– Je déteste que ça t'affecte autant. Est-ce que ça t'aide, de savoir que la seule opinion à laquelle j'accorde de l'importance est la tienne ?

– Non, répondit-elle.

Pourtant, malgré sa peine, elle parvint à sourire.

Chapitre XXIX

PIRITHOOS

COMMENT JE SUIS TOMBÉE AMOUREUSE DU DIEU DES MORTS. RÉCIT

C'était le premier article de Perséphone sur son nouveau site internet, *Le Porte-Parole*, et bien qu'Hadès s'y fût préparé, elle n'avait pas voulu qu'il le lise avant qu'il soit publié.

– Tu vas devoir attendre comme tout le monde ! avait-elle dit.

Lorsqu'il lui avait demandé pourquoi, elle avait rougi.

– Parce que je ne veux pas être là quand tu le liras.

Maintenant qu'elle le lui disait, il la comprenait. Elle voulait qu'il le lise seul afin qu'il sente tout le poids de sa confession. Et bon sang, il le sentit…

Il relut l'article, encore et encore.

Putain. Il l'aimait et il lui fallut tout son self-control pour se concentrer sur son travail alors que sa seule envie était de la rejoindre. C'était un grand jour pour elle. Elle avait lancé son nouveau site internet, elle avait publié cette… lettre d'amour… et elle quittait son poste au *New Athens News*. Elle reprenait le pouvoir, et il était fier d'elle.

En attendant, il avait quelque chose à faire, quelque chose qui semblait encore plus juste après cet article, et il avait hâte que ce soit fait. C'est ainsi qu'il se retrouva sur l'île de Lemnos, mais cette fois, c'était pour voir Héphaïstos. Il traversa le laboratoire sombre du dieu, bâti à flanc de volcan, rempli de ses inventions. Le dieu du Feu avait créé des armes, des armures, et même des vies humaines pour les Olympiens et leurs héros. Cependant, si ses talents étaient inestimables, ils étaient souvent ignorés par les autres dieux, qui oubliaient son existence jusqu'à ce qu'ils aient besoin de quelque chose. Hadès pensait que ça ne dérangeait pas Héphaïstos, puisque ça lui permettait de vaquer à ses occupations.

Il marchait dans le laboratoire désert quand il entendit de grands tintements métalliques sous ses pieds. Hadès suivit le bruit dans les couloirs sombres, puis en bas d'un escalier, et il arriva dans une forge où l'immense feu était presque aveuglant. Héphaïstos était penché sur les flammes, le torse nu et dégoulinant de sueur. Les muscles bandés par son travail qui consistait à donner la forme voulue au métal, qu'il appuyait sur son enclume.

Après quelques coups supplémentaires, le dieu posa son marteau et se tourna vers Hadès. Son visage était couvert de sueur et de charbon noir de sorte qu'étrangement, ses yeux paraissaient encore plus vifs. Il s'essuya le front avec la main, puis utilisa le chiffon pendu à son tablier de cuir pour essuyer ses mains.

– Lord Hadès, dit-il. Tu es venu chercher ta bague ?

Cela faisait quelque temps qu'Hadès avait commandé à Héphaïstos une bague pour Perséphone, mais elle avait découvert son contrat avec Aphrodite juste avant et elle avait tout remis en question, jusqu'à son amour pour elle. Il savait qu'il avait l'air coupable à l'époque et encore maintenant, et voir la bague qu'il avait dessinée pour elle avait été trop difficile.

Hadès ne s'était pas attendu à venir chercher la bague un jour, mais Héphaïstos avait eu confiance et lui avait promis de la garder jusqu'à ce qu'il en ait à nouveau besoin.

– Je ne savais pas que tu étais doué de clairvoyance, dit Hadès.

– Il n'est pas facile de tomber en désamour, dit Héphaïstos.

Un silence gênant suivit sa réponse ; sans doute craignait-il d'avoir invité Hadès à l'interroger sur son couple, mais Hadès ne dit rien, même s'il savait que le dieu du Feu parlait d'expérience.

Ce dernier marcha jusqu'à un établi et prit une boîte noire sur l'une des étagères. Il la tendit à Hadès, qui se sentit à la fois nerveux et réconforté d'avoir l'écrin en velours dans la main. Lorsqu'il l'ouvrit pour voir la bague, un anneau de fleurs et de pierres précieuses qui scintillaient à la lueur du feu, il se sentit nerveux.

– Merci, chuchota-t-il en refermant la boîte.

Héphaïstos hocha la tête.

– Tu travailles sur quoi ? demanda Hadès, qui était toujours sincèrement curieux des projets du dieu.

– Rien d'intéressant, répondit-il.

Hadès aperçut l'œuvre en métal qu'il était en train de modeler, et des dizaines de questions envahirent son esprit.

– Est-ce que c'est… de l'adamantine ? Est-ce que c'est un trident ?

Il regarda alors Héphaïstos dans les yeux.

– Est-ce que tu essaies de reproduire le trident de Poséidon ?

Le dieu du Feu se figea, mais pas de peur. C'était différent. Tous ses muscles étaient bandés et il avait l'air prêt à se défendre.

– Ce n'est pas ce que tu crois, grommela-t-il.

– Justement, j'espère que c'est ce que je crois, répondit Hadès. Héphaïstos, dis-moi que tu as choisi ton camp.

* * *

Hadès rentra à Nevernight avec la bague dans sa poche. Il la garda dans sa main car il la trouvait réconfortante. Son bonheur fut interrompu par la sensation que quelque chose n'allait pas. Un sentiment désagréable se précipita dans ses veines, et soudain, ce fut comme si le monde était trop calme et trop immobile.

Perséphone.

Antoni et Zofie déboulèrent dans Nevernight, suivis par la jeune femme blonde, Helen, qui travaillait à l'accueil avec Perséphone. Hadès sentit leur panique et sut qu'ils s'apprêtaient à lui délivrer une horrible nouvelle.

– Elle est partie ! s'exclama Zofie. Perséphone ! On ne la trouve plus !

Des points noirs dansèrent devant ses yeux et il hurla :

– Où a-t-elle disparu ?

– On s'apprêtait à partir de l'Acropole quand elle est descendue, expliqua Helen, tout essoufflée. Elle a dit qu'elle devait dire au revoir à quelqu'un. Quand elle n'est pas revenue, je suis partie à sa recherche, et j'ai trouvé… eh bien… ça.

Elle tendit un carnet de notes à Hadès, qui le saisit brusquement.

– Qu'est-ce que c'est ? demanda-t-il.

– C'est grave, dit Antoni. Elle était suivie par un homme.

Hadès ouvrit le carnet et lut l'une des entrées, elles étaient toutes datées et écrites à la main.

27/6

Perséphone a déjeuné avec moi, aujourd'hui. Elle m'a dit que son dieu était en colère contre elle. Si elle était avec moi, je ne serais jamais en colère contre elle. Je ne lui apporterais que du plaisir.

1er/7

Aujourd'hui, Perséphone était en rose. Sa robe était tellement moulante que j'ai vu ses tétons pointer plusieurs fois. Elle devait penser à moi.

Hadès sentit la bile remonter dans sa gorge en lisant les entrées les unes après les autres. Elles étaient toutes courtes, datées, et toutes détaillaient les tenues de Perséphone, les conversations que cet homme avait eues avec elle, les cadeaux qu'il lui avait laissés. Il avait planifié son enlèvement. Il voulait lui faire mal, la torturer, la violer.

Hadès se mit à trembler d'une colère si puissante qu'il ne put contenir son Charme, qui s'évapora.

Et s'il arrivait trop tard ?

– Qui est cet homme ? siffla-t-il.

– Ils l'appellent Pirithoos, dit Helen.

Pirithoos.

– C'est l'agent d'entretien, ajouta-t-elle. Personne ne l'a remarqué… sauf… Perséphone.

Il avait dû abuser de sa gentillesse.

La magie d'Hadès enfla et, la seconde d'après, un cri familier fendit l'air quand les Furies, Alecto, Mégère et Tisiphone, jaillirent dans la pièce. Elles volaient en rond autour de lui, leurs corps pâles couverts de serpents noirs qui sifflaient en s'enroulant sur leurs bras, leurs ventres et leurs jambes.

– Lord Hadès, dirent-elles dans un écho horrible et étrange.

– Trouvez Perséphone, dit-il. Faites le nécessaire pour la garder en sécurité.

Les Furies hurlèrent en acceptant son ordre et elles agitèrent leurs ailes, fouettant l'air en grimpant en flèche vers le plafond, surgissant du sommet pointu de Nevernight en projetant des bouts d'obsidienne sur la ville.

– Qu'est-ce qu'on peut faire ? demanda Helen.

– Il n'y a rien que vous puissiez faire, aboya-t-il, la faisant reculer face à sa colère.

Mais il se fichait de l'avoir effrayée, parce que ça l'avait fait taire, et il avait besoin de silence afin de pouvoir suivre la magie des Furies. Il s'accrocha à elle, comme un doigt autour duquel leurs fils seraient enroulés, alors que ses pensées étaient un véritable champ de bataille où surgissaient les conséquences de la trouver trop tard – et ça ne fit que nourrir sa colère.

Il sut que les Furies l'avaient trouvée parce que la tension entre sa magie et la leur diminua. Même s'il se sentit un peu soulagé, il n'irait pas mieux tant qu'il n'aurait pas vu Perséphone et qu'il ne serait pas certain que rien de mal ne lui était arrivé.

Il se téléporta aux côtés de sa propre magie et trouva Perséphone ligotée à une chaise en bois. Son visage était couvert de larmes et ses yeux étaient rouges. Autour d'elle, le sol était couvert de débris de bois. Il posa alors les yeux sur l'homme qui l'avait kidnappée.

Pirithoos.

Il n'avait rien de spécial ; il était maigre et élancé, avec des cheveux noirs et des pommettes hautes. Quelque chose en lui fit penser à Hadès qu'il avait du sang divin. Il était assis par terre contre le mur, un énorme pieu dans le torse.

Il était mort, mais pas pour longtemps.

Hadès invoqua sa magie et Pirithoos prit une grande inspiration avant de gémir, la douleur le fit tressauter. Quand il vit Hadès, il se mit à pleurnicher.

– Je t'ai ramené à la vie afin de te dire que je prendrai plaisir à te torturer pour le restant de ta vie éternelle. D'ailleurs, je vais te maintenir en vie afin que tu rumines en souffrant.

Hadès claqua des doigts et un abîme s'ouvrit sous le corps de Pirithoos. Alors que la terre s'effondrait, il prit plaisir à entendre les cris de l'homme résonner tandis qu'il chutait au Tartare.

– Alecto, Mégère, Tisiphone, occupez-vous de Pirithoos, ordonna Hadès.

Elles le surveilleraient jusqu'à ce qu'il prenne le relais. Elles firent une révérence puis elles disparurent, et Hadès se concentra sur Perséphone.

Il libéra ses mains et ses pieds et vit les marques rouges laissées par les cordes. Il s'agenouilla devant elle et elle tomba dans ses bras, il la serra contre lui pour se téléporter aux Enfers. Une fois dans leur chambre, elle éclata en sanglots et il se sentit impuissant, ne pouvant rien faire à part s'asseoir avec elle et la tenir serrée contre lui pour la laisser évacuer toute sa peur.

– Je suis désolé, chuchota-t-il en la berçant dans ses bras. Je ne sais pas. Je suis tellement désolé.

Il aurait pu s'effondrer lui aussi. Il ne pouvait contrôler les battements de son cœur ni empêcher son estomac de se nouer et la nausée de remonter dans sa gorge. Il était en colère pour tant de raisons, mais en fin de compte, il était dévasté qu'elle n'ait pas été en sécurité et qu'elle ne se sente peut-être plus jamais en sécurité.

Il ne sut combien de temps Perséphone pleura, mais elle finit par se calmer et quand elle recula, elle emporta son cœur avec lui.

– Un bain. Je veux me débarrasser de lui.

Hadès ne répondit pas car il avait peur de ce qu'il pourrait dire, et il l'emmena plutôt aux bains. Une fois là-bas, il resta à l'écart pendant qu'elle se déshabillait et entrait dans l'eau chaude. Il la regarda frotter tout son corps jusqu'à ce qu'elle soit rouge des pieds à la tête, et la seule chose à laquelle il pensait, c'était que Pirithoos l'avait touchée partout. Quand elle eut terminé, Hadès avait serré si fort les poings que ses ongles avaient entaillé sa paume.

Il ne se guérit que lorsqu'elle s'approcha de lui et posa ses bras autour de son cou. Il était reconnaissant qu'elle soit si près de lui et il l'étreignit.

– Comment tu as su qu'on m'avait kidnappée ? demanda-t-elle.

– Ta collègue, Helen, s'est inquiétée quand tu n'es pas revenue du sous-sol. Elle est allée te chercher et elle a trouvé le journal. Elle n'a pas su qui prévenir. Par chance, elle l'a dit à un vigile, et Zofie l'a entendue. C'est là qu'elle a réalisé qu'elle avait vu Pirithoos partir avec toi dans un camion benne. Quand elle me l'a dit, j'ai envoyé les Furies. Tu étais déjà partie depuis si longtemps… Je ne savais pas ce que j'allais trouver.

– C'était un demi-dieu, chuchota-t-elle. Il avait des pouvoirs.

Alors Hadès avait eu raison. Il grimaça.

– Les demi-dieux sont dangereux. Surtout parce qu'on ne sait pas quels pouvoirs ils ont hérités de leur parent divin.

C'était sans parler de tous ces demi-dieux qui ne savaient pas de quel dieu ils étaient le fruit, et ce n'était pas toujours évident, même après l'apparition de leurs pouvoirs. Hadès ne put s'empêcher de penser au commentaire d'Ariadne sur le fait que Thésée avait réuni une armée de demi-dieux ; des soldats, avait-elle dit.

Pirithoos n'était qu'un exemple prouvant qu'ils ne savaient rien des demi-dieux, ni leur nombre, ni leurs pouvoirs.

– Qu'est-ce que Pirithoos a utilisé contre toi ?

– Il m'a endormie, et quand je me suis réveillée, je n'arrivais pas à utiliser ma magie, à me concentrer. Ma tête était… j'étais dans le brouillard.

Hadès fronça les sourcils.

– La contrainte. Ça peut avoir cet effet, dit-il.

Il fallait beaucoup d'entraînement pour apprendre à se défendre de la contrainte. Perséphone n'aurait eu aucune chance de la repousser.

– Dis-moi ce qui s'est passé ? demanda-t-il d'une voix rauque.

Elle l'étudia un moment, d'un air troublé. Peut-être qu'elle avait peur de ce qu'il ferait lorsqu'il saurait la vérité, et elle avait raison de s'en inquiéter.

– Je te le dirai si tu me promets quelque chose.

Hadès attendit sans rien dire.

– Quand tu le tortureras, je veux me joindre à toi.

Il la serra le plus fort possible dans ses bras.

– Ça, c'est une promesse que je n'auraï pas de mal à tenir.

* * *

C'était peut-être une promesse qu'Hadès tiendrait un jour, mais il n'en était pas capable ce soir. Une fois Perséphone endormie, il se téléporta au Tartare. Pirithoos avait été déposé dans son bureau, ligoté à la même chaise qu'il avait utilisée avec Perséphone. Le pieu qui l'avait tué était encore planté dans son torse et le demi-dieu gémissait à chaque respiration.

Quand Hadès fut enfin face à lui, sa rage explosa, il enfonça le pieu dans sa poitrine avec son pied. Pirithoos poussa un cri pathétique et sa respiration devint sifflante, du sang éclaboussa le sol et coula de sa bouche.

– Tu as touché ma maîtresse, ma fiancée, mon avenir, gronda Hadès. C'est un crime impardonnable.

– Ce n'est pas ma faute ! gémit Pirithoos alors que son sang gargouillait dans sa gorge.

– Ce n'est pas ta faute ? répéta Hadès, encore plus furieux. Très bien, explique-moi comment ça peut ne pas être ta faute. Tu l'as suivie. Tu as écrit des horreurs sur elle. Tu l'as kidnappée. Tu l'as *touchée.*

Il était incontrôlable et, une fois de plus, il mit un coup de pied dans le torse du demi-dieu. Cette fois, le pieu le traversa et tomba au sol, mais Hadès parvint à garder son fil de vie. Il ne mourrait pas encore. Il allait subir une douleur incommensurable et malgré le plaisir qu'Hadès tirerait en la lui infligeant, il savait que rien ne serait comparable à ce que cet homme avait fait à Perséphone.

– Non, pleurnicha Pirithoos, à peine intelligible. Thé… Thésée a dit… On… Thésée a dit…

– Thésée ? répéta Hadès en se crispant. Tu as dit Thésée ?

Pirithoos hocha la tête.

– Il… était… ami…

Hadès prit quelques secondes pour se calmer, puis il utilisa sa magie pour guérir le demi-dieu. Il aurait du mal à s'expliquer avec la bouche et la gorge remplies de sang.

– Tu disais, sur Thésée ?

– On a fait un pari, expliqua Pirithoos d'une voix aiguë. Qu'on kidnapperait des déesses. Il a dit… il a dit qu'on n'aurait pas de problèmes grâce à Héra.

– Vous avez parié de kidnapper des déesses, et tu as choisi *ma* déesse ?

– C'est Thésée qui l'a suggéré, dit Pirithoos.

Il semblait penser qu'il ne méritait pas d'être puni parce que ce n'était pas son idée. Hadès se demandait pourquoi Thésée avait donné cette tâche à Pirithoos. Souhaitait-il voir ce qui arrivait quand quelqu'un s'en prenait à lui ? Ou était-ce une sorte de vengeance ?

Quoi qu'il en soit, Pirithoos ne serait pas le seul à souffrir pour ce qui s'était passé ce soir, même s'il allait être le premier.

Hadès utilisa sa magie pour invoquer le pieu et il survola le demi-dieu, qui se mit à pleurer.

– Tu n'avais pas le droit de la prendre, dit-il.

Il enfonça le bout de bois dans le cou de l'homme, puis le retira.

– Tu n'avais pas le droit de la toucher ! Elle n'était pas à toi ! Elle n'était pas à toi !

Furieux, il planta plusieurs fois le pieu dans le torse du demi-dieu, couvrant son corps de sang, et il s'arrêta seulement quand il n'eut plus de voix.

Chapitre XXX

LE DÉBUT DE LA GUERRE

Hadès était nerveux. Ce soir, son association caritative, la Fondation Cyprès, avait organisé un gala pour présenter les résultats de ses actions. Parmi elles, il y avait le Projet Alcyon, auquel Perséphone et lui tenaient tout particulièrement. Sans elle, le projet n'existerait pas, et toutes les décisions qu'il prenait le concernant étaient inspirées par elle. C'était également un projet sur lequel Lexa avait travaillé avant sa mort, et il avait prévu quelque chose de spécial pour lui faire honneur.

Ce n'était qu'une des raisons pour lesquelles il était particulièrement excité à propos de cette soirée. L'autre était qu'il avait la bague sur lui. Il attendait devant la porte de sa chambre et sortit l'écrin noir de la poche de sa veste pour regarder l'anneau. Il scintillait sur son coussin noir et, à la fin de la soirée, il serait au doigt de Perséphone, symbolisant leur engagement mutuel.

Une fois de plus, sa poitrine se contracta. Il prit une grande inspiration. Il pouvait le faire, elle avait déjà dit oui.

Il referma l'écrin et le rangea avant d'entrer dans la chambre, où il trouva Perséphone vêtue d'une robe rouge aux épaules dénudées. Le haut était en dentelle et la jupe était faite de plusieurs couches de tulle. Il ne put s'empêcher de penser qu'Hécate l'avait choisie précisément pour qu'il ne puisse pas l'enlever facilement.

– Tu es ravissante, dit-il.

– Merci, répondit-elle en rougissant. Toi aussi. Enfin… tu es très beau.

Il rit en la voyant aussi nerveuse, même s'il devait admettre qu'il ressentait la même chose. Il était réconforté de savoir que même après tout ce qu'ils avaient vécu, ils pouvaient encore ressentir cette excitation joyeuse.

– On y va ?

Il lui tendit la main et elle la prit, le laissant l'attirer contre lui pour se téléporter à la surface, où Antoni les attendait devant Nevernight.

Le cyclope sourit en les voyant et il leur ouvrit la porte.

– Milord, Milady, dit-il. Vous êtes sublime, ce soir.

– Merci, Antoni, dit Perséphone en riant et en s'installant sur la banquette arrière.

– Qu'est-ce qui est si drôle ?

– Tu sais qu'on aurait pu se téléporter directement à l'Olympien ?

– Je croyais que tu voulais mener une vie de mortelle quand tu es dans le monde des vivants, répondit Hadès.

Cela dit, pour être honnête, ça faisait longtemps qu'elle n'avait pas dit ce genre de chose, ce qui le laissait penser qu'elle s'habituait et apprenait à apprécier l'équilibre de sa vie.

– Peut-être que j'ai simplement hâte de commencer notre soirée ensemble, dit-elle d'une voix sensuelle qui embrasa le sang d'Hadès.

– Pourquoi attendre ?

Elle se redressa et empoigna sa jupe absurde pour pouvoir le chevaucher, mais même dans cette position, Hadès la sentait à peine à cause de toutes les couches de tulle.

– Qui a choisi cette robe ? grommela-t-il en cherchant sa peau.

– Tu ne l'aimes pas ?

Aimer n'était pas le bon mot.

– Je préfère avoir un accès direct à ton corps, répondit-il, ses paumes caressant enfin ses cuisses nues.

– Tu es en train de me demander de m'habiller pour le sexe ?

Il sourit et se rapprocha pour chuchoter dans son oreille.

– Ce sera notre petit secret.

Il l'embrassa et remonta ses mains sur ses cuisses pendant qu'elle descendait les siennes pour déboutonner son pantalon.

– Perséphone… susurra-t-il alors qu'elle libérait son sexe pour le prendre dans sa main.

Sa paume était chaude et elle garda son pouce sur son gland pour dessiner des cercles dessus et étaler le sperme qui y perlait.

– J'ai envie de toi, grogna-t-il. Maintenant.

Il pensait qu'elle lui résisterait et qu'elle le torturerait jusqu'à ce qu'il soit frénétique et désespéré, mais elle semblait penser comme lui car elle le chevaucha et glissa son sexe en elle avec un gémissement qui fit tressaillir leurs corps.

– Tu m'as ruiné, dit Hadès en tenant ses hanches et en plantant ses ongles dans sa peau malgré sa fichue jupe. Je pense sans cesse à ça.

– Au sexe ? demanda-t-elle, à bout de souffle.

Elle alterna entre des mouvements de bas en haut sur son sexe et des ondulations de son bassin. Il en eut des vertiges et eut envie de la baiser plus fort.

– À toi, siffla-t-il. À être en toi, à te sentir sur ma queue, à la façon dont tu te contractes sur ma verge juste avant de jouir.

– Tu viens de décrire ce qu'est le sexe, Hadès.

Il éclata de rire tout en grognant.

– J'ai décrit le sexe avec toi. C'est différent.

Ils finirent par se perdre l'un dans l'autre.

– Putain, putain, putain, dit Hadès en cherchant son clitoris.

Il le taquina jusqu'à ce qu'elle jouisse et, malgré son orgasme, elle continua de bouger pour lui, chuchotant des paroles érotiques dans son oreille jusqu'à ce qu'il explose en elle. Perséphone s'effondra alors sur lui et ils étaient tous deux épuisés d'avoir pris tant de plaisir.

– Putain, je suis pire qu'un adolescent.

– Tu sais ce que c'est d'être ado, au moins ?

– Non, admit-il, puisqu'il était né adulte. Mais j'imagine qu'on est toujours excité et qu'on n'est jamais vraiment rassasié.

Il pourrait recommencer à baiser Perséphone, si elle le laissait faire.

– Peut-être que je peux t'aider.

Elle descendit de ses cuisses pour se mettre à genoux et empoigner sa verge, mais il prit son visage dans ses mains pour l'arrêter.

– Non, chérie.

– Mais…

– J'adorerais que tu me suces, mais pour l'instant, on doit aller à ce fichu dîner.

– On est obligés ? demanda-t-elle en esquissant une jolie moue qui lui donna encore plus envie d'elle.

Ils approchaient de l'hôtel où le gala avait lieu, et cet événement… était important.

– Oui. Crois-moi, tu n'as pas envie de rater ça.

Elle soutint son regard quelques instants, et elle le branla plusieurs fois en signe de défiance, mais elle finit par se lever pour s'asseoir à côté de lui, et ils s'occupèrent de se rhabiller, ce qui était plus facile à dire qu'à faire dans la mesure où Perséphone ne quittait pas sa verge des yeux.

– Déesse… gronda-t-il.

Elle lui sourit timidement avant de tourner la tête vers la vitre. Hadès la vit se crisper en voyant la foule qui s'était rassemblée dehors. Ils étaient encore à quelques kilomètres de l'hôtel, mais les trottoirs étaient pleins de gens qui espéraient apercevoir les dieux. Il prit la main de Perséphone pour la rassurer. Il ne pouvait pas lui en vouloir d'être nerveuse en voyant tous ces gens, tous ces inconnus, et quand la limousine s'arrêta et que la portière s'ouvrit sur un feu d'artifice de flashs, il sentit son angoisse décupler.

Il sortit de la voiture et se tourna vers elle pour lui offrir sa main. Il ne comptait pas la laisser traverser ça toute seule.

– Chérie ?

Elle saisit sa main et lui permit de l'aider à sortir de la voiture puis, ensemble, ils remontèrent le tapis rouge qui menait à la porte du grand hôtel L'Olympien. La foule criait leurs noms, leur demandant des photos, tendant les mains par-delà les barrières dans l'espoir d'effleurer leur peau.

Hadès garda Perséphone contre lui et dès que le tapis s'élargit et offrit plus de distance avec la foule, ils se sentirent tous les deux plus sereins.

– Zofie ! cria Perséphone, et Hadès se retourna vers l'Amazone qui approchait.

Elle avait l'air particulièrement inconfortable dans sa robe de soirée bleue, coiffée du chignon que Perséphone lui avait fait. Hadès avait voulu que Zofie les accompagne ce soir, comme Aegis mais aussi comme l'amie de Perséphone.

– Perséphone, tu vas bien ? demanda-t-elle en grimaçant légèrement.

Peut-être était-elle perturbée par l'excitation de Perséphone. L'Amazone n'était pas habituée à ce qu'on l'apprécie pour autre chose que pour ses talents de guerrière. Sans doute ne comprenait-elle pas ce qu'était l'amitié.

Hadès savait que Perséphone la lui ferait découvrir.

– Oui, je suis juste contente de te voir.

L'Amazone sourit.

Ils avancèrent et Hadès ne lâcha jamais Perséphone, qui aborda chaque requête avec une grâce étonnante. Ils s'arrêtèrent pour un millier de photos et quand ils arrivèrent enfin à la grande porte, Hadès n'y voyait plus que des flashs. La salle de bal était bien moins bondée, mais un brouhaha y régnait qui était presque pire. Peut-être était-ce parce que le bruit était contenu, ici. Les gens étaient rassemblés en petits groupes et les serveurs déambulaient avec des plateaux de boissons.

Hadès remarqua que Perséphone avait les yeux rivés sur le plafond, qui était essentiellement une œuvre d'art ; c'était un champ de fleurs en verre soufflé, dans une multitude de couleurs vives. Elle n'eut pas le loisir de l'admirer longtemps car ils furent bientôt abordés par des mortels qui souhaitaient rencontrer Perséphone. Heureusement, il s'agissait de personnes qu'il appréciait, notamment des donateurs, dont certains étaient membres de L'Iniquité et d'autres de simples connaissances.

– Sybil ! s'exclama Perséphone en lâchant sa main pour prendre l'Oracle dans ses bras.

Hadès resta en retrait et la regarda parler d'un air enjoué avec la mortelle. Il se prépara à l'arrivée d'Hermès qui, comme toujours, fut on ne peut plus théâtrale. Il apparut derrière elle et l'étreignit dans un énorme câlin en tournant sur lui-même, s'arrêtant face à Apollon.

Hadès détourna les yeux quand il vit le dieu de la Musique. Il ne lui avait pas encore pardonné pour le contrat qu'il avait conclu avec Perséphone.

Hadès détestait ne pas avoir pu éviter ce qui était arrivé à Lexa, mais Apollon avait joué un rôle dans ce drame, lui aussi.

Quand le dîner fut servi, le stress qu'Hadès avait ressenti avant de partir des Enfers refit surface et lui noua le ventre. La seule chose qui l'apaisait était Perséphone, qui était assise à côté de lui et riait en parlant à ses amis. Elle était charmante et belle, mais plus le dîner durait, plus elle devenait silencieuse, et il eut le sentiment qu'elle pensait à Lexa.

Il posa sa main sur sa cuisse et fut soulagé quand Katerina monta sur scène pour lancer le programme de la soirée. Elle remercia tout le monde et présenta le Projet Alcyon, expliquant d'où il était né et à quoi il servirait. Ce fut ensuite au tour de Sybil de monter sur scène et Hadès prit la main de Perséphone.

– Je suis nouvelle à la Fondation Cyprès, mais j'occupe un poste très spécial, puisque c'est celui qu'occupait mon amie, Lexa Sideris. Lexa était une personne magnifique, un esprit solaire et une lumière pour nous tous. Elle incarnait parfaitement les valeurs de la Fondation Cyprès, et c'est pour cela que nous avons choisi, à la Fondation, de l'immortaliser. Nous vous présentons donc… le Jardin du souvenir Lexa Sideris.

Derrière Sybil, l'écran diffusait des photos de Lexa et des croquis du jardin. Perséphone serra plus fort sa main. Sybil poursuivit.

– Le Jardin du souvenir Lexa Sideris sera un jardin thérapeutique pour les résidents d'Alcyon ; en son centre, on trouvera une sublime sculpture en verre représentant l'âme de Lexa, une flamme lumineuse qui éclairera le chemin de tous.

Il se pencha pour chuchoter dans l'oreille de Perséphone.

– Tu vas bien ?

– Oui, répondit-elle avant de le regarder les larmes aux yeux. Parfaitement bien.

Il l'embrassa sur la joue. Le dîner terminé, les invités sortirent de la salle à manger pour danser. Hadès n'était pas encore prêt à lâcher Perséphone et il l'entraîna sur la piste, la serrant contre lui pour danser.

– Quand as-tu décidé de faire ce jardin ? demanda-t-elle.

– Le soir où Lexa est décédée, admit-il.

Il y avait pensé dès qu'il avait compris qu'elle ne s'en sortirait pas. Il aimait offrir aux gens des lieux paisibles pour faire le deuil et se souvenir de leurs êtres chers.

Perséphone resta silencieuse.

– À quoi tu penses ? demanda Hadès, craignant soudain de l'avoir rendue triste.

– À mon amour pour toi, répondit-elle en le regardant dans les yeux.

Hadès sourit, la serra contre lui et chuchota dans son oreille :

– Je t'aime aussi.

Quand la musique devint plus électronique, Hadès prit congé afin qu'elle puisse passer du temps avec ses amis. Il saisit un verre de whiskey sur un plateau et recula dans un coin sombre de la salle, ne quittant pas la déesse des yeux, suspicieux de tous ceux qui l'approchaient.

Il n'y était pas depuis longtemps quand Ilias entra dans la salle, Hadès se crispa. Le Satyre était censé être à Nevernight. S'il était venu jusqu'ici, en personne, c'était très grave.

– Hadès.

– Ilias, qu'est-ce qui se passe ?

– Normalement, je n'accorde pas autant d'importance aux rumeurs, mais celle-ci va vous intéresser. On dit sur le marché que l'Ophiotauros a été… ressuscité.

Hadès fut d'abord stupéfait, puis il se sentit écrasé par un poids terrible. L'Ophiotauros était un monstre qui était mi-taureau, mi-serpent. La croyance voulait que celui qui tuait la créature et brûlait ses entrailles obtiendrait le pouvoir de vaincre les dieux. Pendant la Titanomachie, la créature fut tuée par les Titans, mais ceux-ci n'avaient pas encore brûlé ses entrailles quand un aigle de Zeus les avait saisies.

S'il était de nouveau vivant, sans doute deviendrait-il une cible de la Triade, donc de Thésée. Et c'était l'arme parfaite contre les dieux.

Hadès savait parfaitement comment c'était arrivé.

– Putain de Moires !

Il savait que le meurtre de Briarée le hanterait, mais pas de cette manière. Il se souvint de leurs propos.

– N'aie crainte, cher roi, dit Clothô.

– Ton marché pour Briarée, dit Lachésis.

– *Ne ruinera que ta propre vie, dit Atropos.*

Juste alors qu'il pensait que tout ce qu'il désirait était à sa portée, il fallait que les Moires fassent ça. Il s'interrogea au sujet de leur décision de redonner la vie à l'Ophiotauros. Souhaitaient-elles la fin du règne olympien ? Avaient-elles tissé un avenir dans lequel les demi-dieux régnaient sur une nouvelle ère ? Ou cherchaient-elles seulement à s'amuser ? Il ne serait pas surpris que ce soit la dernière option, même si leur divertissement finirait en un bain de sang. Tout le monde allait chercher l'Ophiotauros parce que tout le monde voulait la capacité à tuer le Divin, même les dieux.

– Désolé de gâcher votre soirée, dit Ilias.

Hadès se concentra sur le satyre.

– Non, merci, Ilias. On se met à le chercher dès ce soir.

Le satyre hocha la tête et quand il partit, Hadès glissa sa main dans sa poche pour saisir la bague. Il regarda en direction de la piste de danse et n'y trouva pas Perséphone. Il partit aussitôt à sa recherche. Après ce qu'Ilias venait de lui apprendre, elle était encore plus importante. Il ne s'était pas battu pour son amour pour qu'on le lui arrache aussitôt.

Il la trouva sur le balcon donnant sur Nouvelle Athènes.

– Te voilà, dit-il en la prenant dans ses bras pour plaquer son dos à son torse.

Sa chaleur apaisa ses pensées chaotiques et il respira son parfum.

– Qu'est-ce que tu fais ici ?

– Je respire, répondit-elle en riant, même s'il sentit à sa peau brûlante qu'elle avait eu besoin de répit face à la foule.

Il rit et ils restèrent silencieux un moment, simplement heureux d'être ensemble.

– J'ai quelque chose pour toi, dit-il en embrassant ses cheveux.

Perséphone se retourna dans ses bras et pressa ses paumes sur son torse.

– C'est quoi ?

Il l'étudia un moment, comme s'il voulait prendre le temps de graver son image dans sa mémoire. Cette fois, il voulait se souvenir de cet instant, juste avant que tout ne change. Il sortit l'écrin de sa poche et posa un genou à terre.

– Hadès…

– Juste… laisse-moi faire. S'il te plaît.

Il ouvrit la boîte pour révéler la bague qu'Héphaïstos avait forgée. Elle couvrit sa bouche de ses mains.

– Perséphone, dit-il. Je t'aurais choisie des milliers de fois, Moires ou non. S'il te plaît… sois ma femme, règne à mes côtés, laisse-moi t'aimer pour toujours.

Ses yeux se remplirent de larmes. Elle déglutit avec difficulté et chuchota sa réponse :

– Bien sûr. Pour toujours.

Hadès sourit jusqu'aux oreilles et oublia d'abord de passer la bague à son doigt. Il peina à prendre la minuscule bague dans ses gros doigts. Une fois en place, il se leva et la prit dans ses bras pour l'embrasser jusqu'à lui couper le souffle.

– Tu n'aurais pas entendu Hermès, par hasard ? Il était outré que je n'aie pas de bague.

– Il se peut qu'il ait parlé suffisamment fort pour que j'entende, répondit-il d'un ton enjoué. Mais si tu veux tout savoir, ça fait un moment que j'ai cette bague.

– Depuis quand ?

– Tellement longtemps que j'ai honte, admit-il. Depuis le soir du Gala Olympien.

Il savait déjà qu'elle était l'amour de sa vie. Bon sang, il l'avait même su avant ce soir-là, dès l'instant où il avait posé les yeux sur elle, sur la piste de Nevernight.

– Je t'aime, dit-il en appuyant son front contre le sien.

– Je t'aime aussi.

Il l'attira à lui. Il voulait se perdre complètement dans l'instant et oublier ce qui les attendait, mais il y eut soudain une brise froide qui lui glaça le sang. Quand il recula, il vit des flocons de neige.

De la neige, en plein été.

Une seule divinité pouvait en être responsable. Une déesse qui se servait de la météo pour torturer le monde jusqu'à ce qu'il lui cède : Déméter.

– Hadès, chuchota Perséphone en se blottissant contre lui. Pourquoi il neige ?

Il ne la regarda pas pour répondre, les yeux rivés sur les tourbillons de flocons qui tombaient sur Nouvelle Athènes.

– C'est le début d'une guerre.

Et toi, ma chère, tu es au cœur de cette guerre.

Contenu Bonus

EXTRAIT DE *A TOUCH OF CHAOS*

Il fut réveillé par les brûlures à ses poignets.

Sa migraine rendit le fait d'ouvrir les yeux presque impossible, mais il essaya néanmoins en poussant un grognement. Ses pensées étaient comme des éclats de verre brisé et il n'arrivait pas à réfléchir. Il n'arrivait pas à les ramasser, à se rappeler comment il était arrivé là, alors il se concentra sur la douleur dans son corps : le métal qui entaillait ses poignets, la façon dont ses ongles avaient percé sa peau et dont ses doigts pulsaient quand il fermait les poings, les mains vides, alors qu'il aurait dû tenir la bague de Perséphone.

La bague. Elle avait disparu.

Il paniqua et se démena contre les liens qui l'enserraient, hystérique. Il put enfin ouvrir les yeux et il découvrit qu'il était dans une petite cellule sombre. Il était pendu au plafond, pris dans l'épais filet qui l'avait mis à terre dans la prison du Minotaure. Son regard croisa une paire d'yeux turquoise. Il n'était pas seul.

– Thésée, grogna-t-il d'une voix faible.

Il était épuisé et avait tellement mal qu'il ne pouvait parler comme il le voulait. Sinon, il aurait hurlé.

Le demi-dieu ne regardait pas Hadès, mais un petit objet qu'il tenait entre son pouce et son index. Il avait l'air tellement serein, et c'était normal, puisqu'il avait l'avantage.

– C'est une bague sublime, dit-il avant de la faire tourner de sorte que les pierres précieuses brillent, même dans la pénombre.

Hadès regarda la bague et son estomac se noua.

– Qui aurait cru qu'elle aurait causé ta chute ?

– Perséphone viendra, dit-il.

Il en était certain.

Thésée éclata de rire.

– Tu crois que ton épouse peut me battre ? Alors que j'ai réussi à te capturer ?

Hadès gonfla ses poumons autant qu'il le put alors que le filet lui écrasait le sternum. D'ailleurs, il écrasait tout son corps et Hadès avait l'impression de s'effriter. Il parvint néanmoins à parler, à formuler une promesse sereine qu'il ressentit jusque dans ses os.

– Elle sera la raison de ta chute.